KB023452

레버리지 독서

일러두기

- 단행본, 시집 등 책으로 볼 수 있는 글은 겹낫표(『 』), 논문, 시, 단편소설 등의 짧은 글은 홑낫표(「 」), 잡지나 신문 같은 간행물은 겹화살괄호(《 》), 그림, 노래, 영화 등 문서가 아닌 작품은 홑화살괄호(〈 〉)로 표시했다.
- 책에 언급되는 도서 중 한국어 번역본이 있으면 원서 제목과 뜻이 다르더라도 그 번역본의 제목을 적었으며, 한국어 번역본이 없거나 있어도 절판된 지 오래된 도서는 원서 제목을 우리말로 옮겨 적고 원어를 병기했다.
- 본문의 주는 지은이 및 옮긴이의 주이며, 옮긴이의 주는 [옮긴이]로 표시했다.

레버리지 독서

세상을 바꾼 타이탄들의 책읽기

무작정 읽지 말라

The Leader's Bookshelf

마틴 코언 지음 · 김선희 옮김

길벗

목차

서문

이 책은 책에 관한 책이다. 여기서는 발명가, 과학자, 비즈니스 구루, 정치 지도자 등 몇몇 뛰어난 사람들의 삶을 살펴본다. 하지만 그저 그들의 인생 이야기만을 담지는 않았다. 오히려 아이디어와 영감을 다룬다. 수많은 유명인사가 젊었을 때 영감을 준 특정한 책에서부터 삶의 여정을 시작했다는 사실이 널리 밝혀졌기 때문이다. 따라서 이들이 공유한 아이디어, 꿈, 영감을 탐구하는 게 이 책의 핵심이다. 사실, 영감은 지미 카터와 헨리 포드, 제인 구달과 버락 오바마, 맬컴 X(엑스)와 클래런스 토머스 판사처럼 다양한 개성과 배경을 가진 서로 다른 사람들을 하나로 묶어주는 끈이라 할 수 있다.

각각의 장에는 자신만의 진기하고 놀랍고 비범한 인생 스토리를 지닌 유명인사 두 사람의 이야기가 실타래처럼 엮여 있다. 두 사람 중 좀더 역사적인 인물을 먼저 소개하려 한다. 대부분이 제대로 알지는 못하지만 어쨌든 한 번쯤 이름은 들어봤음 직한 토머스 에디슨이나 맬컴 X 같은 인물의 개성과 동기를 보여주겠다. 이들의 전기는 인생이 소설보다 더 흥미진진하고 놀랍다는 사실을 잘 드러낸다. 이들과 짝을 이루는 이는 비교적 최근에 알려진 소울메이트라 할 수 있다. 두 사람은 여러 가지 측면에서 다르지만, 그럼에도 불구하고 수십 년의 시간을 가로질러 같은 철학을 공유할 뿐만 아니라 책에 대한 애정으로 연결되어 있다. 그리고 나는 이 사람들의 영감이 우리의 영감이 될 수 있다고 믿어 의심치 않는다.

물론, 성공의 요소가 무엇인지 조언하는 자료가 차고 넘치는 요즘이다. 오늘날 부자가 되고, 성공적인 삶을 살고, 인상적인 사람이 되는 법을 알려주는 조언자와 전문가가 넘쳐난다. 또한 돈이 많이 드는 비즈니스 스쿨, 대학 교육과정도 얼마든지 있다. 그리고 뭐니 뭐니 해도 다양한 책이 존재한다.

"조언을 잘해주는 자문가, 교수, 기업가, 저자는 마땅히 칭송을 듣고, 보수를 두둑이 받으며, 화관이 씌워져야 한다. 조언을 못하는 자는 인정사정없이 소금에 절이고, 난도질하고, 삶고, 썰고, 마차에 매달아 찢어 죽여야 한다."

이것은 중국의 위대한 전략가 손자(손무)가 오래전에 쓴 고전 『손자병법』에서 했던 조언이다! 물론, 내가 살짝 새롭게 손봤다. 비록 마지막 문장이 시대정신에 어긋난다 할지라도, 그 메시지 자체는 시대를 초월한다. 현명한 조언을 받고자 하는 행위는 인간 사회가 존재하기 시작한 바로 그 시점까지 거슬러 올라가기 때문이다. 지혜로운 조언을 얻는 일은 분명 고대 중국 황실에서도 중요했을 것이다.

사실 고대 중국 현자들의 시대 이후로, '조언 산업'은 활황을 맞았다. 서툴게 충고하는 책을 쓰거나 정치인에게 겉만 번지르르한 전략을 제공하는 데 따른 처벌이 분명히 줄어듦으로써, 이제 많은 내용이 쓸모없어진 것 또한 사실이다. 사람들에게 나쁜 조언에 대해 경고했던 손자 역시 '자기계발을 위한 책' 산업에 합류하게 됐다는 점을 주목해야 한다. 이는 책이 성공의 필수불가결한 도구라는 사실을 잘 보여준다. 그리고 성공을 어떻게 정의하든 우리 대부분은 인생에서 나름대로의 성공을 이루고 싶기에, 목표에 다다르는 실용적이고 전략적인 방법을 고민해야 한다. 학술 서적이든 판타지 소설이든, 책은 성공하는 데 꼭 필요한 도구다.

비즈니스계의 거물 워런 버핏을 예로 들어보자. 나는 8장에서 워런 버핏을 존 록펠러와 함께 살펴볼 것이다. 버크셔해서웨이의 CEO이자 '오마하의 현인'으로 불리는 투자의 귀재, 워런 버핏은 돈을 불릴 수 있는 기회를 기막히게 알아차리는 기이한 재주가 있는 것 같다. 워런 버핏은 토너먼트를 앞둔 운동선수가 열심히 훈련에 임하듯 책을 읽는다. 자신이 이룩한 성취의 열쇠가 무엇이라고 생각하느냐는 질문을 받았을 때, 워런 버핏은 근처에 수북이 쌓인 하드커버 서적들을 가리키며 이렇게 말했다.

"이런 책을 매일 500페이지씩 읽으세요. 그렇게 지식을 쌓을 수 있습니다. 지식은 복리처럼 불어납니다."

이런 엄청난 독서를 실천하느라, 그에게는 하루 중 식사하고 서점에 다녀오고 기자들과 인터뷰할 시간이 거의 없었다. 그러니 여러분은 어쩌면 빌 게이츠한테서 이보다 더 균형 있는 삶의 모습을 찾아볼 수 있을지도 모른다. 거대 컴퓨터 회사 마이크로소프트의 창업자 빌 게이츠는 책을 일주일에 한 권밖에 못 읽었다고 주장한다. 상당수가 비즈니스 서적이지만, 그는 개인 블로그에서 과학사 책부터 소설, 전기, 사회문제를 다룬 심층적인 연구서까지 150권 이상을 추천한다. 휴가철 해변에 누워 읽을 만한 간략한 도서도 추천하지만, 이런 책조차 리처드 도킨스의 『현실, 그 가슴 뛰는 마법』, 랜들 먼로의 『위험한 과학책』처럼 주제가 꽤 진지하다. 『위험한 과학책』의 부제는 “지구 생활자들의 엉뚱한 질문에 대한 과학적 답변”이다.

다시 『손자병법』으로 돌아가보자. 래리 엘리슨과 마크 베니오프는 각각 거대 소프트웨어 기업 오라클과 세일즈포스로 엄청난 성공을 거둔 CEO인데, 둘 다 손자의 책이 자신의 커리어에 가장 큰 도움이 되었다고 칭송한다. 테크놀로지 산업계에서 제일 전투적인 인물로 꼽히는 엘리슨은 이 책에서 화火를 다스리는 법을 배웠다고 했다. 심지어 친구 베니오프에게 이렇게 조언해주었다. “자네 화났나? 그 화를 무시하게.” 베니오프도 손자의 책을 엄청 좋아해서, 2008년 이 고전이 재판을 찍었을 때 서문을 쓰기도 했다. 서문에서 베니오프는 이렇게 밝혔다.

“아주 오래전에 『손자병법』을 처음 읽은 이후로, 나는 이 책의 기본 개념을 삶의 여러 방면에 적용해왔다. 훨씬 큰 회사들이 지배하는 업계에 진입하여 이들을 무력화하는 전략을 이 책의 핵심 사상에서 배웠다. 결국, 그 덕분에 세일즈포스닷컴이 전체 소프트웨어 산업을 장악하게 되었다.”

음, 베니오프는 비즈니스 홍보 기회를 절대 놓치지 않는 사람인 듯하다. 어쨌든, 베니오프가 서문에서 자기 회사 이름을 언급하며 선전한 것에 만족하지 못했더라도, 그는 책으로부터 많은 교훈을 배웠다. 『손자병법』은 인생·비즈니스·군사 등의 전략을 말하는 고전으로 평가받는다. 이 책의 통찰력을 분석하는 책 수백 권이 수많은 언어로 출판되었을 정도다. 그리고 이 책의 아이디어는 사업 관리부터 스포츠 훈련에 이르기까지 다양한 영역에 적용되어왔다.

여러분도 알다시피, 『손자병법』은 겉으로 보기엔 군사 전략을 서술한 책이다. 하지만 그 핵심에는 인간의 가치관에 대한 내용이 담겨 있다. 궁극적으로, 위대한 책은 모두 다 마찬가지다.

마크 큐번을 예로 들어보자. 성공한 투자자 큐번은 매일 세 시간씩 독서를 하는데, 특히 정치학과 심리학 분야의 빅 아이디어를 다루는 책을 즐겨 읽는다. 큐번은 자신의 책 『비즈니스 스포츠에서 승리하는 방법How to Win at the Sport of Business』에서 그 이유를 이렇게 설명한다.

"저는 끊임없이 새로운 아이디어를 찾습니다. 최대한 많은 책과 잡지를 읽지요. 흠, 잡지 한 권은 3달러, 책 한 권은 20달러 정도 하죠. 한 개의 훌륭한 아이디어가 한 명의 고객 또는 하나의 솔루션으로 이어집니다. 그렇게 잡지와 책은 몇 배의 가치로 돌아오지요."

큐번은 자신이 독서로 얻어낸 정보를 누구든지 이용할 수 있음에도 불구하고, 대부분의 사람이 그러지 않는다는 사실을 곧 깨달았다.

'빅 아이디어'라고 하면 일론 머스크의 독서 습관이 떠오른다. 머스크는 남아프리카공화국 출신 엔지니어로, 지금은 자율주행 전기차를 만들어 팔고 우주로 로켓을 쏘아 올리지만, 원래 페이팔이라는 인터넷 지불 서비스로 엄청난 돈을 벌었다. 머스크 또한 열렬한 독서가이며 어린 시절 『반지의 제왕』 같은 서사소설, 그리고 아이작 아시모프의 『파운데이션』 시리즈처럼 약간은 덜 서사적인 책(이 시리즈는 거대한 은하제국이 배경이다)에서 큰 영감을 받았다. 심지어 『은하수를 여행하는 히치하이커를 위한 안내서』 같은 전복적이고 재치 넘치는 책도 즐겨 읽었다. 이런 책은 보통 현실에서 도피하고 여가를 즐기기 위해 읽는다. 그럼에도 머스크에게 이 모든 책은, 벤저민 프랭클린처럼 위대한 역사적 인물의 약간은 상투적이고 진부한 전기(이 또한 머스크의 독서 목록에 있다)와 마찬가지로, 영감을 주는 롤모델 즉, 세계를 구하려는 야심찬 전략을 지닌 영웅을 보여주었다.

『부자 습관』의 저자 톰 콜리가 내놓은 또 다른 관찰 결과에 따르면, 부자들(콜리는 연소득이 16만 달러 이상이고 순유동자산이 320만 달러 이상인 사람을 부자라고 불렀다)은 소설, 타블로이드판 신문, 잡지보다는 교육에 도움이 되는 서적과 출판물을 선호하는 경향이 있다. 콜리는 성공한 사람들이 지침과 영감을 얻기 위해서 다른 성공한 사람들의 전기와 자서전에 끌린다고 믿는다. 하지만 잠깐 생각 좀 해보자. 성공했다는 게 무슨 뜻인가? 사람들은 성공을 무엇이라고 정의했을까?

나는 이 책에서 '성공'이라는 단어를 상당히 조심스럽게 사용한다. 왜냐하면 성공했다는 것과 부자가 되고 유명해지는 것 사이에는 연결고리가 잘 확립됐지만, 명성과 부가 행복을 가져온다는 신념과 낮은 자존감 및 우울증 사이의 연결고리는 제대로 알려져 있지 않기 때문이다. 사실, 삶의 목표를 좀더 효과적으로 추구하는 사람들은 부와 명성이 아니라 다른 인생 목표에서 동기를 얻는다. 예를 들어 원자의 비밀을 탐구하려는 사람들이 그렇다. 이들은 물리학을 공부해 돈을 벌겠다고 생각하지 않는다. 사소한 듯 보이지만 이것은 어떤 점에서 무척 중요한 차이다. 해리 크로토가 바로 이런 사례라 할 수 있다(노벨상 수상자 해리 크로토에 대해서는 7장에서 상세하게 살펴볼 것이다). 크로토는 순수한 상상력이 돋보이는 『반지의 제왕』을 즐겨 읽었다. 그리고 이 책에서 자신이 가장 좋아하는 구절은 "방황하는 사람들이 모두 길을 잃은 것은 아니다"라고 했다. 노벨상을 받고 유명인사가 된 뒤, 크로토는 거액을 받고 비즈니스 콘퍼런스에 참석하는 대신 학교에서 젊은이들과 대화하며 시간을 보냈다. 그러면서 과학이란 다른 것이 아닌 과학 그 자체를 추구하는 '발견의 항해'라는 자신의 비전을 널리 알리려 했다.

한편, 심리학자들은 유명해지려는 열망이 강한 사람들 또는 이미 유명한 이들에게 맹목적으로 열광하는 사람들은 언어·학습·사고 능력이 부족하다는 사실을 알아냈다. 오히려 성공과는 거리가 멀다! 영국 작가 폴 마틴의 『행복한 아이 만들기』라는 책에 의하면, 유명인을 추종하는 사람들은 변덕스럽고, 감정적이고, 신경질적인 경향이 있다.

마틴은 유명인사 숭배와 "성공한 사람들을 모방하려는 더 근본적인 욕망" 사이의 흥미로운 관련성을 제시한다. 이 이론에 따를 것 같으면, 우리는 주변의 성공한 사람들에게 주목하고, 그들의 행동에서 교훈을 얻고, 그들의 성공을 공유하려 한다(최고의 이론들이 그렇듯 그의 이론 역시 겉으로는 평범한 상식처럼 보인다). 하지만 마틴이 말했듯이 "사회적 비교의 유해한 그림자"는 우리 자신의 기회, 행동, 그리고 사실상 신체적 자아에 불만을 표하게 한다.

요컨대 성공은 외부의 비본질적인 목표가 아니라 내 안의 본질적인 동기 및 보상과 관련이 있다. 미래의 보상을 위해 현재를 희생하는 전략을 세우기보다는, 그 자체로 즐기고 가치 있다고 생각하며 무언가를 찾음으로써 성공을 이룰 수 있다. 예를 들어 독서는 성공이라는 목적을 이루는 수단으로서만 수행되어서는 안 된다. 올바른 독서는 그 자체로 자극과 힘을 주기 때문에 가치가 있다. 버핏이 만족스럽게 읽고 있는 광범위한 도서 목록과는 대조적으로, 영국 근로자의 80퍼센트 정도는 업무와 관련 없는 학습을 전혀 하지 않는다는 최근의 보고가 있다. 이들이 책을 읽지 않는 이유는 무엇일까? 영국 근로자들은 독서 말고 다른 활동을 즐긴다. 하지만 여기서 놓친 게 하나 있다. 책에서 새로운 지식을 발견하고 통찰력을 얻는 것은 우리를 들뜨게 하고 자극을 줄 수 있다는 사실이다. 성공한 사람들은 이를 삶에서 일찍 알아차렸다.

그런 사람들의 인생을 탐구하면서, 나는 성취를 이룬 여러 위대한 이야기 뒤에 현명한 전략 이상의 무언가가 있음을 깨달았다. 신념과 가치 또한 위대한 전략의 지침이 되었지만, 늘 계획 혹은 전략이 똑같지는 않았다. 물론, 조금만 생각해보면 그다지 크게 놀랍지는 않다. 만약 정말로 딱 한 가지 '성공의 레서피'가 있었다면, 모두가 벌써 그것을 사용했을 것이다. 그런 건 애초에 없다. 다양하고 이질적인 접근법을 하나로 묶어 일종의 '개념적인 그리드'를 구상하면, 우리는 매일 창조적·과학적·비즈니스적 실천을 개발하고 성장할 수 있다.

예를 들어 구글을 창업한 세르게이 브린과 레리 페이지에게 이 그리드는 찰스 다윈의 '자연돌연변이'와 '반복'이라는 개념이었다. 조립라인의 선구자라 할 수 있는 헨리 포드에게 이 그리드는 '환생의 연속'으로서 모호하고 미묘한 생명 이론이었다. 그리고 오프라 윈프리와 스티브 잡스에게 이 그리드는 '진정성'을 추구하는 실존주의 아이디어였다. 이 모든 사례에서, 거대하고 사실상 철학적인 이론이 실천적인 비즈니스 전략과 완벽하게 맞물린다. 나는 이 모든 뛰어난 사람들의 인생 이야기를 이 책에서 살펴볼 것이다.

아이디어의 이론적인 측면과 실천적인 측면 사이의 이런 유연한 상호작용은 극적으로 다른 두 가지 사례에서 분명하게 나타난다.

즉, 제인 구달과 월트 디즈니의 경우다. 구달은 우리에게 영감을 주는 인류학자로, 그가 아프리카에서 침팬지를 비롯한 영장류와 함께 생활하고 관찰하여 얻은 연구 성과는 위기에 빠진 희귀 동물은 물론 인간에 대한 이해를 획기적으로 바꾸어놓았다. 구달은, 1장에서 자세하게 살펴볼 텐데, 자기 연구의 씨앗이 동물을 다룬 아동서 두 권, 즉 『두리틀 박사 이야기』와 『정글북』이라고 이야기했다.

월트 디즈니에게 『정글북』은 곧장 자신의 애니메이션 영화에서 창조해낸 마법의 세계로 연결된다. 하지만 구달과 디즈니의 유사점은 거기에서 그친다. 디즈니는 열렬한 사회적 보수주의자이며, 하느님을 무서워할 줄 아는 미국 애국자로 자청하고, 공공연하게 파시스트 철학자들을 찬양하며, '엡콧EPCOT(미래 사회를 위한 실험도시)'이라고 부르는 자신만의 작은 전체주의 공화국을 창조해냈다. 이것은 나중에 디즈니랜드라는 아주 다른 종류의 현실도피적인 유토피아가 되었지만, 그렇다 할지라도 그 화려한 겉모습 아래에는 '빅 브라더'가 어디든 존재하는 철권통치가 자리 잡고 있다. 디즈니랜드에서 집은 국가에 속했다. 남자 고용인들의 긴 손톱과 긴 머리카락은 처벌받아 마땅했으며, 심지어 얼굴에 나타날 수밖에 없는 감정은 늘 조작되었다! 하지만 동일한 철학 덕분에 디즈니는 직원들을 격려하고, 브랜딩과 마케팅의 힘을 느끼고, 고군분투하는 예술가에서 시작해 위대한 영화 제작자이자 엔터테인먼트 공상가로 성장할 수 있었다.

현재로 다시 돌아와보자. 여러분에게 도서관으로 가서 20세기 파시스트 철학자들의 책을 들춰보라고 강요하거나 어떤 특정한 책을 들이밀려는 게 아니니 안심하기 바란다. 오히려 나는 세계적으로 이름을 떨친 개인들의 이야기 뒤의 '빅 아이디어'에 초점을 맞춤으로써, 좀더 여러분에게 가닿고 싶다. 그들의 기량, 철학적 아이디어와 놀라운 통찰력은 물론, 핵심적인 전략 및 신념을 중점적으로 다뤄보려 한다. 충분히 그럴 만한 가치가 있다.

따라서 이 책에는 두 가지 커다란 목표가 있다. 첫째, 글의 가치가 크지 않은 시대에 책이 지닌 힘을 재차 강조한다. 둘째, 책에서 위대한 일을 성취할 영감을 발견한 사람들의 사례를 들려준다. 결국 성공한 사람들이 지닌 공통적인 습관은 아주 단순하고 쉬워서 누구나 따라할 수 있다. 그들은 모두 **다독가**였다.

간단히 말하자면, 혁신가와 책의 관계에서 핵심은 이것이다. 많은 사람이 책을 읽지만, 아주 극소수만 책에서 아이디어를 찾아내 활용한다. 이는 적극적인 독서와 소극적인 독서의 차이라고 말할 수도 있다. 적극적인 독서, 즉 아이디어를 얻기 위한 독서는 놀라울 정도로 극소수의 사람들만이 수행했으며, 그 가치는 지속적으로 입증되었다.

성공한 사람들 중에서 학교를 중퇴하거나 정규교육을 포기한 사례를 기억하는가? (이 책에서 언급한 사람들 중 몇 명이 이런 범주에 속하는지 확인해보자!) 그런데 이들 중 상당수가 주로 책에서 스스로 배웠다는 사실은 사람들이 별로 주목하지 않는다. 하지만 위대한 사람들이 읽은 책을 무작정 따라 읽으면 되겠다는 생각은 잊어라. 그것은 페이스북과 인스타그램 피드를 확인하거나 일요판 신문에 몰두하는 것과 다를 바 없다. 흔해 빠진 독서로는 안 된다. 우리의 목표와 열망, 우리의 꿈과 환상에 직접 말을 건네는 책을 읽어야 한다.

소셜미디어 포스트를 매일 훑어보는 데 만족해서는 안 된다. 진정한 독서는 이것과는 다르다. 좋은 책은 엄청난 시간과 노력을 들인 생각과 조사의 결과물이다. 쉴 새 없이 쏟아지는 인터넷 잡문과 뉴스의 홍수 속에서 조장되는 성급한 스크랩과는 완전히 다르다.

앞으로 다루게 될 장에서, 나는 젊었을 때 독서로 영감을 얻은 사람들의 대표적인 예를 자세히 살펴볼 것이다. 이들이 언급한 책에서 핵심적인 부분이나 아이디어를 발췌하고, 이들이 몸소 실천한 문장을 제시할 것이다. 각각의 장은 위대한 독서가 두 명을 연결 짓는다. 한 명은 전형적인 위인이며, 또 다른 한 명은 훨씬 더 현대의 사람이지만 우리가 본받으려는 인물이다. 또한 나는 언급되는 책의 내용을 본문에서 또는 바로 다음처럼 박스 형식으로 요약해서 보여줄 것이다. 『레버리지 독서』를 읽으며 책이 왜 여러분이 가고자 하는 곳으로 데려다줄 열린 문인지 확실하게 발견하기를, 또는 재발견하기를 바란다.

『손자병법』

孫子兵法

—

저자: 손자(손무) | 출판 연도: 기원전 500~400년경

역사가들은 이 책을 누가 언제 썼는지 자신 있게 말하지 못한다. 하지만 중국의 군사전략가 손자가 썼다고 널리 알려져 있다. 다른 수많은 중국 고전과 마찬가지로, 이 책은 군사전략에 관한 중국의 이론과 기술을 수 세기에 걸쳐 집대성한 작품이다. 그런데 단순한 군사전략 그 이상이 담겨 있다. 『손자병법』의 교훈은 삶의 모든 영역에 걸쳐 적용된다. 전략적 이점을 추구하는 사업가부터 일상생활에서 현명한 조언을 구하는 개인에게까지 유익하다. 이 책에 담긴 조언은 매우 현명해서 오늘날 독자들에게도 큰 반향을 일으킨다.

1000년 이상, 아시아 전역의 통치자들은 군사적인 정복을 꾀할 때마다 이 책에서 조언을 구했다. 하지만 과거에는 서구 세계까지 이르지 못했다. 그러다 18세기 말, 장 조제프 마리 아미오라는 예수회 선교사가 이 책을 프랑스어로 번역했다(몇몇 역사가는 프랑스 황제 나폴레옹이 당시 이 책의 전략을 따른 최초의 서구 지도자라고 믿는다). 그리고 마침내 1905년에 "The Book of War"라는 제목을 달고 영어로 번역되어 나왔다. 책이 출간된 이후 꾸준히 팔리다가 2001년에 크게 히트를 했다. 당시 HBO의 인기 드라마 〈소프라노스〉에서 지역 마피아 조직의 두목으로 나온 주인공 토니 소프라노가 치료 전문가에게 이 책을 읽었다고 말하는 장면이 방영됐는데, 그 이후로 엄청난 주문이 몰려드는 바람에 옥스퍼드대학교 출판사에서 2만 5000부를 찍어야 했다.

『손자병법』은 구체적인 전략을 제공한다. 지휘관에게 척박한 지형에서 군대를 움직이는 법을 알려주고, 각기 다른 유형의 무기를 사용하고 대응하는 법을 설명한다. 하지만 갈등과 그 해결책처럼 더 일반적인 조

언도 한다. “싸울 때와 물러설 때를 아는 자가 승리할 것이다”, “장교와 병사 모두 훈련이 잘 된 군대에게 승리가 돌아간다”와 같은 원칙은 온갖 종류의 불화와 싸움과 도전에 적용할 수 있다. 또한 이 책은 성공을 위한 실용적인 전략을 제공한다.

“전쟁은 속임수의 게임이다. 능력이 있을 때 능력이 없는 것처럼 꾸며라. 공격할 준비가 되었을 때 그렇지 않은 척하라. 가까이 있을 때 멀리 있는 것처럼 꾸며라. 적이 전리품을 취할 생각에 사로잡혔다면 미끼로 유인하라. 무질서에 빠졌을 때 공격해서 정복하라. 큰 힘을 자랑할 때 그에 대비해 두 배로 준비하라. 위협적일 때 피하라. 적이 화를 잘 낸다면 약 올려 도발하라. 적이 소심하고 신중하다면 거드름을 부추겨라. 휴식을 취한다면 피곤하게 하라. 통일되어 있다면 분열을 획책하라. 적이 준비되지 않았을 때 공격하라.”

그런데 어쩌면 『손자병법』에서 뜻밖의 가장 중요한 메시지는 전쟁이란 근본적으로 바람직하지 않고 따라서 피해야 한다는 것이다(도교에서 말하는 양보의 원칙과 상당히 흡사하다). 손자는 이렇게 썼다.

“전쟁이 가져올 해악을 제대로 인식하지 못하는 사람은 전쟁을 유리하게 수행하는 방법을 올바로 이해하지 못한다. 전쟁에 능숙한 사람은 싸우지 않고도 적을 정복한다. 그는 적의 도시를 공격하지 않고도 접수한다. 들판에서의 장기간에 걸친 작전 수행 없이도 적의 왕국을 정복한다. 이것이 바로 책략을 이용한 공격이다.”

무엇보다 이 책은 사기와 도덕의 중요성을 강조한다. 또한 통치자들에게 아주 단호하게 조언한다.

“어느 군주가 도덕적 영향력이 더 큰지, 어느 장수가 더 능력 있는지, 어느 편이 지상과 천상의 이점을 더 많이 지녔는지, 어느 군대가 규율을 잘 따르는지, 어느 부대가 무기를 더 많이 갖추고 훈련이 잘 되었는지, 어느 지휘관이 공정하게 보상과 처벌을 내리는지 찾아라. 그러면 어느 편이 승리를 거둘지 예측할 수 있다.”

1장
괴물과 마주하라

버락 오바마와 제인 구달

모리스 샌닥, 『괴물들이 사는 나라』

휴 로프팅, 『두리틀 박사 이야기』

IIII\II

버락 오바마와 제인 구달 모두, 실제로 하는 일을 자신의 이상적인 신념과 결합하여 인생에서 성공을 이룬 것 같다. 미국의 44대 대통령 오바마는 '괴물들'을 길들이는 이야기에 끌렸다. 인류학자 구달은 동물들과 대화를 나누는 두리틀 박사에게 매혹되었다. 두 사람 다 어린 시절에 서로 아주 다른 어린이책 두 권을 읽으면서 이상주의자가 된 듯하다. 엉터리 같다고? 아니다. 심리학자들은 어렸을 적 아이디어가 뿌리를 내려 미래의 경로가 결정된다고 말한다. 그러니 오바마와 『괴물들이 사는 나라』라는, 언뜻 단순해 보이는 사례를 먼저 생각해보자.

정치인들은 너무 바쁜 나머지 실질적으로 책을 읽을 짬이 없어도 책을 읽어야 하는 것 같다. 그러므로 미국 대통령들의 독서 습관을 연구할 때는 회의적으로 판단해야 한다. 특히 정치인들이 하는 말은 회의적인 대중을 위해 늘 신중하고 철저하게 각본이 짜인 듯 보이기 때문이다. 결국 에이브러햄 링컨 이후로 많은 대통령이 링컨처럼 고전을 사랑하고 대중소설을 거부했다는 게 사실일까? 아니면, 자신이 고전에 특권을 주어야 한다고 '생각했던' 건 아닐까? 책은 그런 것보다 훨씬 더 '개인적인' 취향을 반영한다. 월스트리트 붕괴와 더불어 대통령(31대) 임기를 시작한 공학자 출신 허버트 후버가 금속공학에 관한 책을 읽으며 스스로를 끊임없이 채찍질하고 최신 정보를 습득했다는 사실은 유명하다. 하지만, 후버가 '정치 공학자'라는 이미지를 투사하기 위해 그렇게 한 것일지도 모른다.

그러나 이런 회의론을 벗어나서 보면, 하루에 한 권씩 책을 읽은 시어도어 루스벨트를 필두로 버락 오바마에 이르기까지 몇몇 대통령은 정말 대단한 책 애호가였다. 오바마는 왕성하게 책을 읽었을 뿐만 아니라 베스트셀러 작가이기도 하다.

오바마의 독서 목록에는 대통령이 읽어야 하는 수많은 책이 실려 있는데, 에이브러햄 링컨, 마틴 루서 킹 주니어, 마하트마 간디, 넬슨 만델라의 저술이 포함된다. 오바마는 자신에게 결속 또는 연대감이 필요할 때 이런 책들이 "실제로 큰 도움이 된다는 것"을 깨달았다면서 이렇게 덧붙였다.

"아주 힘겨운 순간, 이 일은 무척 외로울 수 있다. 그래서 때때로 역사를 가로질러 나와 비슷하게 고립감을 느낀 인물들을 찾아야 한다. 이는 무척 유용하다."

오바마는 유난히 호기심이 많은 사람이었다. 그가 좋아했다고 강조하는 책들은 오바마의 수수께끼 같은 개성을 잘 보여준다. 이제 소개할 소설책 두 권이 그렇다. 한 권은 개인의 신념과 정치적 의무라는 복잡 미묘한 주제를 다룬 훌륭한 모험담인 어니스트 헤밍웨이의 『누구를 위하여 종은 울리나』이고, 또 다른 한 권은 이것과 성향이 아주 다른 책으로 모리스 샌닥의 어린이 그림책 『괴물들이 사는 나라』이다.

미국 대통령으로서 오바마에 대해 따로 소개할 게 별로 없다. 그럼에도 한 가지는 짚고 넘어갈 필요가 있다. 수많은 뛰어난 인물처럼 그 역시 유리할 게 별로 없는 환경에서 성장했다는 점이다. 오바마는 1961년 8월 4일에 하와이 호놀룰루에서 버락 오바마 시니어와 스탠리 앤 더넘 사이에 태어났다. 엄마는 캔자스 출신으로, 왜 '스탠리'라는 남자 이름이었는지는 모르지만, 어쨌든 사람들이 늘 '앤'이라고 불렀다. 부모가 이혼하자 버락은 호놀룰루에서 어린 시절 대부분을 조부모의 보살핌을 받으며 보냈다. 그러는 사이 엄마는 마노아에 있는 하와이대학교에 다녔다. 4번째 생일 직전, 엄마는 롤로 소에토로와 재혼했다. 새아버지는 인도네시아 출신으로, 2년 뒤 엄마는 어린 오바마를 데리고 인도네시아로 떠났다. 나중에 오바마는 호놀룰루로 돌아와 푸나호고등학교에 다녔다. 1979년에 고등학교를 졸업하고 미국 본토에 가서 옥시덴탈 칼리지, 컬럼비아대학교를 거쳐 마침내 하버드 로스쿨에 들어가 공부했다. 그 과정에서 커뮤니티 조직가이자 활동가, 변호사, 대학 강사로 일했다.

이 모든 역할 중에서, 적어도 공개적으로, 오바마는 커뮤니티 조직가로서 보낸 시기를 자신의 정치적 정체성의 핵심이라고 했다. 대통령 후보로 나서겠다고 선언했을 때, 자신이 지금껏 받은 '최고의 교육'은 대학 생활이 아니라 시카고에서 공동체 과학science of communities을 체득하며 보낸 시간이라고 말했다. 사실 오바마에게 영감을 주는 구호 "예스, 위 캔"은 시카고의 시민들이 꿈을 깨닫도록 영감을 주려고 했던 바로 그 시절에 나왔다.

인생 전략을 이행하도록 돕기 위해 다른 사람들의 말에 귀를 기울이다 보면, 스스로를 개발하는 데 소홀해지기도 한다. 사실 오바마가 1995년에 쓴 뛰어난 자서전 『내 아버지로부터의 꿈』에서는 그 어떤 특별한 철학도 드러나지 않는다. 여기서 오바마는 젊은 시절에 "텔레비전 시트콤과 철학책"에서 얻은 가치를 거부하려 했다고 말한다. 이것은 기이한 결합이자 우려스러운 이탈이다.

오바마의 『담대한 희망』에서도, 자신의 직업윤리를 한 번도 아니고 일곱 번이나(!) 언급한 예외를 제외하고는 교훈 또는 도덕률을 찾아보기 힘들다. 오바마는 자신을 그저 기술자, 조직가로 소개한다. 이 사람은 윤리 또는 커다란 문제 해결에 별로 관심이 없었던 것 같다. 실제로 태아의 인권과 임신중절에 관하여 생명이 어디서 시작한다고 생각하냐는 질문을 받았을 때, 그것은 "자신의 권한 밖에 있는 주제"라고 대답하고는 논의를 중단해버렸다. 무척이나 독특한 반응이다(현실 정치에서 그런 주제와 관련된 문제를 해결해야 하는 대통령의 입에서 저런 말이 나오다니).

실제로 오바마 행정부의 기록을 살펴보면 윤리 문제에 둔감한 것처럼 보인다. 즉, 이슈를 순전히 도구로 활용하려 했다. 데이터 개인정보 보호, 시민권, 그리고 무엇보다도 무고한 민간인의 막대한 희생이 불가피함에도 미국의 적을 섬멸하기 위해 드론을 군사적으로 사용한 것이 그런 예다(이것이 바로 나중에 말랄라 유사프자이가 오바마에게 문제 제기한 요점이다. 10장을 볼 것).

이는 『담대한 희망』에서 보여주는 의기양양한 낙관론과는 상당히 거리가 멀다. 이 책에서 오바마는 이렇게 말한다.

"백악관과 공화당 의원들이 서로 대립되는 견해를 다루는 과정 또는 이런 과정의 부재를 보고 나는 정말 곤혹스러웠다. 통치의 규칙이 더이상 적용되지 않으며, 우리가 호소할 수 있는 불변의 의미 또는 기준이 없다는 느낌이 들었다."

오바마는 심지어 권력을 장악한 사람들이 헌법적인 한계를 자의적으로 결정하는 것 같다고도 말했다. 권력자들은 인신보호영장이나 권력분립 같은 제도가 멋지긴 하지만 명백한 적이라 할 수 있는 테러리스트를 제압하는 일을 복잡하게 만들 뿐만 아니라 생명의 존엄성처럼 정당한 가치를 수호하는 데 걸림돌이 된다는 이유에서,

그런 제도를 독단적으로 무시하거나 강력한 의지로 억누를 수 있다고 생각한다는 것이다.

여기서 다시 오바마가 읽은 책으로 돌아가보자. 2008년 7월 민주당 대선후보로 지명된 직후, 《롤링 스톤》 공동 창립자 잔 웨너와의 인터뷰에서 오바마는 자신의 계획과 영향력을 상세하게 밝혔다. 본인에게 영감을 준 책 세 권을 말해달라는 부탁에 그는 토니 모리슨의 『솔로몬의 노래』, 윌리엄 셰익스피어의 비극, 그리고 헤밍웨이의 『누구를 위하여 종은 울리나』를 제시했다.

『누구를 위하여 종은 울리나』는 헤밍웨이가 기자로서의 경험을 바탕으로 1930년대의 가혹하고 비통한 스페인 내전을 다룬 전쟁문학의 수작이다. 전쟁의 잔혹함과 비인간적인 모습을 생생하게 묘사한 이 책에는 삶과 죽음에 대한 대담한 문장이 가득하다. 무기를 잘 갖춘 파시스트 군대를 박살내려는, 어찌 보면 무모할 수도 있는 스페인 공화주의자들의 고결한 정신이 깊은 울림을 준다.

그런데 이 책의 제목은 영국의 성직자이자 시인 존 던의 오래전 시에서 따왔다. 이 시는 보통 "누구를 위하여 종이 울리냐고 묻지 마라. 종은 당신을 위해 울린다"라는 대중적인 아포리즘(금언)이 되었다. 원래의 맥락에서 떼어내면, 인류 공통의 가치에 관한 의미가 흐려진다.

인간은 누구도 혼자만의 섬이 아니다.
모든 사람은 대륙의 한 조각,
본토의 일부일 뿐이다.
흙 한 덩이가 바닷물에 쓸려나가면,

유럽은 그만큼 줄어든다.

바다로 툭 튀어나온 육지도 마찬가지고,

친구의 땅이나 당신의 땅이 쓸려나가도 마찬가지다.

누구의 죽음이든, 나를 줄어들게 한다. 나는 인류에 속하기 때문이다.

그러니 누구를 위해서 조종弔鐘이 울리는지 알아보려고 하지 마라.

종은 그대를 위하여 울리는 것일지니.

어쩌면 오바마는 신중한 연사로서 『누구를 위하여 종은 울리나』를 언급한 것이 위험한 선택이라고 생각했을지도 모른다. 하지만 그 후 2018년, 옛 대통령 선거 경쟁자이자 평소의 정치적 적수 존 매케인 상원의원이 사망한 뒤 추도식에서 이 책을 직접 인용했다. 오바마는 베트남전 참전용사의 애국심과 개성을 길게 언급하며, 다음과 같은 대목을 읽었다(매케인 또한 『누구를 위하여 종은 울리나』를 좋아했다고 알려졌다).

"오늘은 앞으로 다가올 수많은 날 중 하루에 지나지 않는다. 하지만 앞으로 다가올 수많은 날에 일어날 일들은 당신이 오늘 하는 일에 달려 있다."

헤밍웨이는 "지금 말고는 아무것도 없다"라고 했다. 이것은 정치인에게는 위험한 문장이다. 헤밍웨이는 『누구를 위하여 종은 울리나』의 주인공 로버트 조던의 입을 빌려 이렇게 이어 말했다.

"어제는 분명 없어. 내일도 없어. 얼마나 나이를 먹어야 이런 사실을 알 거야? 지금밖에 없어. 그리고 만약 지금이 단 이틀이라면, 그렇다면 그 이틀이 당신의 삶이고 모든 것이 그에 비례하여 알맞게 존재하게 될 거야. 그렇게 당신은 단 이틀 동안 삶을 살아가게 될 거라고, 이틀. 그리고 만약 당신이 불평을 집어치우고 절대로 손에 넣을 수 없는 것만 바라지 않는다면, 멋지고 훌륭한 삶을 살게 될 거야. 멋지고 훌륭한 삶이란 성서에 나오는 기간으로 측정되지 않아."

그런데, 헤밍웨이는 오바마와 다르게 단순히 사람들의 표를 얻는 것 이상의 훨씬 더 극적인 점을 염두에 두었다. 그는 이렇게 말한다.

> 죽는다는 것은 아무것도 아니다. 그 사람은 마음속으로 죽음을 그려본 적도, 죽음에 대한 두려움을 지녀본 적도 없다. 하지만 살아간다는 것은 바람이 불어대는 산비탈 곡식 들판이다. 살아간다는 것은 하늘을 나는 매다. 살아간다는 것은 도리깨질을 하고 왕겨를 불어내는 먼지 자욱한 마당에 놓인 질그릇 물동이다. 살아간다는 것은 두 다리로 올라탄 말이고, 한쪽 다리 밑에 놓인 카빈총이고, 나무가 자라는 언덕과 계곡과 개울이고, 계곡 저 멀리, 그 너머 언덕이다.

문학 편집자 맥스웰 퍼킨스는 헤밍웨이의 원고를 읽고 나서 이렇게 짧게 썼다.

"만약 작가의 역할이 현실을 드러내는 것이라면, 이처럼 완벽하게 그 일을 해낸 사람은 지금껏 아무도 없었다."

또한 출판사는 이 책을 작가의 이전 작품들보다 훨씬 더 강력하고 광범위하고, "훨씬 더 강렬하게 감정적"이며, "역대 최고의 전쟁소설"이라고 홍보했다.

하지만 나는 그런 홍보를 그다지 좋아하지 않는다. 이 책에 나오는 이야기들, 스페인 산악지대에서 벌어지는 반파시스트 게릴라 대원의 이야기와 아름다운 마리아에 대한 사랑이라는 부차적인 이야기 모두 내가 보기엔 이차원적이고 가볍다. 매케인 같은 군인에게는 이 책이 큰 힘을 주었겠지만, 오바마에게 영감을 불어넣었다는 주장은 그럴싸하게 살짝 포장한 말처럼 보인다.

오히려 『괴물들이 사는 나라』가 훨씬 더 진정성이 있는 것 같다. 사실 오바마는 이 책에 대해 더욱 자주 이야기했다. 『괴물들이 사는 나라』는 오바마가 대통령직에서 내려오기 일주일 전에 《뉴욕 타임스》의 수석 도서 평론가 미치코 가쿠타니와의 인터뷰에서 눈에 띄게 언급되었다. 당시 오바마는 자신이 대통령으로 있는 동안, 그리고 살아오는 동안 책이 했던 역할을 이야기했다. 여기 편안하고 젠체하지 않는 설명에서, 오바마는 혼란스럽고 험난하고 단절된 청소년 시절에 책이 어떻게 자신을 이끌어주었는지 말하며, 자신이 누구이며 무엇을 생각하는지, 무엇이 중요한지 발견하는 데 큰 도움이 되었다고 했다. 또한 방황하고 때때로 외로움을 느끼는 소년이었을 때 책은 큰 위안이 되었다고도 했다. 오바마는 그 시기를 "자유롭게 이리저리 슬슬 거닐며 돌아다니던" 때라고 했는데, 당시 책이 그에게 "친구"가 되었다(자유롭게 이리저리 슬슬 거닐며 돌아다녔다고? 즉, '소요'했다고? 이 말은 이곳저곳 여행한다는 뜻이다. 그리고 비록 오바마 자신은 철학을 공부하지 않았다고 주장하지만, 이 단어는 아리스토텔레스의 추종자들을 지칭할 때 자주 사용된다. 우리는 아리스토텔레스의 제자들을 '소요학파'라고 부르니 말이다. 이들은 걷기 또는 유유자적을 중요시한다).

『괴물들이 사는 나라』는 엄마와 갈등을 겪다 위협적인 삶의 정글에서 길을 잃은 한 남자아이 이야기다. 버락 오바마와 부인 미셸이 백악관 잔디밭에서 부활절 달걀 굴리기 행사에 참석했을 때 찍힌 비디오 클립이 있다. 영상에서 부부는 이 이야기책을 자녀들에게 읽

내 아들 밀로가 상상의 '괴물'을 펜으로 그린 것(그릴 당시 밀로는 이 책의 주인공 맥스와 같은 나이였다).

어주며 으르렁 울부짖고 발톱을 세우는 동작을 흉내냈다. 오바마는 이렇게 말했다.

"나는 이 책을 좋아합니다. 그리고 아내는 여전히 나를 주인공 맥스로 봐요. 내가 늘 장난을 치고 있다고 생각하지요."

48쪽짜리 짧은 이야기에서 맥스라는 소년은 늑대 옷을 입고 집에서 혼란을 일으키다 저녁도 먹지 못하고 잠자리에 든다. 그런데 맥스의 침대는 이윽고 신기하게도 정글로 바뀌고, 소년은 사나운 괴물들이 사는 섬으로 항해를 떠난다. 맥스는 두려워하기는커녕 이 괴물들을 당당하게 마주하며 결국 '괴물들의 왕'으로 열렬한 환호를 받는다. 그리고 새로운 신하들과 유쾌한 야단법석을 즐긴다. 이 이야기 속에 워싱턴에서 오바마의 정치활동을 뒷받침할 만한 통찰력이 있을까? 만약 있다면, 샌닥이 창조해낸 맥스에게서 오바마 대통령은 어떤 장난을 빌려왔을까?

2009년 〈괴물들이 사는 나라〉의 영화 연출에 대해 이야기하며, 현대 미국 심리학자 리처드 고틀리프는 영국심리학회 월간지 《사이콜로지스트The Psychologist》에서 모리스 샌닥의 책을 분석했다. 고틀리프는 이 책의 핵심 메시지는 파괴적인 분노가 아이들에게 실망과 상실을 견뎌내게 한다는 것이라고 했다. 〈괴물들이 사는 나라〉는 이 어두운 진실을 생생하게 포착했다.

고틀리프는 또한 〈괴물들이 사는 나라〉는 "분노에 대한 정신분석학적 이야기를 너무나도 정교하고 아름답게 표현한 몇 안 되는 그림책이다"라는 작가 프랜시스 스퍼포드의 말을 언급한다. 스퍼포드에 의하면, 샌닥은 작품에서 실망과 분노와 노여움을 포함한 강렬한 감정과 이런 감정이 창조적인 활동을 통해 전환되는 과정을 연구했다. 시카고 등 도시 커뮤니티나 (더 일반적으로) 투표권을 지닌 대중처럼 모든 정치인이 긍정적인 에너지로 바꾸기 위해 노력해야 하는 부분에도 그런 전환이 존재할까?

레너드 마커스와의 두 차례에 걸친 인터뷰(1988년과 1993년)에서, 샌닥은 이 책이 파괴적인 판타지에 의해 촉발된 불쾌감을 느낀 아이에서 시작한다고 설명했다. 이런 분노는 꿈속에서 또는 예술적인 창작 활동에서 일어나는 것과 유사한 '변화된 의식상태'를 불러일으킨다. 이런 변화된 상태는 이제 아이가 최초의 분노와 직면하고 극복할 수 있도록 해준다.

분노를 극복한 맥스는 엄마의 포근함과 안전을 상징하는 맛있는 음식 냄새에 끌려 집으로 돌아와, 방에 놓인 음식을 보고 엄마가 자신을 사랑한다는 사실을 깨닫는다.

스퍼포드에게 샌닥의 이야기는 가슴 깊숙이 억압된 걱정과 우

『괴물들이 사는 나라』

Where the Wild Things Are

—

저자: 모리스 샌닥 | 출판 연도: 1963년

『괴물들이 사는 나라』를 아동문학의 걸작으로 손꼽는 사람이 많다. 이 이야기는 오페라, 발레, 노래, 영화 각색에 영감을 주었다. 하지만 이 책은 꽤 기괴하고, 심지어 우려스럽기까지 하다.

책을 펼치면 주인공 맥스라는 소년이 아주 커다란 망치를 든 모습이 나온다. 맥스는 늑대 옷을 입은 채 포크를 들고 강아지를 뒤쫓아다니는 등 짓궂은 장난을 친다. 이 그림책에서 오직 목소리로만 등장하는 엄마는 아들 맥스를 향해 "괴물딱지 같은 녀석!"이라고 소리친다. 이 말에 맥스는 "그럼, 내가 엄마를 잡아먹어 버릴 거야!"라고 되받아친다.

이 때문에 맥스는 저녁도 먹지 못하고 잠자리에 들게 된다. 맥스의 분노는 점점 커지고, 곧 방바닥에서 나무가 자라더니 방은 숲이 된다. 맥스는 숲에 들어가 보트에 올라탄다. 보트는 바다를 건너 "괴물 나라"로 맥스를 데리고 간다.

이제 날카롭고 뾰족뾰족한 이빨과 위협적인 발톱이 달린 괴물들이 정글에서 한꺼번에 나타난다. 하지만 맥스는 물러서거나 움츠러들지 않고, 오히려 괴물들을 완전히 장악하여 왕이 된다!

모든 게 살짝 거칠고 제정신이 아닌 것 같은 야단법석이 펼쳐지지만, 결국 맥스는 외로움을 느끼고 "자기를 사랑해주는 사람이 있는 곳"에 돌아가고 싶다는 생각을 한다. 그래서 괴물들을 뒤에 남겨 놓고 집으로 다시 돌아온다. 방으로 돌아와 보니, 따뜻한 저녁밥이 맥스를 기다리고 있었다.

려를 드러낸다. 스퍼포드는 그 이야기가 엄마에게 갑작스럽게 화를 내거나 자신의 감정을 통제하기 위해 싸우며 '고통스러운 내적 갈등'에 놓인 아이들을 충족시킨다고 말한다.

이 책의 작가 모리스 샌닥의 개인적인 이야기는 어떤 게 있을까? 샌닥의 어린 시절은 불행하고 비참했다. 샌닥은 1928년 미국 브루클린에서 3남매 중 막내로 태어났다. 부모님은 1차 세계대전이 일어나기 전에 폴란드에서 미국으로 이민 왔다. 어린 모리스는 바로 체감하지 못했지만, 폴란드에 남은 가족들은 샌닥의 정서에 큰 영향을 미쳤다. 샌닥은 2002년에 레너드 마커스와의 인터뷰에서 이렇게 밝혔다.

"아버지의 가족은 모두 홀로코스트에서 목숨을 잃었어요. 나는 늘 비탄에 잠긴 집에서 자랐죠"

샌닥은 자신의 엄마를 신경질적이고 우울하며 감정적으로 불안정한 사람으로 묘사했다. 집안에는 죽음의 그림자가 늘 어른거렸다. 현실이라기보다는 환상과 걱정의 형태로 말이다. 모리스는 성홍열을 앓는 병약한 아이였고, 부모님은 아들의 건강을 늘 걱정했다.

무엇보다도, 모리스가 태어난 해에 아버지는 빈털터리가 되었다. 모리스의 성인식 날 아침, 아버지는 폴란드에 남겨진 가족이 모두 나치에 의해 목숨을 잃었다는 끔찍한 소식을 전해 듣는다. 또한 샌닥은 친척들이 자신에게 섬뜩한 느낌을 주었다며, 『괴물들이 사는 나라』 속 그림 모델은 어린 시절에 매주 집에 찾아오던 유대인 친척들이라고 했다. 그 친척들을 무서워해서, 이들이 집에 오는 것을 몹시 싫어했다. 모리스의 눈에는 친척들이 늘 식구들의 음식을 모조리 먹어치우는 것처럼 보였기 때문이다. 또한 모리스가 회상하기를,

친척들은 그의 뺨을 때리며 잡아먹겠다고 으름장을 놓는 등 직접적으로 위협하기도 했다.

1952년경(당시 스물네 살 때)부터, 샌닥은 클래식 음악을 들으면서 스스로 '판타지 스케치', '의식의 흐름 낙서', '꿈의 그림'이라고 부른 작품을 창조했다. 당시 샌닥의 목표는 정신분석학적 치료를 받는 환자의 목표와 크게 다르지 않았다.

"머릿속에 떠오르는 대로 종이에 그렸어요. 내 유일한 의식적 목표는 한 페이지에 전체 '이야기'를 완성하는 것이었죠. 가능하다면 시작과 끝을 모두, 음악과 함께 말이에요."

이 그림들 중 일부는 "무의식을 제멋대로 돌아다니는 순수하게 판타지적인 산책처럼 보였다"고 했다. 게걸스럽게 먹어치우고 게워내는 야만스러운 판타지가 두드러진 특징이었다. 이 마지막은 정신의학에서 자주 다루는 주제로, 판타지 속에서 '섭식장애'로 흔히 나타난다.

샌닥은 아이들이 살아남기 위해 필요한 것은 실망, 상실, 그리고 무엇보다도 '파괴적인 분노'라고 제안하는 듯하다! 샌닥의 책 속에서 주인공은 괴물들이 사는 나라에 감으로써 살아남는다. 비록 꿈과 몽상에서 일어난 일이라 할지라도 말이다. 일단 그곳에 가면, 리처드 고틀리프가 말한 것처럼, 아이는 괴물들을 정복하고 나서 돌아올 수 있다. 오바마는 이와 아주 유사한 방식으로 정치에 접근했다 즉, 유권자들에게 정치적인 프로그램과 더불어 꿈을 꿀 권리를 제공함으로써, 희망과 열망뿐만 아니라 분노와 실망을 표출할 수 있게 해주었던 것이다. 오바마는 흔히 무척 냉철하고 감정이 없는 지도자로, 심지어 '기술관료'로 평가받는다. 하지만 이런 겉모습 뒤에는 인간의 심리적인 측면을 인지한 훨씬 복잡한 인물이 있다. 결국 오바마는 언뜻 보기에는 단순한 어린이책의 코드화된 메시지와 프로이트식 해석을 즐기는 사람이다.

가벼운 그림책으로 보일지라도, 우리는 『괴물들이 사는 나라』가 실제로는 심리학과 은유를 말한다는 사실을 깨닫게 된다. 이런 종류의 이야기는 현실의 털 달린 생명체와 야수들에게 어울리지 않기 때문이다. 불행하게도 아주 어린 아이들에게는 이런 구분을 제대로 설명하기가 쉽지 않다. 그렇기에 제인 구달이 좋아하는 어린이책이 매우 다른 메시지를 준다는 게 어쩌면 다행일지도 모르겠다.

|||\||

제인 구달은 많은 사람에게 영감을 주는 인류학자다. 구달이 아프리카에서 침팬지를 비롯해 영장류 동물들을 함께 생활하며 긴밀하게 관찰한 연구는 멸종 위기에 처한 희귀 동물은 물론이고 인간에 대한 우리의 이해를 혁신적으로 바꾸어놓았다. 그런데 구달은 자기 연구의 씨앗이 세 권의 어린이책에 있다고 밝혔다. 그중 두 권은 동물에 관한 책으로 휴 로프팅의 『두리틀 박사 이야기』와 조지프 러디어드 키플링의 『정글북』이고, 다른 한 권은 '타잔'이라는 젊은 소년을 키우는 유인원 공동체에 관한 에드거 라이스 버로스의 짧은 이야기 시리즈다. 우리는 흔히 텔레비전과 영화에서 별나게 묘사된 '타잔'을 생각하는데, 타잔 이야기에 나오는 유인원들은 무척 진지하다. 이들은 초보적인 사회와 기초적인 도덕성을 모두 다 지녔다. 협상을 하고 하나의 집단으로서 논의를 하는데, 논의 주제에는 윤리적 권리와

같은 추상적인 개념도 포함된다.

실제로 버로스는 유인원이 불문법(관습법)을 갖춘 사회에서 산다고 말했다. 구달의 할머니가 시리얼 포장지 쿠폰을 모아 손녀에게 공짜로 사준 『생명의 기적』이라는 책에서는 동물의 삶을 과학적으로 설명하며, 생물학과 행동에 관한 상당한 논의도 다룬다. 구달은 웹사이트 래디컬리즈Radicalreads에서 자신이 그 마법과도 같은 책에 푹 빠져 몇 시간이고 보냈다고 말했다.

"아이들을 위한 책은 아니었어요. 하지만 지구상의 다양한 생명체, 공룡의 시대, 진화와 찰스 다윈, 초기의 탐험가와 박물학자들, 그리고 동물의 놀라운 다양성과 적응에 대해 배우면서 나는 완전히 빠져들었어요."

그러나 구달의 초기 열정에 진정으로 불을 지핀 것은 소설이었다. 제인구달연구소에서 출판한 2016년 '세계 책의 날' 인터뷰집에서 구달은 이렇게 회상했다.

> 가장 인상 깊었던 첫 책은 휴 로프팅의 『두리틀 박사 이야기』였어요. 영국의 퍼들비 마을에 사는 시골 의사는 자신의 앵무새 폴리네시아한테서 동물들과 말하는 법을 배우지요. 어머니가 도서관에서 그 책을 빌려주었어요. 당시 우리는 새 책을 살 형편이 안 되었거든요. 나는 그 책을 두 번도 넘게 읽고 반납했어요. 사실 나는 그 책을 무척이나 좋아했어요. 그래서 대니 할머니가 1944년 크리스마스에 내게 그 책을 선물해주셨어요. (전쟁이 발발하고 나서 나는 엄마, 여동생 주디와 함께 할머니 집에서 살았어요. 아버지는 참전하셨고요.) 내가 기억하는 한 가장 근사한 선물이었죠. 오롯이 내 책이라니!

2010년의 인터뷰에서 인간과 유인원 원숭이 사이의 가장 큰 유사점이 무엇이라고 생각하느냐는 질문을 받고, '침팬지들의 상징적인 친구' 구달은 이렇게 대답했다.

"비언어적 커뮤니케이션, 키스, 포옹, 손을 맞잡는 것, 등을 토닥여주는 것, 뽐내는 것, 돌을 던지는 것, 도구를 사용하는 것, 도구를 만드는 것, 새끼들을 돌보는 것, 새끼들을 구해줌으로써 진정한 이타주의를 보이는 것, 새끼들을 양자로 들이는 것, 새끼들을 돌보는 것. 그런데 이런 것들과 정반대의 측면에서, 잔인하게 행동하고 전쟁을 치르려는 경향이 있다는 것 또한 알게 되었습니다."

『두리틀 박사 이야기』 2장에는 앵무새 폴리네시아가 두리틀 박사에게 이렇게 말하는 대목이 나온다. "하지만 동물들은 늘 입으로만 말하는 게 아니야. 동물들은 귀로도, 발로도, 꼬리로도, 모든 것으로 말한다고. 때로는 소리를 내지 않으려고도 해." 그러고 앵무새는 한쪽 코를 실룩거리는 '지프'라는 강아지를 가리킨다. 저 동작이 무슨 뜻이냐고 묻는 두리틀 박사에게 이렇게 대답한다. "저것은 '비가 그친 거 안 보여?'라는 뜻이야. 저 강아지는 지금 당신한테 물어보고 있어. 강아지들은 거의 언제나 코를 이용해 질문한다고."

제인 구달은 아주 어릴 때 '유인원'을 처음 접했다. 당시 런던에서 사업을 하던 구달의 아버지가 사준 '주빌리'라는 이름의 침팬지 봉제인형이었다. 제인의 엄마는 딸이 침팬지 때문에 악몽을 꾸지는 않을까 걱정했지만, 제인은 그 침팬지를 무척이나 좋아했다(우리는 지금 발포고무로 속을 채운 폭신폭신한 장난감 인형을 말하고 있다! 오해 없기를). 그 인형은 런던에 위치한 구달의 집 화장대 위에 여전히 놓여 있다.

『두리틀 박사 이야기』

The Story of Doctor Dolittle

—

저자: 휴 로프팅 | 출판 연도: 1920년

줄거리는 단순하다. 두리틀 박사는 동물을 사랑한다. 식료품 저장실에는 토끼가, 피아노 안에는 생쥐가, 천장에는 고슴도치가 산다. 말, 까마귀, 새도 몇 마리 있다. 오리 다브다브, 앵무새 폴리네시아, 올빼미 투투도 있다. 그의 사무실은 동물 친구들로 넘쳐난다. 박사가 거리를 걸을 때 강아지들은 뛰어나와 뒤를 따르고, 까마귀들은 까악 울어댄다. 앵무새에게 간단한 영어를 가르치는 사람들과 반대로, 두리틀 박사는 어느 날 앵무새 폴리네시아로부터 동물 언어를 가르침받고서 큰 변화를 겪는다. 그는 새로운 친구들을 돕기 위해 저 멀리 아프리카까지 여행을 떠난다.

이 책은 출판되자마자 즉각 히트했다. 하지만 책을 쓸 당시 작가의 관심은 동물에 있지 않았다. 동물을 하나의 은유로 사용해서 아이들이 이 세상의 각기 다른 사람들을 존중하도록 격려하는 게 목적이었다. 로프팅은 책의 후기에서 솔직하게 말했다.

"만약 모든 인종에게 정신적·육체적으로 발달할 기회를 동등하게 주었을 때 누가 특별히 더 선하거나 악해지지 않고 평등해진다는 사실을 아이들에게 알려줄 수 있다면, 우리는 평화와 세계주의라는 큰 건물을 짓는 데에 또 하나의 아주 중요한 주춧돌을 놓게 될 것이다."

이 말이 이상하게 들린다고? 그렇다면 두리틀 박사 이야기가 책이 아닌 편지에서, 로프팅이 제1차 세계대전에 군인으로 참전했을 때 자녀들에게 쓴 편지에서 처음 등장했다는 사실을 떠올려보자. 로프팅은 죽음과 파괴가 난무하는 전쟁터에서 정신적으로 황폐해졌다. 하지만 인간과 동물이 하나가 되어 사랑을 주고받는 이야기를 편지에 담아 아이들에게 보내면서 희망을 키워나갔던 것이다.

그런데 놀랍게도, 영장류 행동 연구에서 상징적인 인물로 우뚝 선 구달은 동물학 또는 생물학에서 그 어떤 정식 교육을 받은 적이 없었다. 사실 1957년 동물에 대한 열정 하나만을 좇아 저 멀리 케냐 고산지대에 자리 잡은 친구의 농장으로 갔을 때, 구달에게는 대학 학위도 없었다. 처음 구달이 했던 업무는 비서의 일이었다. 그러던 어느 날, 친구의 조언에 따라 케냐의 유명한 고고학자이자 고생물학자 루이스 리키에게 전화를 걸었다. 동물에 대한 이야기를 나누기로 약속을 잡기 위해서였다. 현존하는 유인원을 연구하면 초기 인류의 행동을 밝혀낼 수 있을 거라고 믿었던 리키는 탕가니카(현재 탄자니아)의 올두바이 협곡으로 구달을 초대했다.

리키는 구달을 런던에 보내 영장류 행동을 연구하고 해부학을 배우도록 했다. 구달은 연구의 일환으로 탕가니카의 곰베 국립공원으로 돌아왔다. 이번에는 엄마도 함께 데려왔다. 리키의 심적·물적 지원을 받은 구달은 케임브리지대학교 뉴넘 칼리지에서 동물행동학 박사 학위를 땄다(이때까지만 해도 학위가 없었다는 사실을 기억하자. 구달은 학사 학위 없이 박사 과정을 밟도록 허락받은 여덟 번째 사람이었다).

구달은 논문에서 곰베 국립공원에서 보낸 처음 5년 동안의 연구를 바탕으로, 자유롭게 생활하는 침팬지들의 행동을 상세히 기록했다. 그는 관습적으로 훈련받은 연구자들, 또는 그저 관습적인 마음가짐을 지닌 연구자들이 간과한 것들을 관찰했다. 우선 자신이 관찰하는 침팬지들에게 번호를 매기는 대신 '피피', '데이비드 그레이비어드' 같은 이름을 지어 주었다. 그리고 침팬지들 각각의 독특한 개성을 기록했다. 당시에는 관습에서 벗어난 독창적인 아이디어였다(연구 대상에 번호를 매기는 것은 거의 보편적인 관행이었을 뿐만 아니라 연구자들이 연구 대상에 집착하지 않도록 하는 중요한 방법으로 간주되었다. 하지만 물론, 동물들에게 이름을 붙이는 것은 두리틀 박사의 매력과 호소력에서 중요한 부분을 차지한다).

구달은 1996년 PBS 다큐멘터리 〈제인 구달의 야생 침팬지〉에서 이렇게 말했다.

"개성을 지닌 인간만이 합리적인 사고를 하고 기쁨과 슬픔 같은 감정을 지니는 건 아닙니다."

구달은 또한 포옹, 키스, 등 토닥여주기, 심지어 간지럼 태우기 같은 행동, 그러니까 우리가 보통 인간만의 독특한 상호작용라고 간주했던 모든 행동을 관찰했다. 구달은 이런 몸짓이 "가족 구성원과 공동체의 다른 구성원들 사이에서 발전하는 긴밀하고 든든하며 애정 넘치는 유대"의 증거라는 이론을 구축했다. 그리고 그와 같은 몸짓을 통해 그저 유전학적인 것을 뛰어넘어 감정·지능·가족·사회관계에서 인간과 침팬지의 유사성을 확인할 수 있다고 시사했다.

침팬지의 사회생활

구달이 곰베에서 지내는 동안 이름 붙인 동물들은 다음과 같다.

- 데이비드 그레이비어드: 털이 회색인 수컷. 구달을 친구로 받아준 첫 번째 침팬지다.
- 골리앗: 데이비드 그레이비어드의 친구. 원래 무리에서 우두머리 수컷이었다.
- 마이크: 교활함과 즉흥적인 행동으로 골리앗을 물리치고 우두머리 수컷이 되었다.
- 험프리: 덩치가 크고 강한, 악동 같은 수컷.

- 기기: 몸집이 크고, 새끼를 낳지 못하는 암컷. 어린 침팬지 또는 인간의 '친척 아줌마'로 지내는 것을 기뻐했다.
- 미스터 맥그레거: 호전적인 늙은 수컷.
- 플로: 계급이 높은 자애로운 암컷. 피간, 파벤, 프로드, 피피, 플린트의 엄마 침팬지다.
- 프로도: 피피의 둘째 새끼. 공격적인 수컷. 제인을 자주 공격했다. 결국 제인은 어쩔 수 없이 무리를 떠났다.

구달의 연구는 당시 과학 공동체에서 오랫동안 지속되어온 두 가지 믿음에 도전장을 내민 것으로 너무나도 유명하다. 즉, 오직 인간만이 도구를 만들고 사용할 수 있으며, 침팬지는 채식주의자라는 믿음이다. 첫 번째 믿음과 관련해서, 구달은 침팬지가 흰개미를 '사냥하는' 모습을 관찰했다. 구달은 자신의 책 『희망의 이유』에서, 침팬지가 흰개미 굴속으로 풀줄기를 반복해서 집어넣어 거기에 달라붙은 흰개미를 맛나게 먹는 과정을 상세히 적어놓았다. 또한 침팬지들이 나뭇가지를 가져다가 잎을 벗겨내 좀더 효과적으로 만들어 사용한다는 사실도 알아냈다. 이것이 바로 원시적인 형태의 도구 제작이다. 우리는 아주 오랫동안 자신을 '도구를 만드는 인간'으로서, 나머지 동물 왕국과 구분 지었다. 구달의 혁명적인 발견에 반응하며 루이스 리키는 이렇게 썼다.

"우리는 이제 인간을 재정의하든가 도구를 재정의해야 한다. 그러지 않으면 침팬지를 인간으로 받아들여야 한다."

그런데 이는 두리틀 박사의 시각이다. 로프팅의 소설을 원작으로 만든 1967년 영화 〈닥터 두리틀〉에서 박사는 이렇게 선언했다.

나는 인간 종족을 이해하지 못합니다.
인간은 자기와 다른 모습의 생명체들을 그다지 사랑하지 않지요.
동물들을 사람처럼 대우하는 건 미친 짓도 아니고 치욕스러운 일도 아닙니다.
나는 인간 종족을 이해하지 못합니다.

하지만 어떤 면에서, 곰베 국립공원에서의 삶은 『두리틀 박사 이야기』처럼 동물들이 협력하며 살아가는 상상 속 천국과는 많이 달랐다. 구달은 지금까지 알려지지 않은, 침팬지들의 공격적인 행동을 발견하고 기록했다. 무엇보다 침팬지들은 콜로부스 원숭이처럼 힘이 약한 가까운 친척들을 체계적으로 사냥하고 먹어치운다. 구달의 기록에 의하면, 침팬지들은 콜로부스 원숭이 한 마리를 나무 꼭대기에 고립시키고 가능한 탈출로를 모두 막은 다음, 잡아서 죽였다.

그러고 나서 침팬지들은 시체를 서로 나눠 먹었다. 그동안 전혀 알려지지 않았던 침팬지의 이런 행동에 대한 연구는 큰 충격을 주었다. 이후 곰베의 침팬지들은 공원에 사는 콜로부스 원숭이의 3분의 1을 해마다 잡아먹은 것으로 밝혀졌다. 이렇게 구달의 연구는 침팬지와 다른 영장류에 대한 연구에 도전했고 혁신적으로 학계를 바꾸어놓았다.

구달은 『희망의 이유』에서 이 발견을 이렇게 적었다.

“처음 10년 동안 연구를 하며, 나는 곰베의 침팬지들이 대부분 인간보다 훨씬 낫다고 믿었다. (…) 그러다가 갑자기 우리는 침팬지 또한 잔인할 수 있음을 알게 되었다. 즉, 침팬지 또한 우리와 마찬가지로 어두운 본성을 지니고 있었다.”

그럼에도 구달은 침팬지와 긴밀한 유대를 발전시키고, 22개월 동안 이 무리에서 가장 낮은 서열로 지내고 나서 결국 침팬지 사회에 받아들여진 유일한 인간이 되었다!

구달은 아프리카의 야생 침팬지를 위해 평생 동안 한결같이 두려움을 모르고 연구에 몰두했다(책을 쓰는 시간은 연구의 연장이었다). 심지어 80대의 나이에도 불구하고, 이 동물들이 복잡한 사회적 행동과 이해심과 의사소통 능력 모두에서 우리 인간과 얼마나 유사한지 과학적으로 설명하며 우리의 이해를 크게 전환하는 데 이바지하고 있다. 전문가들의 견해를 바꾸는 것은 물론이고 대중의 의견에도 커다란 영향을 미쳤다. (오바마처럼) 다작을 한 구달의 가장 유명한 책은 『인간의 그늘에서』라 할 수 있다. 이 책은 1971년에 출판된 이후로 48개국 언어로 번역되었다. 우리 집에도 한 권 있다. 하지만 『두리틀 박사 이야기』만큼 사람들이 많이 읽지는 않았다!

2장
주사위를 던져라

래리 페이지
세르게이 브린
리처드 브랜슨

루크 라인하트, 『다이스맨』

찰스 다윈, 『종의 기원』

IIIVII

"모든 걸 시도하라. 그러고 나서 무슨 일이 일어나는지 보라"

이는 래리 페이지와 세르게이 브린이 구글에서 오랫동안 펼친 '희망적인 괴물' 전략과 리처드 브랜슨이 버진그룹에서 보여준 비즈니스 실험의 기초가 되는 철학이다. 이 세 명의 기업인 모두 '다윈주의'라 부를 수 있는 철학을 명확히 보여준다. 그렇다 하더라도, 이는 하나의 가닥에 불과하다.

구글을 예로 들어보자. 인터넷 검색 기업 구글은 다른 산업과는 완전히 다른 '속도'로 일한다. 웹 소프트웨어는 하루가 다르게 끊임없이 변한다. 그래서 경직되게, 융통성 없이 계획을 세울 수 없다. 고객의 요구에 곧장 반응해 매일매일 진화할 수 있어야 한다. 더 빠르고 유연하게 진화하면 할수록, 제품은 더 성공적으로 발전한다. 이것이 바로 '희망적인' 부분이다.

하지만 이 접근법의 이면은 구글이 어디로 갈지, 또는 궁극적으로 이 세상에 어떤 영향을 미칠지 아무도 모른다는 것이다. 구글이 도서관, 영화, 또는 책을 완전히 없앨 수 있을까? 이것이 바로 '무작위 진화'가 지닌 '괴물'에 해당하는 부분이다. 이에 덧붙여, 의심의 여지 없이 구글의 또 다른 특징은 바로 제품을 없애버리는 솜씨다. 다행스럽게도 지금까지 없어진 것은 주로 자기들의 제품이었다! 그렇지만 제품을 없애는 건 비즈니스에서 수치스러운 일로 간주되는 게 상식이다. 고객은 실망감을 느낀다. 더불어 실패를 인정하는 것처럼 보일 수도 있다. 그래서 대부분의 기업은 계획의 변경을 그저 강조점의 미세한 변화 또는 조정으로 평가절하한다. 하지만 구글은 이와 정반대로 행동한다. 구글은 자신들이 제품을 끝장내고 있음을 세상에 떠들썩하게 선포한다. '구글 리더' 또는 '구글 데스크톱' 서비스를 종료하는 조치는 자랑스러워할 성취가 되는 것이다!

비즈니스 전략을 다룬 『미래의 지도Map the Future』의 저자이자 애플에서 전 세계 고객 및 경쟁 분석 디렉터로 일했던 마이클 메이스는 구글이 비즈니스 세계에 적용되는 규칙과 논리에 따르지 않는 것처럼 보인다고 말한다. 명백하게 기회처럼 보이는 계획을 퇴짜 놓고, 블랙홀처럼 보이는 계획에 과감하게 투자하고, 보통 사람들은 부끄럽다고 생각할 제품 취소를 자랑스럽게 선언한다.

그런데 구글의 행동을 지속적이고 자율적인 실험으로 본다면, 취소는 흥미로우며 분명 유익한 정보도 제공한다. 프랑켄슈타인 박사가 발견한 것처럼, 이런 시도는 자칫 혼돈 속으로 빠져들거나 심지어 위험천만한 통제불능 상태가 될 수 있다는 단점이 존재한다. 그래서 우리는 페이지와 브린이 만들어낼 세계가 초기 구글의 사훈 '악하게 굴지 말자Don't be evil'를 잊지 않길 바랄 뿐이다(깨끗한 기업 경영으로 사회에 보답하자는 취지의 이 사명이 어떻게 감쪽같이 사라졌는지는 여전히 미스터리로 남아 있다).

자율적인 실험을 실천하는 기업 이야기를 하다 보니, 엄청난 성공을 거둔 기업가 리처드 브랜슨이 자연스럽게 떠오른다. 표면적으로 브랜슨은 구글 창업자들과 공통점이 거의 없다. 브랜슨은 이들보다 먼저 활동한 구세대 사람이며, 음악 비즈니스로 활동을 시작했다. 하지만 오늘날 브랜슨의 버진 브랜드는 보험에서부터 우주비행에 이르기까지 광범위하다. 브랜슨은 수십 년 동안 "모든 걸 시도하라. 그러고 나서 무슨 일이 일어나는지 보라"는 정신을 자신의 비즈니스에 열정적으로 적용했다(물론 이런 정신은 실리콘밸리 스타트업에 널리 스며들어 있다).

리처드 브랜슨은 이제 억만장자로 열대지방의 한 섬에 산다. 하지만 브랜슨이 영국 히피로서 별 볼 일 없는 레코드숍에서부터 사업을 시작했다는 사실을 나는 똑똑히 기억한다. 내 고향 브라이턴에도 브랜슨의 레코드숍이 있었는데, 그는 당시 인기를 끌던 펑크 밴드들을 홍보하고 레코드판을 팔면서 자신의 이름을 알리느라 무척 분주했다.

구글 창업자들은 학구적인 야심가이며, 3D 프린터로 레고를 디자인하면서 휴식을 즐겼다(정말이다! 페이지는 정말로 그랬다). 반면 브랜슨은 보기 드문 포퓰리스트로, 다윈주의와 같은 과학 이론을 섭렵하지 않았다. 대신 1971년에 나온 컬트소설(20세기 최고의 컬트소설이라고도 불린다) 루크 라인하트의 『다이스맨』에 직접 영향을 받았다고 이야기한다. 라인하트는 필명으로, 본명은 조지 파워스 콕크로프트다. 라인하트는 선禪을 따르는 은둔형 인물이었다. 『다이스맨』은 200만 부 이상 판매되었는데, 복잡한 현대사회를 살아가는 획기적이고 전복적인 방법을 제시한다. "주사위로 결정하라."

주사위 전략에서 가장 중요한 점은 주사위에 어느 정도의 권한을 줄지 정하는 것이다. 소설에서 라인하트는 누구와 결혼할지를 주사위로 결정했다. 책에서 나오는 대로 "일단 주사위에 당신의 삶을 넘겨주면, 어떤 일이든 일어날 수 있다." 현실 삶에서도 브랜슨은 이 책이 자신의 의사결정에, 특히 버진레코드 레이블 초기에 영향을 미쳤다고 공연하게 이야기했다.

《라디오 타임스The Radio Times》라는 영국 텔레비전 잡지와의 인

『다이스맨』

Dice Man

—

저자: 루크 라인하트(조지 파워스 콕크로프트) | 출판 연도: 1971년

『다이스맨』에는 정신과 의사 이야기가 나온다. 일상이 따분하고 성취감을 느끼지 못하던 주인공은 어느 날 문득 주사위를 던져 삶을 결정하기 시작한다. 여섯 가지 가능한 행동 목록을 만들고는 "주사위가 결정하게 한다." 그런데 이런 도박의 결과는 고상한 것과는 거리가 멀다. 주인공은 주사위를 던지며 수많은 금기를 깬다. 살인을 저지르고, 정신과 환자들을 병원에서 쫓아내고, 온갖 혼란을 일으킨다. 이 소설은 삶에 대한 전복적인 접근법과 더불어 특히 정신의학에 반하는 정서로 인해 컬트 고전이 되었다. 동시에, 범죄와 섹슈얼리티를 취급하는 방식뿐만 아니라 그 핵심적인 메시지 때문에 수많은 논쟁을 불러일으켰다. 초판 책 표지에는 이런 문구가 박혀 있었다.

"당신의 삶을 바꿀 수 있는 소설은 거의 없겠지만, 이 소설은 당신 삶을 바꿀 것이다."

주인공이 주사위가 결정하게 한 행동 중 일부는 그저 기발하고 괴상하지만, 몇몇 행동은 법은 말할 것도 없고 자신의 도덕심에도 어긋난다는 점이 이 책의 핵심이다(하지만 이 책은 오직 허구의 이야기이고, 대안적인 삶의 전략이 절대 아니라는 점을 분명히 기억해야 한다). 이야기 말미에서, 라인하트는 주사위를 따르기로 한 자신의 약속을 지킬 것인지 아니면 사회와 자신의 양심을 따를 것인지 선택하도록 강요받는다.

많은 사람이 끔찍하다며 이 책을 비판한다. 주류 평론가들은 이 책을 꺼려한다. 그럼에도 노골적이고 공공연한 범죄를 제외하면, 아이디어만큼은 무척 매력적이고 신선하다. 사실, 라인하트가 미국 대학에서 심리학을 가르치는 동안 이 책의 모티브가 싹텄다고 한다. 라인하트는 자유

와, 니체나 사르트르 같은 철학가들의 아이디어에 초점을 맞추어 수업을 진행했는데, 습관의 힘 또는 단순한 인과관계에 의해 지시된 행동에서 벗어나 주사위를 던져서 모든 결정을 내리는 게 궁극적인 자유인지 학생들에게 생각해보라고 시켰다. 그때 학생들의 반응을 보고 책을 쓰기로 결심했다.

나이가 들어 현명해진 지금, 라인하트는 각각의 행동에 앞서 존재하는 가능성의 범위를 생각하는 게 중요하다고 강조한다(주사위 굴리기는 오직 여섯 가지 결과만 생각하라고 한다). 라인하트는 젊은 시절의 어리석음을 경영학의 폭넓은 논쟁과 연결하는데, 경영학에서는 '우연'이라는 요소가 창의성을 향상시키는 데 도입된다.

꿀팁 이 방법을 직접 따라해보고 싶은 유혹을 느낀다면, 여러분이 생각해낸 결과들이 지나치게 무모한지, 아니면 수용할 수 있는 범위를 크게 벗어나는지 확인해야 한다. 열심히 공연하는 가수 앞에서 제멋대로 목청껏 고래고래 고함치는 행동(브랜슨이 이미 해봤다)은 참아줄 수 있는 범위를 넘어선 것인지도 모른다!

터뷰에서 브랜슨은 이렇게 말했다.

“나는 『다이스맨』의 영향을 대단히 많이 받았어요. 행동 목록을 작성하고 주사위를 던진 다음 나오는 결과를 따라야 했지요.”

하나의 사례로서, 브랜슨은 자신이 이 방법을 사용했을 때 무슨 일이 일어났는지 회상한다. ‘비그밤’이라는 록 밴드를 보기 위해 영국에서 핀란드로 가는 길이었다. 이 밴드는 아직 LP를 발매하기 전이었다.

“나는 해야 할 일 목록을 적어 주사위를 던졌죠. 그 결과, 하루 12시간 동안 매시 정각에 비명을 질러야 했어요.”

그렇다. 제대로 읽은 게 맞다. 브랜슨은 꽤 희한한 항목을 만들어냈다.

“비그밤이 공연을 시작한 지 얼마 안 되어, 그 시간이 다가오고 있었어요. 아 제발, 노래가 끝나기를 바랐어요. 내 비명이 청중의 박수 소리에 묻힐 수 있도록 말이에요.”

통신사 언론협회(PA미디어)의 리포트에 따르면, 요란한 음악 소리 때문에 사람들이 그 비명을 못 들을 수도 있지 않겠느냐고 물었을 때 브랜슨은 이렇게 말했다.

“전혀요. 나는 그저 고함칠 수밖에 없었어요. 모두에게 정말 끔찍했죠. 밴드가 앙코르 곡을 연주하는 동안 나는 다시 고함을 질러야 했어요.”

이 말이 사람들에게 좀 유별나게 보이려는 허풍처럼 들리는가? 아니다. 브랜슨은 정말이지 ‘무작위성’이 사건을 결정하도록 놔두었다고 할 수 있는 삶을 살았다. 예를 들어 공전의 히트를 기록한 컴필레이션 앨범의 제목 〈이게 바로 음악이야!Now That's What I Call Music!〉는 브랜슨이 장식품 가게에서 우연히 발견한 문장이었다. 게다가 브랜슨은 장식품을 사기 위해서가 아니라 그곳에서 일하는 여자한테 구애하기 위해 가게에 갔었다(브랜슨은 나중에 그 여자와 결혼했다). 그에게 또 다른 행운은 1992년에 찾아왔다. 당시 브랜슨은 버진애틀랜틱항공사를 유지하느라 엄청난 자금난에 처했다. 그래서 이윤이 나는 음악 사업 버진레코드를 레코드 기업 EMI에 매각해 현금을 확보하기로 결심했다. 위험천만한 새로운 벤처로 보이는 곳에 자신의 핵심 자산을 걸고 일종의 도박을 감행한 셈이다.

브랜슨은 자서전 『버진그룹의 길: 내가 아는 리더십의 모든 것 The Virgin Way: Everything I Know about Leadership』에서 이러한 도박의 본질을 상세하게 설명했다. 행운이란 삶에서 가장 많이 오해받고 가장 낮게 평가받는 요소라는 말로 시작한다. 그러면서 행운은 위험을 감수하는 것이라고 주장한다.

"일반적으로 다른 이들보다 운이 좋다는 사람이나 기업은, 보통 엄청난 위험을 감수할 준비가 된 사람이나 기업이기도 하다. 다시 말해, 언제든 처절하게 실패할 준비를 갖춘 것이다."

오늘날 버진그룹의 창업자로서 브랜슨의 순자산은 50억 달러로 추정된다. 하지만 그가 열다섯 살의 나이에 베트남전쟁 반대 캠페인을 벌이는 잡지를 창간하기 위해 학교를(그것도 명문 학교를) 그만두었을 때, 분명히 위험을 감수했다. 그 잡지가 돈은 되지 않았지만 최초의 돈벌이 계획으로 이어졌다. 바로 《학생》 잡지를 창간하는 것이었다. 브랜슨은 가까스로 명사들의 인터뷰를 따오기는 했지만 이익을 내는 데 초점을 맞추지는 않았다.

그 이후, 완전히 다른 영역으로 선회했다. 바로 음악이다. 브랜슨은 주사위를 던졌다(은유적인 표현이다). 그리고 우편 주문 레코드 비즈니스를 시작했다. 잡지를 운영하기 위한 돈벌이로 시작했지만, 곧 이윤이 남는 음악 및 엔터테인먼트 비즈니스 '버진레코드'로 성장했다. 결국 한 방에 대박이 났다!

브랜슨은 골퍼의 예를 들었다. 그는 브리티시오픈 골프 챔피언십의 마지막 라운드에서 골프선수가 깊은 그린사이드 벙커에서 빠져나오는 장면을 본 적이 있다고 했다. 그 선수의 샷은 너무 높았지만, 공은 깃대 꼭대기에 맞고 바로 홀에 떨어졌다. 해설자는 이렇게 외쳤다고 한다. "맙소사, 엄청난 행운의 샷입니다!"

브랜슨의 말에 의하면, 그 골프선수는 운이 좋은 게 아니다. 벙커에서 그린으로 골프공을 빼내는 방법을 익히기 위해 수천 시간 연습한 보상을 거두었다는 것이다. 이 샷은 "열심히 연습할수록 행운이 찾아온다"라는 옛말의 증명이다.

확실히, 오랫동안 (그 골프선수처럼) 브랜슨은 비즈니스에서 운이 좋다는 말을 자주 들었다. 하지만 브랜슨은 "정말 엄청난 노력이 내 앞에 찾아온 운에서 중요한 역할을 했기 때문에" 자신이 그런 공로를 인정받을 자격이 생겼다고 주장한다. 가끔은 말 그대로 운이 좋았던 것처럼 보인다. 버진레코드의 초기 성공이 그 전형적인 예다. 버진레코드는 영국에서 거의 즉각 수익을 냈지만, 음악 비즈니스에서 정말로 성공하려면 미국으로 활동 무대를 넓혀야 했다. 하지만 미국 시장에 진입하기는 쉽지 않았다. 한번은 애틀랜틱레코드의 전설적인 수장 아흐메트 에르테군을 만났다. 거기서 브랜슨은 버진의 첫 번째 앨범인 마이크 올드필드의 〈튜뷸러 벨스〉 판매를 맡아달라고 설득하려 했다. 이 음반은 이미 영국에서 크게 히트했지만, 미국에서는 아무도 관심이 없는 것 같았다. 사실 에르테군은 〈튜뷸러 벨스〉처럼 악기로만 구성된 앨범은 북미에서 팔리지 않을 거라고 주장했다.

확실히 그 미팅은 별다른 성과가 없었다. 하지만 에르테군이 자신의 사무실에서 그 앨범을 듣고 있을 때(영국에서 왜 그 앨범에 열광하는지 알고 싶었다), 영화감독 윌리엄 프리드킨이 새로운 영화의 배경음악을 찾아 사무실에 '우연히' 들렀다.

에르테군이 음악을 끄려 했지만, 프리드킨 감독은 〈튜뷸러 벨스〉의 음악이 듣자마자 마음에 들었다. 그 결과 브랜슨은 1970년대 초대형 블록버스터 영화 〈엑소시스트〉에 자신의 밴드 음악을 사용하는 것을 포함해 애틀랜틱레코드와 계약을 맺었다. 이렇게 해서 〈튜뷸러 벨스〉는 미국의 젊은 세대와 전 세계 청중에게 소개되었다.

〈튜뷸러 벨스〉의 성공을 행운이라고 부르고 싶다면 그렇게 부를 수도 있을 것이다. 하지만 브랜슨은 에르테군을 설득하기 위해 정말 열심히 노력했다. 그 노력과 행운의 핵심은 애초에 에르테군의 사무실에 앨범을 가져가는 것이었다.

또는 카리브해의 섬에서 푸에르토리코로 가는 비행기 운항이 취소되었을 때, 브랜슨이 (은유적으로) 주사위를 굴렸던 시간을 생각해보자. 중요한 미팅을 놓치게 될 것 같았다. 새로운 여성과 면식을 익힐 만남을 놓치고 싶지 않았던 브랜슨은 우연히 전세 제트기를 발견하고 '티켓 1장당 29달러'라는 표지판을 내걸었다. 그는 순식간에 비행기 좌석을 매진시키고 비행기를 푸에르토리코로 뜨게 만들었다. 이 일을 통해 항공사 운영의 짜릿한 맛을 발견했다.

여러분이라면 이런 맛을 보고 나서 어떻게 할 것인가? 음, 브랜슨은 바로 다음 날 보잉사에 전화를 걸어 1년 안에 일이 잘 풀리지 않을 경우 반납하는 옵션으로 비행기를 임대할 수 있는지 문의했다. 꽤 희망적이고 유망한 접근처럼 들리지만, 여기서도 다시 한 번 행운이 찾아온다. 당시 브랜슨은 잘 몰랐지만, 사실 영국에서 자신들만의 사업 계획을 세우던 보잉사로서는 그 시기에 영국항공의 독점에 도전하는 저가 경쟁사를 확보하는 이 제안에 구미가 당겼다.

브랜슨 이렇게 썼다.

"나는 운이 좋았어요. 적절한 장소에 적절한 타이밍이었죠."

사실 제대로 굴러간 계획들은 행운의 주사위나 돌아가는 룰렛처럼 운이 작동한 것처럼 보일 수 있다. 하지만 브랜슨은 자신에게 수많은 선택지가 있었기 때문에 운이 찾아왔다고 말한다. 자신의 회사 슬로건에서 "하고 싶으면 당장 시도하라"고 말하는 것도 어찌 보면 당연하다. 브랜슨은 버진 브랜드로 수백 개의 다양한 비즈니스를 운영하고 있다. 물론 그러한 접근은 잘못된 방향과 계산 착오로 이어지기도 했다. 아래는 브랜슨의 운이 그를 저버린 것처럼 보인 몇 가지 실패 사례다.

청량음료: '버진 콜라'를 기억하는가? 그 음료는 '진짜'와 너무 유사해서 아무런 감흥도 주지 못했다. 브랜슨은 그것이 실패하도록 놔두었다.

자동차 판매: '버진 자동차'여, 만나서 반가워. 그리고 굿바이. 자동차 구매 방식의 변화를 꾀했지만 이것 또한 흔적도 없이 사라지고 말았다.

온라인 음악: '버진 디지털'도 마찬가지다. 애플의 아이튠즈와 경쟁하려는 브랜슨의 시도. 엄청난 돈을 쏟아부었지만 어려움을 겪다가

마침내 2007년에 흔적도 없이 사라졌다.

사실 그에게 한 대밖에 없는 임대 비행기 보잉 747을 처음 시험 비행하고 있을 때, 엔진에 새떼가 날아들어 엄청난 손상을 입혔다. 이를 보면 브랜슨의 주사위는 운이 나쁜 듯했다. 점보제트기의 수리 비용은 엄청났다. 회사는 면허를 받지 못해 수리 비용을 빌릴 수 없었고, 제대로 움직이는 비행기 없이는 승객을 태우고 운항할 면허를 받을 수도 없었다.

브랜슨은 비행기를 수리하기 위해 다른 회사들의 자원을 걸고 도박을 해야 했다. 결국 브랜슨의 항공사는 필요한 면허를 받았고, 런던 개트윅 공항에서 미국 뉴어크로의 최초 비행은 성공을 거두었다. 버진애틀랜틱 에어라인의 부유한 소유자로서 어떻게 백만장자가 되었는지 질문을 받았을 때, 브랜슨은 재빨리 이렇게 대답했다.

"비결 따위는 없어요. 억만장자로 시작해서 항공사를 그냥 사면 됩니다."

브랜슨은 팟캐스트에서 제임스 알투처에게, 운의 본질에 대해 다음과 같이 기발한 이야기를 했다. 자녀들이 각각 열여덟 살과 스물한 살이었을 때, 브랜슨은 아이들을 데리고 카지노에 가서 각자 200달러를 주고 게임을 시켰다. 아이들에게 도박의 맛을 알려주려는 게 아니었다. 오히려 도박은 바보 얼간이들이나 하는 게임이며, 카지노에서 돈을 버는 유일한 방법은 카지노의 소유주가 되는 것임을 가르쳐주려는 의도였다. 확실히, 아이들은 30분도 안 되어서 돈을 거의 다 잃었다. 아이들과 함께 음료를 마시러 자리를 떴는데, 게임 테이블에서 환호성이 터져 나왔다. 잠시 뒤 누군가 다가와서는 이들이 건 칩이 돈을 땄다고 알려줬다! 하지만 브랜슨은 자녀들이 교훈을 잘못 알아듣지 않았다고 주장한다. 그는 딴 돈을 다른 사람들한테 나눠주고 카지노를 나왔다고 한다.

|||\||

수학자들은 주사위를 던졌을 때 그 결과가 무작위로 나온다는 사실을 안다. 하지만 수차례 반복하여 확률을 계산할 수 있다. 이것이 바로 모든 것을 시도한다는 구글 창립자 래리 페이지와 세르게이 브린의 과학적 접근에서 핵심이다.

웹페이지의 링크 수를 기반으로 새로운 인터넷 검색엔진을 만든 핵심 아이디어를 예로 들어보자. 이는 처음부터 비즈니스 전략의 일환으로 나온 게 아니다. 다윈과 라인하트 모두가 좋아했을 우연하고 무작위적인 방식으로 탄생했다. 캘리포니아 스탠퍼드대학교에서 박사 과정을 밟던 페이지는 다양한 영역에서 여러 가지 경쟁 프로젝트를 떠올린 다음, 지도교수 테리 위노그라드에게 어떤 걸 선택하면 좋을지 조언을 부탁했다. 위노그라드는 웹의 링크 구조와 관련된 프로젝트가 "정말 좋은 생각인 것 같다"고 말해줬다.

이 사소한 의견 교환을 기초로, 페이지는 친구 브린과 함께 '페이지랭크'라는 검색 알고리즘 접근 방식을 개발했다. 웹에서의 정보가 링크 인기도에 따라 계층 구조로 정렬될 수 있다는 아이디어를 떠올린 사람은 브린이었다. 간단히 말해서, 특정 웹페이지의 링크가 많이 인용될수록 그 페이지의 순위가 더 높다는 뜻이다. 하지만 페이지와 브린은 웹에서 일반적으로 편집 제어나 표준 없이 새로운 페

『이방인』

L'Étranger, The Stranger

—

저자: 알베르 카뮈 | 출판 연도: 1942년

프랑스 작가 알베르 카뮈는 『이방인』이라는 유명한 첫 소설을 썼는데, 이 책은 루크 라인하트의 책과 여러 면에서 유사하다. 카뮈는 자신의 책에서 '뫼르소'라는 캐릭터를 통해 우주의 부조리하고 무작위적인 성격을 드러내려고 했다. 뫼르소는 (브랜슨과 마찬가지로) 학업을 갑자기 중단하고 운송회사의 직원으로 일한다. 이 주인공은 삶에 대한 일반적인 가정을 따르지 않으며, 우주의 종교적 또는 합리적 의미에 대한 믿음은 고사하고 사회적 야망도 없다. 카뮈의 이야기에서 일련의 우연한 사건으로 인해 뫼르소는 결국 살인을 저지르고 사형을 선고받는다.

이와는 대조적으로, 실생활에서 무작위성에 대한 관심과 사회적 관습에 대한 도전은 브랜슨에게 도움이 되었다. 아니면 구글 창립자들처럼 주사위를 굴리는 몇몇 핵심적인 순간에 운이 좋았다고도 볼 수 있다.

이지가 손쉽게 끝없이 생성되면서 나타나는 품질 문제를 인지하고 있었다. “페이지랭크가 흥미로운 이유는 단순한 인용 횟수 계산이 우리가 상식적으로 생각하는 중요성 개념과 대체로 일치하지 않기 때문이다”라는 래리 페이지의 초기 설명에서 이를 확인할 수 있다.

라지브 모트와니와 테리 위노그라드는 공저로 참여한 학술 논문에서 페이지랭크를 설명하고, 구글 검색엔진의 초기 표준을 스케치했다. 그로부터 얼마 뒤, 검색엔진을 제공하는 회사 구글이 설립되었다.

페이지랭크

구글 프로젝트는 「페이지랭크: 웹에 질서를 부여한다」라는 제목의 논문에서 시작되었다. 이 논문에 따르면, 웹페이지의 ‘중요성’은 본질적으로 주관적인 문제라 사람의 관심사나 지식 그리고 태도 등에 의존하지만, 웹페이지의 상대적 중요성에 관해서는 객관적으로 얘기할 수 있는 부분이 많다. 따라서 객관적이고 기계적으로 웹페이지에 등수를 매겨 읽는 사람의 관심을 효과적으로 측정하는 수단으로서 ‘페이지랭크’를 소개한다. 페이지랭크는 검색된 웹사이트들 중 그 링크를 다른 웹사이트에서 많이 참조하는 사이트가 중요할 것이라는 개념 아래 구글 창립자인 래리 페이지와 세르게이 브린이 개발한 알고리즘으로, 래리 페이지의 이름을 따서 ‘페이지랭크’라고 이름 붙였다. 잠깐 논문의 내용을 들여다보자.

“어떤 웹페이지를 u라고 하고 u가 가리키는 페이지들의 집합을 Fu, u를 가리키는 페이지의 집합을 Bu라 하자. Nu=|Fu|라 하며 이것은 u로부터 나가는 링크의 개수, 즉 Fu의 개수다. 그리고 정규화에 사용되는 인자를 c라고 하자. 각 행과 열이 웹페이지에 대응하는 정방행렬을 A라

하자. 페이지 u에서 v로 가는 연결이 있다면 $A_{u,v}=1/N_u$이라 하고, 연결이 없다면 $A_{u,v}=0$이라 하자. 페이지의 순위인 R을 웹페이지들의 벡터로 생각해보면 R=cAR이며, 여기서 R은 고윳값이 c인 A의 고유벡터가 된다. 우리는 A의 우세한 고유벡터를 찾고자 하며, 이는 비퇴화 시작 벡터에 반복해서 A를 적용하여 계산될 것이다."

우리 같은 보통 사람들에게는 너무나도 복잡한 수학적인 설명이 계속 나온다. 그러니까 구글의 성공은 웹페이지의 중요성에 순위를 매기는 매우 영리한 수학적 알고리즘에서 비롯되었다. 검색 순위를 매기는 방법은 기본적으로 페이지 내에 다른 웹사이트를 참조한 링크가 있으면, 해당 링크가 클릭되는 횟수와 또 다른 웹사이트에서 참조하는 횟수를 토대로 그 링크 사이트에 점수를 매기는 것이다. 그러나 참조 횟수가 적더라도, 검색 순위가 높은 웹사이트가 참조하면 점수를 많이 받는다. 검색엔진은 검색된 웹사이트들의 점수가 높은 순서대로 결과를 표시한다.

결국 구글의 이면에 자리 잡은 '빅 아이디어'는 비즈니스가 아닌 학술 논쟁의 소용돌이에서 우연히 나왔다. 구글이라는 이름 자체도 다윈주의가 아니라 무작위적인 사건에서 비롯되었다(나는 '다윈주의'를, 처음에는 자유롭고 개방적이지만 나중에는 유일한 가능성을 향해 체계적으로 나아가는 접근 방식이라고 본다). 자연선택이 어떤 특징을 선호하기 전에, 개별 동물들(뒤에서 볼 수 있듯이 인간, 기린 또는 핀치새 등)이 서로 다른 방식으로 선택할 수 있는 형질의 범위가 제공되어야 한다. 마찬가지로 검색 질의(쿼리)[1]에 임의의 단어를 추가해서, 때때로 예기치 않은 흥미로운 결과를 얻을 수도 있다. 한번 시도해보자! 주제에서 벗어난 단어를 떠올려보는 것은 새로운 통찰과 발견을 촉진하는 한 가지 방법이다.

그렇다면 우리가 세상을 바라보는 방식을 바꾼 다윈의 '빅 아이디어'는 진화가 2단계 과정을 거친다는 것이다. 즉, 무작위 돌연변이는 가능성의 범위를 생성하는 원료이고, 자연선택은 이 모든 가능성을 단 하나로 이끄는 힘이다. 이와 비슷한 방식으로 구글의 알고리즘에서는 무작위성과 질서가 결합된다.

웹사이트 컨서버피디아는 다윈의 생일을 '다윈의 날'이라고 부르며 특별하게 기념할 정도로, 구글이 다윈과 무신론적 과학의 열렬한 지지자라는 점을 오랫동안 주목해왔다. 이제 컨서버피디아는 편협한 정치적 의제로 이루어진 미국 백과사전 프로젝트가 되어버렸지만, 그들의 다음과 같은 지적은 옳다. 즉, 구글의 철학을 이해하려면 찰스 다윈의 아이디어를 되돌아봐야 한다는 것이다. 특히 지구는 가장 빠르고 강하고 적합한 생명체만이 살아남는 일종의 광대하고 무작위적인 실험의 장이라는 확신, 그리고 위대한 영국 이론가의 견해가 사실상 21세기 캘리포니아 기업 구글의 지배적인 아이디어가 되었다는 점에 주목하자. 다윈의 통찰력은 식물학과 생물학에 급속도로 확산되어 정치학, 사회학, 심지어 예술에 이르기까지 다양한 분야에 영향을 미쳤다. 이 19세기 박물학자는 진정 구글이라는 기계 속의 유령이자 영혼 같은 존재다.

하지만 구글의 철학이 정확히 무엇이든, 그것은 '실제적인 요구사항'에 비해 그렇게 중요하지 않은 것 같다. 이를 보여주는 사례로, 원래 페이지와 브린은 검색엔진을 '백럽BackRub'이라고 불렀다. 영어

1 데이터베이스에 정보를 요청하는 행위. [옮긴이]

갈라파고스 제도의 핀치새

무작위성과 질서가 효과적으로 결합될 수 있다는 아이디어는 다윈의 이론과 구글 알고리즘의 바탕이 된다. 이 유명한 이미지는 자연선택으로 인해 다양한 부리가 생겨난 갈라파고스 핀치새의 모습을 잘 보여준다.[2]

단어 back rub은 목이나 등을 마사지한다는 뜻이지만, 검색엔진 백럽은 이런 것과는 아무런 관련이 없다. 그들은 그저 백링크back link(현재 페이지로 들어오기 직전의 링크)와 비슷한 단어라서 백럽을 떠올렸을 뿐이다. 백럽은 백링크를 이용해 페이지를 검색하고 순위를 매기는 시스템이었다. 기존의 검색엔진들이 특정 키워드의 출현 빈도로 웹

2 Darwin, Journal of Researches into the Natural History and Geology of the Countries Visited during the Voyage of the H.M.S. Beagle Round the World, 2nd ed. London: John Murray, 1845. https://www.biodiversitylibrary.org/page/2010582#page/7/mode/1up. (참조: 찰스 다윈, 『찰스 다윈의 비글호 항해기』, 장순근 옮김, 리잼, 2013.)

페이지의 순위를 매긴 반면, 이들은 웹사이트 간의 인기 서열을 분석하는 검색엔진을 떠올렸던 것이다. 만약 검색엔진이 정말 '백럽' 같은 요상한 이름이라면 당신은 이걸 사용하겠는가? 나라면 안 쓸 것이다. 특히 여러 유사 제품을 검색하며 객관적인 정보를 찾는다면 말이다. 다행히도 1997년 9월 어느 날 페이지는 숀 앤더슨, 타마라 먼즈너, 루카스 페레이라를 비롯한 여러 대학원생을 초대해 새로운 검색 기술을 칭할 더 나은 이름을 브레인스토밍 하도록 했다.

앤더슨이 '구골플렉스'라는 단어를 제안하자, 페이지는 '구골'이라는 축약형을 생각해냈다. 구골은 10의 100제곱을 가리키는 숫자다. 즉, 1 뒤에 0이 100개 달린 수를 뜻한다.

이 컴퓨터 너드들은 모두 이 아이디어가 무척 마음에 들어서 인터넷에서 도메인 이름으로 사용할 수 있는지 곧장 확인했다. 그런데 실수로(우연히!) 앤더슨이 'google.com'을 입력했는데, 이 이름은 사용 가능했다. 페이지는 그 이름이 마음에 들었고, 결국 몇 시간 만에 등록 절차를 밟았다. 도메인 이름이 등록된 날짜는 1997년 9월 15일이다. 이날 구글이 탄생한 것이다.

검색엔진하면 떠오르는 '구글'이라는 이름은 이렇게 우연히 생겨났다. 구글의 다른 요소들은 훨씬 더 계산적이지만, 회사의 성공을 설명하는 데 중요한 역할을 하지 못한다. 사실 1990년대 중반 구글이 막 등장할 당시, 페이지나 브린만큼이나 똑똑한 다른 사람들이 검색엔진을 개발하고 있었다. 페이지랭크라는 구글의 핵심적인 개념조차 학술 인용에서 논문의 상대적 가치를 어떻게 반영하는지를 다룬 다른 연구(특히 1950년대 펜실베이니아대학교 유진 가필드의 연구), 그리고 하이퍼서치HyperSearch의 등장에 영향을 받았다. 하이퍼서치는 당시까지만 해도 혁명적인 새로운 종류의 인터넷 검색엔진으로, 파도바대학교의 마시모 마르키오리가 1997년 미국 캘리포니아주 샌타클래라에서 열린 인터넷 컨퍼런스에서 발표했다(마시모는 나중에 자신의 아이디어를 구글에 무료로 양도했다).

결국 구글이 실제로 새롭고 독창적인 존재라기보다는, 인터넷 정글에서 항상 경쟁하며 남들보다 더 크고 더 나은 존재가 되어 살아남아야 했던 피조물이라는 사실을 강조할 수밖에 없다. 페이지랭크는 구글의 트레이드마크로, 그 프로세스는 특허를 받았다. 물론 특허의 소유권은 구글이 아닌 스탠퍼드대학교에 있지만, 구글은 특허에 대한 독점 라이선스를 얻었고 그 대가로 대학은 180만 주를 받았다. 그리고 이 주식은 2005년 3억 3600만 달러에 팔렸다. 아주 소액이다! 이 모든 것은 페이지와 브린의 비범한 재능이 '발명'이 아닌, 기술을 먼저 상용화하는 능력임을 알려준다. 다시 말해 그들이 **가장 빨리 적응하는 존재**라는 점을 잘 드러낸다.

그러니 구글 창업자들에게 커다란 영향을 미친 책으로 돌아가자. 비록 래리 페이지와 세르게이 브린이 이 책을 공개적으로 언급한 적은 없지만 말이다. 『종의 기원』은 1859년에 처음 출판된 뒤로 단 한 번도 절판된 적이 없다.

다윈의 책은 과학적 세부 사항을 뛰어나게 서술한다. 하지만 그로 인해 이처럼 엄청난 정치적 영향을 미친 건 아니다. 오히려 다윈의 이론에는 또 다른 측면이 있는데, 그것은 지구상의 생명체가 생존을 위한 제로섬 투쟁에 끊임없이 연루된다는 확신이다. 바로 이런 특징이 구글을 차고에서 시작한 스타트업에서 1조 달러의 수익을 올리는 미디어 산업의 거인으로 우뚝 서게 해주었다. 군침이 도는 스톡옵션, 무료 식사와 마사지 같은 사내 복지, 벅차기도 하고 때로는 평범한 채용 프로세스를 포함해 구글의 기발하고 흥미로운 면에 대해 다들 들어봤을 것이다. 그러나 회사의 DNA를 관통해 흐르는 것은 '무자비한 살인 본능'이라고 할 수 있는 어두운 가닥이다.

비범할 정도로 저돌적이고 대담한 실행력과 이런 본능 덕분에 브린과 페이지는 세계에서 가장 큰 기업을 만들어냈다. 이것은 "선입견 없이 모든 것을 시도하라"는 사고방식이 지닌 어두운 면이다. 이 거대 기업은 광고, 통신, 디지털 내비게이션 소프트웨어를 포함해 성장하는 일련의 비즈니스에 끊임없이 촉수를 내밀었다. 드론을 이용해 의약품을 배송하고, 구글 사용자들의 문 앞에 음식을 배달하기 시작했다. 저렴하게 또는 무료로 서비스를 제공하는 회사의 성향은 소비자들의 사랑을 받았다. 그리고 규제를 교묘하게 피해갔다. 하지만 이런 전술은 경쟁자들을 자극했다. 경쟁자들은 구글이 전체 산업의 생태계를 파괴한다고 불평을 터트렸다.

가장 큰 잠재적 경쟁자는 마이크로소프트였다. 마이크로소프트는 '레드먼드의 야수'라는 별명이 붙곤 했다(아니, 실제로 이 회사는 위험한 야수라기보다는 쿵쿵 돌아다니는 거대한 공룡이었나?). 2003년 《뉴욕 타임스》와의 인터뷰에서, 브린은 자신들이 마이크로소프트에 의도적으로 도전한 게 아니라고 밝혔다. 브린은 넷스케이프가 전 세계 웹브라우저 시장을 두고 마이크로소프트의 익스플로러와 벌였던 참혹한 싸움을 언급하면서 이렇게 말했다.

"우리는 넷스케이프가 했던 것처럼 태풍의 눈에 우리를 집어넣지 않았다."

하지만 불과 1년 뒤(2004년 기업공개 상장에서) 마이크로소프트는

『자연선택을 통한 종의 기원에 관하여 또는 생존 투쟁에서 선호된 품종의 보존에 관하여』

On the Origin of Species by Means of Natural Selection, or the Preservation of Favored Races in the Struggle for Life

—

저자: 찰스 다윈 | 출판 연도: 1859년

현대 사회와 사상에 이처럼 엄청난 영향력을 미친 학술 서적은 정말 드물다. 그런데 이 책은 그 자체로도 독특한 역사를 품고 있다. 『종의 기원』은 이 행성에 사는 생명체의 수수께끼에 대한 다윈의 연구를 집대성하는 포괄적인 프로젝트로 시작되었다. 비글호를 타고 세계를 돌아다니는 동안 썼던 약 2500쪽에 달하는 일기장과 기록의 요점을 체계화하고 정리하는 것이 다윈의 원래 목적이었다. 이 유명한 항해는 1831년에서 1836년 사이에 카보베르데제도, 브라질·우루과이·아르헨티나 연안 지역, 그리고 갈라파고스제도 등지에서 이루어졌다. 다윈은 "선입견 없이 모든 것을 시도하라"는 접근법을 따르느라 무척 분주했다. 그런데 그때 '우연'이 다윈의 계획을 뒤바꾸어놓았다.

1858년 6월 18일 다윈은 100만 단어의 4분의 1, 그러니까 25만 단어 분량의 집필을 끝마치고 '자연선택'이라는 제목을 마음속으로 정해두었다. 그런데 그날 앨프리드 러셀 월리스가 보낸 편지 한 통을 받았다. 월리스는 영국 사회주의자로, 말레이 군도에서 식물 표본을 수집하고 있었다. 그 편지에서 월리스는 다윈의 견해와 매우 유사한 이론을 개괄했다!

다윈은 자신의 작업이 월리스의 작업에 뒤처질까 두려워, 즉각 자신의 생각을 요약해 쓰기로 결심했다. 이렇게 해서 원래 계획보다 훨씬 짧고 읽기 쉬운 설명이 되어, 세상을 바꾸는 책으로 나오게 되었다.

전략적 경쟁자 3곳 중 하나로 분명하게 언급되었으며, 2006년 당시 구글의 회장이었던 에릭 슈밋은 회사의 주요 경쟁자가 누구냐는 질문을 받고 딱 두 곳만 목록에 올렸다. 하나는 구글과 마찬가지로 '타깃 광고 네트워크'를 가진 야후이고, 다른 하나는 검색 시장에 진출할 계획이 있었던 마이크로소프트였다. 원래 구글 창업자들이 사업을 시작할 수 있도록 도와준 야후의 공동 창립자 제리 양과 데이비드 필로가, 이젠 자신들이 전략적 '적'으로 간주되는 그 상황을 어떻게 느꼈을지 잘 모르겠다. 하지만 결국 여기는 정글이다!

브린은 구글 보도 발표회의 임원 질의응답 시간에 회사 정책을 이렇게 설명했다.

"우리는 그 특별한 기업 마이크로소프트의 역사를 분명히 알고 있다. 반경쟁적으로 행동하고, 유죄를 선고받은 독점기업이며, 넷스케이프나 그외 기업들과 공정하게 경쟁한다고 할 수 없는 회사다."

그러고는 성인군자라도 되는 것처럼 이렇게 덧붙였다.

"그러므로 우리는 어쩌면 권력이 남용될 수도 있는 영역에 초점을 맞추고자 한다."

이 말이 의미하는 바는 '모든 것을 시도하는' 기업 정신 안에서, 구글은 마이크로소프트가 추구하던 거의 모든 길에 도전장을 내밀었다는 것이다. 재닛 로우가 『구글 파워』에서 설명했듯이, 이들은 워싱턴 레드먼드에 있는 마이크로소프트 사무실에서 그리 멀지 않은 곳에 채용 사무소를 마련하고 마이크로소프트의 인재 풀을 급습했다. 이들은 구글 워크플레이스를 개발해 사람들에게 무료로 제공했는데, 이것은 MS오피스와 유사한 온라인 생산성 소프트웨어다. 그런 다음 지메일도 무료로 제공했으며, 2008년에는 마이크로소프트의 가장 돈벌이가 되는 제품인 인터넷 익스플로러에 도전하는 무료 브라우저 '크롬'을 출시했다.

구글의 CEO 에릭 슈밋은 미국의 작가이자 저널리스트이자 미디어 평론가인 켄 올레타와의《뉴요커》인터뷰에서 이렇게 말했다.

"공짜의 이점은 시장을 100퍼센트 차지할 수 있다는 것이지요."

어쩌면 구글에게는 "공짜가 정답"일지도 모른다. 하지만 경쟁자들은 물론 지역 신문사 및 작가들처럼 변변치 않은 사람들 모두에게 공짜는 때때로 지속 불가능한 것이 되고 만다. 올레타가 말했듯이, 많은 사람에게 "공짜는 사망진단서가 되었다."

늑대

이따금 구글이 젊은 스타트업을 돕는 모습이 보인다. 하지만 오래된 먹잇감을 갈기갈기 찢는 모습을 그보다 흔하게 목격할 수 있다. 왜냐하면 무엇보다도 다윈의 이론에서 자연은 치명적인 이빨과 발톱을 지닌 '붉은색'이기 때문이다. 동물과 유기체는 모두 생존과 번식을 위해 경쟁한다.『종의 기원』의 한 지점에서 다윈은 이렇게 제안한다.

"(내가 믿는) 자연선택의 작동법을 분명하게 보여주기 위해 한두 가지 가상의 상황을 제시해보겠다. 여러 동물을 잡아먹는 늑대들을 생각해보자. 먹잇감들 중 일부는 교활함으로, 일부는 힘으로, 일부는 신속함으로 자신을 보호한다. 이제 가장 빨리 움직이는 먹잇감인 사슴을 떠올려보자. 늑대의 먹잇감이 부족한 계절 동안 어떤 나라에서 우연히 사슴의 개체수가 늘어났다고, 또는 다른 먹잇감의 개체수가 줄어들었다고 가정해보자."

다윈의 대답은 단호하다.

"나는 이런 상황에서 가장 빠르고 교활한 늑대가 최고의 생존 기회를 얻음으로써 보존되고 선택된다는 걸 의심할 이유가 없다."

물론, 기업 경영진들은 이 세상이 험난하다는 사실을 너무나도 잘 안다. 그러나 마이크로소프트의 스티브 발머 회장은 자신의 회사가 또 다른 누군가의 먹잇감이 되는 것을 좋아하지 않았다. 화석이 되는 건 두말하면 잔소리다. 그래서 공개적으로 이렇게 선언했다.

"내가 빌어먹을 구글을 죽여버리겠다."

그러나 구글플렉스(구글 본사)에서는, 적어도 표면적으로 그렇게 격노하지 않았다. 대신 방법론에서의 다소 둔하지만 꾸준한 미세 조정만 있었다. 2009년에 세르게이 브린은 자신과 래리 페이지가 어떻게 단 몇 년 만에 수십억 달러 규모의 비즈니스를 창출했는지 설명하며 "우리는 광고에서 큰 성공을 거두었다"라고 말했다. 정말이다! 실제로 구글은 보통 한 번에 몇 센트밖에 매출이 안 나오는 광고 판매로 돈을 벌고 있다. 현명한 점은 이런 저렴한 광고를 엄청나게 많이 판다는 것이다.

흥미롭게도, 스탠퍼드에 있을 때 페이지와 브린은 지나치게 '광고 지향적인' 검색엔진을 비판했었다. 그리고 수년 동안 구글이 본인들의 웹사이트에 '성공하는 기업의 10가지 요소'를 눈에 띄게 나열했을 때, 첫 번째 항목은 검색 결과의 게재 위치 또는 순위가 '아무에게도 판매되지 않음'이었다. 올레타는 자신의 책 『구글드』에서 구글의 첫 번째 투자자 중 한 명인 람 슈리람의 말을 인용한다.

"그 사람들은 광고에 반대했습니다. 순수한 세계관을 지녔지요."

어쩌면 "선입견 없이 모든 것을 시도하라"는 전략이 결국 그들의 이상을 이긴 건지도 모른다.

실제로 '주사위를 굴려 무엇이 작동하는지 확인하는' 다윈주의적(브랜슨주의적?) 접근법은 구글의 핵심 비즈니스라고 할 수 있는 검색 광고에 늘 이상적으로 들어맞았다. 인터넷은 너무나도 방대해서 우리는 일종의 알고리즘 프로세스로 그것을 체계화하고 조직화해야 한다. 그리고 제대로 된 검색 결과를 이끌어내고 그 옆에 광고를 전달하기 위해서는 일련의 논리적 실험을 광범위하게 해야 한다. 구글의 생태계에서 기업 이윤 창출의 핵심이라 할 수 있는 애드센스 같은 제품은 비즈니스가 여러 키워드를 두고 경쟁하도록 강요하고 올바로 선택했을 때만 보상을 준다.

사업 시작과 동시에 구글은 배너 광고를 거부하고, 사람들이 찾는 것과 연결되는 자신만의 시스템을 조용히 구축해왔다. 브린은 기존의 검색과 관련된 광고는 쓰레기 콘텐츠로 여겨진 데다 인터넷 서비스 가입비는 피자 값도 안 되었기에, 인터넷 기업들은 더욱 돈벌이가 되는 (페이지 맨 위에 노출되는) 배너 광고를 놓고 경쟁하는 경향이 있었다고 설명했다. 하지만 구글은 막대한 수익을 안겨주는 광고 세계를 무자비하게 뒤엎었다.

"엄청난 진화와 작업이 필요했지만 결국 이루어냈습니다."

브린은 2009년 개발자를 위한 구글 I/O 연례 컨퍼런스에서 기자들에게 이렇게 말했다.

"만약 구글이 아주 오랫동안 마법의 해답을 찾고자 공을 들인 만큼 사람들에게 '진화'할 시간과 '실험'할 기회를 준다면, '몇 세대 뒤에' 우리는 당신이 지금 애드워즈(구글 애즈)[3]라고 떠올린, 아주 잘 작동하는 아웃풋을 갖게 될 겁니다."

여기에는 의심의 여지 없이 구글 사고방식의 핵심 요소라 할 수 있는 실험, 진화, 그리고 테스트가 있다. 마지막 요소인 테스트는 공학 훈련뿐만 아니라 자체의 필연적 법칙에 따라 이루어진다. 사실, 구글의 공학적 사고방식은 기존의 비즈니스 사고방식과는 큰 차이가 있다. 통제된 실험으로 이론을 테스트하고 실험 데이터를 기반으로 결정을 내린다. 최적의 아이디어만이 살아남는다는 다윈주의적 경쟁의 장이 펼쳐진다. 하지만 거기에는 항상 무작위성, 우연의 요소 또한 존재한다.

다윈은 이렇게 말한 적이 있다.

"나는 바보 같은 실험을 좋아하고, 항상 그런 실험을 한다."

그런 관점에서 다윈은 수동 모노레일 교통 시스템 '스윕Shweeb'에 대한 투자처럼, 제멋대로라고 보일 수도 있는 구글의 실험을 분명 환영했을 것이다. 구글은 이 회사에 100만 달러를 투자했다. 어리석은 투자라고? 그럴지도 모른다. 무선 통신 네트워크 클리어와이어Clearwire의 사례도 있다. 당시 구글은 클리어와이어가 "무선 소비자들이 원하는 소프트웨어 응용프로그램(애플리케이션), 콘텐츠, 수화기에 대한 실제적인 선택지를 제공할 것"이라고 말했다. 구글이 이곳에 5억 달러를 투자했다. 용감하다고? 그렇다. 불행하게도, 이 회사는 2015년에 문을 닫았다.

그리고 미국 생명공학 기업 '23앤드미'도 있다. 이 회사는 세르게이 브린의 아내이자 건강관리 분석가인 앤 보이치키가 설립한 스타트업이다. 사실 이 프로젝트는 브린이 직접 290만 달러의 개인 대

3 구글 검색 결과에 짧은 문구나 이미지 광고를 달도록 해주는 온라인 광고 서비스. [옮긴이]

출을 받아서 지원해주었다. 23앤드미는 타액 샘플과 얼마 안 되는 비용을 지불하면 DNA를 분석해준다고 했다. 구글은 이 프로젝트에 400만 달러도 안 되는 돈을 투자했지만, 이는 위험한 투자를 하려는 성향 때문이기보다는 브린이 현금을 안전하게 보유하기 위함이었다. 왜냐하면 이 회사가 새로운 투자 자금으로 가장 먼저 한 일이 브린의 초기 몫을 재빨리 상환한 것이었으니까!

사실 구글은 그 거대한 부를 사용하는 데 무관심하지 않다. 구두쇠 억만장자들을 다룬 《포브스》 잡지의 기사에 의하면, 페이지와 브린을 벤처 투자자들에게 소개했으며 구글에 투자해 억만장자가 된 스탠퍼드대학교의 데이비드 체리턴 교수는 티백을 여러 번 다시 우려먹었다. 정말로 티백을 다시 우려먹었다! 애초에 티백을 사용하는 것만큼이나 나쁘다.

결론적으로, 다윈의 책은 지금 일단 실험하고 나중에 어떤 일이 벌어지는 보려는 구글의 의지에 공헌한 것 같다. 하지만 이 기업의 철학에는 다른 측면이 존재한다. 그것은 더욱 무자비한 의미의 다윈주의이며, 소수가 성공하기 위해서는 다수가 멸망해야 한다는 확신이다. 그리고 이 책에서 계속해서 보게 되겠지만, 책의 영향을 받는 것은 사람만이 아니다. 책 자체도 다른 책의 영향을 받는다.

다윈은 비글호 항해 중 갈라파고스제도에서 동물들을 관찰한 결과 뛰어난 통찰에 이르렀다. 하지만 통찰의 진짜 뿌리는 1798년 영국 경제학자 토머스 맬서스가 쓴 유명한 책 『인구론』이다. 이 책에서 인구과잉의 위협에 사로잡힌 맬서스는 인류가 적자適者만이 살아남는 '생존 투쟁'에 갇혔으며 "어떤 존재라도 자신에게 유익한 방식으로 아주 조금씩 변한다면… 더 나은 생존 기회를 가지며, 따라서 자연스럽게 선택될 것이다"라고 경고했다.

맬서스의 책을 읽은 다윈이 이 개념에 깊은 감명을 받았고, 인간들 간의 투쟁 이론을 식물과 동물의 영역으로 확장했을 뿐이라는 건 익히 알려진 사실이다.

수년 동안 구글의 모토가 '악하게 굴지 말자'였다는 사실을 기억하자(2015년에 '옳은 일을 하자Do the right things'로 바뀌었다). 그러나 마이클 메이스가 언급했듯이 구글은 꾸준히 경쟁 기술과 아이디어를 확인하고, 그것을 목표로 삼은 다음, 통째로 삼켜버렸다. 메이스는 이런 행동이 이 회사가 일하는 자연스러운 방식이라고 덧붙인다.

"페이지는 모든 일이 곧 협력라고 말했으며 나는 그가 정말 진지했다고 생각하지만, 그의 제품 팀은 가혹할 정도로 무자비하게 최근의 핫 스타트업을 쫓으며 괴롭혔습니다. 그 결과, 스스로를 자선재단인 것처럼 말하지만 사실상 늑대 무리처럼 행동하는 회사가 탄생했습니다."

구글을 위한 페이지의 주요 전략적 움직임 중 하나는 이러한 접근 방식을 잘 보여준다. 구글은 모바일 기술 분야에서 회사의 입지를 강화하기 위해 120억 달러 이상을 주고 모토로라 모빌리티를 인수했다. 모토로라 직원들에게는 분명 재앙과도 같았을 것이다. 이로 인해 직원이 1만 명에서 3800명으로 줄었으니 말이다(2014년 AP 통신 기사). 그럼에도 불구하고 구글은 계속해서 돈을 쏟아부었고, 주주들은 페이지와 브린에게 이 실험을 중단하라고 압력을 가했다. 2014년 1월 29일, 구글은 모토로라 모빌리티를 중국 PC 제조업체 레노버에 29억 1000만 달러에 매각한다고 발표했다. 내가 브린이나 페이지와 같은 수학 마니아는 아니지만, 단순 계산만 해봐도 가치가 아주 형편없이 떨어진 것으로 보인다. 아니면 자산 수탈[4]이 목적이었을까? 구글은 모토로라의 일부, 특히 모토로라의 지식재산 일부를 소유하고 있다. 어쨌든 이러한 움직임 역시 다윈의 논리를 따른 것이다. 즉, 모토로라는 대부분의 사업에서 고군분투했고 그렇게 멸망했다. 하지만 몇몇 성공적인 부분에서는 진화하고 번성할 기회가 생겼다. 다윈이 말했듯 "과학하는 사람은 그 어떤 바람도, 그 어떤 애정도 지녀서는 안 된다. 오직 돌처럼 단단한 심장을 지녀야 한다."

그럼에도 구글은, 내가 말한 것처럼, 아주 태연하게(아무 부끄러움 없이) 스스로를 인류의 선을 추구하는 매우 고결한 회사라고 자랑스럽게 생각하고 있으며, 수년 동안 기업의 행동 강령에서 '악하게 굴지 말자'라는 모토를 (그것이 신비하게 사라진 2015년까지) 사용했다. 비수학적이고 비공학적인 사람들은 이를 잘못 해석했다. 사람들은 이것을 '나쁜 일을 하지 말라'는 의미로 받아들였지만, 진화론적 접근 방식은 옳고 그름을 허용하지 않고 오직 '작동하는 것'에만 관심을 갖는다. 구글에게, 그리고 자연에게 '악'은 약한 것이고, 강함과 승리만이 받아들일 수 있는 유일한 결과다.

도덕과 윤리를 자기 이익과 생존 기술로 축소하는 것은 항상 논란의 여지가 있었다. 하지만 다윈 자신도 부끄러워하지 않았다. 사실, 다윈은 공개적으로 자신의 이론이 인류를 포함하도록 확장했으며 그로써 수많은 사회적·윤리적·심리학적 가정에 도전장을 내밀었다. 『종의 기원』이 가장 존경받는 작품이지만, 그는 정치적 조언으로 가득찬 『인간의 기원』(1871)도 썼다.

4 회사를 매입한 후 그 자산을 쪼개어 팔아치워서 기업을 해체하는 것. [옮긴이]

미개인의 경우, 몸이나 마음이 허약한 사람들은 곧 제거된다. 그리고 살아남은 사람들은 일반적으로 강한 건강 상태를 보여준다. 반면, 우리 문명인은 제거되지 않기 위해 최선을 다한다. 우리는 허약한 사람, 불구가 된 사람, 병든 사람을 위해 보호시설을 세운다. 우리는 가난한 사람들을 위해 법을 제정한다. 그리고 의료진들은 마지막 순간까지 모든 사람의 생명을 구하기 위해 최선을 다한다. 백신 접종으로 수천 명의 생명을 구했다고 믿을 만한 이유가 있다. 예전 같으면 사람들이 천연두에 걸려 죽었을 것이다. 따라서 문명사회의 약한 구성원들은 자신의 후손을 퍼트린다. 가축 사육에 종사해온 사람이라면 이것이 인류에게 매우 해로운 일임을 의심하지 않을 것이다. 보살핌이 부족하거나 잘못 보살필 때 가축이 빠르게 퇴화한다는 건 정말 놀랍다. 하지만 인간 자신을 제외하고는, 최악의 동물이 번식하도록 내버려둘 만큼 무지한 사람은 아마 없을 것이다.

다시 구글로 돌아가보자. 이 기업의 정체를 드러내는 또 다른 이야기가 있다. 2001년, 구글이 탄생하고 불과 몇 년밖에 안 되었을 때, 페이지와 브린은 회사의 체계가 느슨하고 둔해졌다고 결론을 내렸다. 두 사람은 회의에 모두를 불러놓고서 해고한다고 선언했다. 대신, 회사는 특정 프로젝트를 착수하는 작은 팀들로 꾸려졌다(일부는 나중에 다시 고용되었다). 두 사람에게 이런 조치는 구글의 늑대들이 가장 빠르고 신속하게 행동하도록 보증하는 논리적인 방법이었다.

사람들의 감정은 어떤가? 이에 관해서는 한때 영화계의 거물이었던 배리 딜러의 《뉴요커》 인터뷰가 단서를 제공한다. 딜러는 구글 창립자들의 오만함을 느끼고 꽤 화가 났던 것 같다. 구글 설립 초창기에 페이지와 브린을 방문했는데, 대화를 하면서도 페이지가 디지털 단말기 화면에 눈길을 고정한 모습에 당황했다고 한다. "사람 스무 명과 함께 방 안에 있는데 누군가가 자신의 디지털 단말기를 사용하는 것과는 다른 문제였어요"라며 딜러는 당시를 회상했다.

딜러가 페이지에게 말했다. "지금 이 대화가 지루한가요?"

"아뇨. 관심 있습니다. 저는 항상 이렇게 합니다." 페이지가 말했다.

"글쎄요, 이렇게는 계속할 수 없을 것 같군요. 선택하세요." 딜러가 페이지에게 말했다.

"난 이걸 할게요." 페이지가 손에 들린 기기에서 눈을 떼지 않고 사무적으로 말했다.

페이지는 감정이 아닌 기계의 평행 세계에 사는 것 같다. 마찬가지로 구글은 상황이 매우 빠르게 변하는 기술 세계에서 사냥할지라도, 또한 자신들의 기반인 다윈주의 철학이 회사가 충분히 빠르게 적응하지 못할 때 실패할 위험을 강조하더라도, 초연하고 장기적인 관점을 취한다. 페이지는 50년 장기 계획을 이야기하는 것을 좋아하는데, 이는 대부분의 비즈니스 전략가들에게는 미친 소리처럼 들린다. 대체로 회사들은 계획을 세우는 주기가 채 1년이 안 되고, 오히려 분기별 목표를 달성하기 위해 급급하다. 하지만 구글은 정반대다.

그리고 항상, 구글 검색을 실행하는 바로 그 소프트웨어는 다윈주의적 사고방식의 원칙을 구현한다. 알고리즘은 인터넷 검색자를 만족시키기 위해 경쟁한다. 결과가 기대에 부응하는 알고리즘은 번창하며, 실패한 것들은 중요성이 줄어들어 결국 사라지고 만다.

어떻게 다윈의 이론이 구글의 과학자들뿐만 아니라 우리 모두의 사고방식에 그토록 지대한 영향을 미치게 되었을까? 내가 말했듯이, 그 이유 중 일부는 그것이 사회적·정치적 차원에서 강력한 일반 이론이기 때문임에 틀림없다. 『종의 기원』은 생물학과 자연에 대한 이해뿐만 아니라 인간 사회와 도덕에 대한 우리의 견해에도 심대한 영향을 미쳤다. 나치즘과 마르크스주의는 둘 다 그 창시자들이 마음속에서 다윈의 이론을 정치에 적용하여 나온 사상이다.

그리고 다윈주의는 단순한 규칙이 어떻게 복잡한 결과로 이어질 수 있는지 설명한다. 예를 들어 살아 있는 유기체에서는 특정 법칙에 따른 단순한 화학 반응의 결과로 복잡성이 나타난다. 더 복잡한 분자가 모여 세포가 되고, 이 세포가 상호작용을 하며 특수한 기관이 된다. 기관은 상호작용을 통해 유기체를 형성하며, 유기체는 상호작용하고, 소통하고, 더 큰 규모로 번식해 결국 우주를 형성한다.

구글의 검색엔진에도 규칙에 따라 움직이는 가상 분자가 있고, 이 분자는 우리의 생각과 행동을 이끄는 새로운 종류의 인공지능을 만든다. 하지만 검색엔진 자체가 일종의 의식을 갖추었다 뜻에서 실제로 살아 있다면, 과연 무엇을 생각할까? 분명히 다음과 같은 생각을 할 것이다.

"어릴 때부터 나는 내가 관찰한 모든 것을 이해하거나 설명하려는 강렬한 열망이 있었다. 모든 사실을 몇 가지 일반 법칙에 따라 그룹으로 분류하려는 열망이 있었다."

구글 검색은 찰나의 순간에 당신에게 보여줄 것이다. 이것이 바로 찰스 다윈의 언어라는 것을.

3장
지구를 구하자
: 한 번에 하나씩!

레이첼 카슨과 프란스 랜팅

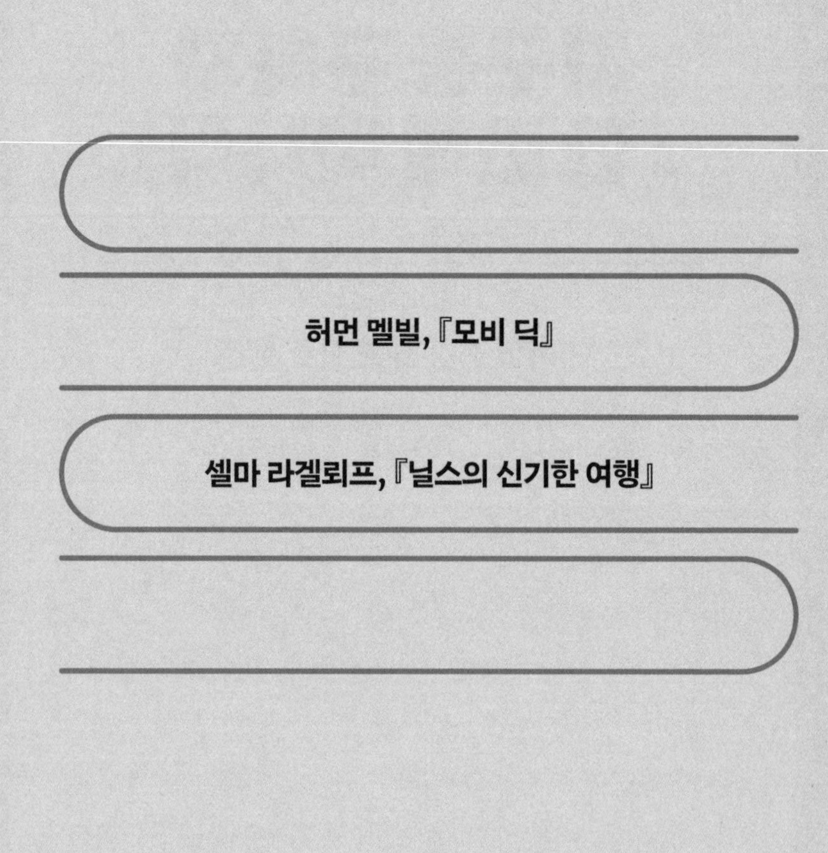
허먼 멜빌, 『모비 딕』
셀마 라겔뢰프, 『닐스의 신기한 여행』

책은 인간의 관심 범위를 자연계와 환경으로 확장하는 데 핵심적인 역할을 했다. 그렇다면 저자들은 어디에서 영감을 얻어 그런 책을 쓰게 된 것일까? 몇몇 저자는 무미건조한 사실이나 직접적인 경험보다는 상상력이 풍부한 이야기에서 영감을 받았다. 이야기에서 자연은 매력적인 인간 내러티브 속의 한 등장인물처럼 보인다. 그런 책은 기념비적인 문학 작품에서부터 소박한 동화에 이르기까지 다양하다.

레이첼 카슨의 『침묵의 봄』은 인간이 자연을 바라보는 태도를 획기적으로 바꾼 역사적인 책이다. 실제로, 이 작품은 지금까지 나온 가장 영향력 있는 녹색 논설green polemics로 평가받는다. 이 책은 인간이 과연 자연을 통제할 권리가 있는지, 누가 살고 죽을지를 결정할 권리가 있는지, 인간이 아닌 생명체를 독살하고 파괴할 권리가 있는지, 있다면 그 근거가 무엇인지와 같은 어려운 질문을 던진다. 그리고 여러 면에서, 카슨은 항상 자연과 환경에 관심을 갖고 살아갈 운명을 타고났다. 그럼에도 카슨이 관심 방향을 정확하게 설정하고 자신의 열정을 대중에게 성공적으로 전달할 수 있었던 것은 자신보다 한 세기 전에 뉴욕 태생의 허먼 멜빌이 집필한 『모비 딕』 덕분이라고 할 수 있다.

카슨이 글의 스타일 및 정서에서 멜빌에게 빚을 졌다는 사실은 처음 세 권의 책 『바닷바람을 맞으며』(1941), 『우리를 둘러싼 바다』(1951), 『바다의 가장자리』(1955) 모두 바다를 주제로 했다는 점에서 분명하게 드러난다! 대서양으로부터 600킬로미터 가까이 떨어진 미국 내륙에서 태어나 자란 사람이 이런 책을 썼다. 『모비 딕』과 마찬가지로 세 권 모두 망망대해에서 인간과 해양생물의 상호작용을 흥미진진하게 다뤘다. 섬이 어떻게 생겨났으며 해류가 어떻게 변하고 만나는지, 온도가 해양생물에 어떤 영향을 미치는지, 침식이 해안선뿐만 아니라 염도, 어류 개체군, 작은 미생물에 끼치는 영향이 무엇인지 자세하게 나온다. 또한 상호작용적이고 상호의존적인 자연의 시스템을 포함해 환경 윤리를 생각해보게끔 한다. 카슨은 이런 질문에 냉철하고 과학적인 시각으로 대답한다.

그런데 표면적으로 보면, 멜빌의 소설은 카슨의 글과는 매우 종류가 다르다. 이 책은 기본적으로 거대한 흰색 고래 '모비 딕'에게 한쪽 다리를 빼앗긴 뒤 복수를 위해 대서양에서 희망봉을 돌아 인도양으로, 또 태평양으로 고래를 끈질기게 추적하는 에이해브 선장과 선원들의 처절한 사투를 그렸다. 《뉴요커》에서는 이렇게 평했다.

"『모비 딕』은 소설이 아니다. 단순히 책이라고 할 수도 없다. 미지의 거대한 고래를 쫓는 과정에서 보여주는 이동, 아이디어 발상, 환기의 행위에 가깝다. 인간사와 자연사가 기묘하게 만났다."[1]

인간의 집착과 복수를 다룬 웅장한 소설이 살충제 사용을 비판한 논픽션 과학 서적과 과연 어떤 관련이 있을까? 표면적으로는 아무 관련이 없어 보일지도 모른다. 그래서 카슨의 전기 작가들은 이런 연관성을 경시했다. 하지만 나는 소설 하나가, 세상을 바꾼 작품에 영향을 미쳤다고 확신한다. 카슨이 『모비 딕』에 빚을 진 것은 바

1 Philip Hoare, "What Moby Dick Means to Me," November 3, 2011. https://www.newyorker.com/books/page-turner/what-moby-dick-means-to-me.

『모비 딕』

Moby Dick; or The Whale

—

저자: 허먼 멜빌 | 출판 연도: 1851년

『모비 딕』은 미국의 위대한 문학 작품 중 하나로 꼽힌다. 항해 중 고래한테 다리를 잃고 복수를 꾀하는 에이해브 선장의 이야기다. '피쿼드호'에는 이슈메일과 친구 퀴퀘그도 타고 있는데, 퀴퀘그는 병에 걸려 죽음을 예상하고 관을 짜게 시킨다. 나중에 그 관은 이슈메일의 구명보트가 된다(만화 『땡땡의 모험: 파라오의 시가』에서 이런 설정을 차용했다).

스포일러를 피하기 위해 간단하게 말하자면 결국 고래를 발견한 뒤 큰 싸움이 벌어지는데, 고래가 승리하고 배는 파괴되며 이슈메일을 제외한 모든 사람이 죽는다(글쎄, 스포일러가 좀 됐을지도).

이 책이 꾸준히 사랑받는 이유는 완전히 다른 두 가지 때문이다. 첫 번째는 종교, 인간 심리학, 윤리학을 포함해 수많은 주제를 아우르는 풍부한 서사 스타일이다. 그러나 이보다 훨씬 더 와닿는 두 번째 요소는 자연과 바다에 대한 기막힌 서술이다. 멜빌은 포경선 '애커시넷호'를 타고 오랜 시간 고래를 잡은 경험이 있다. 또한 1820년에 남아메리카 해안으로부터 수천 킬로미터 떨어진 바다에서 향유고래의 습격을 받은 포경선 '에식스호'의 실화를 읽는 등 이 책을 쓰기 위해 꼼꼼하게 연구했다. 에식스호는 침몰했고 선원 20명은 구명보트에서 극심한 탈수와 기아를 견뎌야 했다. 상륙한 직후 생존자들은 사망한 선원들의 시체를 먹기 시작했다. 그것으로 식량이 충분하지 않자, 선원들은 다른 사람들을 위해 누구를 희생할지 제비뽑기를 했다!

이 실화가 피쿼드호 선원들의 사투, 느리지만 가차 없는 운명의 수레바퀴에 초점을 맞춘 이야기에는 별다른 영향을 미치지 않았을지 몰라도, 작가에게는 분명히 큰 영향을 주었다.

로 정서적인 측면이다.

이는 책이 어떻게 작용하는지, 어떻게 한 권이 또 다른 한 권으로 이어지는지는 물론이고, 우리 삶이 책의 영향을 받는 미묘한 방식 아주 잘 보여준다.

1907년 5월 27일, 레이첼 루이스 카슨은 피츠버그 앨러게니강 바로 위쪽 언덕에 자리 잡은 65에이커의 농장에서 태어났다. 아버지는 보험 세일즈맨이었다. 어머니는 레이첼의 삶에 큰 영향을 미쳤다. 전직 교사(그리고 그전에는 가수)였던 그는 애나 보츠포드 콤스톡의 『자연 연구 핸드북Handbook of Nature Study』을 읽어주며 딸에게 자연과 야외에 대한 열정을 은연중에 심었다. 그리하여 주변의 울창한 숲과 수로는 레이첼의 교실이 되었다. 그는 《세터데이 리뷰 오브 리터러처The Saturday Review of Literature》에서 야외에서 지내는 기쁨, 개울과 연못가에 사는 새와 곤충을 비롯한 생명체들에 대한 지식을 어린 딸에게 가르쳤다고 밝혔다.

어린 시절 레이첼은 책읽기를 무척 좋아했으며, 여덟 살에 이야기(주로 동물이 나오는 이야기)를 짓기 시작했다. 열 살의 어린 나이에 쓴 글은 《세인트 니콜라스》라는 월간지에 실리기도 했다. 당시 이 잡지에 기고한 사람으로는 루이자 메이 올콧, 프랜시스 호지슨 버넷, 마크 트웨인, 로라 E. 리처즈, 조엘 챈들러 해리스 등이 있었다.

레이첼이 어린 시절에 즐겨 읽은 책은 베아트릭스 포터의 토끼 가족 이야기였는데, 이런 관심은 나중에 특히 새를 대변한 진 스트래튼 포터의 소설로 이어졌다. 반면, 청소년기에는 허먼 멜빌, 조지프 콘래드, 로버트 루이스 스티븐슨의 소설을 읽으며 바다에 대한 동경을 키워나갔다.

카슨은 대학에서 원래 영문학을 전공으로 선택했지만, 생물학을 가르치던 메리 스콧 스킨커 교수의 격려로 (당시에는 과학계에서 여성이 경력을 쌓을 기회가 극히 드물었음에도) 생물학으로 진로를 바꿔 동물학 석사 학위를 땄다. 새로운 분야에서는 글을 쓸 수 없을지도 모른다는 우려에도 불구하고, 카슨은 새로운 관심 분야가 실제로 자신에게 '글감something to write about'이 되었다는 것을 알아차렸다(린다 리어는 『레이첼 카슨 평전』[1997]에서 이 사실을 언급했다. 실제로 리어는 이 구절을 책의 네 번째 장에서 「무엇에 관해 쓸 것인가」라는 제목으로 사용했다).

카슨은 박사 학위를 받으려고 계속 공부하고 싶었지만, 1934년은 미국에서 대공황이 한창이었다. 결국 가족을 부양할 전임 교사 자리를 찾기 위해 학업을 포기할 수밖에 없었다. 설상가상 1935년에 아버지의 갑작스러운 사망으로 가족은 재정적 위기에 처하고, 나이든 어머니를 돌봐야 할 책임이 카슨에게 전적으로 돌아왔다. 이런 상황에서 스스로 원했다기보다는 필요에 의해 어업국에서 한 동안 프리랜서 작가로 일하며, 〈물속의 로맨스Romance under the Waters〉라는 수중 생명에 관한 주간 교육방송 시리즈의 라디오 원고를 쓰기 시작했다. 그런데 이것이 커다란 행운을 불러왔다.

어업국의 상사 엘머 히긴스는 이 라디오 프로그램을 즐겨 들었다. 그래서 새로운 브로슈어를 만들며 카슨에게 해양 생태에 관한 서문을 써달라고 부탁했는데, 카슨이 써온 원고를 보고는 이렇게 말했다.

"브로슈어로는 적절하지 않으니 다시 쓰는 게 좋겠어요. 대신 이 원고는 《애틀랜틱 먼슬리Atlantic Monthly》에 보내면 어떨까요?"

그 결과 해저를 따라가는 여행을 생생하게 전달하는 카슨의 글이 「해저Undersea」라는 제목으로 세상에 나오게 되었다(훗날, 카슨은 이 4쪽짜리 기사에서 다른 모든 글이 비롯되었다고 회고했다).

한편 《애틀랜틱 먼슬리》의 독자 중에는 출판사 사이먼앤드슈스터Simon & Schuster의 편집자도 있었는데, 그는 글을 읽자마자 카슨에게 연락해 에세이를 책으로 확장할 수 있는지 물었다. 이런 과정을 거쳐 『바닷바람을 맞으며』가 출판되었다. 이 책은 많이 팔리지는 않았지만 좋은 평을 받았다. 그러는 사이 카슨의 글쓰기는 《선 매거진Sun Magazine》, 《네이처Nature》, 《콜리어스Collier's》의 특집 기사로 이어졌다.

1948년, 카슨은 두 번째 책을 쓰기 위해 바다 생명의 역사를 정리한 자료를 모으고 있었다. 그 내용은 《뉴요커》를 비롯한 다양한 출판물에 연재되었고, 결국 옥스퍼드대학교 출판부에서 『우리를 둘러싼 바다』로 출판되었다. 이제 카슨의 글은 날개 돋친 듯 팔려나가기 시작했다. 그 책은 86주 동안 《뉴욕 타임스》 베스트셀러 목록에 올랐다. 또한 《리더스 다이제스트》에 축약본으로 연재되었고, 1952년에는 내셔널북어워드 논픽션 상과 존 버로스 메달을 받았다. 『우리를 둘러싼 바다』의 성공으로 『바닷바람을 맞으며』가 재출간되었는데, 이 책 또한 베스트셀러에 올랐다.

카슨은 이제 나름대로 유명인사가 되었으며, 대담을 하고 팬들이 보낸 편지에 답장을 쓰느라 분주한 동안에도 책을 다큐멘터리로 만드는 작업을 했다. 다큐멘터리 또한 큰 성공을 거두었지만, 자신의 작품을 스크린에 맞게 '편집'하는 것이 마음에 들지 않았다. 그래서 그 뒤로는 자신의 작품에 대한 영화 판권 판매를 거부했다. 그럼에도 불구하고, 이 다큐멘터리는 1953년 아카데미 최우수 장편 다큐멘터리 상을 거머쥐었다.

이즈음 카슨은 살충제의 대량생산 및 정부 후원으로 이뤄지는 대량살포 문제에 관심을 돌렸다(이 주제는 카슨이 우리에게 남긴 소중한 유산이다).

그 결과 1960년대 초반에 카슨은 이미 자연계가 엄청난 위협에 직면했다는 사실을 알리는 일련의 책으로 유명해졌다. 특히 『침묵의 봄』(그의 마지막 책)을 통해 카슨은 자연생태 균형을 위협하는 살충제 남용 등을 맹렬히 비판하며 1960년대 미국 녹색운동의 상징적 인물로 떠올랐다.

당시까지만 해도 대부분의 작가는 과학의 새로운 시대를 찬양했다. 반면, 카슨은 '화학 탄막'은 원시인이 사용한 몽둥이처럼 조잡하고 야만적인 무기로, 섬세하고 부서지기 쉬우면서도 한편으로 강하고 탄력적인 생명을 무자비하게 파괴한다고 비판했다.

그러나 1963년 4월 3일에 〈CBS 리포츠CBS Reports〉 TV 특집 '레이첼 카슨의 침묵의 봄'이 방송된 이후에야 살충제 사용이 엄청난 대중적 이슈로 부각되었다. 이 프로그램에서 카슨은 『침묵의 봄』의 일부를 직접 읽었다. 또한 다양한 전문가 및 비평가들의 인터뷰도 있었다. 생화학자 로버트 화이트 스티븐스는 이렇게 말했다.

"만약 카슨의 가르침을 따른다면, 우리는 암흑기로 돌아가고 곤충과 질병과 해충이 다시 한 번 지구를 상속받게 될 것입니다."

그런데 전기 작가 린다 리어에 따르면 "흰색 실험복을 입은, 험악한 눈빛과 큰 목소리의 로버트 화이트 스티븐스 박사와 나란히 있으니, 카슨은 경각심을 불러일으키는 히스테릭한 사람처럼(비평가들은 그를 그런 이미지로 매도했지만) 보이지 않았다." 결국 1000만에서

1500만 명으로 추정되는 시청자는 압도적으로 카슨을 지지했다.

100만 명이 이미 카슨의 책을 읽었다면, 1500만 명 정도가 TV 쇼를 시청했다. 그중에는 케네디 대통령도 있었다. 기자회견에서 살충제 사용에 관한 질문을 받은 케네디 대통령은 연방 기관이 이 문제를 자세히 들여다보고 있다고 대답했다. 펜실베이니아주 스프링데일의 시골 강가 마을에서 자란 한 아이에게는 정말이지 놀라운 여정이라 할 수 있다.

어떤 면에서 카슨의 주장에 무게가 실린 것은 『침묵의 봄』에 담긴 세심하고 철저한 조사 덕분이었다. 하지만 1962년 9월 27일, 역사상 꼭 필요한 시기에 이 책이 세상에 나왔다는 사실 그 자체가 더 중요할지도 모른다. 이제 새로운 이상주의 세대는 과학을 구원자로뿐만 아니라 위협으로 보기 시작했다. 특히 『침묵의 봄』은 인간 활동과 환경적 결과 사이의 상호관계를 이해하는 데 획기적인 전환점이 되었다.

책에서 카슨은 화학물질이 핵방사선과 마찬가지로 생명의 본질을 정말 해악하게 변화시키는데도, 이런 사실이 제대로 알려지지 않는다는 것을 핵심적으로 지적한다. 카슨은 당시 일어난 새 개체수 감소, 즉 '새들의 침묵'의 이유를 살충제 남용으로 보았다. 바로 여기에서 책 제목이 유래했다(처음에는 새에 관한 장의 제목일 뿐이었다). 1959년에는 '크랜베리 스캔들'이 터졌다. 미국에서 생산한 크랜베리에서 제초제 아미노트리아졸이 검출되었을 뿐만 아니라 세 차례 수확하면서 그 수치가 점점 높아졌다. 이 물질은 실험용 쥐에게 암을 유발한다고 알려졌기에, 크랜베리 제품 판매가 모두 중단되었다.

『침묵의 봄』에서 말했듯이 "이제 화학제품은 스프레이, 분말, 에

The great expectations held for DDT have been realized. During 1946, exhaustive scientific tests have shown that, when properly used, DDT kills a host of destructive insect pests, and is a benefactor of all humanity.

Pennsalt produces DDT and its products in all standard forms and is now one of the country's largest producers of this amazing insecticide. Today, everyone can enjoy added comfort, health and safety through the insect-killing powers of Pennsalt DDT products . . . and DDT is only one of Pennsalt's many chemical products which benefit industry, farm and home.

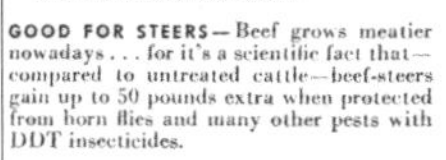

GOOD FOR STEERS—Beef grows meatier nowadays . . . for it's a scientific fact that—compared to untreated cattle—beef-steers gain up to 50 pounds extra when protected from horn flies and many other pests with DDT insecticides.

Knox Out FOR THE HOME—helps to make healthier, more comfortable homes . . . protects your family from dangerous insect pests. Use Knox-Out DDT Powders and Sprays as directed . . . then watch the bugs "bite the dust"!

Knox Out FOR DAIRIES—Up to 20% more milk . . . more butter . . . more cheese . . . tests prove greater milk production when dairy cows are protected from the annoyance of many insects with DDT insecticides like Knox-Out Stock and Barn Spray.

GOOD FOR FRUITS—Bigger apples, juicier fruits that are free from unsightly worms . . . all benefits resulting from DDT dusts and sprays.

GOOD FOR ROW CROPS—*25 more barrels of potatoes per acre* . . . actual DDT tests have shown crop increases like this! DDT dusts and sprays help truck farmers pass these gains along to you.

CHEMICALS

97 Years' Service to Industry • Farm • Home

Knox Out FOR INDUSTRY—Food processing plants, laundries, dry cleaning plants, hotels . . . dozens of industries gain effective bug control, more pleasant work conditions with Pennsalt DDT products.

PENNSYLVANIA SALT MANUFACTURING COMPANY

WIDENER BUILDING, PHILADELPHIA 7, PA.

1947년 가정에서의 해충 박멸을 강조한 DDT 광고. 레이첼 카슨의 책이 출판된 1960년대에 들어서도 대부분의 작가는 과학의 새로운 시대에 열광했다. 하지만 카슨은 '화학 탄막'을 원시인이 사용한 몽둥이처럼 조잡하고 야만적인 무기라고 비판했다.[2]

2 Wikipedia Commons, "DDT Is Good for Me-e-e!," July 30, 1947. Science History Institute, Philadelphia. https://digital.sciencehistory.org/works/1831ck18w.

어로졸 형태로 농장·정원·숲·가정에서 광범위하게 사용된다. 좋은 곤충이든 나쁜 곤충이든 모두 죽이고, 지저귀는 새와 시냇물에서 뛰노는 물고기를 침묵시켰다. 나뭇잎을 치명적인 막으로 덮고, 흙 속에 오랫동안 잔존하는 화학물질이다. 화학제품의 표적이 그저 얼마 안 되는 잡초나 곤충일지라도, 모든 게 무차별적으로 영향을 받는다."

카슨의 핵심 주장은 살충제가 환경에 치명적인 영향을 미치므로 이를 실제로는 살생제biocides(생물체를 죽이는 물질)라고 불러야 한다는 것이다. 즉, 그 효과가 표적 해충으로 제한되지 않는 독극물이라는 뜻이다. 『침묵의 봄』의 대부분은 살생제가 자연 생태계에 미치는 해로운 영향을 설명하는 데 전념하지만, 후반부로 가서는 화학물질로 인한 인간의 중독, 암 및 기타 질병의 사례도 자세히 이야기한다.

그런데 우리는 이런 카슨의 주장이 나온 맥락에 주목해야 한다. 2차 세계대전 이후 당시 사람들은 과학자들에게 오류란 없고, 화학물질은 우리의 친구이며, 정부의 지침은 분명 시민의 건강과 안전을 위한 것이라고 믿었다. 살충제 사용을 규제하는 책임이 미국 농무부에 있음은 논란의 여지가 없었다. 하지만 농무부는 오히려 살충제 사용을 장려하고 필요한 자금을 조달하느라 분주했다. 당시 환경보호청은 존재하지 않았고, 그린피스 같은 환경단체의 수는 지금보다 훨씬 적었다. 그래서 카슨이 새가 사라지고 "봄이 침묵한다"고 세계에 경고했을 때, 사람들은 크나큰 충격을 받을 수밖에 없었다.

『침묵의 봄』은 1962년 6월 16일자 《뉴요커》에 연재되기 시작했는데, 이 잡지에 실린 최초의 논픽션이었다. 카슨을 비롯해 출판에

『침묵의 봄』

Silent Spring

—

저자: 레이첼 카슨 | 출판 연도: 1962년

『침묵의 봄』은 미국의 중심부에 위치한 상상의 마을에서 벌어지는 암울한 우화로 시작한다. 그곳에 마름병이 번져, 야생동물이 넘쳐나던 산비탈이 "불에 휩쓸린 것처럼 갈색으로 시든 초목"이 침묵하는 풍경으로 바뀌었다. 무슨 일이 있었는지를 알려주는 단서는 단 한 가지뿐이다. 즉, "몇 주 전에 하늘에서 눈처럼 떨어진 하얀 가루의 잔류물이다."

이어지는 장들에서 이 책은 살충제의 효과를 주의 깊게 연구한 증거를 더욱 다채롭고 문학적인 설명과 함께 엮어 보인다. 예를 들어, 샌프란시스코 북부의 클리어 호수에 관해 다음과 같이 이야기한다. 인기 있는 낚시터인 이곳에는 논병아리가 얕은 물 위에 둥지를 틀고 살았다. 그런데 이곳에 작은 각다귀를 없애기 위해 DDT 및 기타 다양한 화학물질을 반복적으로 뿌렸다. 살충제를 세 번 뿌리고 나서도 각다귀는 여전히 남았지만, 논병아리는 죽어갔다. 부검 결과 새의 지방조직에 지금까지 살포된 것보다 몇 배나 더 많은 농도의 살충제가 있었다. 살충제가 먹이사슬을 따라 올라오면서 1000배도 넘게 농축된 것이다. 플랑크톤은 초기 살충제 복용량을 흡수하고 농축한 다음, 물고기가 플랑크톤을 먹고, 마침내 새가 물고기를 먹는다. 이런 단계를 거치며 살충제의 수준이 폭증한 것이다.

육지에서는 대규모 단일 재배 방식이 곤충이 급증하는 조건을 만들고, 자연의 견제와 균형 시스템을 파괴했다고 카슨은 지적했다. 예로 미국과 캐나다 전역에 퍼진 '네덜란드 느릅나무 병'을 들었다. 이 병이 퍼진 것은 주로 도시 계획가들이 단일 품종의 나무를 거리에 심었기 때문이라고 했다. 그리고 이 문제를 더 넓은 경제적 맥락에서 설명하면서, '해충 방제'가 이중으로 잘못되었다고 설명했다.

화학산업계에서는 '화학물질이 없는 세상'이라는 개념을 비판하며 살충제를 신중하게 사용하라는 카슨의 요구를 반박했다. 또한 아프리카 마을에서 모기를 매개로한 질병으로 죽어가는 아이들의 고통을 부각하는 등 대중에게 감정적으로 호소하는 사례들을 찾아냈다. 하지만 역설적으로, 비평가들의 이런 반박은 카슨의 메시지를 전국에 확산하는 데 이바지했을 뿐만 아니라 카슨의 책에 대한 대중의 관심을 불러일으켰다. 그래도 정부 당국의 주요 책임자들을 설득하지는 못했다.

관여한 사람들은 비판이 쏟아질 것에 대비했다. 그리고 예상대로 곧장 혹독한 비판이 쏟아졌다.

두 번째 글이 실린 직후, 벨시콜 화학회사(살충제 클로르데인 및 헵타클로르 전문 제조회사)의 법률 고문 루이스 매클레인은 《뉴요커》가 다음 편을 내놓으면 고소하겠다고 협박했다. 어쨌든 잡지는 계속 나왔다. 얼마 뒤, 책의 출판 자체로 공격을 확대한 매클레인은 "사악한 세력"과 "자연 식품 열성주의자"들이 모든 기업에 부도덕하다는 인상을 심고 미국 농업을 "동부 장막과 동등한" 수준(철의 장막 동부의 유럽 공산주의 국가 수준)으로 축소하려고 시도한다며 비난했다. 당시 많은 보수 정치인은 환경운동가들이 소비에트 공산주의 독재정권의 사주를 받은 일종의 '트로이 목마'라고 굳게 믿었다.

주요 DDT 제조업체 중 하나인 듀폰 역시 같은 반응을 보였다. 책과 관련한 언론 보도 및 여론이 미칠 영향을 예상한 광범위한 보고서를 모으고, 다른 회사들과 합작해 살충제 사용을 홍보하고 옹호하는 팸플릿과 기사를 쏟아냈다.

아메리칸 사이안아미드 기업과 밀접한 관련이 있는 두 화학자, 로버트 화이트 스티븐스(앞에서 언급함)와 토머스 주크스는 DDT에 대한 카슨의 분석을 거세게 비판했다. 이들은 카슨이 생화학이 아닌 해양생물학을 전공했다는 점과 그의 개인적인 성격을 주로 공격했다. 화이트 스티븐스는 카슨을 "자연의 균형을 맹목적으로 숭배하는 광신자"라고 불렀다. 가장 교활한 공격은 전직 농무부 장관 에즈라 태프트 벤슨에게서 나왔다. 벤슨은 "자녀도 없는 방랑자"가 왜 그렇게 유전을 걱정하는지 궁금하다며, 그 답은 바로 카슨이 공산주의자이기 때문이라고 주장했다.

하지만 이런 공격은 실패로 돌아갔다. 실제로, 이들의 비판으로 인해 카슨의 영향력은 더 커져갔다.

새로운 풀뿌리 환경운동과 함께 『침묵의 봄』은 미국 환경보호청의 창설 및 국가 정책의 변화를 이끌어냈다. 환경보호청은 정책이 미칠 '환경적 영향'을 식별하고 평가하는 임무를 맡았다. 환경보호청이 1970년 12월 2일 공식적으로 문을 열었을 때, 예산 14억 달러와 직원 5800명이 있었다. 초대 청장 빌 러클스하우스는 한 인터뷰에서 직원들 다수가 목적의식과 열정으로 똘똘 뭉쳤다고 밝혔다. 또한 카슨의 역할에 경의를 표하면서 이렇게 말했다.

"1962년 레이첼 카슨이 『침묵의 봄』이라는 책을 쓰자 상황이 크게 바뀌었습니다. 눈에 보이지 않는 오염물질이(이 경우에는 살충제가) 환경, 특히 종의 생존 가능성에 해가 될 뿐만 아니라 영구적인 영향을 미칠 수 있다는 사실을 카슨은 우리에게 구체적으로 보여주었습니다. 그 결과 다양한 관심과 요구를 지닌 사람들을 환경운동으로 끌어들였고, 정부가 뭔가를 해야 한다는 요구가 거세졌습니다."

카슨의 주장은 과학을 과학으로 비판했다는 점에서 효과적이었다. 그는 4년 동안 DDT로 인한 환경피해 사례를 수집해 『침묵의 봄』을 세상에 내놓았다. 많은 지역에 이미 존재하는 데이터를 수집하고 정보를 취합해서 '잔류성 화학물질'이 환경에 미치는 영향을 처음으로 일관되게 설명해낸 것이다.

하지만 이보다 더 중요한 점은 바로 자칫 무미건조하고 딱딱할 수 있는 사실을, 대중을 매혹하는 서정적인 문장으로 호소력 있게 표현해낸 재주다. 『침묵의 봄』이 초등학생부터 정부와 산업계 지도자에 이르기까지 사회 각계각층의 태도에 혁명적 변화를 불러일으키는 데에 이런 측면이 큰 역할을 했다. 카슨이 지닌 힘은 시적 글쓰기와 결합된 과학적 지식에 있었는데, 이는 이 주제를 피상적으로 이해하는 사람들이 대중에게 현대 기술을 책임감 있게 사용하라고 촉구하는 것보다 훨씬 효과적이었다.

2차 세계대전 이후 군사 자금 지원으로 개발된 합성 살충제의 사용을 카슨이 우려하기 시작한 때는 1940년대 중반부터다. 하지만 이 문제에 초점을 맞춰 연구를 진행한 직접적인 계기는 1957년 미국 연방정부의 '매미나방 박멸 프로그램'이었다. 이 프로그램에는 DDT 및 기타 살충제를 중유fuel oil와 혼합해 공중에서 살포하는 계획이 포함되었다! 사유지에 살포하라는 의무를 규정했기에, 롱아일랜드의 토지 소유주들은 이에 반대하는 소송을 제기하게 되었다. 어쨌거나 소송에서는 졌지만 대법원이 미래의 잠재적인 환경 피해에 대해 중지 명령을 내릴 권리를 청원자들에게 주었고, 결국 이것이 이후 성공적인 환경운동의 기반이 되었다.

『침묵의 봄』에서 카슨은 화학 살충제를 오용하여 벌어진 12가지 실제 공포스러운 사례와 함께 정부 캠페인의 이야기를 들려준다. 예를 들어 「공중에서 무차별적으로」라는 장은 불개미를 퇴치하려고 벌인 1957년 미국의 비참한 캠페인을 자세히 설명한다. 1920년대 초반에 의도치 않게 남아메리카에서 미국으로 들어온 불개미(쏘이면 불에 덴 것처럼 아프다고 해서 이런 이름이 붙었다)는 약 30센티미터가 넘는 큰 집이나 흙무더기를 만들어 농기구 사용에 방해가 되는 골칫거리였지만, 과거에 정부는 이들을 해충도 아니고 농업에 심각한 위협도 아니라고 자체 평가했었다. 그런데 새로운 화학적 해충 방제법의 출현으로 모든 것이 바뀌었다. 갑자기 불개미를 죽여 없애야 했다!

정부에서는 과거에 아무렇지도 않은 것으로 취급했던 이 곤충을 이제는 가축에 대한 위협이라고 주장하며, 2000만 에이커의 농지에 엄청난 양의 화학 독극물을 무차별적으로 살포했다. 야생동물은 물론이고, 정부가 살충제를 살포하여 보호하겠다고 한 가축의 손실 또한 광범위하고 비참했다. 정부가 관련성을 계속 부인했음에도 불구하고 이 모든 것은 살포 프로그램으로 인한 결과였다. 카슨은 '해충 박멸' 프로그램이 사실은 살충제를 판매하기 위한 위장 홍보 캠페인에 불과하다고 주장했다.

연구를 진행하던 중, 카슨은 살충제가 미치는 생리학적·환경적 영향의 증거를 제시하는 상당한 규모의 과학자 공동체가 있다는 사실을 알아차렸다. 또한 자신에게 기밀 정보를 제공해준 정부 과학자들과의 개인적인 관계를 적극 활용했다. 과학 서적을 읽고 과학자들을 인터뷰하면서, 과학자 진영이 둘로 나뉘어 있음을 깨달았다. 즉, 결정적이고 확실한 증거가 없는 한 위험의 가능성을 무시하려는 진영과, '예방 원칙'에 더 신경을 쓸 뿐만 아니라 '생물학적 해충 방제'라는 대안을 고민하는 진영이었다.

이 모든 것의 결과, 마크 해밀턴 라이틀이 『조용한 전복: 레이첼 카슨, 침묵의 봄, 그리고 환경운동의 탄생The Gentle Subversive: Rachel Carson, Silent Spring, and Rise of the Environmental Movement』에서 말했듯이, 카슨은 전후 미국 문화를 정의하는 과학적 진보의 패러다임에 의문을 제기하는 책을 쓰기로 결심했다. 즉, 인간이 자연계에 미치는 막강하면서도 부정적인 영향을 밝히겠다는 것이다.

여기에서 멜빌의 고래 사냥 이야기가 다시 등장한다. 더그 매클레인의 말처럼 "많은 독자가 멜빌의 고전 『모비 딕』에 심취했다고 말하지만, 특히 소설가들이 그 책을 너무나도 사랑하는 것 같다." 작가들이 좋아하는 책을 나열한 웹사이트 톱텐북스The Top Ten Books에서 『모비 딕』은 늘 높은 순위를 차지한다(존 어빙, 로버트 쿠버, 브렛 이스턴 엘리스, 조이스 캐롤 오츠 등의 이름이 보인다). 그러나 매클레인이 씁쓸하게 지적한 것처럼, 이들은 모두 각기 '다른' 『모비 딕』을 좋아하는 듯하다. 여러 차례 이 책은 고래 사냥, 신정론, 셰익스피어 스타일의 정치적 비극, 해부학, 기이한 고백, 환경보호 서사시라고 불렸기 때문이다. 그리고 이 소설이 그 모든 세계를 담았기에, 모든 해석이 병립 가능하다. 레이첼 카슨에게 이 책은 두 가지 방식으로 영감을 주었다. 하나는 해양 생물에 대한 심오한 통찰력이고, 다른 하나는 인간의 동기와 심리에 대한 독특한 통찰력이다.

『모비 딕』이 카슨에게 미친 영향을 이해하기 위해서는 주요 페이지 몇 군데만 봐도 충분할 것이다. 먼저 중심인물 중 한 명인 포경선의 삼등 항해사 플래스크의 동기를 살펴보자. 비니어드섬의 티스베리 출신인 플래스크는 다음과 같이 묘사된다.

> 땅딸막하고 다부진 체격에 혈색이 좋은 젊은이로, 고래에게 무척 공격적이었다. 커다란 고래야말로 자신의 원수, 조상 대대로 내려오는 원수라고 생각했기에 고래를 만날 때마다 죽이는 것은 명예가 걸린 문제였다. 그래서 고래의 거대한 덩치와 신비로운 행동의 경이로움에 그 어떤 존경심도 느끼지 않았다. 또한 고래와 마주칠 때의 그 모든 위험에 불안감을 전혀 느끼지 않았다. 따라서 놀라운 고래는 덩치 큰 생쥐이거나 기껏해야 물쥐일 뿐이므로, 선수를 쳐서 포위한 다음 약간의 시간과 노력만 들이면 죽여서 삶아 먹을 수 있다고 생각했다.

플래스크는 고래에 대한 극도의 원한에 사로잡혀 있으며, 그 열정으로 인해 긴장의 끈을 놓지 않는다. 하지만 이 때문에 고래가 얼마나 영광스럽고 장엄한 존재인지 이해하지 못한다. 카슨의 설명에 따르면, 바로 이런 어리석음이 그대로 자연의 '해충'과 상호작용하는 인간의 태도에서 드러난다. 이와 동시에 『모비 딕』의 시적 특성이 카슨에게 그대로 전해져서 『침묵의 봄』이 강력한 호소력을 지니며 환경을 대표하는 책이 되었다. 멜빌은 "파도의 리듬과 생각이 한데 융합되어" 공허하고 무의식적인 몽상의 나른함에 빠져들게 하는 바다를 이야기한다. 신비로운 바다에서 인간은 자신의 정체성을 잃고, 바다가 인류와 자연 곳곳에 충만한 끝없이 깊고 짙푸른 영혼의 가시적인 형상이라고 오해한다.

"미끄러지듯 달아나는 그 야릇하고 아름다운 모든 것, 형태를 분간할 수는 없지만 위로 솟아오른 희미한 지느러미는 모두 영혼 속으로 스쳐 지나감으로써 영혼을 가득 채우는 그 종잡을 수 없는 생각의 화신처럼 여겨진다. 이렇게 매혹적인 기분으로 영혼은 썰물처럼 왔던 곳으로 돌아가, 시간과 공간을 초월해 널리 퍼진다."

실제로 이슈메일조차도 깊은 바다를 바라보면서 자신이 초월적인 순간에 모든 피조물과 하나가 된 것처럼 느낀다. 이는 헨리 데이비드 소로와 랄프 왈도 에머슨의 19세기 중반 저작들에서 보이는 미국 낭만주의의 정서를 연상케 한다(카슨은 소로의 책을 무척 좋아했다).

카슨의 핵심 주제는 과학이 자연의 일부분만 보여준다는 것이다. 그런데 멜빌은 『모비 딕』의 한 구절에서 이와 비슷한 점을 지적한다.

사물의 아름다움을 생생하게 포착하는 프랑스인의 타고난 재주는 고래잡이 장면을 묘사한 그림 및 판화에서 도드라지게 드러난다. 고래잡이 경험이 영국인에 비해 10분의 1도 안 되고, 미국인에 비해서는 1000분의 1도 안 되지만, 그 사람들은 고래잡이의 진정한 정신을 오롯이 전하는 그림을 완성해 영국과 미국에 제공했다. 영국과 미국의 고래 화가들은 대부분 고래의 공허한 옆모습과 같은 윤곽을 기계적으로 묘사하는 데 만족하는 듯하다. 회화의 효과와 관련지어 볼 때, 이런 그림은 피라미드의 옆면을 스케치한 것에 불과하다.

무엇보다 멜빌이 보여준 고래와 인간의 연결고리가 카슨의 작품에 영감을 주었다. 소설과 사실에 대한 설명 모두에서, 자연을 가장 진실하게 그려낸 묘사는 인간과 자연의 관계를 언급하며 나타나기 때문이다. 몇 년 뒤 〈CBS 리포츠〉가 '레이첼 카슨의 침묵의 봄'을 방송했을 때, 카슨은 이렇게 말했다.

"우리는 여전히 정복을 이야기합니다. 우리는 자신이 광대하고 놀라운 우주의 아주 작은 일부에 불과하다고 생각할 만큼 성숙하지 못합니다. 자연에 대한 인간의 태도는 우리가 이제 자연을 뜯어고치고 파괴할 수 있는 운명적인 힘을 얻었기 때문에 오늘날 특히 중요합니다. 그러나 인간은 자연의 일부이며, 자연과 인간의 전쟁은 필연적으로 인간 자신과의 전쟁입니다."

『모비 딕』 후반부에는 도살된 고래의 모습이 나오는데, 이것은 『침묵의 봄』에서 인간의 무분별하고 무차별적인 화학물질 사용으로 인한 공포를 불러일으키는 장면과 오버랩 된다(둘 다 비슷하지만, 『침묵의 봄』은 육지에서 일어나는 자연의 죽음이다).

이 거대한 리바이어던의 해골, 두개골, 엄니, 턱뼈, 갈비뼈, 그리고 척추 사이에 서서 보면 이 모든 것이 현존하는 바다 괴물들과 부분적으로 비슷하지만, 또 한편으로는 그들의 먼 조상인 선사시대의 리바이어던과도 닮았음을 알게 된다. 나는 물결에 실려, 시간이 시작되었다고 말할 수도 없는 그 놀라운 시대로 돌아간다. 시간은 인간과 더불어 시작되었기 때문이다. 그러면 사투르누스[3]의 잿빛 혼돈이 내 머리 위에서 소용돌이치고, 나는 극지대의 영원한 존재를 어렴풋이 들여다보며 전율한다. 쐐기 모양의 얼음덩이들이 열대지방까지 밀어닥쳐 요새를 구축하고, 4만 킬로미터가 넘는 지구 둘레에 사람이 살 수 있는 땅이라고는 전혀 보이지 않는다. 그때는 온 세상이 고래의 것이었다. 고래는 피조물의 왕으로서, 안데스산맥과 히말라야산맥을 따라 흔적을 남겨놓았다. 누가 감히 이들과 같은 혈통을 자랑할 수 있을까? 에이해브의 작살은 고대 이집트의 왕들보다 오래된 피를 흘리게 했다. 므두셀라도 고래에 비하면 초등학생처럼 보일 뿐이다. 나는 고개를 돌려 셈과 악수한다. 나는 모세 이전에 이미 존재한 근원을 알 수 없는 고래, 이루 말할 수 없는 공포의 존재에 전율한다. 이들은 시간 이전에 존재했을 뿐만 아니라 인간의 세기가 끝난 뒤에도 존재할 것이다.

3 로마신화에 나오는 농경의 신. '씨를 뿌리는 자'라는 뜻이다. [옮긴이]

IIII\II

자연에 대한 사랑이 원래 어디에서 왔는지는 분명하지만 글쓰기에 대한 사랑이 어디서 시작되었는지는 미스터리라고, 카슨이 친구들한테 말한 적이 있다. 분명 『모비 딕』이 그 간극을 채워줄 것이다. 하지만 독자들에게는 새로운 관점으로 세상을 바라보는 법을 알려준 카슨의 능력이 더 중요할지도 모른다. 그리고 이런 재능은 매우 영향력 있는 또 다른 환경운동가 프란스 랜팅이 텍스트와 이미지를 결합해 세상에 내놓은 책에서도 분명하게 확인할 수 있다.

카슨은 특히 『바닷바람을 맞으며』를 집필하면서 자신이 탐험하고 싶은 세계에 사는 물고기를 비롯한 생물들의 관점에서 이야기를 쓰기로 마음먹었다고 설명했다. 전기 작가 마크 해밀턴 라이틀은 카슨이 친구와 주고받은 편지를 인용해 이렇게 적었다.

“그들의 세계는 자신들이 보고 느끼는 대로 묘사되어야 해. 화자는 이야기에 끼어들거나 의견을 표현하는 것처럼 보여서는 안 돼.”

이는 ‘인간의 편견’을 피하고 이야기에 힘과 직접성을 불어넣기 위한 태도였다. 랜팅의 글과 사진에서도 이것과 같은 목표와 포부가 강조되어 나타난다.

오늘날 랜팅은 우리 시대의 위대한 사진작가 중 한 명으로 손꼽힌다. 랜팅의 작품은 전 세계에 걸쳐 책이나 전시회에 등장하지만, 가장 눈에 띄는 것은 《내셔널 지오그래픽》 잡지다. 네덜란드 로테르담에서 태어난 랜팅은 경제학 석사 학위를 받은 뒤 환경 계획을 공부하기 위해 미국으로 건너갔다. 그러고 나서 얼마 뒤부터 자연계의 사진을 찍으며 “자연에 대한 열정과 관심, 우리가 살고 있는 행성의 경이로움을 전달하는 이미지"를 담아 아마존에서 남극 대륙까지 야생동물을 기록했다. 또한 대서양의 한 섬에서 알바트로스와 함께 살아가며 몸집이 작은 동물의 눈으로 세상을 보는 법을 배웠다.

《내셔널 지오그래픽》은 랜팅에게 작업을 자주 의뢰했는데, 임무는 콩고의 보노보부터 남극 펭귄의 놀라운 모습에 이르기까지 다양한 사진을 찍는 것이었다. 랜팅은 외딴 지역에 가설물을 설치해 몇 주를 보내며, 하늘을 덮은 나무 아래에서 무지갯빛 마코앵무, 하늘을 나는 개구리, 덩굴을 잡고 몸을 흔드는 오랑우탄의 희귀한 모습을 사진에 담았다. 태평양의 외딴 산호초에서 바닷새와 함께 몇 달 동안 살기도 했고, 아프리카에서 한밤에 사자를 쫓아다녔으며, 갈라파고스의 화산 내부에 사는 거대한 거북이 사이에서 야영도 했다.

이 사진가는 모든 면에서 자신이 책 한 권에 깊은 영향을 받았다는 사실을 공개적으로 밝혔다. 그렇다면 환경운동가로서 랜팅도 멜빌의 책처럼 인간과 자연 사이의 투쟁을 다룬 서사적 이야기에서 영감을 받았을까? 전혀 그렇지 않다. 책은 그렇게 모두에게 똑같이 작용하지 않는다. 책의 영향은 훨씬 더 개별적이고 독자적이다. 랜팅은 기러기 떼와 너무 가까워져서 식구로 받아들여진 아이의 이야기를 이상으로 삼는다. 이곳은 인간계와 자연계 사이 어딘가에 자리 잡은 랜팅의 무대다. 하나의 세계를 다른 세계와 이어주는 매개체이다.

셀마 라겔뢰프가 1906년에 출판한 어린이 고전 『닐스의 신기한 여행』은 스칸디나비아에서 무척 유명하다. 아주 방대한 내용이라 책을 다 읽은 사람은 많지 않을지라도, 줄거리는 대부분 알고 있다(물론 사람들이 끝까지 다 읽지 않았다고 해서 라겔뢰프가 노벨상 수상자가 되는 것을 막을 수는 없었다). 줄거리를 짧게 정리하자면, 19세기 후반

스코네 지방에 못된 장난을 즐기는 닐스라는 아이가 살았는데, 동네 사람들을 자주 화나게 했다. 어느 날, 요정 톰테를 괴롭히던 닐스의 몸이 마법처럼 작아졌다. 이제 엄지손가락만 한 크기로 줄어든 닐스는 다행스럽게도 기러기 떼에 입양되어 라플란드의 여름 둥지로 가는데, 도중에 스웨덴 전역을 여행한다. 어쨌든 랜팅이 말했듯이, 이 이야기에는 지리가 늘 등장한다(사실 이 책은 아이들에게 스웨덴의 지리를 가르치는 목적도 있었다).

랜팅은 자신의 책 『아이 투 아이Eye to Eye』(1997) 서문에서 다음과 같이 말했다.

> 어렸을 때 네덜란드에서 읽은 동화책은 내게 깊은 인상을 남겼다. 『닐스의 신기한 여행』은 요정 크기로 작아진 소년이 거위를 타고 북쪽으로 이동하는 기러기 떼와 함께 하늘을 날아다니는 이야기를 그린다. 닐스는 1년 동안 여행하며 독수리, 까마귀, 곰을 비롯한 수많은 동물을 만난다. 닐스는 동물들의 눈으로 세상 보는 법을 배운다. 하지만 마침내 부모님의 농장으로 돌아와 이전의 크기를 되찾았을 때, 동물들 사이에서 자신의 설 자리를 잃는다. 거위들은 갑자기 두려움에 떨며 서둘러 곁을 떠난다.

랜팅은 계속해서 이렇게 말했다.

> 감상적이지만 이 동화는 내게 깊은 울림을 주었고, 오늘날에도 자연주의자로서 나의 기본적인 신념과 열망을 반영한다. 나는 지난 20년의 대부분을 동물들과 함께하면서 동물의 방식을 이해하고 해석하

려고 노력했다. 내가 일하는 환경은 닐스가 기러기 떼와 친밀한 관계를 맺는 것과는 대체로 거리가 멀다. 망원경, 원격제어 카메라 및 기타 복잡한 장비와 상당한 인내심이 대부분의 동물이 카메라와 유지하려는 거리를 극복하는 전제 조건이다.

물론, 모든 어린아이는 자신의 몸집이 작다는 것을 필수적으로 경험한다. 몸집이 작아진 닐스는 곧장 걱정이 앞선다.

"어디서 음식을 구하고 누가 은신처를 내어주며 누가 침대를 마련해줄까?"

기러기 떼를 따라 라플란드로 가려는 농장의 수컷 거위 때문에 우연히, 어쩔 수 없이 집을 떠난다면 상황은 더욱 나빠질 것 같다. 이 부분은 다른 동화들, 특히 『엄지 왕자Tom Thumb』와 비슷하며, 어떤 면에서는 '피리 부는 사나이'가 작은 피리로 쥐를 모두 데리고 가서 마을의 곡물 창고를 구하는 이야기를 재연하기도 한다.

또한 랜팅은 하나의 이야기 속에 또 하나의 이야기가 들어 있는 구성에 영향을 받았다. 책의 서문에 따르면, 셀마 라겔뢰프는 할머니가 어린 소녀였을 때 일어난 일에 대해 들려준 암울한 이야기에서 영감을 받았다고 한다. 농장에 수컷 거위가 있었는데, 어느 봄날 지나가던 기러기 떼를 따라 함께 날아갔다고 한다. 물론, 가족들은 다시는 그 거위를 볼 수 없을 거라고 생각했다. 그런데 몇 달이 지나고 나서 할머니는 돌아온 거위를 보고 깜짝 놀랐다. 게다가 그 수컷 거위는 혼자가 아니었다. 여름 동안 아름다운 회색 거위 짝을 찾았고, 둘은 귀여운 새끼 거위 여섯 마리와 함께 있었다. 너무 기뻐서 셀마의 할머니는 거위 가족을 헛간으로 데려갔고, 거위들은 다른 사육조

『닐스의 신기한 여행』

Nils Holgerssons underbara resa genom Sverige, The Wonderful Adventures of Nils

—

저자: 셀마 라겔뢰프 | 출판 연도: 1906년

이 책이 원래 스웨덴 국립교사협회의 지리 교과서 제작 의뢰로 세상에 나왔다는 사실을 알게 되면 살짝 실망할지도 모르겠다. 그래도 이런 출발점은 작가에게 더 큰 상상력을 불러일으키도록 영감을 주었다. 라겔뢰프의 책은 시적인 표현으로 가득하며, 어쭙잖은 도덕주의적 기류로 어린이 닐스의 장난꾸러기 기질을 결코 짓밟지 않는다. 이 책에서 닐스는 엄청난 장난꾸러기 소년으로 등장한다. 부모를 헛간에 가두고, 우유를 나르는 어머니를 넘어뜨리고, 농장의 동물들에게 정말 못되게 군다. 열네 살에 요정 톰테를 속인 닐스는 몸집이 작으면 어떤 일을 겪는지 교훈을 얻는다.

필립 워맥은 《가디언》에서 이 책을 "웅장하고, 아름답고, 흥미롭고, 신랄하다"고 말하며, 책 속에 나오는 이야기 하나를 특별히 그 증거로 제시한다. 모두가 옷을 근사하게 차려 입은 엄청난 부자들의 멋진 도시 비네타의 거리를 닐스가 배회하는 일화다. 그곳 주민들은 동전 한 개로 비슷한 부를 누릴 수 있는 기회를 닐스에게 제안한다. 흥분한 닐스는 동전 한 개를 찾으러 밖으로 달려갔지만, 돌아오자 도시는 감쪽같이 사라지고 없었다. 그때 황새가 닐스에게 그가 본 것이 사실은 오래전에 탐욕으로 물에 가라앉은 유령 도시라고 설명한다. 으스스하게도 그 도시는 매년 단 한 시간 동안만 다시 나타나며, 그 기간에는 사람들이 다시 살아날 기회가 있지만 누군가가 동전 한 개로 무언가를 사야만 가능하다. 무척 이기적이고 무관심했던 닐스는 이제 잃어버린 도시가 너무 슬퍼서 눈물을 흘린다. 마찬가지로 책 말미에 닐스가 농장으로 돌아왔을 때, 거위 친구들을 잡아먹으려는 부모한테 집으로 가는 길을 찾는 새를 먹어치우는 것은 정말 나쁜 일이라고 따지듯 말했다. 결국 책에서 부모는 거위를 살려준다.

사실 이 책의 매력은 닐스가 부모의 제한된 관점을 벗어나 사물을 새롭게 볼 수 있게 된 것이다. 요정이 원래 크기의 인간으로 되돌려주겠다고 제안했지만, 의미심장하게도 닐스는 이를 거부하고 동물 친구들과 함께 남아 야생에서 자유롭게 지낼 수 있기를 희망한다.

들과 함께 먹이를 먹으며 지낼 수 있었다. 할머니는 거위들이 다시 날아가지 못하도록 문을 꼭 닫아두고 계모에게 달려갔다. 그런데 끔찍한 결말이 기다린다. 계모는 아무 말도 하지 않았다. 거위를 잡는 데 쓰는 작은 칼을 슬쩍 꺼냈다. 한 시간 뒤, 헛간에 거위는 한 마리도 남아 있지 않았다.

랜팅은 책 속의 다음과 같은 장면을 떠올린다. 어느 날 밤 황새가 닐스한테 자기를 따라오면 중요한 것을 보여주겠다고 말한다. 닐스는 황새와 함께 스웨덴 해안에서 보리라고는 기대하지 못한 이상한 도시로 날아간다. 거대한 문을 통해 도시로 들어선 닐스는 옛 시대의 화려한 옷차림을 한 사람들을 발견한다. 처음에는 아무도 닐스를 알아차리지 못하는 것 같았다. 닐스는 상인들이 있는 곳으로 간다. 상인들은 눈부시게 수놓은 비단과 새틴, 금 장신구, 반짝이는 보석 등 온갖 종류의 값나가는 물건을 팔고 있다. 그리고 이제 닐스는 상인들이 자신을 볼 수 있다는 것을 깨달았다. 상인들은 그 모든 귀중품을 닐스에게 내밀었다. 그런데 닐스는 가난한 소년이었기에 그런 값비싼 물건을 살 돈이 없었다. 그런데도 상인들은 작은 구리 동전 하나만 주면 원하는 것은 무엇이든 가질 수 있다고 끈질기게 말한다. 닐스는 주머니를 구석구석 뒤져봤지만 텅 비어 있었다. 결국 닐스는 도시를 떠났고, 다시 돌아왔을 때 그 도시는 사라지고 없었다. 황새가 설명한다.

"바다 무역상들의 잃어버린 도시야. 아주 오래전에 물속에 잠겨 모두 죽었는데, 100년에 한 번씩 하룻밤만 모습을 드러내. 전설에 따르면, 인간에게 단 하나라도 물건을 판다면 세상으로 돌아올 수 있다고 해. 하지만 결코 돌아온 적이 없어."

닐스는 가슴이 미어질 것 같았다. 그 모든 선한 사람들과 도시를 아주 쉽게 구할 수 있었지만 그러지 못했으니까.

랜팅에게 위의 두 이야기는 같은 감정을 표현하는 것 같았다. 만약 죽을 운명에 처한 상인들과 위험에 빠진 동물들을 구하는 데 필요한 게 무엇인지 알았더라면, 제 시간에 행동할 수 있었을 것이다!

따라서 랜팅의 작업은 단순한 수동적 관찰 그 이상이다. 랜팅은 인도에서 뉴질랜드에 이르기까지 '생태학적 핫스폿'을 사진에 담았으며, 알바트로스의 위엄과 곤경, 이란에서의 아시아 치타 멸종 위기, 그리고 세네갈에서 침팬지의 놀라운 삶과 행동에 대한 인식을 제고하는 데 큰 기여를 했다. 동물들을 대하는 우리의 인식을 넓히고, 그 과정에서 인간의 의미를 바라보는 새로운 시각을 제시했다는 점에서 제인 구달의 연구와 맞닿아 있다.

또한 랜팅은 『아이 투 아이』에서 북서부 아메리카 원주민의 이야기를 소환한다. 그곳 문화에서는 동물 모양 나뭇조각이 토템 기둥과 가면에 영원성을 부여한다고 믿는다. 어느 여름 이 해안 지역을 여행하는 동안, 콰키우틀족 연장자가 대대로 내려오는 전설을 들려주었다고 한다.

> 그 사람은 그 섬의 신성한 동굴로 나를 데려갔다. 동굴에는 달콤한 삼나무 향이 가득했는데, 그는 자리에 앉아 내게 다음과 같은 이야기를 해줬다.
>
> 옛날 옛적에, 지상의 모든 피조물은 하나였다. 겉으로 보기에는 달라도 모두 같은 언어를 사용했다. 때때로 이 동굴에 모여 단합을 축하하곤 했다. 동굴 입구에 도착하면 모두 털가죽을 벗었다. 까마귀는

깃털을, 곰은 털가죽을, 연어는 비늘을 훌훌 벗고 동굴 안에서 춤을 췄다. 그런데 어느 날, 야단법석 시끄러운 소리에 끌린 인간 하나가 동굴로 기어 들어오는 바람에 춤추는 동물들은 모두 깜짝 놀랐다. 동물들은 모두 벌거벗은 것을 부끄러워하며 달아나버렸다. 그때가 자신을 마지막으로 드러낸 순간이었다.

다른 전통에도 이와 비슷한 이야기가 있다. 어느 곳에서는 낙원의 메아리가 울려 퍼지고, 어느 곳에서는 아담과 이브가 벌거벗은 몸을 부끄러워한다. 하지만 랜팅에게, 이 이야기에서 중요한 것은 모든 동물이 제각각의 정체성을 지니지만 결국 하나라는 '신화적인 이해'다. 랜팅은 이것이 자신의 모든 사진 작업에서 기본 원칙이 되었다며 이렇게 말한다. "깃털, 털가죽, 비늘을 뛰어넘는 것이 내 목표다. 나는 피부 속으로 파고드는 것을 좋아한다. 3톤짜리 코끼리에 초점을 맞추든 자그마한 청개구리에 초점을 맞추든, 나는 가까이 다가가 눈과 눈을 마주하고 싶다."

우리는 이제 랜팅의 책 제목 "아이 투 아이"의 의미뿐만 아니라 그 책의 정신을 더 잘 이해하게 되었다.

무엇보다도 랜팅의 모든 책을 관통하는 주제는 우리가 공유하는 동물적 본성에 대한 인식이다. 랜팅은 우리에게 다른 관점을 보여주고, 동물들의 평행 세계를 강조하면서, 동물의 '완전한 특성', 동물들이 각자의 사회에서 어떻게 구성원으로 작동하는지 보여준다.

랜팅에게 야생동물 사진은 탈출구이자 한편으로는 동물들(자신들에게 익숙한 곳에 사는)을 찾아내는 방법이다.

"이러한 만남에서 내 눈이 추구하는 것은 야생동물 사진작가들이 전통적으로 숭배하는 아름다움만이 아닙니다. 내가 사진 구도에서 추구하는 완벽함은 자연 속에서 동물들의 힘과 존엄성을 보여주는 수단입니다."

랜팅의 책은 이런 노력의 결실이라 할 수 있다.

랜팅의 사명은 자신의 출판물, 협력, 공개석상 등장 및 환경단체의 적극적인 지원을 통해 지역 이니셔티브에서 전 세계적 캠페인에 이르기까지 보존 노력을 위한 지렛대로 사진을 적극 활용하는 것이다. 랜팅은 네덜란드 세계자연기금, 미국 세계자연기금 협의회 및 국제보존지도자협의회 대사로 활동하고 있다.

그 결과 『아이 투 아이』(1997)부터 『라이프: 시간 여행LIFE: A Journey through Time』(2006)에 이르기까지 사진뿐만 아니라 이야기가 담긴 멋진 책이 탄생했다. 《뉴요커》는 "프란스 랜팅만큼 동물을 예술로 완벽하게 승화한 사진작가는 없다"고 평가했다. 그런데 이보다는 랜팅의 말이 그의 목표와 희망을 더 정확하게 묘사한다. 랜팅은 자신의 목표가 "자연계의 목소리를 전달하는 것"이라고 간결하게 말했다. 사실이든 허구이든, 글이든 사진이든, 책은 그 목표에 맞는 가장 강력한 수단이다.

4장
삶의 목표를 찾자

스티브 잡스와 에벌린 베레진

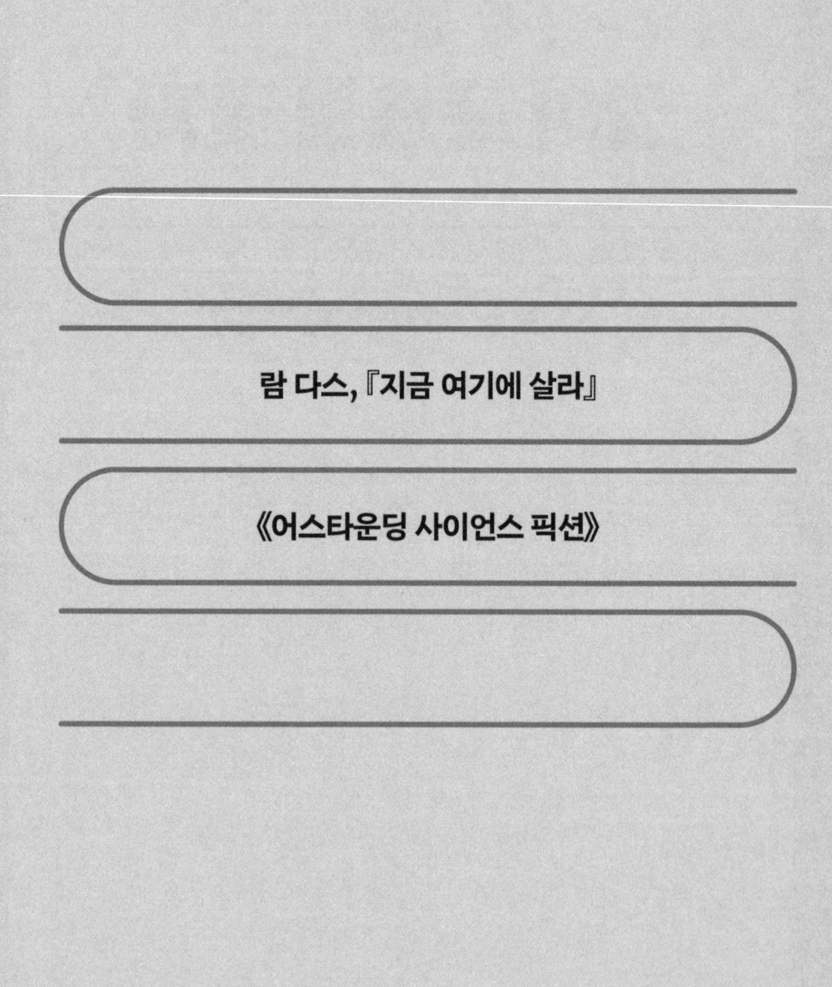
람 다스, 『지금 여기에 살라』
《어스타운딩 사이언스 픽션》

IIII\II

자신의 삶을 스스로 통제한다는 믿음은 실존주의 철학의 핵심이다. 실존주의existentialism라는 단어는 왠지 좀 어렵고 정이 잘 안 가는 구석이 있다. 하지만 이 철학의 핵심은 특히 한 가지 본질, 즉 우리 삶의 의미를 찾는 것과 관련된다. 우리는 존재한다, 그렇다. 그러나 무엇을 위해? 어떤 목적으로? 물론 스티브 잡스와 에벌린 베레진이 이처럼 심오한 질문에 자기 나름대로의 답을 내놓는 데에서 책과 글은 핵심적인 역할을 했다.

잡스부터 시작해보자. 내가 좋아하는 인용문 중 하나는 삶에 대한 애플 최고 책임자의 다음과 같은 멋지고 아름다운 말이다.

“여러분의 시간은 한정되어 있습니다. 그러니 다른 사람의 삶을 사는 데 시간을 낭비하지 마십시오. 도그마에 갇히지 마십시오. 그것은 다른 사람의 생각에 따라 살아가는 것에 불과합니다. 다른 사람의 의견이 자기 내면의 목소리를 집어삼키게 내버려두지 마십시오. 그리고 무엇보다 중요한 것은 마음과 직관을 따르는 용기입니다. 여러분의 마음과 직관은 여러분이 진정으로 어떤 사람이 되고 싶은지 이미 알고 있습니다. 그 밖의 다른 것은 모두 부차적일뿐입니다.”

2005년 스탠퍼드대학교 졸업식 연설에서 잡스가 학생들을 위해 했던 말이다. 당시 잡스는 암 진단을 받고 사색적인 분위기에 빠져 있었다. 그렇다고 해서 그가 평소에 사색적이지 않았다는 뜻은 아니다. 실제로 그보다 11년 전 〈마지막 한 가지One Last Thing〉라는 PBS 프로그램에서도 비슷한 말을 했음을 확인할 수 있다(이 제목은 애플 제품 출시를 고대하던 잡스의 선전 문구를 흉내낸 것이다).

세상은 원래 정해진 법칙에 따라 굴러가며 그저 그 안에서 살아가는 게 인생이라는 말을 듣고 자랐을지도 모릅니다. 화목한 가정을 꾸리고, 즐겁게 지내고, 돈을 좀 모으라고 말이지요. 하지만 그것은 무척 제한된 삶입니다. 한 가지 간단한 사실을 깨닫기만 하면 인생은 훨씬 넓어질 수 있습니다. 즉, 당신의 삶을 둘러싼 많은 것을 만들어낸 사람들은 보통 당신보다 똑똑하지 않습니다. 당신이 바꿀 수 있습니다. 당신이 영향을 미칠 수 있습니다. 이것이 인생에서 가장 중요한 가르침입니다. 주어진 삶을 그저 살아간다는 잘못된 생각을 떨쳐내야 합니다. 삶을 기꺼이 받아들이고, 바꾸고, 개선하고, 세상에 당신의 흔적을 남겨야 합니다.

나이가 들어 더 현명해진 잡스는 개인적인 삶의 경험과 더불어, 특히 자신의 생각에 깊은 영향을 준 책 한 권을 인용한다. 하지만 1985년으로 거슬러 올라가보면, 반짝이는 실크 셔츠를 입고 특대 나비넥타이를 맨 젊은 스티브 잡스는 《플레이보이》 매거진 프로필에서 데이비드 셰프에게 인생 경험에 관하여 중요한 단서를 제공했다. 잡스는 셰프에게 이렇게 말했다.

"당신이 아름다운 서랍장을 만드는 목수라면 뒷면에 합판 따위를 대지 않을 겁니다. 합판이 벽을 향해서 아무도 그것을 보지 못한다 할지라도 말이에요. 당신은 합판이 거기에 있다는 사실을 알 테니까요. 그러니 뒷면에도 아름다운 나뭇조각을 사용하게 될 거예요. 밤에 잠을 푹 자려면, 미적 감각과 품질 모두를 고려해야 합니다."

사람들이 절대 보지 못할 무언가를 왜 그렇게 중요하게 여길까? 그런데 실존주의자들에게 이는 당연한 일이다. 목수는 자신의 가치를 따라야 하며, 자신이 만드는 물건은 모든 면에서 기능에 충실해야 한다. 잡스에게는, 나중에 함께 일하는 사람들이 너무도 잘 알게 되었듯이, 대부분의 사람이 "괜찮아"라고 생각할 수 있는 것만으로는 충분하지 않았다.

확실히 스티브 잡스는 꽤 인상적인 인물이다. 하지만 애플의 선구적인 창립자가 되기 전까지, 캘리포니아에서 양부모 폴 잡스와 클라라 잡스의 손에 자란 아주 평범한 중산층 아이에 지나지 않았다. 새 아버지는 엔지니어로, 더 정확하게 말하면 레이저를 만드는 회사의 기계공이었다. 스티브의 애정 어린 설명에 따르면, 아버지는 종종 차고에서 이것저것 만지작거리는 '손재주 있는 천재'였다. 그리고 제품 디자인과 완벽 추구에 관한 생각을 포함해 양아들에게 몇 가지 핵심적인 아이디어를 물려주었다. 이런 아이디어는 나중에 젊은 잡스가 애플에서 이룬 성공의 열쇠가 되었다. 자주 언급되지는 않지만, 회계사이자 스티브의 아이디어를 실현하는 초기 자본을 모으는 데 도움을 준 어머니 클라라도 분명 부모로서 큰 영향력을 행사했다.

가장 상세한 잡스 전기의 저자인 월터 아이작슨은 특별히 큰 영향을 미친 아버지 폴의 교훈을 이야기한다. 어린 스티브는 아버지가 마운틴뷰에 있는 집 주변에 울타리를 만드는 일을 도운 적이 있다. 울타리 작업을 하며 폴은 아들에게 이렇게 말했다.

"울타리를 만들 때는 사람들 눈에 보이지 않는 뒷면도 앞면처럼 잘 다듬어야 해. 아무도 그것을 보지 못한다 할지라도, 너는 뒷면이 어떤지 알고 있을 거야. 네가 완벽한 울타리를 만들기 위해 헌신한다는 걸 보여주는 거야."

이 이야기는 잡스가 철학 서적을 읽기 오래전에 이미 실존주의 사상이 영향을 미쳤음을 분명하게 보여준다. 그 결과 나중에 애플의 CEO가 되었을 때, 내부의 회로 기판처럼 아무도 볼 수 없는 부분을 포함해 매킨토시 컴퓨터의 모든 요소가 아름다워야 한다고 잡스는 주장했다.

하지만 다시 학교로 돌아가보자. 젊은 스티브 잡스는 학교를 싫어했다. 수업이 고통스럽고 지루했다. 그래서 불순종과 반항으로 반응했다. 초등학교 3학년 때 학교에서 말썽을 많이 피웠고, 중학생 때는 학교에 가지 않겠다고 고집을 부렸다. 다행히 양부모는 캘리포니아의 다른 마을에서 삶을 새로 시작하기로 결정했다. 이 가족은 실리콘밸리의 중심부에 가까운 캘리포니아 로스알토스로 이사했다.

스티브 잡스는 적시에 적절한 장소에 있었던 것 같다. 실리콘밸리로 이사한 뒤, 학교나 대학이 아니라 동네 차고에서 어린 십대에게 아이디어가 샘솟기 시작했다. 잡스의 새로운 이웃 중 많은 사람이 엔지니어였는데, 이들은 퇴근 후와 주말에 차고 작업장에 모여 프로젝트에 대한 생각을 주고받고 기계를 만지작거렸다. 길 건너편에 살던 중요 인물이 바로 스티브 워즈니악으로, 워즈니악의 아버지는 휴렛팩커드의 엔지니어였다. 얼마 지나지 않아 워즈니악은 잡스와 떼려야 뗄 수 없는 '단짝'이 되었다.

나중에 잡스는 이러한 비공식적인 차고 워크숍에 참여하면서 기술이 "그냥 주변 환경에서 갑자기 마법처럼 나타나는 것"이 아니라 인간이 창조한 결과물이라는 사실을 깨닫게 되었다고 밝혔다. 스티브 잡스 이야기를 무대 연극으로 옮긴다면, 분명 차고 내부가 드라마틱한 장면으로 설정될 것이다.

그래서 대부분의 소년이 자전거 체인과 배터리 전구를 수리하며 보내던 열두 살 때, 잡스는 디지털 '주파수 계수기'를 만들려고 노력했다(주파수 계수기란 공학 실험에서 주어진 시간 동안 전기회로나 최첨단 기기에서 발생하는 신호의 주파수를 기록하는 장치다). 그런데 지역 철물점에서는 첨단 기기를 구할 수 없었다. 결국 누군가의 도움이 필요했고, 그 시점에서 잡스는 당시 세계에서 가장 앞선 기술 회사로 이름을 날리던 휴렛팩커드의 CEO 빌 휴렛에게 전화를 걸어 직접 물어보기로 했다. 휴렛팩커드는 캘리포니아의 '현지 회사'였기에 팰로앨토 지역 전화번호부에서 빌의 전화번호를 쉽게 찾을 수 있었다. 잡스는 당시 상황을 데이비드 셰프에게 이렇게 말했다.

"그분이 내 전화를 받았는데 정말 친절했어요. 저와 20분 정도 대화를 나눴습니다. 그분은 저를 전혀 몰랐지만, 결국 제게 몇 가지 부품을 주었을 뿐만 아니라 여름방학 동안 일자리도 주었어요. 그 여름에 저는 휴렛팩커드에서 주파수 계수기를 조립하는 라인에서 일했습니다. 제품에 너트와 볼트를 끼우는 일이었지만, 아무 상관없었어요. 제게는 천국이나 다름없었으니까요."

잡스의 설명에 따르면, 휴렛팩커드에서의 여름 근무는 매우 특별한 면에서 중요한 경험이었다. 스티브는 왜 주파수 계수기를 원했을까? 아무도 눈치채지 못한 것 같지만, 그것은 전화 네트워크를 해킹하는 데 쓸모가 있었다. 이제 잡스의 평생 친구이자 중요한 협력자인 워즈니악의 이야기를 하지 않을 수 없다. 사실 워즈니악은 당시 열여덟 살로 잡스보다 훨씬 나이가 많았을 뿐만 아니라, 잡스가

《플레이박스》 인터뷰에서 말했듯이 "나보다 전자공학을 더 많이 아는, 처음으로 만난 사람"이었다. 둘은 곧장 좋은 친구가 되었고, 전자제품에 대한 관심뿐 아니라 유머 감각도 비슷했다. 두 사람은 온갖 장난을 생각해냈는데 대부분 다소 어리석은 짓이었다. 예를 들어 가운뎃손가락을 들어올린 '염병할up yours' 상징을 그려넣은 대형 걸개그림을 만들어 학교 졸업식에서 펼쳐 보이기도 했고, 폭탄처럼 보이는 물건을 만들어 학교 식당에 가져가기도 했다. 아, 당시는 천진난만한 시대였다. 지금 사내아이들은 그런 장난을 치면 안 된다!

'블루 박스blue-box'에 대한 기사를 보고 이를 디지털 버전으로 시도해본 것 또한 유명한 일화다. 특정 주파수의 네트워크 신호를 복제하고 조작하여 무료로 장거리 전화를 걸 수 있는 전자장치를 개발한 것이다. 대단하다! 두 사람이 바티칸에 전화를 걸어 워즈니악이 헨리 키신저인 척 흉내를 내며 교황을 바꿔달라고 한 적도 있다(실제로 한밤중에 교황을 깨울 뻔 했지만 직접 통화를 하지는 못했다고 한다).

잡스는 데이비드 셰프와의 인터뷰 도중 당시를 이렇게 회상했다.

"워즈니악과 저는 대부분 크게 다르지만, 어떤 면에서는 같아서 아주 가깝습니다. 우리는 각각의 궤도로 돌며 이따금 교차하는 두 개의 행성과 같습니다. 컴퓨터뿐만이 아니었습니다. 워즈니악과 저는 밥 딜런의 시를 무척 좋아했고, 많은 시간 그런 것을 생각하며 보냈습니다. 그곳은 캘리포니아였습니다. 스탠퍼드에서 만든 신선한 LSD를 언제든 구할 수 있었어요. 밤에 여자친구와 해변에서 잠을 잘 수 있었습니다. 캘리포니아는 실험 정신과, 새로운 가능성에 열린 마음이 있었어요."

이와 대조적으로 개인의 창의성과 혁신은 대부분의 회사에서

"위대한 사람들은 떠나고 결국 당신은 평범한 사람으로 귀결"되며 흐지부지된다고 잡스는 설명한다. "애플은 다른 회사에서 뛰쳐나온 도망자들을 바탕으로 세워졌습니다. 도망자들은 각자 다른 회사에서 문제를 일으킨 매우 똑똑한 기여자들입니다."

다소 보수적인 경제학은 전통적으로 비즈니스 성공에서 특이한 기업가의 역할을 폄하하는 대신 추상적이고 비개인적인 모델에 초점을 맞췄다. 기업가 정신에서 개인이 중요하다고 주장한 사람은 조지프 슘페터와 이즈리얼 커즈너 같은 소수의 반대론자들뿐이었다. 그럼에도 불구하고 최근 마틴 셀리그먼 같은 심리학자들은 기업가의 사고방식에서 자율성, 자기 주도성, 창의적 탐색과 같은 몇 가지 핵심 요소를 확인했다.

당시까지만 해도 기업 운영은 지나치게 관습적이었으며, 어쨌든 이에 이의를 제기하는 사람은 거의 없었다. 하지만 잡스는 대부분의 컴퓨터 너드들과 달리 항상 약간은 '쿨한' 상태를 유지했기에 한 걸음 더 나아갔다. 그런데 잡스를 제대로 이해하기 위해서는 '자기 주도성'보다 더 중요한 게 있다. 바로 '동양 신비주의'에 대한 관심이다. 잡스는 데이비드 셰프에게 이렇게 말했다. "동양 신비주의를 거의 같은 시간에 접하게 되었습니다." 무엇과 거의 같은 시간을 말하는 걸까? 바로 밥 딜런이다. 잡스에게 밥 딜런과 동양 신비주의 모두 인생의 진실에 관한 지적인 질문을 끊임없이 제기하는 계기가 되었다.

밥 딜런의 음악은 야외 콘서트나 레코드를 통해 감상했지만 진지한 신비주의는 책으로 흡수했다. 잡스는 오리건주 포틀랜드에 있는 명문학교 리드대학교에 잠시 다닐 때 LSD에 손을 댔으며 영성을 다루는 난해한 책을 많이 읽었다고 회상했다. 열 권 정도의 목록에서 두 권을 뽑자면, 당시는 『지금 여기에 살라』 또는 『작은 행성을 위한 다이어트Diet for a Small Planet』를 누구나 읽는 듯한 때였다고 한다. 잡스는 셰프에게 이렇게 말했다.

"오늘날에는 많은 대학 캠퍼스에서 그런 책을 찾기가 쉽지 않을 거예요. 나는 그것이 좋다거나 나쁘다고 말하는 게 아닙니다. 단지 지금과 달랐다는 말이에요. 달라도 엄청 달랐죠." 잡스는 비즈니스의 교과서를 언급하며, "『초우량 기업의 조건』 같은 책이 『지금 여기에 살라』의 자리를 차지하게 되었지요"라고 덧붙였다.

하지만 리드대학교 1학년 때 잡스가 탐독했던 책으로는 스즈키 순류의 『선심초심』, 초걈 트룽파의 『마음 공부에 관하여』, 파라마한사 요가난다의 『요가난다, 영혼의 자서전』이 있다. 특히 마지막 책은 잡스가 청소년 때 처음 읽었던 명상과 영성에 관한 지침서로, 그는 평생에 걸쳐 여러 차례 다시 읽었다.

그리고 그 즈음 잡스는 『지금 여기에 살라』를 발견했다. 이 책은 람 다스(본명 리처드 앨퍼트)가 알려주는 명상과 환각제의 경이로움에 대한 안내서다. 이 책은 이렇게 말한다.

"우리가 '저기 바깥'에서 보는 것은 우리가 있는 곳을 투영한다. 즉, 우리 마음이 집착하는 것을 투영한다. 내 인생은 그림 그리기나 협주곡 연주처럼 창조적 행위다."

이 책은 잡스의 자각을 한 단계 높은 수준으로 이끌어주었다.

잡스는 아이작슨에게 이렇게 말했다.

"정말 심오했어요. 저와 많은 친구를 전환시켰습니다."

여기서 '전환transformation'이라는 단어에 주목하자. 웹사이트 잉크닷컴Inc.com의 편집자 제프리 제임스는 「스티브 잡스가 당신에게 추천하는 열두 권의 책12 Books Steve Jobs Wanted You to Read」 목록을 작성했을 때, 거의 모든 책이 자신 또는 세계를 '전환'하기 위해 엄청난 역경과 장애물을 극복한 어느 개인의 이야기를 다룬다는 점을 알아채고 크게 놀랐다.

예를 들어 잡스는 조지 오웰의 디스토피아 소설 『1984』를 추천한다. 애플 광고에도 등장한 적이 있는 『1984』는 모든 사람의 생각과 행동을 통제하는 국가에 맞서는 한 남자의 필사적인 투쟁을 그린 작품이다. 또한 위에서 방금 언급한 『요가난다, 영혼의 자서전』도 적극 추천한다. 인도의 구루 파라마한사 요가난다는 자신의 인생 경험을 바탕으로 심오한 조언을 들려준다. 삶과 죽음의 근본 문제, 진정한 자아를 찾는 법, 신과의 합일을 통해 궁극의 자유에 이르는 길 등 우리의 정신을 충만하게 채워주는 지혜가 가득한 이 책에는 이런 글귀도 나온다.

"미친 듯이 날뛰는 코끼리를 다스릴 수도 있다. 곰과 호랑이의 입을 다물게 할 수도 있다. 사자 등에 올라타거나 코브라를 희롱할 수도 있다. 연금술로 생계를 꾸려나갈 수도 있다. 신분을 감추고 우주를 떠돌아다닐 수도 있다. 신들의 부하가 될 수도 있다. 항상 젊음을 간직할 수도 있다. 물위를 걷고 불 속에서 살 수도 있다. 하지만 마음의 통제는 이보다 훨씬 좋고 훨씬 힘들다."

그런데 잡스가 이런 책들을 높이 평가한 건 사실이지만, 잡스에게 개인적인 '경전'이 된 책은 『지금 여기에 살라』다.

스티브 잡스는 이 책을 통해 환각제 LSD를 가까이 접했다. 잡스는 이 책의 중심 주제는 람 다스가 '실험 기간' 동안 자신의 정체성

『지금 여기에 살라』

Be Here Now

—

저자: 람 다스(리처드 앨퍼트) | 출판 연도: 1971년

『지금 여기에 살라』 또는 이 책의 확장판 『기억하라, 지금 여기에 살라』는 저자가 인도 여행 중에 쓴 뉴에이지 철학서다. 표지에는 난해한 '만다라' 이미지 함께 '기억하라'라는 단어가 네 군데 나온다.

이 책은 영적 지도자 람 다스의 개인적인 여정을 설명한다. 형이상학적·영적·종교적 격언의 준철학적 모음집으로, 책의 '핵심'으로 제공되는 삽화와 함께 요가와 명상에 대한 실용적인 조언, 그리고 마지막으로 영성과 의식에 관한 권장 도서 목록이 포함된다. 이 도서 목록은 '함께할 책', '가끔 들춰볼 책', '읽으면 유익한 책'으로 나뉜다.

2010년 돈 래틴은 『하버드 환각클럽: 티모시 리어리, 람 다스, 휴스턴 스미스, 앤드루 와일은 어떻게 50년대를 끝장내고 미국 뉴에이지의 선구가 되었나?』라는 책을 썼다. 이 책에서 래틴은 비틀스의 노래 〈컴 투게더〉가 탄생한 비화를 들려준다. 티모시 리어리는 로널드 레이건에 대항해 캘리포니아 주지사 선거에 '갑자기' 출마했는데, 이때의 선거운동 슬로건이 "함께합시다, 정당에 가입하세요"였다. 한편 1969년 6월 1일, 비틀스의 존 레넌이 반전 메시지를 담은 '침대 시위'를 몬트리올에서 펼쳤을 때, 리어리가 부인과 함께 그를 찾아갔다. 이런 인연으로 존 레넌은 선거 캠페인에 영감을 받아 〈컴 투게더〉를 만들었다고 한다. 이렇게 반문화가 작동하는 데에는 LSD 모임과 환각 체험이 윤활유 역할을 했다. 한편, 돈 래틴은 람 다스가 포르노 영화와 정크 푸드에 대한 갈망과 영적인 측면에서 균형을 갖춘 사람이었다고도 했다.

『지금 여기에 살라』의 가장 놀라운 점은 초판 이후 계속 인쇄되어 200만 부 이상 팔렸다는 사실이다.

을 한 겹 한 겹 벗겨내 마침내 교수, 사회적 세계시민, 그리고 물리적 존재로서의 자기 자신으로부터 벗어나는 것이라고 했다. 책에서 열변을 토하며 설명했듯 "그가 자신의 내면이 무한히 신뢰하고 한없이 사랑할 수 있는 빛나는 존재라는 사실을 깨닫자, 두려움은 행복감으로 바뀌었습니다."

이 책의 핵심 구절은 다음과 같다.

"산을 옮기려는 열망으로 계속해서 자신을 정화하면 궁극적으로 산을 옮기는 경지에 이를 수 있다는 우주의 우스갯소리가 있습니다. 하지만 이런 힘의 경지에 이르려면, 당신은 먼저 자신이 산을 옮기고 싶어 하는 존재임을 포기했어야 합니다. 그렇다면 당신은 애초에 산을 그 자리에 둔 자가 될 수 있습니다. 마침내 산을 옮길 수 있는 힘이 생겼을 때, 산을 거기에 둔 사람이 되는 것입니다. 이렇게 산은 제자리에 머무르지요."

마약과 실존주의는 베이컨과 계란, 또는 컴퓨터와 그래픽처럼 함께 간다. 프랑스에서 사랑받는 실존주의자 커플, 장 폴 사르트르와 시몬 드 보부아르(뒤에서 좀더 자세하게 설명하겠다) 또한 LSD 유형의 물질을 실험한 것으로 유명하다. 불행하게도, 사르트르는 환각제 메스칼린과 함께한 '나쁜 여행'으로 인해 평생 동안 게, 바닷가재, 해파리에 대한 두려움을 안고 살았다고 한다. 사르트르는 이것들이 거리에서 자신을 따라다니고, 책상에 앉아 있고, 심지어 침실에서 자기를 기다린다고 생각했다. 시몬 드 보부아르는 뉴욕에서 마리화나를 조금 피워봤을 뿐인데, 자신이 알아차린 주요 효과는 목이 화끈거리는 거라고 했다. 어쨌든, 실용적인 문제는 제쳐두자. 이 모든 실험을 관통하는 끈은 진정한 자아를 찾는 것이다. 이것이 『지금 여기에 살라』의 핵심이며, 람 다스는 "내가 누군지 알아야 무엇이 가능한지 알 수 있다"는 말로 실존주의 메시지를 아주 명확하게 요약했다. 사람들이 이 책을 '반문화의 경전'으로 부르는 것은 놀라운 일이 아니다.

그런데 이런 글을 쓸 자격은 무엇일까? 지나치게 형식적인 자격증 같은 것은 없다. 람 다스는 아직 평범한 리처드 앨퍼트로 살았을 때, 하버드대학교에서 교수로 재직하며 환각제를 연구했다. 그러고 나서 '대학 규칙 위반'으로 어느 날 갑자기 해고되었다. 그것에 대해서는 언급하지 말자. 어쨌든, 그 직후에 인도로 가서 또 다른 미국의 영적 구도자를 만나(꾸며낸 이야기가 아니다), '신의 종servant of God'을 의미하는 '람 다스'로 개명했다.

> 인간의 자아실현이 깊을수록, 미묘하고 신비한 영적 진동으로 온 우주에 더 많은 영향을 미친다. 그리고 그 자신은 자연현상의 흐름에 영향을 덜 받는다.
>
> 아버지가 대답했다.
>
> "물질적 이익에 우쭐할 이유가 뭘까? 평정심을 추구하는 사람은 이익으로 기뻐하지 않고 손실로 우울해하지 않는다. 인간은 이 세상에 알몸으로 와서 빈손으로 간다는 것을 잘 알기 때문이다."

이런 의견은 스탠퍼드 졸업식 연설에서 분명하게 다시 나타난다. 물론 교수나 종교 지도자의 자격 대신 엄청난 성공을 거둔 CEO로서(이것이 더 낫다!), 잡스는 다음과 같이 말했다.

"일이 여러분 인생에서 많은 부분을 차지하게 될 것입니다. 진정으로 만족할 수 있는 유일한 방법은 스스로 위대하다고 믿는 일을 하는 것입니다. 위대한 일을 하는 유일한 방법은 여러분이 하는 일을 사랑하는 것입니다. 사랑할 만한 일이 무엇인지 아직 찾지 못했다면 계속 찾으십시오. 안주하지 마세요. 마음에 관한 일이 모두 그렇듯, 찾으면 알게 될 것입니다. 그리고 좋은 인간관계가 그렇듯, 시간이 지남에 따라 점점 좋아질 것입니다. 그러니 찾을 때까지 계속 찾으십시오. 절대 안주하지 마세요."

대학을 스스로 그만둔 뒤(사실 앞에서 언급한 '독서 목록'은 잡스가 대학에서 얻은 전부라 할 수 있다), 잡스는 다른 많은 젊은이와 마찬가지로 세계 여행을 꿈꿨다. 하지만 젊은 스티브는 먼저 돈을 벌어야 한다는 현실을 깨달았다. 그러던 중 신문에서 '즐기면서 돈을 벌자'라는 구인 광고를 보고 전화를 걸었는데, 그곳이 바로 비디오게임 제작회사 아타리였다. "어렸을 때 말고는 직업을 가져본 적이 없었어요. 그런데 운이 좋게도, 바로 다음 날 고용되었죠."

이렇게 '적시에 적절한 장소'를 정확히 감지해내어 잡스는 첫 번째 '실제 직업'을 갖게 되었다. 당시 아타리는 막 시작한 스타트업이었고, 잡스는 40번째 직원이었다. 〈퐁Pong〉(테니스에 기초한 비디오게임)과 몇 가지 덜 성공적인 게임을 만든 아주 작은 회사에서 잡스의 첫 번째 프로젝트는 '돈'이라는 사람의 농구 게임 프로젝트를 돕는 것이었는데, 이 프로젝트는 완전 재앙이었다. 그러고 나서 야구게임, 하키 게임 제작도 진행했지만 둘 다 실패했다. 그러나 이제 잡스는 실패의 이유를 알 것 같았다. 프로그래머들은 처음부터 스포츠의 매력적인 요소가 지닌 '본질'을 꿰뚫어 보지 못했다. 나중에 잡스가 데이비드 셰프와의 공개 인터뷰에서 말했듯이, 원래 비디오게임

〈퐁〉의 특별한 장점은 "중력이나 각운동량 등에 관한 법칙을 잘 포착했다"는 것이다. "각각의 게임은 이런 기본 법칙을 따랐지만, 모든 게임은 우리의 삶처럼 달랐습니다. 이것이 가장 간단한 예입니다. 컴퓨터 프로그래밍으로 할 수 있는 일은 기본 법칙과 본질을 포착한 다음 그에 대한 인식을 기반으로 수천 가지 경험을 촉진하는 것입니다."

어쨌든 아타리에 다니는 동안, 저녁에 회사에서 일할 수 있게 된 잡스는 워즈니악을 데리고 와서 컴퓨터게임을 하게 했다. 아타리의 CEO 놀런 부슈널은 이런 사실을 알고 있었지만 "워즈니악이 컴퓨터에 비범한 재능을 지녔다는 걸 알았기에" 흔쾌히 받아들였다. 이렇게 부슈널은 자신의 아케이드 게임을 구축하기 위한 "한 사람 임금으로 두 명의 스티브"를 얻게 되었다.

특히 워즈니악의 관심을 끈 프로젝트는 〈그란 트랙Gran Trak〉이라는 레이싱 게임이었다. 실제 운전대가 있는 최초의 자동차 레이싱 게임이었는데, 워즈니악은 곧 이 게임에 흠뻑 빠져들었다. 워즈니악은 스티브가 코드 작업으로 씨름하는 동안 밤새도록 이 게임을 하곤 했다. 하지만 스티브가 애를 먹을 때마다 워즈니악에게 10분만 게임을 쉬고 도와달라고 했고, 워즈니악은 그렇게 해주었다. 이 비공식적인 과정이 애플 I 컴퓨터를 만들어낸 기술 협업의 씨앗이 되었다.

그렇게 새로운 종류의 컴퓨터를 만들려는 캘리포니아 청년들의 시도는 어떻게 됐을까? 당시는 컴퓨터가 대중에게 소비재가 되기 훨씬 이전으로, 아이폰 같은 기기는 꿈도 꾸지 못하던 시기라는 것을 기억하자. 애플 I은 '인쇄 회로 기판'에 불과했고 케이스도 없었다. 또한 사용자가 키보드를 각자 구입해야 했다. 변압기가 포함되지 않았기에 전원 공급 장치도 없었다.

그렇기는 하지만, 돈을 벌기 위해 컴퓨터를 제조하고 판매하는 큰 발걸음은 무척 진지했다. 애플 I의 초기 물량 제조에 필요한 자금을 조달하기 위해 잡스는 폭스바겐 자동차를, 워즈니악은 휴렛팩커드 계산기를 팔아야 했다. 당시 컴퓨터 매장을 운영하던 친구가 소매점에 자리를 마련해주었다. 최초의 애플 I 컴퓨터는 150대 정도밖에 팔지 못했지만, 그럼에도 불구하고 잡스가 《플레이보이》에 말했듯이 "우리는 약 9만 5000달러를 벌었고, 저는 그 일을 이제 비즈니스로 보기 시작했습니다."

이제 잡스는 회사를 세우는 방법에 관심이 생겼다. 두 '스티브'의 차기작 애플 II는 하드웨어 애호가가 아닐지라도 컴퓨터를 가지고 놀고 싶어 하는 사람들을 대상으로 하는 '게임 체인저'였다. 첫해인 1976년에는 여전히 차고에서 만들었지만, 3000대에서 4000대(약 20만 달러어치)가 팔렸다. 그리고 1년 뒤, 약 700만 달러의 매출을 올렸다. 잡스가 말했듯이 관심과 매출은 '경이적'이었다! 1978년에는 1700만 달러어치를 판매했다. 1979년에는 4700만 달러였고, 1980년에는 1억 1700만 달러, 1년 뒤에는 3억 3500만 달러가 되었다. 1982년에는 5억 달러였다. 1년 뒤, 10억 달러 규모의 회사로 승승장구했다.

비즈니스 이야기로만 봐도 멋지다. 하지만 사업 성공 뒤에는 실존적 미학이 깔려 있다. 데이비드 셰프가 잡스에게 던진 최고의 질문은 "정말로 훌륭한 아이디어가 있는 사람과 미친 듯이 훌륭한 그 아이디어를 실행에 옮기는 사람의 차이"가 무엇인가였다. 잡스는 애플의 접근 방식을 IBM의 접근 방식과 비교하며 이렇게 대답했다.

"매킨토시를 생산한 우리의 방식과 피시주니어를 생산한 IBM의 방식이 어떻게 달랐을까요? 우리는 매킨토시가 엄청나게 팔려나갈 거라 생각하기는 했지만, 다른 누군가를 위해 매킨토시를 제작하지는 않았습니다. 우리는 우리 자신을 위해 만들었습니다. 제품이 훌륭한지 아닌지는 스스로 판단했으며, **우리는 밖에 나가서 시장을 조사하려고 하지 않았습니다.** 단지 우리가 만들 수 있는 최고의 컴퓨터를 만들고 싶었습니다."

제조업에 적용된 실존주의가 여기서 보인다. 시장조사를 기반으로 컴퓨터를 설계하는 사람은 프랑스 레스토랑에서 주문을 받는 웨이터와 같다. 그것은 잡스의 접근 방식이 아니다. 잡스에게는 모든 제품에 고유의 본질과 이유가 있으며 그 밖의 다른 고려 사항은 모두 부차적이기 때문이다. 경쟁이 치열한 시장에서 따르기에는 정말 대담한 방침이다. 하지만 이런 접근 방식으로 애플은 물론 영화·애니메이션 회사 픽사 모두에서 잡스는 엄청난 성공을 거두었다. 또한 그는 (역시 《플레이보이》 인터뷰에서) 벨텔레폰 회사에 관한 고전적인 이야기를 회상하며, '다르게 생각하기'라는 또 다른 핵심적인 실존주의 용어를 사용하여 자신의 **열정적인 헌신**을 매우 명확하게 설명했다.

> 100년 전에 누군가가 알렉산더 그레이엄 벨에게 "전화로 무엇을 할 수 있습니까?"라고 물었다면, 벨은 전화가 세상에 어떤 영향을 미칠지 그 사람에게 정확하게 말할 수 없었을 겁니다. 벨은 훗날 사람들이 전화를 걸어 그날 밤 상영하는 영화를 확인하거나 식료품을 주문하거나 또는 지구 반대편에 있는 친척과 대화를 나누리라는 걸 알

지 못했습니다. 그런데 1844년에 최초로 공중전신이 개통되었다는 사실을 기억하십시오. 그것은 통신의 놀라운 돌파구였습니다. 실제로 오후에 뉴욕에서 샌프란시스코로 메시지를 보낼 수 있습니다. 사람들은 생산성 향상을 위해 미국의 모든 책상에 전신기를 설치하자고 주장했습니다. 하지만 제대로 되지 않았습니다. 전신을 사용하려면 모스부호 등 복잡한 기술을 배워야 했습니다. 제대로 배우려면 약 40시간이 걸렸어요. 대부분의 사람은 사용법을 결코 배우려 하지 않았습니다. 그래서 다행스럽게도, 1870년대에 벨은 전화기에 대한 특허를 출원했습니다. 기본적으로 전신과 동일한 기능을 수행했지만 사람들은 이미 사용법을 알고 있었습니다. 무엇보다 좋았던 점은 말로 소통할 뿐만 아니라 **가슴을 뛰게 할 수 있다는 점이었습니다.**

"가슴을 뛰게 하라Allows you to sing"는 잡스가 자신의 컴퓨터를 설명할 때 자주 써먹는 문구다. 그런데 사람들은 종종 이 말을 잘못 해석한다. 1985년 인터뷰에서 잡스는 자신이 의미하는 바를 아주 분명하게 말했다.

전화는 단순한 언어학을 뛰어넘는 의미를 단어에 불어넣을 수 있었습니다. 오늘날 우리는 같은 상황에 처했습니다. 어떤 사람들은 생산성 향상을 위해 미국의 모든 책상에 IBM PC를 놓아야 한다고 주장합니다. 하지만 제대로 되지 않습니다. 이제 배워야 할 특별한 기술은 과거보다 훨씬 복잡합니다. 가장 대중적인 문서 작성 프로그램인 워드스타의 매뉴얼은 400페이지 분량입니다. 소설을 쓰려는 사람은 수수께끼처럼 보이는 매뉴얼을 꼼꼼하게 읽어야 합니다. 옛날 사람들이 모스부호를 배우려 하지 않았던 것처럼, 요즘 사람들은 이런 매뉴얼을 배우려 하지 않을 겁니다. 매킨토시는 바로 이 점에 주목합니다. 매킨토시는 우리 업계 최초의 '전화'입니다. 그 외에도 가장 멋진 점은 전화를 사용할 때처럼, 매킨토시를 이용해 가슴을 뛰게 할 수 있다는 것입니다. 단순한 단어 전달을 넘어 특별한 스타일로 인쇄하거나, 자신을 표현하기 위해 그림을 그리거나 추가하는 기능이 있습니다.

잡스에게 위대한 비즈니스는 지적인 놀이, 연구, 실험, 분석 및 판단이라는 벽돌로 이루어진다. 그러나 이 중에서 가장 중요한 것은 '지적인 놀이'다. 한 벤처 캐피털리스트가 말한 것처럼 "돈은 아이디어를 흐르게 하지 못하지만 아이디어는 돈을 흐르게 한다."

잡스는 다른 사람들의 견해를 별다른 생각 없이 수용하는 것을 피했기에 '아이디어가 흐르게' 할 수 있었다. 우익 소설가이자 수많은 CEO가 좋아하는 철학자 에인 랜드는 다른 사람들의 견해를 '중고'라고 불렀다. 잡스는 그 대신 '신제품'을 썼다. 그는 다른 사람의 의견이 아닌 현실, 또는 적어도 '자신이 바라보는 현실'을 생각하며 관념적으로 독립된 사고를 기꺼이 받아들였다. 잡스는 이렇게 조언한다.

"다른 사람이 생각한 결과에 따라 사는 '도그마'에 갇히지 마십시오. 다른 사람의 의견이 당신 내면의 목소리를 잠식하게 내버려두지 마십시오."

진정한 실존주의 스타일로 계속해서 말한다.

"무언가를 정말 잘하려면 그것을 이해해야 합니다. 그것이 무엇인지 정말로 고민해야 합니다. 무언가를 진정으로 완전히 이해하려면, 그냥 재빨리 삼키는 게 아니라 꼭꼭 씹어 먹으려면, 열정적인 헌신이 필요합니다. 하지만 대부분의 사람은 그렇게 시간을 들이지 않습니다."

간단히 말하면 이거다. "다르게 생각하자." 잡스는 이렇게 덧붙였다. "컴퓨터의 잠재력 중 하나는 어떻게든… 경험의 기본적이고 근본적인 원칙을 포착하는 것이라고 생각합니다." 〈스티브 잡스 인생철학Steve Jobs Philosophy on Life〉이라는 유튜브 단편에서는 이렇게 말한다.

> 한 가지 간단한 사실을 깨닫기만 하면 인생은 훨씬 넓어질 수 있습니다. 즉, 당신의 삶을 둘러싼 많은 것을 만들어낸 사람들은 보통 당신보다 똑똑하지 않습니다. 당신이 바꿀 수 있습니다. 당신이 영향을 미칠 수 있습니다. 당신이 직접 만들어낸 것을 다른 사람들이 사용하게 할 수 있습니다. 그리고 당신이 삶을 밀고 나갈 때 실제로 무언가가 나오리라는 걸 이해하고, 당신이 밀어붙이면 무언가가 다른 쪽으로 튀어나올 것임을 알게 되는 순간, 당신은 삶을 변화시킬 수 있고 주도적으로 만들어나갈 수 있습니다. 이것이 인생에서 가장 중요한 가르침입니다. 주어진 삶을 그저 살아간다는 잘못된 생각을 떨쳐내야 합니다. 삶을 기꺼이 받아들이고, 바꾸고, 개선하고, 세상에 당신의 흔적을 남겨야 합니다. … 일단 이것을 익히는 순간, 당신은 결코 과거와 똑같지 않을 것입니다.

삶의 주요 작동 원리를 식별한 다음 이를 자신의 방식으로 적용하려는 탐구는 심오한 철학적·실존주의적 프로젝트다. 그러니 이제 실존주의 철학에 대해 조금 더 이야기해보자.

실존주의는 행동철학이다. 1946년 사르트르는 실존주의를 "행동과 자기헌신의 윤리"라고 말했다. 인간은 그 자체로서 존재하고, 실존을 홀로 책임지고, 스스로 선택하고 창조하고 선악을 결정하며 헌신한다는 것이다.

사실 사르트르는 존재하는 것보다 존재하지 않는 것을 강조한다. 존재하는 것은 과학자와 컴퓨터 프로그래머들이 탐구하는 다소 평범한 문제인 반면, '존재하지 않는 것'은 실제로 이보다 훨씬 더 흥미롭다. 사르트르는 자신의 견해를 다음과 같이 요약한다(만약 '요약'이라는 표현이 실존주의 저술에서 적절한 용어라면 말이다). "의식은 자신을 빠져나와 외재적 대상으로 나아간다. 의식은 초월 자체이다." 따라서 우리는 우리 자신의 본성, 우리 자신의 '본질'로 돌아간다. 우리는 존재한다. 하지만 우리 자신을 어떻게 정의할까? 실존주의의 구호는 "실존은 본질에 앞선다"라는 것이다. 따라서 인간은 존재 의미를 스스로 만드는 창조적 존재라 할 수 있다.

여기에서 사르트르의 그 유명한 '카페 종업원'의 사례가 나온다.

> 그 사람의 몸짓은 민첩하고 절도가 있지만, 조금 지나치게 정확하고 약삭빠르다. 그 사람은 조금 지나치게 민첩한 발걸음으로 손님 앞으로 다가온다. 조금 지나칠 정도로 정중하게 인사한다. 그 목소리와 눈은 손님의 주문에 조금 지나치게 관심을 드러낸다. 마침내 잠시 뒤 돌아오는 그 사람은 어딘지 모르게 로봇과 같은 딱딱하고 빈틈없는 태도를 보이려고 애쓰는 걸음거리로 곡예사처럼 경쾌하게 접시

를 가져온다. 접시는 끊임없이 불안정하고 균형을 잃을 듯하지만, 종업원은 그때마다 손과 팔을 가볍게 움직여 접시의 균형을 회복한다. (『존재와 무』, 1943)

사실 사르트르는 카페 종업원에 대한 편견이 있었던 것 같다. 배우를 바라보는 플라톤처럼 신랄한 눈빛으로, 종업원이 세상 사람들에게 어떻게든 거짓 얼굴을 드러내려 한다고 보았다. 사르트르는 자신의 사례에서 종업원의 역할을 잘못 전달하고, 진정한 철학보다 특권적 뿌리와 더 관련이 많은 숭고한 경멸로 이들을 일축한다. 그럼에도, 하나의 은유로서는 허용될 수 있다. 웨이터는 '진정으로' 자신의 역할이 아닌 역할을 수행하고 있는 것이다. 종업원이 "오늘은 치킨 프리카세[1]가 정말 괜찮습니다"라며 권할 때 그 말이 정말로 그 사람의 의견인지 완전히 확신할 수는 없다.

다른 곳에서 사르트르의 실존주의는 '상상력'을 강조하는데, 이것은 우리가 이용 가능한 가장 순수한 형태의 자유라 할 수 있다. 『변증법적 이성비판』이라는 책에서 사르트르는 단조로운 작업에 열중하면서도 성적인 환상을 품는 노동자를 예로 들면서 상상력이 지닌 힘과 반사실적counterfactual 자유를 보여준다. 사르트르는 사업가가 아니었다. 사실 사르트르는 '그 모든 것'을 무시했으며 공공 소유에 대한 정치적 입장이 급진적이었다.

물론 공장에 고용된 대부분의 애플 직원은 상상력을 한껏 발휘

1 닭고기를 잘게 썰어 버터에 살짝 구운 뒤 야채, 버섯, 밀가루, 화이트 와인을 첨가해 만든 소스로 끓인 프랑스 요리. [옮긴이]

할 기회가 없지만, 애플의 캘리포니아 본사와 특히 픽사에서는 상상력이 중심 무대에 올랐다. 잡스가 애플에서 해고된 일과 관련해 이렇게 말한 것도 어찌 보면 당연하다. "성공에 대한 중압감이 다시 초보자가 되었다는 가벼움으로 대체되어 일어날 수 있는 최고의 일은 바로 (…) 그것이 나를 다시금 창의적으로 만들어주는 것입니다."

1986년에 이사회 회의에서 경영 정책을 둘러싼 갈등으로 애플 컴퓨터에서 쫓겨난 직후, 스티브 잡스는 〈스타워즈〉의 감독 조지 루카스에게서 픽사라는 소규모 컴퓨터 제조사를 사들였다. 그리고 1990년까지 프로젝트마다 실패를 겪던 이 회사에 자신의 자금을 지원했다. 픽사의 공동 창업자인 앨비 레이 스미스는 데이비드 프라이스가 쓴 『픽사 이야기』에서 이렇게 말했다.

"우리는 실패를 눈앞에 두고 있었습니다. 하지만 스티브는 패배를 모르는 사람 같았어요. 패배를 인정하지 않았지요."

픽사의 생존과 그 이후의 화려한 부활은 혁신에 접근하는 잡스의 방식을 보여주는 중요한 사례다. 잡스의 바탕 지식은 컴퓨터 하드웨어였지만, 픽사를 영화 역사상 가장 성공적인 스튜디오로 변환시키는 데 큰 도움이 되었다.

2000년 11월, 잡스는 버려진 델몬트 통조림 공장을 구입해 픽사의 기지로 삼았다. 원래는 컴퓨터 과학자, 애니메이터, 픽사 경영진을 위한 별도의 사무실로 이루어진 건물 3동을 건축할 계획이었다. 논리적인 계획으로 보였다. 하지만 잡스는 그 계획을 곧장 폐기하고, 그 대신 중앙에 통풍이 잘 되는 아트리움이 자리 잡은 하나의 광대한 공간을 만들었다. 에드윈 캐트멀은 이렇게 말한다.

"이 디자인의 철학은 건물의 중심에 가장 중요한 기능을 배치하는 게 좋겠다는 것이었어요. 음, 우리에게 가장 중요한 기능은 무엇일까? 그것은 바로 직원들의 상호작용입니다. 그래서 스티브는 가운데 뻥 뚫린 커다란 공간을 배치했습니다. 잡스는 사람들이 항상 대화를 나눌 수 있는 열린 공간을 만들고 싶어 했어요."

그런데 잡스는 단순히 공간을 만드는 것만으로는 충분하지 않다는 사실을 깨달았다. 컴퓨터 너드와 만화가가 서로 어울리도록 사람들을 그곳으로 보내야 했다. 대체로 잡스는 이것을 디자인 문제로 보고, 먼저 우체통을 아트리움으로 옮겼다. 그런 다음 회의실을 건물 중앙으로, 이어서 카페테리아, 커피숍, 선물 가게 순으로 옮겼다.

하지만 수년 동안 픽사의 디지털 애니메이션 영화 모델은 엄청난 돈을 까먹었기에, 잡스가 회사를 믿고 계속 자금을 지원해줘야 근근이 유지될 수 있었다. 사실 잡스는 단순히 실패를 인정하는 것을 용납하지 못하는 듯했다. 그러나 모든 현명한 회계사가 두 손 두 발 다 들고 나자빠진 지 한참 뒤에 마법이 작동했다. 1995년 〈토이 스토리〉 개봉을 필두로, 픽사가 제작하고 출시한 영화가 모두 상업적 성공을 거두었으며 영화 한 편당 전 세계 수익이 평균 5억 5000만 달러를 넘어섰다.

나중에 잡스가 곤경을 겪던 애플로 복귀했을 때, 픽사에서 되찾은 창의성은 애플의 놀라운 부활로 이어졌다. 곧 아이폰, 아이튠즈 및 아이패드 모두 놀라운 상업적 성공을 거두었다. 그리고 항상 잡스는 자신의 실존주의 철학을 느긋하게 따랐다.

> 너무 심각하게 받아들이지 마십시오. 예술가로서 창조적인 삶을 살고 싶다면 너무 자주 뒤돌아보지 말아야 합니다. 당신이 한 일이 무

엇이든, 당신이 누구이든 간에 기꺼이 그것을 버려야 합니다. 어쨌든 우리는 누구입니까? 우리가 생각하는 우리 모습은 대부분 좋아하는 것과 싫어하는 것, 습관, 패턴의 집합체일 뿐입니다.

우리의 핵심은 우리의 가치이며, 우리가 내리는 결정과 행동에는 이러한 가치가 반영됩니다.

당신이 성장하고 변화함에 따라 외부 세계가 당신의 이미지를 본인들의 생각대로 강화하려고 할수록, 계속 아티스트로 지내기는 더 어려워집니다. 그래서 많은 경우 아티스트는 이렇게 해야 합니다, "잘 있어. 난 가야 해. 미쳐버릴 것 같아. 난 여기서 나갈 거야."

2011년 3월에 아이패드 2를 소개하면서 잡스는 자신의 전략을 이렇게 요약했다.

"애플의 DNA에는 기술만으로는 충분하지 않다는 생각이 깔려 있습니다. 리버럴아츠(기초교양)와 융합한 기술, 인문학과 융합한 기술이 우리의 가슴을 뛰게 합니다."

'과학자' 또는 '예술가' 둘 중 하나로 분류되기를 실존주의적으로 거부함으로써, 잡스는 애플의 기술을 아름답게 창조할 수 있었다. 잡스의 전기에 따르면, 1학년 때 리드대학교를 그만둔 뒤에도 그는 계속해서 캘리그래피 수업을 들었다.

"저는 그 수업에서 세리프체와 산세리프체에 대해 배웠어요. 서로 다른 글자를 조합할 때 공간을 할애하는 법, 조판을 멋지게 구성하는 법 등을 배웠지요. 과학으로는 포착할 수 없는 심미적이고 역사적이고 예술적으로 미묘한 무엇인가를 느낄 수 있었어요. 정말 매력적이었어요. 하지만 그게 제 삶에 실제로 적용될 줄은 미처 몰랐습니다. 그런데 10년 뒤, 우리가 최초의 매킨토시 컴퓨터를 설계할 때 이 모든 게 불쑥 떠올랐어요."

잡스는 심지어 엔지니어들의 이름까지 제품 안에 각인했다고 한다. 왜 그랬을까? 진정한 예술가들은 자신의 작품에 서명하기 때문이다. 이 모든 사례를 1981년 4월 웨스트코스트 컴퓨터 박람회와 대조해보자. 그곳에서 아담 오스본은 최초의 진정한 휴대용 PC라고 스스로 주장한 제품을 출시했다. 5인치 화면에 무게가 11킬로그램에 달하고 메모리도 거의 없었지만 어느 정도는 기능을 발휘했다. 오스본은 이렇게 선언했다.

"적당한 것으로도 충분합니다. 다른 건 모두 불필요합니다."

잡스는 이 말에 소름이 돋았고, 며칠 동안 만나는 사람들마다 오스본은 "제대로 이해하지 못하는" 사람이라며 이렇게 말했다.

"그 작자는 예술 작품이 아니라 **똥을 만들고 있어**."

백만장자였음에도 스티브 잡스의 집에는 가구가 거의 없었다. 평소 존경하던 아인슈타인 그림 한 점, 티파니 램프 하나, 의자 하나, 침대 하나뿐이었다. 주변에 물건이 많은 걸 좋아하지 않았고, 물건을 선택하는 데도 매우 신중했다. 1997년 애플로 복귀한 뒤, 회사의 350개 제품을 2년 만에 단 10개로 줄였다. 그 당시 잡스는 변화와 쇠퇴에 대해 이야기하면서 "나는 죽음이 삶의 가장 놀라운 발명품이라고 생각합니다"라고 말한 적이 있다.

실존주의자들이 늘 되새기는 삶과 죽음의 이야기에서, 잡스가 애플을 세계에서 가장 상징적인 기업으로 만드는 데 그토록 놀라운 성공을 거둔 이유를 설명해주는 알려진 일화가 있다. 한번은 잡스가 래리 케니언이라는 엔지니어에게 운영체제를 부팅하는 시간이 왜 오래 걸리냐고 물었다(우리는 모두 같은 궁금증을 품은 채 모니터를 멍하니 응시하곤 한다). 케니언이 기술적인 이유를 길게 설명하려 하자 잡스가 말을 끊고 퉁명스럽게 물었다. "래리, 만약 부팅 시간을 10초 단축하여 사람의 생명을 구해낸다면, 그 방법을 찾을 수 있겠나?" 케니언은 확신은 없었지만 그럴 수 있다고 대답했다.

이제 여기에 인상적인 부분이 있다. 잡스는 엔지니어 사무실에 걸린 화이트보드로 가서 마커를 집어 들더니, 매킨토시 컴퓨터를 사용하는 사람이 적어도 500만 명이고 매일 컴퓨터를 켜는 데 10초를 줄인다면 1년에 총 100명의 일생에 해당하는 시간이 절약된다고 적었다! 몇 주 뒤, 케니언은 부팅 시간을 10초가 아니라 거의 30초나 절약하는 방법을 찾아냈다.

물론 스티브 잡스는 부팅 속도가 느린 컴퓨터가 생명을 위협한다고 생각하지 않았다. 결국 사람들은 커서가 움직이는 동안 클립을 만지작거린다거나 뭔가를 할 수 있다. 사실 잡스의 관심은 전혀 실용적이지 않았다. 잡스는 현재 기술의 한계나 다른 컴퓨터와의 경쟁에서 이기는 데 관심이 없었다. 돈을 많이 버는 것도 목표가 아니었다. 대신, 상상할 수 있는 최선의 방법을 동원해 일하는 게 목표였다.

잡스는 어떤 물건이 정말 위대하기 위해서는 그것이 완전히 '진정한' 것이어야 한다고 확신했다. 그 자체의 기원과 목적에 충실해야 한다는 뜻이다. 잡스는 타협과 '호환성'이라는 개념을 싫어했다. 심지어 원래 매킨토시 컴퓨터는 커서를 움직이는 화살표 키가 없도록 설계했다고 한다. 한편으로는 사람들이 마우스를 사용해 클릭하도록 하고, 다른 한편으로는 소프트웨어 디자이너들이 프로그램을 더 시각적으로 디자인하도록 하는 방법이었다. 그런데 사용자의 선택은 여기에 포함되지 않았다. 사용자의 기호가 어떻든, 올바른 접근 방식이 강요될 것이다.

또한 잡스는 시장 점유율을 포기해서라도, 맥 운영체제와 프로그램을 실행하는 매킨토시 컴퓨터 생산에 집중했다. 지디넷의 설립자 댄 파버가 잡스의 전기 작가 아이작슨에게 말한 것처럼, 그 외에 다른 일은 지역 화가한테 피카소 그림에 덧칠하라고 시키는 것과 같았기 때문이다. 맞다. 유추해서 한 말이다. 하지만 잡스가 실제로 세상을 이렇게 보았다는 사실은 샌프란시스코에서 열린 티파니 유리 전시회에 애플 직원들을 데려갔을 때 입증되었다. 잡스에게 그 전시회는 대량생산된 제품 역시 훌륭한 예술 작품이 될 수 있다는 사실을 보여주는 의미 있는 행사였다. 위대한 예술 작품? 그것은 바로 **컴퓨터**다.

"미친 자들을 위해 건배 … 그들이 세상을 바꾸므로."

하지만 대부분의 CEO는 미치지 않았다. 이들은 빈틈없는 전략으로 시작해 기껏해야 약간 과장되고 철학적으로 코멘트에 따라 그 전략을 적용하는 매우 신중한 사람들이다. 애플의 선구자 스티브 잡스는 그렇지 않았다. 잡스는 개인적인 경험과 실존주의에 뿌리를 둔 반문화의 경전을 융합한 삶의 철학으로 사업을 시작했을 뿐만 아니라, 이를 바탕으로 비즈니스 전략을 수립했다. 사실, 컴퓨터 인터페이스만큼 정확하고 기술적인 것이 히피 철학에 뿌리를 둔다는 사실이 내게는 여전히 놀랍다. 그런데 스티브 잡스보다 불과 10년 전에 미국에서 활동한 또 다른 위대한 컴퓨터 개척자를 생각해보면 이런 기이함을 더 잘 이해할 수 있을 것이다. 그 사람은 바로 에벌린 베레진으로, 과학소설과 '놀라운' 이야기라는 서로 대안적인 영역에서 영감을 얻었다. 또한 에벌린 베레진 자신도 정말 '놀라운' 사람이다.

|||\||

애플이 세상에 처음 나온 때는 1978년이다. 하지만 그보다 10년 전, 그러니까 컴퓨터 세계에서는 아득한 옛날에, 에벌린 베레진이 없었다면 애플은 못 나왔을지도 모른다. 베레진은 롱아일랜드에서 스타트업 레드액트론을 설립했다. 이 회사는 전자 타자기를 제조하고, 이것을 제어하는 새로운 기술도 발명했다.

베레진은 잡스와 워즈니악만큼 개척자였다. 컴퓨터는 초기 단계에 머무르고 개발에 참여하는 여성이 거의 없었을 때, 베레진이 만든 기계는 부피가 커다랗고 느리고 소음이 크긴 했어도 텍스트를 편집, 삭제, 잘라내기 및 붙여넣기 할 수 있었다. 일부 사무실, 특히 소량의 개별 내용이 포함된 표준 문자를 다루는 사무실에서 레드액트론 워드프로세서는 2018년에 《뉴욕 타임스》가 베레진에게 보낸 찬사에 따르면 "마술 상자처럼" 도착했다.

레드액트론은 열정적으로 자사 컴퓨터에 '데이터 비서'라는 이름을 붙였다. 초기 버전은 똑바로 세운 검은색 냉장고처럼 보였다. 입력과 출력 둘 다 골프공 모양 프린트헤드가 덜컥거리는 IBM 셀렉트릭 타자기로 이루어졌으며, 단어가 흘러내리는 기본적인 화면조차 없었다. 그러나 그 밋밋한 사무용 장비 표면 아래에는 13개의 반도체 칩(몇몇은 베레진이 직접 설계했다), 그리고 워드프로세싱 기능을 제공하려고 참을성 있게 기다리는 프로그래밍 가능한 논리 시스템이 있었다.

1970년대 초반, 레드액트론은 기계 약 1만 대를 각각 8000달러에 판매했다. 워드프로세서로는 좀 비싸다고 생각하는가? 오늘날의 돈으로 환산하면 약 5만 3312달러 4센트라는 것을 명심하자. 베레진의 주요 경쟁자였던 IBM이 기계를 판매하지 않고 임대만 했다는 사실은 놀랍지 않다. 하지만 IBM 기계는 반도체 칩이 아닌 전자 릴레이와 테이프에 의존했기에 기술이 확연히 달랐다. 1975년까지 레드액트론은 워드프로세서로 2000만 달러를 벌어들였는데, 오늘날 돈의 가치로 보자면 약 1억 4000만 달러에 이르는 금액이다. 확실히 이것은 비범한 성취였는데, 읽고 쓸 줄 모르던 난민 부모 가정에서 자란 아이에게는 두 배로 큰 성취였다.

물론 '빅 블루'[2]는 곧 기술을 따라잡았고, 10년 뒤에 오스본, 왕, 탠디 및 케이프로 같은 새로운 브랜드가 경쟁하던 시장을 휩쓸었다. 그러나 《타임》지가 언급했듯이 "베레진은 새로운 기술 산업의 암사자였다. 엔지니어의 논리적 사고, 발명가의 호기심, CEO의 기업가 정신을 지닌 모험심 넘치고 적극적인 박식가로 잡지와 뉴스 기사에 널리 소개되었다."

베레진은 또한 논리회로를 설계하고 새로운 종류의 컴퓨터 간 통신을 발명하는 선구적인 업적을 세웠는데, 이것은 나중에 인터넷 시대를 불러온 중요한 밑거름이 되었다. 영국 작가이자 기업가인 그윈 헤들리는 2010년에 블로그 게시물에 이렇게 썼다. "이 여성은 왜 별로 유명하지 않을까? 베레진이 없었다면 빌 게이츠도, 스티브 잡

2 IBM의 별칭. 블루칩 중의 블루칩이라는 뜻. [옮긴이]

스도, 인터넷도, 워드프로세서도, 스프레드시트도 없었을 것이다. 비즈니스를 21세기와 원격으로 연결하는 그 무엇도 없었을 것이다."

사실 이 주장은 베레진의 역할과 의의를 과대평가하고 컴퓨터 발전이 지닌 집합적 성격을 오해하는 측면이 있다. 그러나 기이하게도, 기술 혁신이 특정 개인의 덕이라면 그 혁신이 사실상 어느 과학소설 작가 집단의 덕이라고도 말해야 할 것 같다. 《어스타운딩 사이언스 픽션》이라는 펄프 잡지에 실린 단편소설들이 없었다면, 에벌린 베레진은 컴퓨터 과학자가 되고 싶어지는 유혹을 받지 않았을지도 모르고, 그랬다면 레드액트론도 없었을 것이고, 현대 컴퓨터의 도래는 훨씬 더 오래 걸렸을 것이기 때문이다.

비록 오늘날 그 이름이 많은 사람에게 낯설지라도, 에벌린 베레진은 진정으로 현대 세계를 만들어낸 소수의 사람 중 한 명이다. 그리고 베레진은 분명 잡지에서 읽은 과학소설 이야기에서 그 전례 없는 진로를 선택하겠다는 영감을 받았다.

사실 이 장르를 대표하는 유명인사 중 다수는 1930년대 이후에 출판된 장편소설뿐 아니라 단편소설에서도 최첨단 과학적 아이디어를 탐구했다. 그중 한 명이 러시아 출신의 물리학자 게오르기 가모브(영어식으로는 조지 가모브라고 한다)로, 조지워싱턴대학교와 콜로라도대학교의 물리학 교수를 역임한 가모브는 화학원소의 기원을 연구하며 빅뱅이론의 근거를 찾아냈다. 물리학·천문학·생물학을 넘나든 연구를 통해 양자역학, 특히 '양자터널링' 현상을 탐구했다. 가모브의 친구이자 열렬한 과학소설 작가 프레드 호일이 양자터널링 개념을 대중화했는데, 그의 저서 『검은 구름The Black Cloud』(1957)은 SF의 고전으로 간주된다.

실제로 가모브는 『이상한 나라의 톰킨스Mr. Tompkins in Wonderland』(1939)와 『톰킨스, 원자를 연구하다Mr. Tompkins Explores Atom』(1944)에서 과학의 경이로움을 탐구한다. 젊은 에벌린 베레진은 여기에 나오는 '상대론적 효과'를 읽고 깜짝 놀랐다. 『이상한 나라의 톰킨스』의 첫 장은 이렇게 시작한다.

> 은행이 쉬는 날이었기에, 대도시의 말단 은행원 톰킨스 씨는 늦잠을 자고 여유롭게 아침을 먹었다. 하루 계획을 세우며, 오후에 영화를 볼 생각에 조간신문을 펼쳐 엔터테인먼트 페이지로 눈길을 돌렸다. 그런데 볼 만한 영화가 없었다. 톰킨스 씨는 인기 스타들 사이의 로맨스가 쉴 새 없이 펼쳐지는 할리우드 영화를 몹시 싫어했다. 실제 모험이 담긴 영화가 적어도 한 편만 있다면, 뭔가 특별하고 어쩌면 환상적인 영화가 있다면 얼마나 좋을까. 그러나 그런 영화는 없었다. 그때 뜻밖에도 페이지 한쪽 구석에 적힌 공지에 눈길이 갔다. 지역 대학에서 현대 물리학의 문제를 다루는 일련의 강의를 한다는 내용으로, 그날 오후 강의는 아인슈타인의 상대성이론에 관한 것이었다. 음, 뭔가 대단해 보였다!

DNA 이중나선 구조를 발견해 생명의 숨겨진 비밀을 규명하는 데 큰 공헌을 한 과학자 제임스 왓슨은 자서전이라 할 수 있는 『유전자, 여자, 가모브』(2001)에서, 많은 과학적 논쟁에 기여한 가모브의 통찰력에 경의를 표했다. 『우주의 탄생The Creation of the Universe』(1952)에서 가모브는 이렇게 말했다. "원자를 만드는 데 1시간도 채 걸리지 않았다. 별과 행성을 만드는 데는 수억 년이 걸렸지만, 인간을 만드

《어메이징 스토리》 창간호, 프랭크 R. 폴의 표지 그림. 이 창간호에는 발행인 건즈백의 사인이 있다.[3]

는 데는 50억 년이 걸렸다!"

대학을 중퇴하고 평생 히피로 산 스티브 잡스가 20세기 컴퓨터 과학자가 될 것 같지 않은 사람 후보로 뽑힌다면, 에벌린 베레진도 비슷하다. 그의 부모는 20세기 초 유럽의 유대인들이 아메리카로 대거 탈출하는 과정에서 뉴욕에 정착한 러시아 난민이었다. 에벌린은 1925년 뉴욕 브롱크스의 가난한 집안에서 태어났다. 오빠가 둘 있었는데 각각 다섯 살, 일곱 살 위였다. 아버지는 모피를 팔고 가공하는 노동자였고, 부모 모두 영어를 제대로 읽고 쓰지 못했으며 다른 언어도 잘하지 못했다. 아버지는 주 6일, 하루 13시간씩 일했는데, 이

3 *Amazing Stories*, Vol. 1, No. 1. Gernsback, Hugo, "Free Download, Borrow, and Streaming." Internet Archive. Experimenter Publishing Co., April 1, 1926. https://archive.org/details/AmazingStoriesVolume01Number01/mode/2up.

《어스타운딩 사이언스 픽션》

Astounding Science-Fiction

—

저자: 다수 | 출판 연도: 1930년 이후

《어스타운딩 사이언스 픽션》은 발명가이자 작가인 휴고 건즈백[4]이 1926년 창간한 잡지다. 이 잡지는 여러 다양한 제목으로 출간되었는데, 새로운 작가들에게 문호를 개방함으로써 출판계에 새로운 장르를 탄생시킨 공로를 인정받고 있다. 수년에 걸쳐 유명한 과학소설의 이름이 칼럼에 등장했다.

A.E. 밴 보트의 고전 『도적선Rogue Ship』(1965)은 원래 《어스타운딩 사이언스 픽션》에 수록된 짧은 이야기를 바탕으로 하는데, 이 글에는 베레진의 흥미를 끌었던 '상대론적 효과'가 나온다. 책에서 우주선은 빛의 속도를 능가한다. 충돌 진로를 따라 지구로 돌아오지만, 충돌하여 산산이 부서지는 대신 땅속을 파고들더니 이내 상처 없이 다시 모습을 드러낸다! 이것은 모두 상대론적 효과 덕분이다. 6년 전에 우주선을 보냈던 주인은 우주선 내부에 억지로 들어가는데, 그곳에서 시간이 거의 정지 상태로 느려지고 사람을 포함한 모든 것이 여행 방향으로 심하게 눌린 모습을 발견한다.

"확실히 과학소설은 스티브 잡스의 말처럼 당신한테 '다르게 생각할 것'을 요구한다."

4 미국 SF 작가 겸 편집자. 그의 이름을 딴 휴고상은 SF계 최고의 상으로 인정받는다. [옮긴이]

는 당시 노동자들의 표준이었다.

중학교에서는 정해진 규칙대로 생활해야 했고 매주 시험이 있었다. 학교는 창의성을 장려하는 곳이 아니었다. 하지만 근면하고 조숙했던 에벌린은 열다섯 살에 '크리스토퍼 콜럼버스'라는 이름의 새로 문을 연 고등학교에 진학했다. 중학교가 지루하고 인습에 얽매였던 것과 달리, 고등학교는 흥미롭고 혁신적이었다. 바로 이곳에서 싹튼 과학과 기술에 대한 관심이 평생 동안 열정의 밑거름이 되었다. 당시 미국은 여전히 대공황에서 허우적댔기에 일자리 찾기가 하늘의 별 따기만큼 어려웠다. 고등학교 수학 선생님은 프린스턴대학교에서 박사 학위를 받았고, 물리학 선생님은 시카고대학교에서 박사 학위를 받았다. 게다가 둘 다 젊었다. 선생님들은 학생들과 가깝게 지내고 학생들이 자유롭게 실험할 수 있도록 실험실을 마련해줬다. 에벌린은 방과 후에 고급 장난감 가게에 있는 것처럼 실험을 계속했다. 나중에 베레진이 회상하듯이, 학교와 지역 도서관은 최고의 장소였다.

그런데 베레진이 첫 워드프로세서를 발명하고 최초의 디지털 예약 시스템을 설계하는 길을 걷게 한 불꽃은 학교에서가 아니라 SF 단편에서 나왔다.

에벌린은 아주 어렸을 때 동화를 주로 읽었지만, 오빠가 《어스타운딩 사이언스》(또는 《놀라운 과학》)이라는 잡지를 사서 읽기 시작하면서부터 새로운 세계에 매료되었다. 베레진은 컴퓨터의 역사를 정리하는 프로젝트의 일환으로 진행한 인터뷰에서 어린 시절의 영향에 대해 이렇게 말했다. "저는 그 잡지에 푹 빠졌어요. 정말 대단하다고 생각했어요. 늘 오빠한테서 잡지를 훔치곤 했죠. 정말이지 그 잡지에 흠뻑 빠져들었어요."

2014년 3월 10일 뉴욕 자택에서 녹음한 인터뷰에서, 베레진은 가드너 헨드리에게 자신이 이런 잡지를 보기 시작한 겨우 일곱 살 때 얼마나 큰 감명을 받았는지 들려주었다.

"나는《놀라운 과학》잡지를 읽으면서 물리학을 공부하고 싶어졌어요."

그 당시는 여자아이들이 과학을 해서는 안 된다는 생각이 무척 강했던 시절이었기에, 이 말은 정말 눈에 띈다. 실제로도 어린 에벌린은 종종 다른 것들을 공부해야 했다.

베레진이 설명한 어느 사건은 어쩌면 폭로에 가깝다. 중학교 때 과학 선생님에게 다가가 잡지에서 읽은 내용에 대해 물었다. 빛의 속도에 가깝게 매우 빠르게 이동할 때, 물체가 이동하는 방향으로 크기가 축소되는 이유를 질문했다. 선생님은 "아, 그건 불가능해. 사람들이 만들어낸 이야기야"라고 말했다. 베레진은 헨드리에게 이렇게 회상했다.

"선생님을 철석같이 믿고 있었기 때문에 나는 그 대답을 잊은 적이 없어요."

운동하는 물체의 길이가 짧아지는 현상, 다시 말해 물체에 대해 상대적으로 운동하는 관찰자에게 그 물체의 크기가 상대속도 방향으로 축소되어 측정되는 현상을 '길이 수축length contraction'이라고 한다. 이는 20세기 초반부터 연구가 시작되어 오늘날에는 상대성이론에서 체계적으로 정립된 요소지만, 아마도 당시 선생님은 이것을 한낱 가정으로 생각했을 것이다. 베레진이 읽은 잡지는 원래《슈퍼사이언스의 놀라운 이야기Astounding Stories of Super-Science》라는 제목으로 나왔다. 그런 다음 《놀라운 이야기》로 바뀌었고 마침내 1938년 새 편집자 조지 캠벨에 의해 《어스타운딩 사이언스 픽션》이 되었다. 하지만 베레진이 그 잡지를 《놀라운 과학》으로 기억하는 데에는 그럴 만한 이유가 있다. 캠벨은 작가들에게 미래의 잡지에 사실적인 과학 이야기로 출판될 내용을 써달라고 했다. 또한 아이디어를 자극하는 것을 목표로 일반 논픽션 작품도 넣었다. 베레진은 이렇게 말했다.

"《놀라운 과학》은 실제 물리학을 이야기했어요. 수많은 글에는 상상력이 가득 담겼지만, 사실 과학을 담고 있었지요."

캠벨이 《어스타운딩 사이언스 픽션》 편집을 시작한 시기는 과학소설 마니아들에게 황금기였고, 확실히 이 잡지는 장르에 막대한 영향을 미쳤다. 2년도 채 안 되어 L. 론 허버드, 클리퍼드 시맥, 잭 윌리엄슨, L. 스프레이그 드 캠프, 헨리 커트너, C.L. 무어 같은 저명한 작가들의 작품이 《어스타운딩 사이언스 픽션》과 자매지 《언노운Unknown》에 자주 실렸다. 캠벨은 신진 작가들의 이야기 또한 출판했는데, 이들은 곧 이 장르의 상징적 인물이 되었다. 여기에는 레스터 델 레이, 시어도어 스터전, 아이작 아시모프, A.E. 밴 보트, 로버트 하인라인 등이 있다. 이들에게 잡지의 출판은 문학적 발판이었고, 어린 베레진과 같은 독자에게 이들의 아이디어는 평생 동안 영감을 주었다.

아시모프, 하인라인, 드 캠프 모두 제대로 훈련받은 과학자와 엔지니어였다는 점은 결코 우연이 아니다. 캠벨이 이 새로운 글쓰기 장르를 개척하며 때로는 문학적 스타일보다 과학적 정확성을 강조했기 때문이다. 그리고 베레진의 중학교 선생님이 그런 이야기에 찬

물을 끼얹었다 할지라도, 고등학교로 올라갔을 때는 더 많은 사람이 펄프 과학 잡지를 지지했다. 고등학교에서 물리 선생님한테 똑같은 질문을 하고나서야 비로소 중학교 과학 선생님이 정말로 잘못된 답을 했다는 것을 베레진은 알게 되었다.

사실 당시 상대론적 효과라는 개념의 대중화에는 아인슈타인의 공헌이 컸지만, 《어스타운딩 사이언스 픽션》에서는 조지 피츠제럴드의 이론을 다루었다. 피츠제럴드는 19세기에, 운동하는 물체는 그 방향으로 길이가 수축한다는 가설을 내세웠다.

결국 젊은 에벌린은 20센트짜리 잡지에서 최첨단 아이디어를 접할 수 있었다. 그로부터 70년이 지난 뒤, 헨드리에게 "선생님이 틀릴 수 있다는 생각에 그저 황당했을 뿐입니다"라고 회상했다.

어쨌든 우리는 교사들을 지나치게 나무라서는 안 된다. 한 교사가 베레진이 컴퓨터 과학자로서의 운명을 포기하게 만들 뻔했다면, 또 다른 교사는 직접 격려하고 용기를 북돋아주었으니 말이다. 베레진이 불가능할 것 같던 꿈을 이룰 수 있었던 매우 실질적인 이유는 어느 날 고등학교 선생님이 집에 찾아와 '인터내셔널 프린팅 잉크'라는 신생 회사에 다닐 기회를 알려주었기 때문이다. 그날 선생님이 설명했듯이, 그 회사는 자체 연구실을 갖추었으며 미래 연구에 자금을 대주었다. 사실 베레진에게 기회가 생긴 이유 중 하나는 2차 세계대전이 시작되던 당시 젊은 남성들이 징집 대상이었기 때문이기도 하다.

하지만 다른 때에는 여성이라는 사실이 불리하게 작용했다. 베레진은 뉴욕증권거래소를 위한 새로운 컴퓨터 시스템을 설계하는 일에 지원한 적이 있다. 베레진은 그 일을 제대로 해낼 수 있는 유일한 사람이었다. 그럼에도 불구하고 퇴짜를 맞았는데, 그 일을 하려면 증권매매업자들과 함께 지내야 하고, 그러면 '욕설'이 난무한 곳에 있어야 된다는 터무니없는 이유 때문이었다. 물론, 상대방을 배려하는 듯한 이런 거만한 태도의 이면에는 남자의 보루에 여자가 침투하는 것을 막으려는 저의가 숨어 있었다. 헨드리와의 인터뷰에서 베레진은 그 불공정한 결정에 대해 씁쓸하게 말했다. 결국 수천 개까지는 아닐지라도 수백 개나 되는 진공관으로 이루어진 초기 컴퓨터를 감독하는 일을 맡게 되었다. 당시 기술 수준이 낮았기에 엄청난 열기가 뿜어져 나왔다. 남성 기술자들과 팀으로 일할 때 한여름 건물 내부 온도는 섭씨 38도에 이르렀고, 남자들은 엉덩이가 훤히 드러나는 옷을 입었다. 그럼에도 아무렇지 않게 함께 일하라는 지시를 받았다. 물론, 베레진은 정말 아무렇지도 않았다.

5장
더 넓은 사회적 맥락에서 세상을 바라보자

제이컵 리스와 마이크 더피

제임스 페니모어 쿠퍼, 『사슴 사냥꾼』

조지 오웰, 『파리와 런던 거리의 성자들』

IIII\II

상상의 세계나 위대한 철학이론 또는 위대한 인물을 다루는 책은 모두 우리에게 영감을 준다. 그런데 삶의 시시콜콜한 세부 사항, 초라하고 보기 흉한 도시 구석, 또는 살인마 범죄자가 저지른 피비린내 나는 악행에 관한 책 또한 당혹스럽지만 우리에게 영감을 줄 수 있다. 저널리스트이자 사진작가 제이컵 A. 리스가 바로 그런 책에서 깨달음을 얻었다. 19세기 말과 20세기 초, 미국의 부패와 공적 문제를 폭로하는 데 있어 지칠 줄 모르는 활동으로 널리 유명해진 리스는 찰스 디킨스의 『두 도시 이야기』 같은 작품의 영향을 받아 자신의 길을 걷게 되었다. 『두 도시 이야기』는 산업화로 인해 뒤집힌 세상에서 공적 삶의 병폐에 대한 미묘한 심리적 묘사와 논쟁적인 고발이 주를 이룬다. 멀리 가지 않고 가까운 예를 살펴본다면, 시티베이스의 창립 CEO 마이크 더피도 마찬가지다. 더피는 자신에게 큰 영감을 준 책이 조지 오웰의 『파리와 런던 거리의 성자들』이라고 말했는데, 이 책은 대도시에서 '빈털터리 밑바닥 인생'으로 살아가는 다소 우울한 삶을 담은 이야기다.

그런데 이 연결고리는 직접적이고 명백하지는 않을지도 모른다. 더피는 노던트러스트에서 단기 금리 시장의 자산을 관리하는 등 기업가 정신 및 금융에 대한 배경지식이 풍부했다. 또한 연방준비제도 분석가로도 일하며 자본시장에서 10년 동안 행동경제학에 대한 관심을 키웠다. 그러고 나서 시카고대학교 부스 경영대학원에 들어가 경제학·계량경제학·통계학·기업가정신을 공부하고 마침내 시티베이스를 출범시킴으로써, 자신의 웹사이트에 당당하게 표현한 것처럼, "인류를 위한 자신의 사명을 시작했다."

더피는 시티베이스가 재정·행동경제학·정부 등 자신의 비즈니스 관심 분야를 모두 통합하고 있으며, 그 핵심 아이디어는 기술을 사용해 시민들에게 기회를 '여는 것'이라고 설명한다. 오늘날 더피의 웹사이트는 다음과 같이 자랑스럽게 선언한다.

"마이크 더피는 필요나 인구통계 특성에 관계없이 모든 사람에게 봉사해야 하는 지방정부의 분명한 운영 과제를 아우르기 위해 노력을 기울이고 있습니다."

미국 전역의 여러 지방자치단체는 각기 다른 단계로 더피의 아이디어를 구현한다. 예를 들어 시카고에서는 모든 시민이 공공서비스에 쉽게 접근할 수 있도록 도서관, 경찰서 및 시의회에 키오스크를 설치하느라 분주하다.

그리고 더피가 2017년에 잉크닷컴을 논평하며 밝혔듯이, 이 모든 활동의 중요한 몇 가지 아이디어는 조지 오웰의 책에서 끄집어냈다. 즉, 더피에게 오웰의 책은 "행동경제학과 노동계급의 투쟁에 대한 심오한 탐구로 가는 관문이었다."

더피는 두 권의 암울한 정치 고전 『동물농장』과 『1984』로 가장 잘 알려진 영국 작가가 자신에게 어떻게 커다란 영향을 미쳤는지, 다음과 같이 『파리와 런던 거리의 성자들』을 이야기하며 설명한다.

> 이 회고록은 1920년대 후반, 창조적인 통화정책에 힘입어 유럽과 미국이 경제 호황의 정점에 이르렀던 시기에 부랑자로 살았던 경험을 바탕으로 합니다. 경제 호황은 곧 세계 대공황으로 이어지지요. 경제 호황의 자산 인플레이션은 자본을 소유한 사람과 돈벌이로 먹고사

는 사람, 즉 자본가와 생활수준이 열악한 노동자의 격차를 더욱 벌려 놓았습니다. 오웰은 사치와 낭비가 절정을 이루던 1929년, 고통받으며 살아가는 가난한 사람들의 인간성과 정신을 포착합니다.

조지 오웰의 책에서 가장 좋아하는 문구가 무엇이냐는 질문에, 더피는 『파리와 런던 거리의 성자들』을 가리키며 지금도 한 구절이 또렷하게 기억난다며 이렇게 말했다.

"지갑에 100프랑이 남아 있으면, 쉽게 겁에 질려 공황에 빠질 것이다. 그런데 달랑 3프랑만 가지고 있으면, 무감각해질 것이다. 3프랑이 있으면 내일까지는 먹고살 수 있으며, 그 이상은 생각할 수 없기 때문이다."

리스의 '세상의 절반' 이미지 중 하나: 뉴욕의 〈범죄자 소굴Bandits' Roost〉[1]

1 Jacob Riis, Preus Museum,- n.d.
https://www.flickr.com/photos/preusmuseum/5389939434/in/photolist-9dhRdf.

먼저 100여 년 전의 제이컵 리스에게로 돌아가보자. 1891년 리스는 사진과 기사를 통해 뉴욕 저수지에 무방비로 흘러들어가는 하수도의 모습을 고스란히 폭로했고, 이를 계기로 공중 보건 프로그램을 탄생시켜 수만 명의 생명을 구했다. 이런 공적을 기려, 미국의 위대한 정치인 시어도어 루스벨트는 리스를 "뉴욕의 가장 훌륭한 시민"으로 추켜세웠다. 또한 오늘날에는 '추문 폭로'라고 낮추어 부르기도 하는 탐사보도 저널리즘의 개척자로 평가했다.

리스가 자신의 사진을 판화로 실은 삽화 잡지에 기사를 썼을 때 이 모든 것이 하나로 합쳐졌다. 카메라는 물론이고 꽤 충격적인 이미지가 도처에 널린 오늘날, 우리는 리스의 글과 사진이 당시 얼마나 큰 영향을 미쳤는지 상상하기 어려울지도 모르겠다. 리스의 글과 시각적 표현은 독자들에게 엄청난 충격을 주어 변화가 꼭 필요하다는 인식을 심었으며, 다른 잡지들(또는 적어도 잡지의 소유주들)이 앞으로 리스의 글과 사진을 싣지 않겠다고 선언할 정도로 당시의 관행을 뒤집어놓았다. 그럼에도 불구하고 공적인 논의는 책을 집필하라는 요청으로 이어졌으며, 결국 주간지의 특집기사보다 훨씬 더 영향력을 지닌 저술이 나왔다.

그것이 바로 『세상의 절반은 어떻게 사는가』라는 제목의 책이며, 기사가 나온 지 불과 1년 뒤인 1890년에 출판되었다. 이 책은 수십 년 동안 19세기 말 뉴욕의 빈민가와 도시 변두리 거주지bidonville의 생활상을 생생하게 기록했다. 뿐만 아니라 부자들은 바로 옆 길모퉁이에서 일어나는 일상생활에 거의 무지한 상태로 하루하루 근근이 버티는 이웃들과 완전히 다른 삶을 살아간다는 더 광범위한 문제를 제기해 포토저널리즘의 고전으로 여전히 손꼽히고 있다.

『세상의 절반은 어떻게 사는가』

How the Other Half Lives: Studies Among the Tenements of New York

—

저자: 제이컵 A. 리스 | 출판 연도: 1890년

아주 오래전 "세상의 절반은 나머지 절반이 어떻게 사는지 모른다"는 말이 있었다. 옛날에는 맞는 말이었다. 관심이 없으니 몰랐다. 지배층에 속하는 절반은 자신의 기득권을 유지할 수만 있다면, 생활고와 싸우는 삶에 무관심했고, 하층민의 운명에도 무신경했다. 그런데 하층민의 불편과 그로 인한 소요가 날로 심각해지자, 더이상 그냥 모른 척하고만 있을 수 없게 되었다. 그래서 지배층은 어떤 문제가 있는지 조사에 나섰다. 그 이후, 이 문제에 관한 정보가 빠르게 축적되었고, 이제 세상은 이 오랜 무지에 대한 완전한 답을 얻게 되었다.

『세상의 절반은 어떻게 사는가』 서문

리스의 선구적인 설명은 19세기 후반 뉴욕 빈민가의 생활 조건을 상세하게 묘사한다.

이 책은 당시 사회개혁을 옹호하는 작품의 전형을 그대로 따른다. 즉 범죄, 개신교의 미덕과 악덕(게으름과 불결함을 포함해서), 비참한 생활 조건, 질병, 인간 존엄의 상실과 가족의 해체에 대한 애도를 다룬다.

의심할 여지 없이, 이 책이 대중에게 큰 영향을 미친 건 여기에 이미지가 포함되었기 때문이다. 사진은 열악하고 비참한 환경에 생명을 불어넣고, 사진에 찍힌 사람들에 대한 동정심을 불러일으켰다. 리스는 가난한 사람들은 스스로 선택해서 가난해진 게 아니며, 이들이 처한 위험천만하고 비위생적인 환경은 외면할 문제가 아니라 우리가 해결해야 할 사회악이라고 독자들에게 말했다. 그러면서 문제를 해결하기 위한 계획으로 책을 마무리했다.

1891년 《뉴욕 타임스》는 "우리가 알아야 할 문제"에 관한 "강력한 책"이라고 극찬했다. 《크리스천 인텔리전서》는 "장막을 걷어내 대중이 시스템의 거대한 악을 볼 수 있게 해주는 이런 책들이 개혁의 날을 앞당길 것"이라고 평했다. 그리고 실제로 그렇게 되었다.

리스의 책이 성공하는 데에 제목이 적지 않은 역할을 했는데, 그 기원이 흥미롭다. 사실 그 제목은 『팡타그뤼엘』이라는 프랑스 고전 작품의 한 구절에서 따온 것이다. 『팡타그뤼엘』은 표면적으로는 두 거인의 모험을 다룬 터무니없이 우스꽝스러운 풍자 이야기지만, 그 이면에는 사회에 대한 이야기도 숨어 있다. 러시아 철학자 미하일 바흐친은 이 이야기를 '기괴한 리얼리즘'이라고 불렀다. 더욱이 바흐친에 따르면, 이 이야기의 근본적인 주제와 통찰력은 '사회적 양심'과 '집단적 사고'라 할 수 있다. 그런데 이는 리스 작품의 핵심이기도 하다. 예를 들어 사람들이 도시나 마을에서 축제 기간 동안 느끼고 행동하는 방식을 생각해보자. 이처럼 특별한 시간에 특별한 형태의 자유와 친숙하게 접촉하면, 바흐친이 말했듯이 "카스트, 재산, 직업 및 연령의 장벽"으로 나뉘는 사람들은 잠시나마 하나로 묶인다. 이 아이디어는 바로 마이크 더피가 언급한 찰스 디킨스의 저서에도 존재한다. 도시에서의 삶, 특히 대도시 빈민가에서의 삶을 묘사하는 데 탁월한 재능을 보여준 디킨스는 자연과 계절에 뿌리를 둔 대안적인 '축제 시간'에 인간이 만든 시간이 정지하는 모습을 본다고 했다.

시간, 그리고 자연과 인간 계획 사이의 끊임없는 투쟁은 리스가 글과 사진으로 묘사한 복잡한 사회생활의 한 단면이다. 하지만 디킨스와 같은 다층구조 소설과는 매우 다른, 훨씬 더 직접적인 이야기로 시작한다. 리스가 영감을 받은 건 바로 제임스 페니모어 쿠퍼(미국 최초의 소설가로 평가받기도 한다)의 뛰어난 이야기다. 오늘날 쿠퍼는 책과 수많은 TV 드라마의 줄거리로 등장하는 『모히칸족의 최후』로 잘 알려져 있을 뿐만 아니라 『사슴 사냥꾼』이라는 책의 저자이기도 하다. 제이컵 리스는 『사슴 사냥꾼』을 자주 언급한다.[2]

이 책은 '사슴 사냥꾼'으로 알려진 나무꾼과 원주민 친구 칭가치국의 모험을 그린 환상적인 이야기이지만, 그 기저에서는 황야와 문명의 경계, 자연과 인간 가치의 충돌을 더 심오하게 탐구한다. 쿠퍼가 글을 쓸 당시, 미국 정착민들은 책에 등장하는 땅에서 아메리카 원주민들을 중서부의 황량한 풍경으로 강제 이주시키는 법안을 제정하고 있었다. 실생활에서 쿠퍼는 백인과 원주민을 문화적·종교적으로 구분하며, 이렇게 잔인하고 치명적인 결과를 자주 초래하는 이주를 옹호하기도 했다. 하지만 리스가 쿠퍼에게 진 지적인 빚은 바로 그 심오한 주제를 조명한 점이라 할 수 있다.

확실히 그런 책들이 없었다면, 리스는 같은 땅에서 나란히 살지만 완전히 다른 경험을 하는 두 공동체의 상이한 사회적·문화적 관점처럼 미묘한 문제를 고민할 이유가 없었을지도 모른다. 덴마크 유틀란트의 작은 마을 리베에서 15남매 중 셋째로 태어난 아이에게 그런 관심과 걱정은 너무나도 삶과 동떨어진 것이었기 때문이다. 실제로 제이컵, 여자형제 한 명, 수양 여자형제 한 명만이 살아남아 20세기를 보았다.

아버지는 나무꾼 또는 모험가와는 아무 상관없는 학교 교사이자 지역 신문에 기고하는 작가였으며, 어머니는 평범한 주부였다. 그런데 문학가였던 아버지는 특히 찰스 디킨스가 직접 발행하고 편집한 주간지 《연중 일지All the Year Round》를 제이컵에게 보여주며, 많

2 제임스 페니모어 쿠퍼가 쓴 『가죽스타킹 이야기(Leatherstocking Tales)』는 5부작이다. 그중 하나가 우리에게 잘 알려진 『모히칸족의 최후』(1826)이고, 나머지는 『개척자들』(1823), 『대초원(The Prairie)』(1827), 『패스파인더(The Pathfinder)』(1840), 『사슴 사냥꾼』(1841)이라는 제목으로 각각 출판되었다. [옮긴이]

은 찬사를 받는 디킨스의 글을 정기적으로 읽어 영어 실력을 쌓도록 그를 재촉했다. 리스가 살던 시대에 독서는 사치였다. 그런데 아버지가 건네준 잡지는 빈민가의 열악한 환경과 빈곤으로 고통받는 가난한 사람들의 용감하고 고결한 이야기로 가득 차 있었다. 거기에는 디킨스의 연재물과 발췌문, 구빈원장에게 다가가 "죽 한 그릇만 더 주세요!"라고 말하는 고아 올리버 트위스트의 눈물 없이 읽을 수 없는 이야기, 후작 나리의 마차가 파리의 거리를 무자비하게 질주하다 아이를 덮치는 드라마도 있었다. 실제로 그 잡지에 『두 도시 이야기』가 연재되기도 했는데, 그 안타까운 마차 사고에 대한 이야기는 물론이고 다음과 같은 구절도 있었다. "아내와 엄마라면, 이 아이만 할 때부터 우리는 보아왔어. 그런데 그 사람들을 중요하게 고려해본 적이 있던가? 그 사람들의 남편과 아비가 감옥에 끌려가 가족과 떨어져 사는 걸 잘 알지 않아? 우리는 평생 우리 여자들이 자기들끼리 그리고 그 아이들 속에서 가난과 헐벗음, 배고픔과 갈증, 질병과 빈곤, 온갖 억압과 무시를 받는 모습만 보아오지 않았어?"(『두 도시 이야기』, 3부 3장).

그러한 구절은, 적어도 젊은 제이컵에게 사회정의라는 거대한 문제에 대한 관심을 불러일으켰을 것이다. 그리고 잡지에 연재된(자연스럽게 적은 분량으로) 『두 도시 이야기』는 찰스 디킨스의 16번째 소설이자 영국 작가의 인기가 평생 동안 '대단한 출판 현상'이 된 이유를 보여주는 완벽한 예로, 영국은 물론 해외에서도 열광적인 독자층을 확보했다. '두 도시'는 런던과 파리를 지칭하며, 무시무시한 프랑스혁명을 배경으로 위대한 유럽 수도 두 곳에서 일어나는 혼돈, 첩보 및 모험을 함께 엮었다. 당시의 사회적 격변은 소설의 두 남자 주인공인 찰스 다네이와 시드니 칼튼의 삶, 그리고 사랑하는 여인 루시 마네트의 관심을 끌기 위한 이 두 사람의 싸움에 그대로 반영되어 디킨스만의 독특한 스타일로 표현된다.

제이컵이 열한두 살밖에 되지 않았을 때 그는 불결한 집에 세들어 사는 가난한 가족에게, 집을 깨끗이 청소하는 조건으로 자신이 가진 돈을 몽땅 기부했다. 디킨스의 영향을 받았음이 분명했다. 세입자들은 제이컵의 조건을 수락하고 원조를 받았으며, 실제로 제이컵의 어머니는 이 사실을 알고 나서 도와주러 갔다고 한다.

이처럼 뉴욕의 숨겨진 사람들에 대한 제이컵 리스의 관심이 보여주는 것은 확실히 디킨스의 '사회적 양심'이었다. 하지만 리스가 처음에 뉴욕을 여행하기로 결정하고 도시의 어두운 면을 탐험하고 싶은 유혹을 느낀 것은 아주 다른 유형의 작가가 쓴 소설의 영향이었다. 바로 미국 작가 제임스 페니모어 쿠퍼의 책이다. 쿠퍼의 모험 이야기는 서부 개척시대의 삶에서 흥미롭고 낭만적인 모습을 보여주었는데, 리스는 광야와 문명 사이의 세계를 탐구하고 자연의 법칙과 인간의 법칙이라는 두 방향으로 얽히는 사회생활을 탐사하는 인식틀을 쿠퍼에게서 차용했다.

겉보기엔 물론이고 실제로도 『사슴 사냥꾼』이 백인의 우월성을 뿌리 깊게 믿는 무의식적 가정에 기초한, 세상 물정 모르는 순박한 이야기라고 해도, 쿠퍼가 자신의 작품에 아프리카인, 아프리카계 미국인, 북미 원주민을 등장시킨 미국 최초의 주요한 소설가라는 것은 여전히 사실이다. 아마도 그것이 소위 '가죽스타킹' 또는 '변경 개척자' 이야기의 마지막 부분인 『사슴 사냥꾼』에서 가장 뛰어난 점일지도 모른다.

『사슴 사냥꾼, 또는 첫 번째 출정의 길』

The Deerslayer, or The First War-Path

—

저자: 제임스 페니모어 쿠퍼 | 출판 연도: 1841년

"굳건히 서서 준비하라, 나의 용맹스러운 60보병대여! 적이 나타날 때까지 기다려라. 낮게 쏘아라. 제방을 쓸어버려라."

갑자기 그들 위에서 누군가 외쳤다.

"아버지! 아버지. 저예요! 앨리스! 당신의 엘시! 살려주세요, 오! 당신 딸들을 구해주세요!"

안개 속에서 날카로운 외침이 들려왔다.

"멈춰라! 내 딸이야! 신이 내 아이들을 돌려 보내주셨다! 뒷문을 열어. 들판으로, 60보병대, 들판으로! 방아쇠를 당기지 마, 내 양들을 죽이지 마! 너희들 칼로 프랑스의 저 개들을 몰아내라!"

이전 연사가 부모의 고뇌에 찬 목소리로 외쳤다. 그 목소리는 숲에까지 닿아 엄숙한 메아리로 되돌아왔다.

위의 내용은 쿠퍼의 『가죽스타킹 이야기』 시리즈 마지막 소설 『사슴 사냥꾼』에 나오는 흥미진진한 장면이다. 적어도 젊은 독자 세대에게는 '흥미진진'하다. 연대순으로 보자면 이 장면은 주인공 내티 범포의 생애에서 첫 번째 편이기는 하지만, 시리즈의 마지막 부분이다. 주인공은 변경 개척자이자 '사슴 사냥꾼'으로, 머리 가죽을 벗기는 관행에 반대한다. 이런 혼란스러운 시간 구성은 많은 독자를 괴롭혔을 뿐만 아니라 많은 부분에서 논리의 결핍을 초래했다. 하지만 희생자가 살아 있는 동안에도 종종 머리 가죽을 벗기는 행위는 이야기의 실마리로써 전쟁 도발과 학살을 조장하는 내용이 많이 등장하는 가운데 미국적 상상력이 더해져 과장된 것으로 보인다. 이에 덧붙여 쿠퍼는 뉴욕주에서 '문명'

의 급속한 발전과 작가가 실제로 살았던 호수 주변에서 일어나는 사건을 연결하며 이야기를 시작한다. 그로써 풍경을 무척이나 친근하게 설명한다.

하지만 서평 사이트 굿리즈의 독자 리뷰를 봐도 알 수 있듯이, 수많은 독자에게 역사적으로 흥미롭다는 변호를 빼고 나면 이 책은 죽마에 올라탄 문학적 재앙이다. 마크 트웨인이 자신의 유명한 에세이 「페니모어 쿠퍼의 문학적 범죄Fenimore Cooper's Literary Offenses」에서 말한 내용과 정확히 일치한다. 즉, 낭만주의 소설의 영역에는 문학을 지배하는 19가지 규칙이 있는데, 『사슴 사냥꾼』에서 쿠퍼는 그중 하나를 제외하고 모두 위반했다. 불행하게도 트웨인은 쿠퍼가 위반하지 않은 규칙을 분명하게 밝히지 않아서, 그 하나의 정체는 명확하지 않다.

그러나 모든 사람이 이런 세세한 점을 높이 평가하진 않는다. 같은 시대, 쿠퍼보다 나이가 많았던 마크 트웨인은 이 이야기의 열렬한 팬이 아니었다. 정확히 말하면, 트웨인은 이 이야기를 싫어했다. 「페니모어 쿠퍼의 문학적 범죄」라는 제목의 짧은 에세이에서 그는 쿠퍼를 높이 평가한 몇몇 교수들의 무모함을 겨냥해 다음과 같이 냉정하게 썼다.

> 허구에 이르는 길에서 쿠퍼가 보여준 재능은 풍부하지 못했다. 하지만 쿠퍼는 허구 창작을 즐겼고, 그에 만족했으며, 실제로 꽤 잘 해냈다. 소설에서 사용할 무대장치를 담은 작은 상자에는 6~8개의 교활한 도구·속임수·교묘함이 있는데, 이를 이용해 야만인과 나무꾼들은 서로를 속이고 함정에 빠트린다. 그런데 쿠퍼는 이런 천진난만한 장치들이 한 번 작동하고 사라지는 모습이 그다지 만족스럽지 못했다. 가장 좋아하는 장면은 모카신(가죽신)을 신은 사람이 모카신을 신은 적의 발자국을 밟아 자신의 흔적을 숨기는 것이었다. 쿠퍼는 이런 요령을 소설 여기저기서 여러 번 수행하며 모카신을 엄청나게 닳게 했다. 쿠퍼가 상자에서 꽤 자주 꺼낸 또 다른 무대장치는 부러진 나뭇가지였다. 그 어떤 효과보다 부러진 나뭇가지를 소중히 여기고, 가장 열심히 써먹었다. 쿠퍼의 책에서는 누군가가 마른 나뭇가지를 밟아 주위 200미터밖에 있는 적군과 백군 모두에게 경고하는 장면이 흔하게 나온다. 누군가 위험에 처하고, 절대적인 침묵이 무엇보다 중요할 때마다 그 사람은 반드시 마른 나뭇가지를 밟는다. 더 손쉽게 밟을 수 있는 소재가 100가지 더 있을지라도 만족하지 못할 것이다. 쿠퍼는 그 사람에게 나가서 마른 나뭇가지를 찾으라고 요구한다. 만

약 찾지 못하면, 나뭇가지 하나를 빌려와야 한다. 사실 『가죽스타킹 시리즈』는 '부러진 나뭇가지 시리즈'라고 불러야 한다.

트웨인은 또한 사슴 사냥꾼의 언어 구사 방식을 보여주는 두 가지 예를 멸시하듯 인용한다. 사냥 사냥꾼은 처음에 이상한 사투리로 '평범하게' 말한다. "내가 인진Injin[3]으로 태어났다면, 지금, 이 말을 하거나, 아니면 모든 부족 앞에서 머리 가죽을 짊어지고 자랑했을 텐데. 내 적이 곰이었다면." 하지만 나중에, 사슴 사냥꾼의 생각과 언어의 수준은 사랑하는 사람을 떠올리며 거의 '시적 수준'으로 높아진다. 트웨인이 언급했듯이, 연인이 있는지 그렇다면 그 연인은 지금 어디에 있는지 누군가 물었을 때, 사슴 사냥꾼은 이렇게 근사하게 대답한다. "숲에 있습니다. 살며시 내린 비를 맞아 나뭇가지 위에 걸려서, 뻥 뚫린 풀밭 이슬 속에, 푸른 하늘에 떠다니는 구름, 숲에서 노래하는 새, 내 목마름을 달래주는 달콤한 샘. 그리고 하느님의 섭리에서 나온 다른 모든 영광스러운 선물들 속에 있습니다!"

감정적 내용을 전달하다 보니 문학적으로 앞뒤가 안 맞게 된 것이다. 당연히 이런 장면은 받아들이기 쉽지 않다(영화 〈펄프 픽션〉에서 줄스와 빈센트가 가까운 거리에서 발사한 총알을 피하는 장면이 단적인 예다. 자세히 들여다보면, 말도 안 되는 재주를 부리는 장면임을 곧바로 알 수 있다. 총알이 발사되기도 전에 이미 총알 구멍이 난 벽을 알아차릴 것이다).

마크 트웨인은 쿠퍼의 글을 싫어했지만, 또 다른 위대한 작가 D. H. 로런스는 『사슴 사냥꾼』을 다음과 같이 높이 평가했다. "이 세상

3 아메리카 원주민을 낮춰 이르는 말로 보통 인준(Injun)이라고 한다. [옮긴이]

에서 가장 아름답고 완벽한 책이다. 보석처럼 흠잡을 데 없고, 보석처럼 집중하게 하는 힘이 있다." 그러니 평가 이야기는 그만하고 이제 리스가 가장 좋아하는 책 속으로 다시 돌아가보자. 이 소설의 또 다른 주인공 패스파인더가 소총으로 목표물뿐만 아니라 목표물에 놓인 작은 못을 쏘아 맞추는 놀라운 능력을 과시하는 구절이 다음과 같이 나온다.

> "모두 꽉 잡을 준비해, 애들아! 새로운 못은 신경 쓰지 마. 페인트가 벗겨져도 나는 그걸 볼 수 있어. 100미터 떨어진 곳에서도 내가 맞춘 걸 볼 수 있어. 그게 단지 모기의 눈일지라도 말이야. 꽉 잡을 준비해!" 패스파인더가 친구의 발자국을 밟으며 외쳤다.
>
> 소총에서 땅 소리가 났다. 총알은 속도를 내며 날아가고 못 대가리가 숲에 묻혔다.

확실히 이런 서술은 생각지도 못한 문학적 보석이며, 소년들의 모험을 더욱 반짝이게 하는 장신구라고 할 수 있다.

이 책은 제이컵 리스에게 아메리카 대륙에 대한 호기심과, 그곳을 여행하고 싶은 갈증을 심어주었다. 신대륙 숲에서의 원주민 추격자와 사격의 명수 정착민들의 훌륭한 이야기는 논리적이라거나 과장되지 않았다고 말할 수는 없지만, 어쨌든 리스에게 중요한 영향을 미친 것만은 사실이다.

이는 이 책에 담긴 문학적 클리셰에 대한 작은 변론이 될지도 모르겠다. 고대 그리스에서는 연극배우들이 과장된 표정을 그려 넣은 가면을 썼다. 가면을 쓰면 관객을 혼란스럽게 하지 않으면서 다양한 역할을 연기할 수 있었기 때문이다. 마찬가지로 '고결하고' 아름다운 소녀와 얼굴에 흉터가 난 수상한 남자와 같은 조잡한 클리셰는 더 심오한 아이디어를 탐구할 수 있게 해준다.

따라서 『가죽스타킹 이야기』의 어리석은 겉모습 이면에는 더 복잡한 것, 즉 개척자 정착민과 아메리칸 원주민 사이의 미묘한 관계를 보여주는 하위 텍스트가 존재한다. 예를 들어 『위시-톤-위시의 울음The Wept of Wish-ton-Wish』에서 포로로 잡힌 백인 소녀는 원주민 추장의 보살핌을 받다가 결국 몇 년 후에 부모에게 돌아간다. 이 모든 이야기는 개인 정체성의 모호하고 묘한 개념을 암시한다. 종종 쿠퍼는 '선을 실천하는 개개인의 잠재력'과 '파괴를 자행하는 경향'을 대비하는 고대 메시지를 강조하기 위해 등장인물들을 대조적인 관점으로 비춘다. 따라서 쿠퍼의 가장 유명한 이야기 『모히칸족의 최후』는 속죄하는 품성이라고는 거의 없는, '교묘한 여우'로 알려진 원주민 마구아는 물론이고, 고귀하고 용감하고 영웅다운 모히칸족의 마지막 추장인 칭가치국의 캐릭터를 모두 담는다.

마크 트웨인이 어떻게 생각했든, 프랑스 소설가 빅토르 위고는 쿠퍼를 세기의 가장 위대한 소설가라고 불렀다. 물론 프랑스 이외의 지역에서 그렇다는 말이다. 프랑스 문학의 또 다른 아이콘이라 할 수 있는 오노레 드 발자크는 쿠퍼의 소설 몇 편을 '랩소디'라고 조롱하기는 했지만, 인물 묘사는 높이 평가하고, 가죽스타킹 시리즈의 첫째 작 『패스파인더』를 걸작이라고 칭송했으며, 쿠퍼의 자연에 대한 묘사를 『아이반호』로 유명한 스코틀랜드의 시인이자 극작가 월터 스콧 경의 작품 속 묘사와 비교하기도 했다.

그러나 쿠퍼의 작품에 나오는 여성 캐릭터에 대한 묘사를 높이 평가하는 글은 찾아볼 수 없다. 대신에 동시대 비평가였던 제임스 러셀 로웰은 다음과 같이 익살스럽게 썼다.

> 쿠퍼가 그리는 여성들의 모델은 변함이 없다.
> 모두 단풍나무처럼 매끄럽고 초원처럼 평평하다.

이런 문학적 약점에도 불구하고, 쿠퍼는 1940년에 발행된 미국 기념우표 '유명한 미국인 시리즈'에 오르는 영예를 안았다. 또한 워싱턴의 백악관 도서관에는 제임스 페니모어 쿠퍼의 가족이 기증한, 금박 입힌 샹들리에가 걸려 있다. 그 샹들리에는 백악관을 복원하려는 재클린 케네디 영부인의 위대한 노력의 일환으로 그곳으로 옮겨졌다. 뉴욕대학교에서는 해마다 저널리즘(신문학과)을 전공하는 우수 학부생에게 '제임스 페니모어 쿠퍼 기념상'을 주기도 한다. 그리고 2013년에 쿠퍼는 '뉴욕 작가 명예의 전당'에 오르기도 했다. 마크 트웨인은 거기에 없다. 하긴 트웨인은 뉴욕 출신이 아니니까.

저명한 러시아 문학 평론가 비사리온 벨린스키의 말은 정말 인상적이다. 벨린스키는 『패스파인더』를 "소설 형식의 셰익스피어 드라마", "서사시 형식 현대 예술의 승리"라고 평했다. 러시아인들에게 작가의 중간 이름 '페니모어'는 꽤 이국적이었나 보다. 실제로 러시아 독자들 사이에선 이 이름이 흥미진진한 모험의 상징이 되었다. 예를 들어 1977년 소련 영화 〈페니모어의 비밀The Secret of Fenimore〉에서는 '페니모어'라고만 알려진 신비한 이방인이 여름 캠프의 남자 기숙사를 매일 밤 찾아가 원주민과 외계인에 관한 매혹적인 이야기를 들려준다.

어쩌면 러시아인들은 액션 영웅을 좋아하는지도 모르겠다. 비즈니스계의 스승이자 현대 작가인 올레크 코노발로프는 2019년 웹사이트 싱커스360Thinkers360이 선정한 "문화를 견인하는 글로벌 리더 및 인플루언서 20인" 중 1위로 뽑혔다. 코노발로프는 어렸을 때 읽은 모험 이야기가 취향이 변한 뒤에도 자신의 인생에 큰 영향을 미쳤다고 내게 말했다.

"물론 잭 런던의 『늑대개 화이트팽』, 『바다의 늑대』, 『야성의 부름』 등이 있지요. 나는 심지어 잭 런던의 책을 얼마 전에 다시 읽었습니다. 그는 내게 모험하고, 자신의 경계에 도전하고, 자기 자신으로 살아가고, 어떤 어려움을 겪든 목표에 집중하고, 미개척지를 향해 나아가는 것에 영감을 주었습니다."

한편 어린 제이컵은 쿠퍼의 훌륭한 이야기를 즐겼으며, 도덕성이 담긴 디킨스의 이야기에서 영감을 받았다. 아버지는 글 쓰는 일을 포함해 아들이 자신과 같은 직업을 갖기를 바랐다. 하지만 제이컵은 목수가 되고 싶었고, 그래서 곧장 코펜하겐에서 수습생이 되었다. 얼마 지나지 않아 회사 사장의 딸 엘리자베스(당시 열두 살이었다!)와 사랑에 빠졌지만, 엘리자베스는 수습생의 구애를 받아들이지 않았다. 그 결과, 수습생 일을 끝마쳐야만 했다. 수습기간이 끝났음에도 자리를 구할 수 없었고, 사랑하는 사람에게 청혼할 수도 없었다. 그래서 신세계로 여행을 떠나 그곳에서 자신의 미래를 찾기로 결정했다.

호주 작가이자 미술 평론가 로버트 휴스는 통계를 꼼꼼하게 활용해 리스가 뉴욕에 도착해 직접 보았을 장면을 다음과 같이 요약한다.

"1880년대에 뉴욕 '로어이스트사이드'에는 1평방마일(약 2.6제곱

킬로미터)당 33만 4000명이나 되는 사람들이 빽빽이 살았다. 지구상에서 인구 밀도가 엄청 높은 곳이었다. 사람들은 더럽고 질병이 만연한 공동주택 방 하나에 10명에서 15명씩 들어차 있었는데, 부유층은 이런 가난한 사람들에게 전혀 관심을 기울이지도 신경을 쓰지도 않았다."

1870년, 스물한 살의 나이에 미국에 도착한 리스는 사회봉사라든가 광야 탐험은 엄두도 내지 못하고 목수 일자리를 찾는 데 더 집중해야 했다. 결국 친구들이 모아준 40달러(그동안 자신이 모은 50달러는 여행 경비로 다 써버렸다)와 어머니가 준 금 목걸이(거기에는 엘리자베스의 머리카락이 들어 있었다), 그리고 덴마크 영사 구달에게 자기를 소개하는 편지를 가지고 미국에 도착했다. 사실 이 편지는 리스의 가족이 리베의 난파선에서 구달을 구하는 데 힘을 보탰기에 쓰게 된 소개장이었다. 남북전쟁의 후유증이 남아 아직 회복 중이던 시기, 더 산업화된 환경에서 번영을 추구하던 수많은 이민자와 이주민 사이에서, 이 편지는 리스에게 상당한 이점을 안겨주었다.

리스는 빈약한 자금을 가지고 첫 번째로, 그 절반인 20달러를 들여 총 한자루를 샀다. 그로써 야생동물과 인간 포식자 모두를 퇴치할 필수 예방 조치를 마련했다고 생각했는데, 이는 리스의 문학적 취향을 반영한 행동이었다. 다행스럽게도, 기술을 갖춘 이민자는 일자리를 나름대로 쉽게 구할 수 있었다. 리스는 일주일 만에 피츠버그의 앨러게니강 근처에 있는 '브래디스 벤드 아이언 워크스Brady's Bend Iron Works'라는 한 작업장에서 목수라는 새로운 일자리를 얻었다. 그런데 일을 시작한 지 얼마 되지 않아 프랑스가 독일에 선전포고를 했다는 유럽 소식을 듣고 정신이 멍해졌다. 리스는 덴마크 사람으로서 참전해, 프로이센이 슐레스비히를 점령한 것에 복수할 기회를 노렸다.

실제로 이 호전적인 프로젝트에 참가하려는 열정에 이끌려 리스는 소유물을 몽땅 전당포에 맡기고 뉴욕에 있는 프랑스 영사관에 입대 신청서를 내려고 했는데, 미국에서는 의용군을 보낼 계획이 없다는 확고한 대답을 듣고 실망했다. 결국 리스는 집으로 걸어 돌아가다 지쳐 쓰러졌다. 깨어보니 포덤대학교였다. 한 가톨릭 신부가 아침을 챙겨주었다.

짧은 기간 동안 농장에서 일하거나 잡역을 하고난 뒤, 리스는 자신의 궁핍함을 깨달았다. 묘비 위에서 잠을 자고, 나무에서 떨어진 사과를 주워 먹으며 연명했다. 자신의 유일한 계획은 여전히 유럽 전쟁에 참전하는 것이었기에, 다시 뉴욕으로 출발했다. 또다시 입대하지 못하고, 남이 먹다 버린 음식이나 구걸한 음식을 먹으며 근근이 살아갔다. 그러는 동안 길거리에서 잠을 자거나, 길고양이 한 마리와 함께 역겨운 경찰 숙소에서 자기도 했다. 그러던 어느 날 아침, 하숙집에서 깨어보니 엘리자베스의 머리카락이 담긴 금 목걸이가 사라지고 없었다. 이것이야말로 리스에게 최악의 순간이었다.

어쩌면 그 경험이 새로운 결심을 촉발했을지도 모른다. 어쨌든, 리스는 이제 뉴욕을 떠나 결국 필라델피아에 도착했다. 그곳에서 덴마크 영사와 영사의 아내에게 중요한 도움을 받았다. 편지가 글의 힘을 다시 한 번 입증해주었다! 두 사람은 2주 동안 리스를 돌봐주고 새 양복을 사주며 오랜 친구를 소개해주었는데, 그 사람이 목수 일자리도 제공했다.

이렇게 해서 리스는 곧 목수 일을 다시 시작했다. 목공을 구하는 업장은 많아졌지만, 기술의 난도에 비해서는 임금이 낮은 편이었다. 그럼에도 불구하고 그는 이 성공으로 마침내 뉴욕시로 돌아갈 수 있었다. 뉴욕에서는 처음 기자로 일했고, 결국 뉴욕뉴스협회의 연수생이 되었다. 리스가 부자와 성공한 사람, 고군분투하며 하루하루 힘겹게 살아가는 가난한 이민자 모두의 삶을 조사하는 일을 다시 시작하게 된 것은 바로 이 직업 덕분이었다. 얼마 지나지 않아 협회에서 발간하는 신문 중 하나인 주간 《뉴스》의 편집자가 되었고, 회사가 재정적으로 어려움을 겪자 (그동안 모은 돈 75달러와 대부분은 약속어음으로) 《뉴스》를 인수했다.

이제 완전히 독립한 리스는 이전에 자신의 고용주였던 정치인들을 자유롭게 조사해 보도했다. 그리고 덴마크에서 멋진 소식도 날아들었다. 어린 시절 사랑했던 엘리자베스가 자신을 위해 덴마크에 와달라고 요청하는 편지를 보낸 것이다.

"우리는 고귀하고 좋은 모든 것을 위해 함께 노력할 거예요."

때마침 정치인들이 리스가 지불한 가격의 다섯 배에 달하는 돈으로 신문사를 다시 인수하겠다고 제안했다. 덕분에 리스는 덴마크로 여행가서 엘리자베스와 결혼하고 미국으로 돌아와 《뉴욕 트리뷴》의 경찰서 출입 기자로 일하게 되었다.

리스는 지역 주민들에게 '죽음의 도로'라는 별명이 붙은 멀베리 스트리트에 위치한 경찰 본부 건너편의 기자실에서 근무했다. 리스의 전기 작가 알렉산더 알랜드는 다음과 같이 썼다.

"이곳, 거리와 수많은 골목이 사방으로 뻗어나가는 파이브포인츠의 굽은 길은 뉴욕 빈민가의 지저분한 중심부였다."

리스는 경찰서 출입 기자로 일하면서 이 도시의 빈민가를 제대로 알게 되었다. 중립적이고 세심한 목격자로서, 그는 싸구려 주택에서 지낸 경험을 바탕으로 항상 함께 일하는 경찰의 모습을 정확히 반영해 기사를 썼다. 사회를 분명하고 사실적으로 인식하며 헌신적으로 보도하는 '개척자'라는 새로운 역할을 맡게 되었다.

동시에 이러한 건조하고 냉담한 설명에는 누락된 요소가 있다는 사실을 깨닫고, 빈민가의 현실을 독자들에게 더욱 현실감 있게 전달하는 방법을 찾으려 노력했다. 스케치도 그려봤지만 곧 자신에게 그림 재능이 없음을 알게 되었다. 당시의 카메라는 밝은 조명 아래에서 이미지를 기록하는 데 몇 분이 걸리는, 감광유제를 코팅한 대형 사진판을 사용했기에 촬영이 어려웠다. 그 당시 실제 생활과 상황에서 특정한 순간은 오직 풍경 사진으로만 포착할 수 있었다. 그러던 1887년, 리스는 순간적인 섬광(플래시)을 이용해 사진을 찍는 새로운 방법을 다룬 기사를 읽었다.

'플래시 파우더'라고 부르는 독일의 혁신 기술이었는데, 마그네슘과 염소산칼륨의 혼합물을 점화하고(안정성을 확보하기 위해 약간의 황화안티몬과 함께), 화약통을 장착한 일종의 권총 장치였다.

곧 이 새로운 진실의 무기를 갖춘 리스와 세 명의 친구들이 빈민가를 사진에 담기 위해 돌아왔다(그중에는 도시보건부 인구동태통계국의 책임자였던 존 네이글 박사도 있었는데, 그는 뛰어난 아마추어 사진작가이기도 했다). 이들의 이야기는 1888년 2월 12일 《뉴욕 선New York Sun》에 '밤낮으로 벌어지는' 뉴욕시의 범죄와 비참한 모습을 담은 사진과 함께 「세상의 절반: 뉴욕에서 어떻게 살고 죽어가는가」라는 제목으로 실렸다. 이 기사는 곧장 엄청난 돌풍을 일으켰다.

그런데 당시 신문에 실린 것은 실제 사진이 아니라 이를 바탕으로 한 선화線畫였다. 리스의 두 번째 혁신은 흑백 이미지를 인쇄에 적합한 점으로 표현하는 새로운 방법을 열성적으로 찾아낸 것이다. 또한 위험해 보일뿐만 아니라 실제로도 위험한 권총이 아닌, 커다란 프라이팬처럼 생긴 장치를 사용하는 플래시 기술을 선보였다.

이제 리스는 플래시 사진기를 들고 밤에도 일할 수 있었으며, 어두운 거리, 칙칙한 주택, '김빠진 맥주'를 파는 싸구려 술집, 빈민가에서 살다 죽어가는 사람들의 얼굴을 사진에 담았다.

「세상의 절반은 어떻게 사는가」라는 제목으로 18페이지에 달하는 리스의 중요한 기사가 19장의 사진과 함께(여전히 선화로 나왔다) 《스크리브너스 매거진Scribner's Magazine》의 크리스마스 특집판에 실렸을 때 엄청난 대중적 관심을 끌었고, 그 자료를 책으로 확장해 출판하자는 제안도 들어왔다. 그로부터 1년 뒤 1890년 『세상의 절반은 어떻게 사는가』가 출간되었다. 《스크리브너스 매거진》의 기사에 실렸던 선화 또한 다시 수록되었지만, 사진 17장이 처음 포함되었다. 사실 이 책은 망판網版(하프톤) 사진을 광범위하게 사용한 최초의 사례가 아니었나 싶다.

『세상의 절반은 어떻게 사는가』는 잘 팔리며 호평을 받았지만, 일부 평론가들은 리스가 지나치게 단순화하거나 과장했다고 비난했다. 빈민가에서 만난 아이들의 삶을 묘사한 『빈민의 아이들The Children of the Poor』(1892)이라는 속편 역시 잘 팔렸다. 이 책은 다음과 같은 문구로 시작한다. "우리 아이들의 문제는 국가의 문제다. 우리가 도시에서 힘겹게 일하는 노동자의 아이들을 만들어낸 것처럼, 우리는 그 아이들이 우리 손에서 통제력을 빼앗아 통치하게 될 국가의 운명을 만들어낸다."

그런 다음 리스는 특징적으로 몇몇 통계를 아주 정확히 사용해 19세기 초 미국의 도시 인구는 '전체의 3.97퍼센트' 또는 '25명 중 1명꼴'이었지만, 19세기 말에는 '29.12퍼센트' 또는 '거의 3명 중 1명'이 되었다는 점을 지적한다.

리스가 '통계'와 '시적 감각이 뛰어난 글'을 적절하게 버무린 것은 무척 다행스럽다. 리스는 뉴욕의 빈민가란 강하고 유능한 사람들이 자유롭게 행진할 수 있게 무능한 사람들을 길거리에서 쓸어버리는 '쓰레기처리장'이라고 말한다.

"이 퇴적물은 우리 가난한 사람들의 몸을 형성한다. 내일을 준비할 그 어떤 수단도 없이 늘 하루하루 근근이 살아가는 우발적인 존재에 불과하다."

또한 빈민가는 '문명의 척도'라고도 말한다.

"우리가 잘 알고 있듯이 모든 생명체는 자기 방어를 위해 결국 환경에 적응하는데, 인간의 삶도 예외는 아니다."

특별히 중요한 리스의 공헌은 뉴욕의 물 공급 실태에 대한 폭로였다. 1891년 8월 21일자 《뉴욕 이브닝 선New York Evening Sun》에 실린 5단짜리 기사 「우리가 마시는 것」에 사진 여섯 장이 실렸다. 리스는 다음과 같이 썼다. "나는 카메라를 들고 분수계(하천의 경계)로 올라가 증거를 찾을 수 있는 곳마다 사진을 찍었다. 인구가 많은 도시의 하수가 식수로 직접 흘러 들어갔다. 의사를 찾아가, 활발한 콜레라 간균이 흐르는 물에서 며칠 동안 살고 증식할 수 있는지 물었다. 그는 약 7시간이라고 답했다."

리스가 쓴 글의 중심에는 덴마크 리베에서의 어린 시절 경험이 늘 깔려 있었다. 그의 글은 공동주택 거주자의 삶의 질을 측정하는 척도가 되어주었다. 가난한 이민자로서의 경험은 리스의 뉴스 기사와 책에 진정성을 부여했다. 반면 자급자족, 인내, 물질적 성공은 미국에 존재하는 것처럼 보이는 예외적인 기회를 설명하는 데 자주 언급되었다.

리스는 향상된 사회 프로그램과 자선 활동을 통해 하층 계급으로 부가 확산되는 정책을 강력히 지지했지만, 『세상의 절반은 어떻게 사는가』 몇몇 장의 도입부에서 다양한 인종 및 민족 집단의 경제적·사회적 상황을 관찰하며 종종 그들의 자연적인 결함을 비난했다. 이것은 당시 광범위하게 퍼진 편견으로, 과학적 증거를 들먹이며 인종들 사이에 위계가 있다고 주장하는 이론에 영향을 받은 듯하다. 아니면 페니모어 쿠퍼의 책을 너무 많이 읽었기 때문일지도 모른다.

마렌 스탠지 교수를 비롯해 최근의 몇몇 비평가는 리스가 노동자와 노동계급 문화로부터 뒷걸음치고 중산층의 불안과 두려움에 호소했다고 비판한다. 현대 경제학자 토머스 소얼은 리스가 살던 시대에 많은 이민자가 처한 곤경이 겉보기와는 상당히 달랐으며, 오히려 이주민들이 돈을 저축하기 위한 단기 전략에 따라 불쾌하고 지저분한 환경에서 살기로 스스로 선택했다고 주장한다. 즉, 고향에 남은 다른 가족 구성원들이 미국에 들어오도록 돕고, 나중에 더 안락한 숙소로 가족이 다함께 옮기려는 전략이었다는 것이다.

저금을 하며 살기에는 다른 숙박 시설이 너무 비쌌기 때문에, 빈민가 거주자들은 리스와 같은 개혁가들이 옹호한 것처럼 더 나은 집으로 이사하기를 극도로 꺼렸다고 소얼은 주장한다. 실제로 소얼이 지적한 대로, 리스도 개인적으로 공동주택에 산 기간이 얼마 안 되었으며, 돈을 벌고 나서 다른 숙소로 곧장 이사를 갔다. 하지만 이런 비판은 어쩌면 지나친 것일지도 모른다. 어쨌든, 리스는 아프리카와 서인도제도 이민자들이 축제를 즐기는 모습을 이미지와 글로 설명하며 그들이 뉴욕시 '빈민가'에서의 삶에 만족해하는 것처럼 표현했다고 비판받으니 말이다.

리스는 로어맨해튼(맨해튼 남부)의 파이브포인츠 주변 빈민가를 일부 철거하고 공원으로 대체하기 위해 열심히 노력했다. 리스의 글은 안전하지 않은 공동주택에 대한 드렉설 위원회의 조사와 1887년의 작은공원법으로 이어졌다. 리스는 1897년 6월 15일 공원의 개막식 행사에 초대받지 못했는데, '추문 폭로자'라는 별명을 지닌 링컨 스테펀스 기자도 초대받지 못했다. 마지막 연설에서 거리 청소 위원은 공원 개장에 대한 리스의 공헌을 인정하며 대중에게 "제이컵 리스, 만세!"를 세 번 외치도록 했다. 다른 공원들이 만들어질 때도 리스는 종종 사람들에게 인정받았다.

|||\||

자, 이제 21세기의 마이크 더피 이야기로 서둘러 옮겨가보자. 표면적으로 리스와 더피, 두 개혁가는 서로 다른 세계에 살았다. 하지만 시카고에서 출발해 샌프란시스코에 사무실을 차린 데이터베이스 회사 시티베이스의 창립 CEO 더피는 리스와 매우 중요한 공통점이 한 가지 있는데, 바로 책에서 영감을 얻었다는 것이다.

오늘날 '데이터베이스'라는 말이 지루하게 들리고 실제로도 다소 따분하지만, 우리의 삶이 데이터베이스를 중심으로 돌아간다는 건 누구도 부인할 수 없다. 우리는 모두 '하나의 거대한 데이터베이스'라 할 수 있는 구글을 사용하고, 우리가 상점에 가서 물건을 구매하는 행위는 또 다른 데이터베이스의 서비스로 이루어진다. 오늘날 더피의 회사 웹사이트에 따르면, 미국 전역에서 100개 이상의 정부 기관과 유틸리티 서비스 제공업체가 시티베이스를 사용해 지불을 처리하고 적절한 디지털 서비스를 제공한다. 그러나 수 세기의 시간 간극을 넘어 마이크 더피와 제이컵 리스를 실제로 연결하는 것은 '사회의 변방에서 살아가는 사람들'에 대한 공통된 관심이다. 더피는 자신의 회사가 신용카드와 스마트폰을 사용해 거래를 완료하려는 사람들뿐만 아니라 은행 계좌에 돈이 없거나 현금으로 청구서를 지불하는 사람들에게도 똑같이 서비스를 제공하기를 바란다. 더피는 노던트러스트의 연방준비제도 분석가를 비롯해 자본시장에서 오랫동안 일한 경험과 시카고대학교 부스 경영대학원에서의 학술 연구를 통해 얻은 교훈을 시티베이스를 기획하는 데 쏟아부었다. 하지만 사회적으로 배제된 사람들의 문제에 대한 심오한 인식은 오웰이 유서 깊은 유럽 수도 두 곳에서 '빈털터리로 지내며' 써낸 고전적인 삶의 이야기를 읽으면서 확립되었다.

오웰은 내가 무척 좋아하는 작가 중 한 명으로 나에게 폭넓은 영감을 주었다. 하지만 나는 오웰의 작품이 지닌 '우아함 그 자체'만큼 그 글이 지닌 사회학적인 측면에서는 큰 영감을 받지 못했다. 하지만 어쨌든 『파리와 런던 거리의 성자들』은 오웰의 첫 번째 책으로, 1933년 1월에 빅터 골란츠가 세운 런던의 레프트북클럽Left Book Club에서 출판했다. 골란츠는 늘 정치적(그리고 진보적) 목적을 지니고 있었다.

본명이 '에릭 블레어'인 오웰은 사실 상당한 특권층 집안에서 태어나 영국에서 호화로운 학교에 다녔다. 나중에 파리에서 고군분투하는 작가로 힘겹게 살며 비로소 빈곤의 다양한 모습을 발견하게 된다. 오웰은 파리의 비열하고 천박한 호텔, 병원, 공원에서 가난을 목격했다. 이 작품에서 오웰은 허기를 메우기 위해 옷을 몽땅 전당포에 맡겼던 일을 묘사했는데, 길게 줄 서 있는 사람들 앞에서 전당포 점원이 저지른 잔인한 행동을 다음과 같이 기록했다.

> 프랑스 전당포에는 처음 가봤다. 웅장한 석문 건물 현관(물론 프랑스 경찰서 건물과 마찬가지로 여기에도 '자유, 평등, 박애'라는 글귀가 적혀 있다)을 지나면 학교 교실처럼 커다란 방이 나온다. 거기에는 카운터 하나와 의자가 줄지어 있고, 사오십 명이 기다리고 있었다. 한 사람씩 카운터 너머로 저당 잡힐 물건을 건네고 자리에 앉는다. 그러면 점원이 그 값어치를 매긴 뒤 "접수번호 00번, 50프랑 받겠나?"라고 외친다. 겨우 15프랑, 10프랑, 또는 5프랑일 때도 있다. 값어치가 얼마든, 방 안에 있는 사람들이 다 듣는다. 내가 들어갔을 때, 점원이 불쾌한 표정으로 "83번, 여기!"라고 소리치고 있었다. 그는 개를 부르듯 나지막하게 휘파람을 불며 손짓했다.

나중에 런던으로 돌아온 오웰은 싸구려 임대 숙소에서 살았지만, 파리의 하숙집보다는 가구가 잘 갖춰져 있었다고 한다. 이제 눈에 보는 것 이상으로 부랑자들의 행동을 더 잘 파악했다. 부랑자들은 한 장소에서 다른 장소로 떼 지어 이동하며 '스파이크(부랑자 구호소)'에 머물렀는데, 이곳은 끔찍하게 더러운 데다 음식은 최악이었다. 오웰은 스파이크의 욕실에 대해 다음과 같이 적었다.

『파리와 런던 거리의 성자들』

Down and Out in Paris and London

—

저자: 조지 오웰 | 출판 연도: 1933년

사실상 오웰의 첫 번째 장편 작품으로, 두 도시의 빈곤을 다룬 개인 회고록이라 할 수 있다. 책의 첫 번째 부분은 파리의 식당 주방에서 일하는 비정규직 노동자에 대한 이야기가, 두 번째 부분에는 부랑자의 관점으로 런던에서 이용 가능한 호스텔 숙박 시설 그리고 종종 마주친 다소 불쾌한 인물들을 묘사한 일종의 여행기가 나온다. 이 책과 관련해 역사적으로 흥미로운 시시콜콜한 일화로, 당시 파버앤드파버Faber and Faber 출판사에서 편집자로 일하던 T.S. 엘리엇이라는 문학인한테 초기 원고가 퇴짜를 맞았다. 결국 골란츠가 이 원고를 출판했고, C. 데이 루이스와 J.B. 프라이스틀리를 비롯한 문학적 아이콘들이 호의적으로 평가했다. 루이스는 이 책을 "히스테리와 편견 없이 진행되는 밑바닥 사회에 대한 순회"로 요약했고, 프라이스틀리는 "훌륭한 책이자 귀중한 사회적 문서"라고 평가했다.

일부 독자, 특히 요식업계에 종사하던 독자들은 오웰의 노골적인 묘사에 즉각 이의를 제기했다. 그러나 오웰은 나중에 자신의 책 『위건 부두로 가는 길』에서 『파리와 런던 거리의 성자들』에 묘사한 부랑자로서의 경험을 언급하며 이렇게 말했다. "그 책에 묘사한 거의 모든 사건은 비록 다시 배치하기는 했지만 실제로 있었던 일이다."

"욕실 광경은 너무나도 혐오스러웠다. 발가벗은 꾀죄죄한 남자 50명이 2제곱미터 욕실 안에 서로 팔꿈치를 부딪친 채 다닥다닥 붙어 있고, 이들 사이에는 달랑 욕조 두 개와 지저분한 수건 두 장밖에 없었다. 열악한 음식, 더러운 숙소는 부랑자들을 동물처럼 만들었다. 그 사람들이 부랑자 구호소 안의 비좁은 통로에 소처럼 모인 모습을 보는 것이 가장 굴욕적이었다."

오웰은 런던과 같은 문명화된 장소에서 동물 같은 부랑자들의 모습을 보고 충격을 받아 이렇게 적었다. "우리는 벌거벗은 채 벌벌 떨면서 복도에 줄지어 섰다. 무자비한 아침 햇살을 받으며 서 있는 우리의 몰골이 얼마나 피폐하고 볼썽사나운 잡것들처럼 보였을지 상상할 수 없을 것이다. 부랑자의 옷은 형편없지만, 옷은 더 나쁜 것들을 감춘다. 부랑자의 적나라한 모습을 알려면 벌거벗겨 놓아야 한다. 평발, 올챙이배, 움푹 팬 가슴, 축 늘어진 근육. 온갖 종류의 육체적 쇠락이 거기 있었다."

오웰은 우리의 공통된 인간성을 결코 못 본 체하지 않았다. 그는 이렇게 썼다. "이들은 무언가를 할 수 있는 값진 사람들이었지만 기회가 없었기 때문에 정신적·육체적으로 망가져버렸다."

한번은 홍차와 마가린 바른 빵 여섯 조각을 무료로 받는 대가로 교회 예배에 참석해야 했던 100명의 부랑자 무리에 낀 적이 있다. 그때 부랑자들은 뻔뻔스럽게 행동하고, 수다를 떨고, 웃고, 담배를 피우고, 고함치고, 예배당에 모인 나이든 여인들을 대놓고 괴롭혔다. 그 모습을 보고 오웰은 이렇게 적었다. "자선을 받는 사람은 자선을 베푸는 사람을 실제로 미워한다. 이것은 달라지지 않는 인간의 본성이다."

오웰은 파리의 호텔이 어떻게 운영되는지, 직원들의 계층 구조는 어떤지, 각 계층의 카스트가 자신의 직업에 대한 자부심을 어떻게 표현하려고 하는지 설명하고, 비싼 요리일수록 요리사와 웨이터가 자신의 땀에 젖은 기름투성이 손가락을 요리에 더 자주 대는 바람에 비싸고 훌륭한 음식과 위생 사이에는 직관과 반대되는 관계가 성립한다는 사실을 서술했다.

오웰은 런던과 파리에서 밑바닥 부랑자 생활을 하면서 배운 것을 적으며 다음과 같이 원고를 끝맺는다.

> 나는 다시는 부랑자들이 모두 술 취한 건달이라고 생각하지 않을 것이며(부랑자들은 술을 살 돈이 없기 때문이다), 내가 한 푼만 주면 거지가 고마워할 거라고 생각하지 않을 것이며, 실직한 사람들이 기력이 없다고 해도 놀라지 않을 것이며(차와 마가린 바른 빵 두 조각만 먹고 근근이 버틴다), 구세군에 기부하지도 않을 것이며(구세군은 부랑자들을 죄수처럼 취급하기 때문이다), 내 옷가지를 전당포에 맡기지도 않을 것이며, 광고전단을 거부하지도 않을 것이며(그래야 전단을 돌리는 사람이 일을 빨리 끝낼 수 있으니까), 세련된 고급 레스토랑에서 식사를 즐기지도 않을 것이다. 이것이 시작이다.

마이크 더피에게 영감을 줄 만한 통찰력과 철학이 여기에 있다. 그리고 조지 오웰이 제이컵 리스보다 한참 뒤에 책을 썼지만, 리스 역시 오웰의 생각에 공감했을 것이다. 하지만 더피의 경우에는 우리가 추측할 필요가 없다. 더피는 2017년 잉크닷컴과의 인터뷰에서 자신에게 중요한 영향을 미친 사람으로 조지 오웰을 콕 집어 다음과 같이 언급했기 때문이다.

> 나는 『동물농장』과 『1984』를 통해 조지 오웰을 처음 알게 되었어요. 오웰의 지성(스페인 내전의 '시민성')에 곧장 매료되었고 정치학·경제학·사회학을 아우르는 그의 설명에 푹 빠졌습니다.

더피는 계속해서 1920년대의 '사치'와 그에 뒤이은 대공황의 황혼을 비교하고, 절대 빈곤이 어떻게 돈 걱정을 덜하게 하는지 이야기하며 다음과 같은 문장을 인용했다.

"3프랑만 있으면 내일까지는 먹고살 수 있으며, 그 이상은 생각할 수 없기 때문이다."

이처럼 오웰의 책은 더피에게 사회적 관계를 바라보는 새로운 방식과 관점을 제공했다. 표면적으로는 하찮을지라도, 가죽스타킹 이야기가 제이컵 리스로 하여금 뉴욕의 빈민가와 '아무도 모르는 외딴 곳'에서 살아가는 사람들에 대한 관심과 더불어, 심오한 이해와 공감을 발전시키도록 이끌었던 것처럼 말이다.

6장
자신을 재창조할 준비를 하자

헨리 포드와 지미 카터

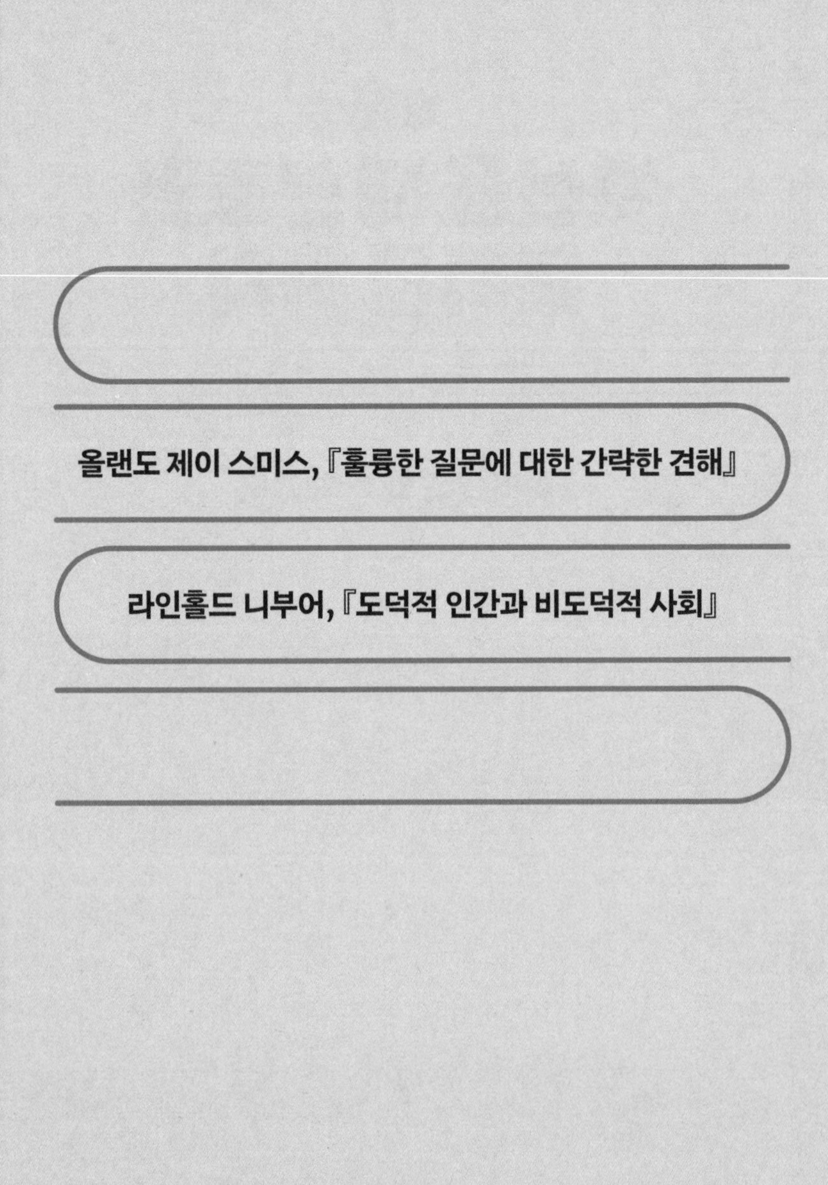
올랜도 제이 스미스, 『훌륭한 질문에 대한 간략한 견해』
라인홀드 니부어, 『도덕적 인간과 비도덕적 사회』

IIII\II

성공한 사람들은 처음부터 거창하고 포괄적인 삶의 계획으로 인생을 시작할까? 아니면, 자신의 다른 모습을 보여주려 부단히 노력한 결과 성공에 이르게 된 것일까? 다시 말해 벽돌을 하나씩 하나씩 쌓아올리듯 한 작품 한 작품 만들어가며 결국 위대한 인물에 이르렀을까? 한 명은 재계의 거물로서, 다른 한 명은 전직 대통령으로서 미국을 상징하는 두 사람이 이 질문에 약간의 해답을 준다. 이들은 여러 면에서 정반대지만, 경험으로 얻은 교훈을 활용하는 놀라운 능력, 인간 영혼에 대한 믿음, 그리고 영감을 주는 책에 느끼는 부채 의식 등 몇 가지 공통점이 있다.

가장 상징적인 비즈니스 성공 스토리를 지녔으며 실로 현대 세계를 이끌었다고 말할 수 있는 몇 안 되는 인물 중 하나인 헨리 포드를 생각해보자. 포드의 특별한 통찰력은 무엇일까? 포드는 "늘 해오던 대로 하면 간절히 원하는 걸 얻게 될 것이다"라고 말한다. 이 말에 그다지 신비한 것은 없다. 하지만 이러한 확신 뒤에는 훨씬 더 길고도 낯선 이야기가 숨어 있다. 우리 대부분은 포드를, 그의 유명한 '모델 T' 자동차를 만들기 위해 생산 라인에 노동자를 대거 투입한 사람 정도로만 생각한다. 하지만 그 실용적인 제조 방식의 배후에 깔린 아이디어는 제대로 평가받지 못하고 있다. 다름 아닌 '일련의 경험으로 이루어진 인생'을 설명하는 완전한 철학 이론이다. 포드는 '환생'을 믿었던 올랜도 스미스라는 전문가가 20세기 초에 쓴 책에서 깊은 영향을 받았다. 이 책은 포드가 가장 좋아하는 또 다른 격언, 즉 "당신이 누구인지가 아니라 당신이 하는 일이 중요하다"라는 말을 다른 각도에서 보여준다.

확실히 헨리 포드의 삶은 이 소박하고 수수한 격언을 상징적으로 보여준다. 헨리는 미시간주 그린필드 타운십의 농장에서 태어났다. 부모는 가난한 이민자로, 부유하지도 인맥이 넓지도 않았다. 아버지는 아일랜드에서 미국으로 건너온 영국인 정착민이었고, 어머니는 벨기에에서 자란 고아였다. 헨리의 어린 시절에서 유일하게 주목할 만한 혜택은 아버지가 선물한 회중시계였다. 헨리는 그 시계에 매료되어 금속 조각으로 직접 만든 도구를 사용해 시계를 분해했다. 열아홉 살에는 가족 농장에서 여전히 매우 평범한 삶을 살고(대학교에서 공학이라든가 경영학을 공부하지 않았다) 제재소에서 일하며 웨스팅하우스 휴대용 증기기관을 다뤘다. 결국 만성 난독증, 실독증(시각 능력에 이상이 없음에도 글자를 제대로 읽지 못하는 증상)을 앓았다.

하지만 20년 뒤인 1903년, 포드는 (자신을 재창조해) 이전과는 다른 모습을 보여주었다. 자본금 2만 8000달러로 세운 포드모터컴퍼니의 수석 엔지니어로서 미래로 도약하려고 했다. 나는 2만 8000달러가 이미 꽤 큰 금액이라고 생각하지만, 오늘날의 가격으로 환산하면 그 가치가 100배 이상 되는 엄청난 액수다. 300만 달러쯤이라고 해두자! 사실 이 농부의 아들에게 겉으로 보이는 가장 큰 변화는 백만장자가 되어 세계에서 가장 큰 재산을 모은 것이었다. 하지만 이보다 훨씬 중요한 것은 단 5년 만에 새로운 공장에서 첫 번째 모델 T 자동차가 출시되었으며, 그로부터 10년 뒤인 1918년에는 포드의 모델 T가 미국 전체 자동차의 절반을 차지했다는 사실이다. 그로부터 10년 동안 1500만 대가 넘는 자동차가 생산 및 판매되었다.

많은 사람이 "어떻게 이런 일이 가능했나요? 비결이 무엇인가요?"라고 묻기 시작한 것도 당연하다. 마지막 질문과 관련해, 적어도 신문 인터뷰에서 포드는 이렇게 자주 설명했다.

"열정은 당신의 희망을 별처럼 빛나게 해주는 효모입니다. 열정은 눈동자 속의 반짝임, 걸음걸이의 움직임입니다. 열정은 손아귀에 들어간 힘입니다. 열정은 아이디어를 실행할 의지와 에너지를 뿜게 해줍니다."

열정. 그렇다, 실제로 열정은 이야기의 일부다. 그러나 실패한 비즈니스가 묻힌 무덤에는 대단한 열정으로 시작한 계획이 넘쳐난다. 그렇다면 포드는 세상이 어떻게 돌아가는지 특별한 통찰력으로 파악한 덕분에 성공했을까? 아니면 정체성의 본질에 대한 철학적인 연구, 즉 '누군가(또는 무언가)를 그 누군가(무언가)로 존재하게 하는 것'에 대한 탐구와 관련이 있을까?

헨리 포드는 위대한 스코틀랜드 철학자 애덤 스미스의 충직한 신봉자로 흔히 알려져 있다. 스미스의 『국부론』은 미국이 독립한 해에 출판되어 역사상 가장 많이 팔린 책이 되었다.

『국부론』의 핵심 구절 중 하나는 생산 라인 기술의 장점에 관한 것이다. 스미스는 핀 공장을 예로 들어 설명한다. 한 남자가 아무것도 없는 상태에서 핀을 만들 경우, 핀 하나를 만드는 데 1년이 걸린다고 했다. 그 남자는 광석을 찾아 파내고, 금속을 정련해서 단조하고, 작은 막대로 쪼개고, 막대를 철사로 만들고, 마지막으로 철사로 핀을 만든다. 하지만 현대적인 공장에서는 10명 이상이 전문적인 작업에 참여한다. 이들의 손재주, 작업 시간 절약, 특수한 핀 제작 기계의 발명 덕분에 하루에 핀을 5킬로그램(약 4만 8000개) 이상 만들 수 있다.

그런데 헨리 포드와 애덤 스미스의 연결고리는 역사가들에게 기쁨을 줄지는 몰라도 살짝 과장되어 있다. 『국부론』에서 처음 서술한 전문화와 분업화의 원칙에 입각한 대량생산 기술은 1790년대부터 미국의 엘리 휘트니[1] 총포 공장 등에서 이미 채택된 바 있다. 사실 현대의 비즈니스 분석가이자 세계적인 경제 칼럼니스트인 데이비드 워시가 말했듯이, 헨리 포드는 자신의 유명한 조립 라인을 만들기 위해 실제로 많은 기술을 발명할 필요조차 없었다. 포드는 판금 스탬핑(요철이 있는 형 사이에 소재를 끼우고, 압력을 가해 소재의 평면에 요철을 만드는 가공법) 및 전기 용접의 개념을 자전거 및 재봉틀 제조업체에서 차용했다. 또한 담배 제조업자와 증류소, 정제업자, 육류 포장업자로부터 '연속 제조 공정'이라는 아이디어를 얻었다. 동시에 이런 '차용' 및 용도 변경은 포드의 상상력을 사로잡은 훨씬 웅장한 이론에 아주 잘 들어맞았다. 그 이론은 바로 '환생'이라는 개념, 그리고 아이디어와 경험을 끊임없이 배워 자기 것으로 만드는 '영원한 마음'의 존재에 뿌리를 둔다.

하지만 포드의 삶을 다룬 대부분의 전기에서는 이렇게 상상력을 발휘하지 않는다. 오히려 정반대다. 사회과학자나 경제학자에게 헨리 포드를 성공으로 이끈 이유가 무엇인지 묻는다면, 그 사람들은 포드가 모델 T 자동차를 만들어낸 그 유명한 조립 라인으로 자동차 제조를 표준화한 방식 덕분이라고 말할 것이다. 확실히 이것은 포

1 미국의 기계 발명가. 1793년 간단한 구조의 조면기를 발명했다. 1798년 호환식 생산법으로 머스킷총을 제작하여 대량생산의 기초를 마련했고 1818년 최초로 프레이즈반을 만들었다. [옮긴이]

드 시대에 엄청난 혁신이었다. 당시 자동차 제조 전략은 값비싼 고급 양복이나 정교하고 아름다운 가구를 만드는 전략에 더 가까웠기 때문이다. 자동차를 생산하는 데 드는 비용은 부자들만이 지불할 수 있었고, 부자들은 다른 사람들과 똑같은 물건을 소유하고 싶어 하지 않았다. 그리고 모든 자동차 회사가 이런 부자들의 요구를 받아들였다. 명품 매장은 구매자가 사가기를 기다리는 상품으로 가득 찬 곳이 아니었다. 주문을 받기 위해 기다리는 장인들의 작업장이었다.

그러나 그것은 포드의 비전이 아니었다. 처음에는 다양한 구성(각각 모델 A, 모델 P 등 이름이 부여됨)으로 여러 종류의 자동차를 실험하고 나서, 최고를 결합해 모두가 만족할 만큼 멋지고 좋은 자동차를 생산한다는 아이디어를 생각해냈다. 포드는 그 자동차를 '보편적인 자동차'라고 불렀고, 결국 모델 T가 되었다. 거기에서 한 발 더 나아가 모델 T가 포드모터컴퍼니에서 생산하는 유일한 자동차가 될 것이라고 말했다. 신문에서는 포드의 이런 구상이 미친 짓이라며, 몇 달 안에 문을 닫게 될 것이라고 예측했다.

물론 이런 예측은 틀렸다. 또한 포드는 정체성에 대한 직관에 이끌렸기에 사람들의 예측에 전혀 흔들리지 않았다. 그는 《포브스》 잡지와의 인터뷰에서 이렇게 자신의 뜻을 드러냈다.

"우리는 모델 T에서 시작하지 않고, 그것을 개선하려고 시도했습니다. 우리는 아무것도 없는 상태로 시작했어요. 선입견을 모두 버리고 스스로에게 아주 단순히 질문을 던졌습니다. 즉, 차는 무엇을 위한 것인가? 그리고 자동차가 그 목적을 달성하려면 무엇을 갖추어야 할까? 당연히 갖추어야 할 게 1000가지나 있었고, 우리가 이를 하나하나 찾아낼 때마다 이렇게 물었습니다. 이로써 이전에 성취한 것보다 목적을 더 잘 달성할 수 있을까?"

"자동차는 무엇을 위한 것인가?"라는 문구에 유의하자. 이는 철학적 질문, 심지어 실존주의적 질문이다.

포드는 의심의 여지 없이 자동차를 재창조했다. 포드는 엔지니어링(공학)의 첫 번째 원칙에서 시작해 이를 대담하게 구축했다. 리처드 박이 저서 『헨리와 에드셀: 포드 제국의 창조Henry and Edsel: Creation of the Ford Empire』(2003)[2]에서 말했듯이 '보편적인 자동차'의 실제 결과물은 이러했다. "운전대가 왼쪽에 있었다. 그러자 다른 자동차 회사들도 이를 따라했다. 자동차는 운전하기가 무척 간단했다. 수리 비용도 많이 들지 않고 간편했다. 1908년에는 825달러(현재 가치로 환산하면 2만 2470달러)로 매우 저렴했다. 1920년대에는 대다수의 미국 운전자가 모델 T 자동차로 운전하는 법을 익혔다."

그런데 포드는 미국 자동차를 재창조하는 데 만족하지 않았다. 포드는 미국인 또한 다시 디자인하고 싶었다. 일단 새로운 자동차 조립 라인에서 일하는 노동자들에게 일당 5달러라는, 당시에는 꽤 높은 임금을 주는 것으로 이를 실천했다. 포드는 자신의 자동차를 만드는 사람들이 자동차를 살 여유가 있어야 한다고 믿었다. 실제로 그는 포드모터컴퍼니에서 일한 평균 노동자가 넉 달 치 급여만 모으면 자동차를 구입할 여유가 생길 것으로 추정했다. 포드는 이렇게 말했다. "남성들이 저임금을 받는다면, 그들이 키우는 아이는 신체적으로나 도덕적으로 영양실조에 빠지게 됩니다. 그렇게 되면 우

2 에드셀 포드는 헨리 포드의 아들. [옮긴이]

리는 육체와 정신이 약한 노동자 세대를 갖게 될 것입니다. 그들이 생산업에 투입되면 비효율적이 될 수밖에 없습니다. 결국 그 비용을 지불하는 것은 전체 생산업입니다."

당연히 미국 노동자의 전환은 재정적 당근 그 이상을 필요로 했다. 그래서 대대적으로 알려진 포드의 일당 5달러 중 실제로 절반은 급여로, 절반은 상여금으로 나왔다. 상여금은 다소 불길하게 '사회화 조직'이라고 부르는 것에 의해 강제된 '품성 요구 사항'과 함께 제공되었다. '사회화 조직'은 직원들의 집을 방문해 그들이 미국적인 방식으로 지내는지 확인할 권한을 부여받은 위원회였다! 위원들은 근로자가 제대로 결혼했는지, 종교적으로 독실한지, 집을 깔끔하게 유지하고 있는지, 술을 멀리하고 도박을 하지 않는지 등을 확인했다.

포드의 사업에는 청교도적 측면이 있어서, 엄격한 기준을 충족하는 사람들에게만 상여금을 지급하도록 했다. 무엇보다 노동자들은 영어를 구사할 줄 알아야 하고, 미국으로 이민 온 지 얼마 안 되는 사람들은 '미국화'되기 위해 수업에 참석해야 했으며, 도박과 음주 같은 사회적 병폐를 멀리해야 했다. 여성의 경우, 원래 포드모터컴퍼니는 기혼 여성을 고용하지도 않았고, 직장을 다니다 결혼하면 즉시 해고되었다. 이런 무자비한 조치는 '남들과 다르게 생각하려는' 태도 및 남다른 열정과 더불어 포드가 성공을 거둔 핵심 요소였다.

요컨대 포드의 임금 정책은 통제된 노동계급 생활 스타일을 새로 구축하기 위한 적극적인 노력의 일환으로, 그로써 소비재와 자동차 같은 '올바른' 물건의 소비가 증가하게 된다. 이제 포드는 일종의 자애로운 독재자의 면모를 보여준다. 올더스 헉슬리가 1931년에 발표한 디스토피아 소설 『멋진 신세계』에서 독재의 후원자로서 포드의 이름을 거론한 것은 바로 이런 이유 때문이다.

헉슬리의 디스토피아 또는 악몽과도 같은 사회에서 포드의 대량생산 프로젝트는 '세계국가'의 비전이 실현 가능했다. 그런 사회는 개별 프로젝트를 바탕으로 작업하는 장인과 함께 작동할 수 없다. 대신 모든 것을 조립라인에서 능률적으로 대량생산했다. 인간조차도 공장의 액체 컨테이너에서 대량생산되고, 시민들은 모두 유전공학을 통해 만들어지고, 미리 정해진 역할을 맡기 위해 '부화'되었다.

헉슬리는 자신의 책에서 포드를 영혼 없는 공동체의 상징으로 만든다. 포드는 반신반인半神半人(신격화된 통치자)이며 세계국가에서 사회의 기둥으로 떠받들어진다. 시간은 이제 '우리 주님의 해the year of our Lord[3]'가 아니라 '우리 포드님의 해'로 불리는데, 첫 번째 모델 T 자동차가 생산 라인에서 나온 해인 1908년에 역사가 시작된다. 길 모퉁이에 놓인 기독교 십자가는 꼭대기가 잘려져 'T'로 바뀌었다. 물론, 포드의 자동차를 상기시키기 위함이다. 의미심장하게도 『멋진 신세계』에서 포드는 단순히 자동차를 만드는 더 빠른 공정을 발명한 사람으로만 존경받는 것이 아니다. 시민들은 그가 자신들을 변환transform했기에 포드를 숭배한다. 이것은 그저 단순한 문학적 상상력만이 아니라 포드의 실제 계획이기도 했다. 그런데 헉슬리의 책이 악몽과도 같은 사회를 제시하기는 했지만, 사람들을 변환시키는 것 자체가 나쁜 목표는 아니다. 결국 옳고 그름은 그것이 어떻게, 누구에 의해, 그리고 어떤 이유로 수행되는지에 전적으로 달려 있다.

3 예수의 기원 후를 뜻하는 Anno Domini의 영어식 표현. [옮긴이]

헉슬리가 자신을 어떻게 생각했든, 포드는 책에서 거대한 비전과 철학적 아이디어를 얻었다. 그런데 역사가들은 완고한 스코틀랜드 경제학자 애덤 스미스의 저작물이 포드에게 영향을 미쳤다는 점에만 초점을 맞추었다. 하지만 또 한 명의 스미스 즉, 올랜도 제이 스미스야 말로 포드가 영감을 받은 정말 예상치 못한 출처라 할 수 있다.

올랜도 스미스의 책은 『훌륭한 질문에 대한 간략한 견해』라는 제목으로 19세기 말, 즉 포드가 아이디어를 찾아 탐구하던 때 출간되었다. 전성기에는 이 책이 베스트셀러이자 상당한 화젯거리였으며, 실제로 올랜도 스미스는 그 당시 영향력이 무척 큰 인물이었다. 시카고에 미국언론협회를 설립한 저널리스트이자 영원주의라는 신념 체계를 발전시킨 것으로 평가받는, 과학과 종교에서 철학적으로 권위 있는 인물이기도 했다. 포드는 『훌륭한 질문에 대한 간략한 견해』가 자신에게 지대한 영향을 미쳤을 뿐만 아니라 '삶에 대한 관점'을 바꾸었다고 분명히 밝혔다. 1928년 《샌프란시스코 이그재미너 San Francisco Examiner》와의 인터뷰에서, 스물여섯 살 때 올랜도 스미스의 책에서 '환생' 이론을 받아들였다고 기자에게 말하며 이렇게 덧붙였다.

"내가 환생을 발견했을 때, 마치 보편적인 계획을 찾은 것 같았습니다. 내 아이디어를 짜낼 기회가 있음을 깨달았습니다. 시간은 더이상 제한적이지 않았습니다."

포드가 의미하는 바는 자신의 꿈을 계속 펼치기 위해 많은 미래의 삶이 있음을 깨달았다는 것이다. 약간 특이하게 보일지 모르겠지만, 잠시 기다려주기를! 그의 기이한 생각은 여기서 끝나지 않는다.

『훌륭한 질문에 대한 간략한 견해』

A Short View of Great Questions

—

저자: 올랜도 제이 스미스 | 출판 연도: 1899년

올랜도 스미스는 '인간의 기원과 운명'에 관한 이론은 세 가지뿐이라고 주장한다. 그 이론은 몇 마디로 정리할 수 있다. 첫째, 유물론. 유물론은 인간의 삶이란 출생과 함께 시작해 육신의 죽음으로 끝난다고 생각한다. 둘째, 신학 이론. 신학 이론은 인간이 불멸의 영혼과 함께 창조되었는데, 영혼은 육신이 죽어도 살아남는다고 믿는다. 셋째, 환생 이론. 이것은 윤회라고도 부르는데, 인간은 태어나기 전부터 존재했고 육체가 죽어도 살아남는 '불멸의 영혼'을 가졌다고 주장한다. 올랜도 스미스는 이 책의 대부분을 이 세 번째 가설의 진실을 입증하는 데 할애했다.

"우리는 왜 전생을 기억하지 못하는 걸까?"라는 뻔한 질문에 대해, 올랜도 스미스는 우리가 너무 많은 것을 기억하면 비실용적이라고 단순하게 가정한다. 그런 기억이 실용적이지 않음에도, 월터 스콧 경과 같은 몇몇 위대한 인물이 이미 존재했던 것처럼 느껴지는 기이한 순간들을 기록했다고 지적한다(지금 자신에게 일어나는 일을 전에도 경험한 적이 있는 듯한 감각을 흔히 '기시감'이라고 부른다). 더 일반적으로, 올랜도는 인간의 영혼이 실제로는 다른 세계(물론 지상보다 훨씬 더 좋은 세계)에 살기 때문에 우리가 전생을 거의 기억하지 못한다고 생각한다. 올랜도는 다음과 같이 힘주어 말한다.

> 내세來世는 평화와 질서의 장소인 반면, 지구는 자연의 질서에서 전쟁터와 같으며 조건이 불리하고 힘겹고 가혹해서, 억압이 만연하고 탐욕이 살찌고 위선이 거룩함을 이기고 거짓이 진리처럼 여겨진다. 그 안에서 고귀한 사람은 가려지고 천박한 사람은 추앙받는다. 하지만 이 모든 것은 그저 한 순간일 뿐이다. 육

체가 죽고 나면, 각각의 영혼은 진리의 땅에서 본연의 역할로 돌아간다. 내세에서는, 더 영적이고 고귀한 사람들이 평화와 안식을 누린다. 그들은 외계에서의 지친 순례를 마치고 집으로 돌아왔다. 이 집에서 사람들은 아주 오랜 기간 동안 쉴 것이고, 더 고귀한 영혼은 아마도 영원히 쉬게 될 것이다.

결국 이 책이 헨리 포드는 물론 동시대 사람들에게 영향을 미쳤다는 게 중요하다. 이들 중 몇몇은 '방랑자The Vagabonds'라는, 비슷한 생각을 공유하는 영혼들의 소규모 동아리를 만들었다. 구성원으로 토머스 에디슨, 하비 파이어스톤, 워런 G. 하딩, 존 버로스, 그리고 헨리 포드가 있었으며, 이들의 모토는 "위대한 영혼들이 모였다. 진정한 친교는 평생의 보물이다"였다. 거의 매년, 이들은 장기간 캠핑 여행을 함께했다. 그러면서 즉석으로 나무 베기 및 등반 대회를 열었는데, 여기에서 나온 참신한 아이디어에 영감을 얻었으며 모닥불 주위에 모여 앉아 생각을 함께 나누었다.

1928년, 이번에는 독일계 미국인 저널리스트 조지 실베스터 비어렉(나치와 연루된 혐의로 나중에 미국에 수감됨)과의 《디트로이트 타임스Detroit Times》 인터뷰에서, 포드는 자신이 '마스터 마인드Master Mind'[4]에 영향을 받았다며 이렇게 덧붙였다.

"어딘가에서 마스터 마인드가 우리에게 뇌파 메시지를 보냅니다. 위대한 영혼이 있습니다. 나는 내 의지로 아무것도 하지 않았습니다. 내 안팎의 보이지 않는 힘이 나를 떠밀었습니다."

사실 포드는 수많은 경제학 교과서에 나오는 영혼 없는 기술 관료와는 거리가 먼 일종의 구루였다. 사람들의 숭배가 헉슬리가 묘사한 것만큼 나쁘지 않았다면, 분명히 표면 아래 멀지 않은 곳에 이상한 무언가가 숨어 있었을 것이다. 《포브스》 잡지의 부편집장 찰스 M. 우드는 다음과 같이 말했다.

"포드 씨는 '우주의 엔지니어'가 이 행성에 사는 20억 명 정도의 인간을 알맞은 일자리에 배치하여 각자 특별한 것을 경험으로 배우도록 했다고 믿었을 뿐만 아니라, 그 믿음을 끊임없이 실천했다."

이 견해는 『훌륭한 질문에 대한 간략한 견해』로 거슬러 올라갈 수 있다. 올랜도는 유충이 나비가 되는 과정을 어렴풋하게 과학적으로 설명하며 일종의 불교적 개념으로 간주하는 '영혼의 윤회'를 주장한다(올랜도는 그것이 '모든 종교'와 과학적 사고에도 부합한다고 주장하는 데 어려움을 겪었다). 게다가 자신의 새로운 철학이 '인간에게 좋다'

4 마스터 마인드란 완벽한 조화의 정신으로, 두 사람 혹은 그 이상과 마음이 결합하고 연대하며 생겨나는 정신 상태, 즉 이심전심이라 할 수 있다. 마스터 마인드의 핵심은 두 사람 이상의 마음이 완벽한 조화의 정신으로 함께 섞이는 과정, 즉 마음의 화학작용을 통해 생겨난다는 것이다. [옮긴이]

며 이렇게 말한다.

"그것은 도덕의 실천과 개인·사회·국가·민족들 사이의 문제에서 옳고 그름의 정확한 정의를 연구하는 데 강력한 자극이 되었다. 빈곤을 개선하고 카스트와 특권을 폐지하고 전쟁을 평화로, 정복을 자비로, 억압을 자유로 대체할 것이다."

하나의 철학으로서는 나쁘지 않다! 그리고 올랜도는 포드가 즉각 인정할 만한 말을 덧붙였다. "그것은 도덕적 책임이라는 고귀한 교리를 강화하고 보강한다."

올랜도의 책은 내가 이미 말했듯이 한때 유행했다가 이내 사라졌다. 하지만 포드에게는 꾸준히 영향을 미쳤다. 포드에게 환생 이론은 자신의 대량생산 아이디어와 완벽하게 개념적으로 일치했다. 왜냐하면 환생 이론은 인간이 일종의 로봇으로서, 다시 태어난 영혼은 '위대한 엔지니어'에 의해 자격을 갖추었다고 암시하기 때문이다. 포드는 인생이란 경험을 쌓는 과정이라고 거듭 주장했다. 그는 공장 노동자가 단조로운 일상을 반복하지 않고, 농업 노동자가 조립라인 노동자로 변하면서 중요한 기술을 새롭게 배운다고 믿었다.

포드는 자신의 조립라인이 지루하다는 주장을 항상 강력하게 거부했다. 어떤 인터뷰 기자가 무심코 제기한 이런 비판에 포드는 몹시 화가 났다. 1928년 《리터러리 다이제스트The Literary Digest》 잡지와의 인터뷰에서, 포드는 자신의 노동자가 '로봇'이라는 사실을 강력히 부인하며, 조립라인에서 작업하면서 새롭게 배우고 훈련할 기회를 가질 수 있다고 주장했다. 포드는 기자에게 이렇게 따져 물었다.

"도대체 당신은 본인이 무슨 목적으로 이 땅에 산다고 생각합니까? 당신이 왜 여기 있는지 아십니까?"

그러고는 스스로 자기 질문에 답했다.

“살아 있는 모든 사람이 왜 여기 있는지 그 이유를 알려드릴게요. 바로 경험을 얻기 위해서입니다. 그게 바로 우리가 인생에서 얻을 수 있는 최고입니다”(《리터러리 다이제스트》, 1928년 1월 7일, 「헨리 포드의 계획과 철학」).

마찬가지로 1928년 《샌프란시스코 이그재미너》와의 인터뷰에서, 포드는 많은 개인의 기술이 더 강력하고 지능적인 생산 라인으로 합쳐진다는 야심찬 이론을 확장한다. 인간의 지능은 여전히 필수적이지만, 이제는 개인의 몸을 떠나 뭔가 영원한 것이 되었다! 포드는 이렇게 말했다.

> 나는 스물여섯 살 때 ‘윤회 이론’을 받아들였습니다. 종교는 아무런 요점도 제공하지 않았습니다. 일조차 완전한 만족을 줄 수 없었습니다. 하나의 생에서 수집한 경험을 다음 생에서 활용할 수 없다면 일은 헛될 뿐입니다. 환생을 알았을 때, 마치 보편적인 계획을 찾은 것 같았습니다. 내 아이디어를 실행할 기회가 있음을 깨달았습니다. 시간은 더이상 제한되지 않았습니다. 나는 더이상 시곗바늘의 노예가 아니었습니다. 천재성은 경험입니다. 누군가는 그것을 재능이나 소질이라고 생각할지도 모르지만, 천재성은 수많은 삶에서 얻은 오랜 경험의 산물입니다. 어떤 사람들은 다른 사람들보다 영혼의 나이가 많기 때문에 더 많이 알고 있습니다. 환생을 발견하여 나는 마음이 편안해졌습니다. 만약 당신이 지금 대화를 기록으로 보존한다면, 이러한 깨달음이 마음을 편안하게 한다고 적으세요. 나는 삶에 대한 장기적인 전망이 우리에게 주는 고요함과 평온함을 다른 이들에게도

전하고 싶습니다.

물론 “더이상 시곗바늘의 노예가 아니다”라는 발언은 ‘조립라인에서 일하는 노동자’라는 포드의 실질적인 유산을 생각할 때 다소 엉뚱하게 들릴 수도 있다. 그러나 포드가 염두에 둔 시계는 사람이 만들어낸 시계가 아니다. 오히려 인간이 지닌 여러 일생의 시계다.

|||\||

결국 포드는 완고하고 정치적 견해가 경직된 평범한 엔지니어가 아니었다. 아주 도덕적이지는 않더라도, 매우 영적인 또 다른 면이 있었다. 그리고 이런 면은 올랜도 스미스의 책에서 자양분을 공급받았다. 반면 지미 카터는 일반적으로 도덕주의자·이상주의자로 간주되며, 어쩌면 그다지 현실적인 사람은 아닐지도 모른다. 카터는 일생 동안 실제로 여러 번의 화신化身을 겪었다. 이로 인해 과거에도 그랬고 오늘날에도 여러 면에서 참으로 이해하기 어려운 인물로 남아 있다. 어쨌든 ‘땅콩 농사꾼’이 어떻게 미국 대통령의 자리에까지 올랐을까?

전기 작가인 케네스 모리스는 『지미 카터: 미국의 도덕주의자Jimmy Carter, American Moralist』에서 카터가 조지아주 평원에서 자라온 과정을 조사하며 그에 대해 꽤 많은 것을 알아냈다. 카터는 플레인스 근처의 작은 마을, 아처리 공동체에서 자랐다. 아버지 제임스 얼 카터(모두가 ‘얼’이라고 부름)는 부유한 농부이자 사업가였다.

모리스는 젊은 지미 카터에 관해 많은 이야기를 들려주지는 않는다. 하지만 카터는 자신이 언제나 열렬한 독서광이었음을 여러 차례 밝혔다. 카터가 열두 살 때 줄리아 콜먼 교장 선생님이 고전을 읽으라고 권했다고 한다(카터는 '강요했다'고 표현했다!). 그렇게나 엄청난 분량의 책을 말이다. 카터는 교장 선생님이 5권을 읽으면 은별을, 10권을 읽으면 금별을 주었다고 당시를 회상했다.

어느 날 교장선생님이 카터를 서재로 불러서 이렇게 말했다. "지미, 이제 네가 『전쟁과 평화』를 읽을 때가 된 것 같구나." 『전쟁과 평화』는 19세기 초 나폴레옹의 러시아 침공을 소재로 러시아 지식인이 쓴 꽤 무거운 약 1500페이지에 달하는 책으로, 시대를 초월한 고전이다. 그리고 무엇보다도 넬슨 만델라가 남아프리카공화국의 감옥에 수감되었을 때 커다란 영감을 주었던 책으로 널리 알려져 있다. 하지만 당시 카터는 이 책에 대해 아무것도 알지 못했다. 오히려 카우보이와 인디언에 관한 책이려니 생각하고 '안심했다'고 한다.

카터는 교장 선생님이 시키는 대로 성실하게 도서관에 가서 그 책을 찾아보고는 그게 톨스토이가 쓴 진짜 '역사'라는 사실을 알게 되었다. 하지만 이내 그 책이 사람들에 대한 이야기라는 것을 깨달았다. 예를 들어 나폴레옹은 지금껏 한 번도 패한 적이 없었기에 이 전쟁에서도 반드시 승리하리라 확신했지만, 러시아 겨울의 혹독함과 농민들의 토지에 대한 애착을 과소평가했기에 다음 해 봄에 엄청난 패배를 맛보고 퇴각하게 되었다. 바로 여기서 진정으로 카터는 이 이야기를 자기 나름대로 해석하고 아이디어를 얻었다. "가장 위대한 역사적 사건조차도 평범한 일반 서민의 지혜와 용기, 헌신과 분별력, 이타심, 연민, 사랑과 이상주의가 결합되어 통제된다."

실제로 톨스토이 또한 이 책의 후기에서 자신이 나폴레옹, 러시아 차르, 심지어 장군들에 초점을 맞추지 않고 오히려 학생, 주부, 이발사, 농부 및 병사에 대해 썼다고 분명히 밝혔다.

카터의 생각은 다음과 같다. 차르가 다스리는 러시아와 황제가 다스리는 프랑스에서 서민들이 역사를 결정한 게 진실이라면, "우리도 정부가 지금 무엇이고 앞으로 무엇이어야 하는지를 직접 결정하도록 책임을 부과하는 헌법을 진실로 갖출 수 있지 않을까?"

카터 가족을 살펴보면 그의 심리를 쉽게 읽을 수 있다. 카터의 아버지 '얼'은 열광적인 인종 분리주의자였던 조지아 주지사 허먼 탈마지를 적극적으로 지지했다. 이 일로 지미는 아버지와 갈등을 빚었다. 얼은 아프리카계 미국인들에게 개인적으로 친절했으며 소작농들에게 좋은 토지 소유자였지만, 그 시대의 대다수 남부 사람들과 마찬가지로 분리주의를 옹호했다. 얼은 아프리카계 미국인들이 백인과 경제적 또는 정치적 평등을 공유해야 한다는 의견에 결코 동의하지 않았다. 하지만 지미는 이것이 잘못된 생각이라고 확신했다. 카터의 전기 작가 모리스에 따르면, 그 결과 지미는 아버지를 그다지 좋아하지 않게 되었다. 지미의 유일한 해결책은 1943년 고향을 떠나 미 해군사관학교에 들어가는 것이었다. 그렇게 함으로써 자신이 결코 만족시켜줄 수 없는 아버지의 영향력에서 벗어나 새로운 인생을 시작하기를 바랐다.

모리스는 카터와 함께 복무한 많은 선원과 이야기를 나눴는데, 카터가 잠수함에서 거의 혼자 지내는 외톨이였다는 말 외에는 별로 들은 게 없었다. 그런데 1953년에 아버지가 암으로 사망하자 장남 카터는 즉각 고향으로 돌아가, 아버지의 가업을 이어받아 땅콩 농부로서 새로운 모습을 보여주었다. 카터가 스스로 말했듯이, 이런 재

탄생은 어느 정도까지는 성공적이었다. 하지만 알고 보니 남동생 빌리가 실제로 더 나은 사업가였다. 그래서 1962년에 카터는 다시 자신의 역할을 바꾸어 공직에 도전하기로 결정했다. 이번 목표는 조지아주 상원의원이었다.

처음에는 성공과 거리가 멀었다. 첫 번째 주 상원의원 선거에서 패배했다. 그러나 다행스럽게도 부정선거로 인해 결과가 무효로 처리되었다. 카터는 곧 자신감을 되찾았고, 자신의 새로운 역할에서 '교육'을 강조했다. 주 상원으로 일하며 4년 동안 자신이 투표한 모든 법안을 꼼꼼하게 다 읽겠다고 약속했다. 이런 노력은 자신이 로비스트들의 제안에 휘둘리는 허수아비 정치인이 아님을 보여주려는 행동이었다. 카터는 약속을 분명하게 지켰고, 그 때문에 회기 동안에는 꽤 늦게까지 잠을 자지 않고 깨어 있어야 했다(카터가 학교에 다닐 때 수십 권의 고전을 읽었다는 사실을 떠올려보자!).

1966년, 카터는 하원의원 출마를 저울질하고 있었다. 순조롭게 잘 진행하다 마지막 순간에 조지아 주지사에 출마하기로 마음을 바꿨다. 하지만 성공하지 못했고, 더군다나 민주당 예비선거 표를 분열시킴으로써 결국 레스터 매독스가 승리를 거머쥐게 했다. 레스터 매독스는 인종차별주의자로, 자신의 식당에 흑인이 출입할 수 없게 했을 뿐만 아니라 때로는 도끼를 휘둘러 잠재적인 흑인 고객을 쫓아낸 사람이었다.

이 좌절 이후, 카터는 또다시 새롭게 태어났다. 시간이 남아돌았기에 책으로 돌아와 특히 저명한 철학자와 신학자들의 작품을 읽기 시작했고, 곧 미국의 목사이자 윤리학자 라인홀드 니부어의 책에 푹 빠져들었다. 동료 민주당원 빌 건터가 카터에게 『라인홀드 니부어의 정치학Reinhold Niebuhr on Politics』을 빌려주었는데, 니부어의 저술에서 발췌한 내용을 모아놓은 이 책은 카터에게 즉각 커다란 인상을 남겼다. 그 영향은 카터 자신의 많은 저작과 연설, 특히 1974년 '조지아 법의 날' 연설에서 분명하게 확인할 수 있다. "죄 많은 세상에서 정의를 확립하는 것은 정치의 슬픈 의무다."[5]

실제로 전기 작가 케네스 모리스는 카터가 니부어의 많은 부분을 잘못 해석했으며, "자기 자신의 복음주의 전통에서 비롯된 감정"과 부합하는 비관적인 결론을 찾기 위해 니부어의 책을 뒤졌다고 주장한다. 다른 한편 니부어가 '연민'을 강조함으로써 카터의 사회윤리 의식을 강화했다고도 한다.

니부어는 정치인들이 정부가 규칙을 준수하도록 보장할 뿐만 아니라 상황에 따라 규칙을 변경할 준비가 되어 있어야 한다고 주장했다. 카터는 1974년 조지아의 법대생들에게 한 연설에서 자신이 왜 니부어의 의견에 동의하는지, 간단한 예를 들어 힘 있게 보여주었다.

> 나는 2년 동안 주지사 저택에서 아주 훌륭한 요리사의 봉사를 누렸습니다. 그 요리사는 여자 죄수였어요. 그런데 어느 날 그는 2년 동안의 소심함을 극복하고 내게 와서 이렇게 말했습니다. "주지사님, 당신에게 250달러를 빌리고 싶습니다." 내가 물었지요. "죄수인 당신이 무엇 때문에 250달러가 필요합니까? 변호사 비용도 그 정도는 아닐

5 약간 이상하게 들릴지도 모르지만, 카터가 사회에서의 옳고 그름을 이해한 또 다른 출처는 밥 딜런의 음악이다. 카터는 이렇게 썼다. "〈해티 캐롤의 외로운 죽음〉, 〈구르는 돌처럼〉, 〈세상이 변하고 있네〉를 들으며, 나는 현대사회에서 변화의 역동성을 이해하는 법을 배웠다."

것 같군요." 그러자 그 여자가 말했어요. "저는 변호사를 고용하려는 게 아닙니다. 판사에게 돈을 지불하고 싶을 뿐입니다."

나는 그 말이 우스꽝스럽다고 생각했어요. 그 여자가 무지하다고 느꼈습니다. 하지만 알고 보니 그런 게 아니었어요. 그 여자는 여전히 근무 중인 주의 상급 법원 판사에게서 7년 형을 살거나 750달러를 내라는 선고를 받았습니다. 그 여자는 감옥 생활 초기에 마침내 500달러를 모았습니다. 5년 동안 감옥에 있었는데, 나머지 250달러를 모을 수 없었던 거예요. 나는 그 여자에게 돈을 빌려주지는 않았지만, 법률 비서에게 조사해보도록 했어요. 사실이라는 것을 알게 되었죠. 그리고 그 여자는 곧 풀려났습니다.

아주 인간적인 이야기다. 실제로 칼 폴 라인홀드 니부어(1892~1971)는 20세기 중반 미국의 주요 저명한 지식인 중 한 사람으로 꼽힌다. 《타임》지는 1948년 「종교: 사순절 시대를 위한 신앙」이라는 수수께끼 같은 제목('사순절'은 자제와 금욕을 강조한 기독교 시대와의 연결을 의미한다)과 함께 니부어의 사진을 표지에 실었다. 또한 1964년에 '대통령 자유 훈장Presidential Medal of Freedom'을 받음으로써 니부어의 지위는 공개적으로 확인되었다. 린든 B. 존슨 대통령은 "그는 기독교의 오랜 통찰력을 불러일으킴으로써, 경험을 조명하고 현대의 의지를 강화했다"라는 말로 니부어를 칭송했다.

니부어의 저서로는 『도덕적 인간과 비도덕적 사회』와 『인간의 본성과 운명』이 있다. 그러나 보스턴대학교의 앤드루 J. 바세비치 교수가 "미국 외교 정책에 관해 쓴 가장 중요한 책"으로 묘사한 『미국사의 아이러니The Irony of American History』 또한 카터에게 큰 영향을 미쳤다. 이 책에서 니부어는 "행위의 결과가 원래 의도와 정반대"인 경우를 예로 들며, 신나는 노래 또는 기도처럼 우리에게 깊은 울림을 준다.

"가치 있는 일은 우리의 일생에 완성되지 않으므로, 우리는 희망으로 구원받는다. 참되거나 아름답거나 선한 것은 역사의 즉각적인 맥락에서 완전히 이해되지 않으므로, 우리는 믿음으로 구원받는다. 우리가 하는 일은 아무리 고결하다 할지라도 혼자서는 이룰 수 없으므로, 우리는 사랑으로 구원받는다. 아무리 고결한 일이라 하더라도 친구나 원수의 눈으로 보면 자신의 입장만큼 충분히 고결하지 않으므로, 우리는 사랑의 최종 형태인 용서로 구원받는다."

카터가 다음과 같이 말했을 때에도 이와 거의 비슷한 감정이 전달되었던 것 같다. "내겐 그것을 가치 있게 만들 수 있는 한 번의 삶과 한 번의 기회가 있다. 나는 그게 무엇인지 선택할 자유가 있고, 내가 선택한 그것은 나의 믿음이다. 이제, 내 믿음은 신학과 종교를 뛰어넘어 상당한 노력과 노고가 필요하다. 내 믿음에서 이는 선택 사항이 아니다. 내 믿음은 내가 할 수 있는 모든 것을 하라고 지시한다. 내가 어디에 있든, 언제가 되었든, 가능한 한 최선을 다해 변화를 일으키려고 노력해야 한다."

카터가 니부어를 발견한 것과 거의 같은 시기에 여동생 루스가 목사가 되어 오빠를 종교적으로 깨우치려고 노력했다. 그래서 니부어가 카터에게 얼마나 영향을 주었는지 식별하기가 살짝 복잡하다. 사실 카터가 스스로 기독교인으로 거듭났다고 밝히기 시작한 게 이즈음이었다. 50년 전 헨리 포드가 내세에 다시 태어나는 것을 상상하는 데 만족했다면, 카터는 자신의 기존 삶을 다시 시작할 기회를

『도덕적 인간과 비도덕적 사회』

Moral Man and Immoral Society

—

저자: 라인홀드 니부어 | 출판 연도: 1932년

1978년 6월, 커터는 자신이 생각한 정치적 개념이 매우 중요하다는 주장을 뒷받침하기 위해 니부어를 직접 언급했다. 즉, 개인과 집단(사회와 같은 조직) 각각에 기대할 수 있는 행동이 매우 다르다는 것이다. 개인에게는 '아가페적인 사랑 완수하기'를 목표로 부여해야 하지만, 사회에서 최고로 기대할 수 있는 바는 '완전한 정의를 세우는 것'이다.

그리고 지미 카터는 엄청난 정치적 위기를 맞아 대통령 전용 별장인 '캠프 데이비드'에 칩거했을 때, 『도덕적 인간과 비도덕적 사회』를 거의 외워서 인용할 수 있을 정도였기에 다시 읽을 필요는 없었다.

"이성은 인간의 도덕적 덕목의 유일한 기초가 아니다. 인간의 사회적 충동이 이성적 삶보다 더 깊이 자리를 잡았다."

『도덕적 인간과 비도덕적 사회』에는 많은 사람이 니부어의 가장 중요한 통찰력 중 하나라고 믿는 내용이 담겨 있다. 니부어는 개인은 죄를 극복할 수 있지만 집단은 그렇지 않다고 주장했다. 오직 개인만이 도덕적일 수 있는데, 그 이유는 "본능적으로 비슷한 인간에 대한 동정과 배려심을 어느 정도 지니기" 때문이다. 니부어는 사람들의 모임이나 조직 및 국가는 필연적으로 이러한 공감과 감정이입이 부족하기 때문에, 인간은 비도덕적 사회에서 살 운명이라고 밝혔다.

니부어 또한 잘 아는 바와 같이, 이런 주장은 심오한 통찰력과 정치적 의미를 함축한다. 한 평론가는 1933년 『도덕적 인간과 비도덕적 사회』에 대해 이렇게 썼다. "이 책이 온전한 기독교적 어조를 지녔다는 주장은 예수가 세상에 전한 메시지의 핵심을 왜곡하는 것이다." 이 평론가는 특히 기독교인들이 집단으로 행동하며 다른 집단을 다룰 때 폭력에 의존할 수 있다는 니부어의 암시를 거부했다.

하지만 니부어는 자신의 주장을 강력하게 옹호했다. 나치 독일과의 전투가 한창이던 1940년, 동성애자·집시·유태인들이 강제 수용소로 끌려가던 시기에, 기독교 평화주의 운동가들에게 비판을 받자 그는 다음과 같이 썼다. "현대 교회가 자신들의 참된 믿음을 상징적으로 보여주고자 한다면, 제단에서 십자가를 떼어내고 사람들에게 '악을 말하지도 말고, 악을 듣지도 말고, 악을 보지도 말라'고 권고하는 세 마리 작은 원숭이를 그 자리에 올려둬야 할 것이다."

움켜잡았다.

흥미롭게도 니부어는 카터를 헨리 포드와 연관 지었다. 니부어는 기업 경영자들을 노골적으로 비판했으며 심지어 노조 조직가들이 자신의 설교단에 올라 노동자의 권리를 주장하는 메시지를 설명하도록 허락했다. 조립라인과 변덕스러운 고용 관행으로 인한 열악한 환경을 공격하며, 그는 일기에 이렇게 썼다.

> 우리는 오늘 규모가 큰 자동차 공장 한 곳을 방문했다. … 특히 주조 공장이 내 관심을 끌었다. 뜨거운 열기가 정말 엄청났다. 남자들은 몹시 지쳐 보였다. 이곳에서 손으로 하는 노동은 고되고, 고단한 일을 하는 노동자는 노예나 마찬가지다. 남자들은 자신의 일에서 어떤 만족도 찾지 못하고 단순히 생계를 위해 일한다. 이들이 흘리는 땀과 둔감해진 고통은 우리 모두가 좋은 차를 몰고 다니기 위해 지불한 대가의 일부다. 그리고 우리 대부분은 어떤 대가를 치르고 자동차를 만드는지 모른 채 운전한다. 우리 모두 책임이 있다. 다들 공장에서 생산하는 물건을 원하지만, 누구도 현대 공장 비용의 효율성을 인간이 얼마나 중시하는지 신경 쓸 만큼 세심하지 않다.

이것은 포드가 제시한 것과는 매우 다른 그림이다. 하지만 실제로 사회과학자들은 모든 근로자 중에서 자동차 공장의 근로자들이 꽤 대우를 받는 것처럼 보인다는 점을 인정한다. 역사학자 로널드 H. 스톤은 니부어가 조립라인 노동자(대부분 숙련된 장인)와 실제로 이야기한 적도 없으며, 포드모터컴퍼니의 부서장이기도 한 성공회 목사 새뮤얼 마르키스와 대화를 나눈 후 노동자들에게 감정을 투영했다고 생각한다. 마르키스는 『헨리 포드에 대한 해석Henry Ford: An Interpretation』이라는 책을 썼는데, 포드모터컴퍼니의 역사나 포드의 인생 이야기를 단순하게 재구성하는 대신 "헨리 포드가 제시하는 특이한 마음이나 성격과 같은 심리적 퍼즐"을 분석하고 비판했다.

일부 설명에 따르면, 헨리 포드는 마르키스의 비판에 크게 괴로워해서 책이 널리 퍼지는 걸 막으려 했다. 또한 『헨리 포드에 대한 해석』은 디트로이트 공립 도서관에서 한꺼번에 대출되고 반납되지 않아 서가에서 찾을 수 없었다고도 한다! 그러나 니부어는 포드에 대한 자신의 견해를 밝혔고, 니부어의 대기업 비판은 민주당 정치인과 진보주의자들에게 광범위한 반향을 일으켰다. 그리하여 카터는 기독교적인 기반을 뛰어넘어 니부어의 견해를 성공적으로 받아들이게 되었다.

종교적 전환의 일환으로, 카터는 정치 경력을 다시 시작하고 주지사에 재출마할 준비를 했다. 우선 조지아의 159개 카운티 각각에서의 투표 패턴을 주의 깊게 연구해 필승 전략을 세웠다. 이제부터 새로운 '지미 카터'가 하나가 아니라 여러 지미 카터가 나올 것 같았다! '지미 카터'의 여러 새 버전으로, 조지아주에 있는 거의 모든 유권자에게 어필할 수 있었다. 전술은 성공했고, 마침내 1971년에 카터는 주지사 자리에 올랐다.

그리고 주지사로 선출되자마자 대통령 출마를 준비하기 시작했다. 카터는 1976년에 민주당 지명 후보로 처음 출마를 선언했는데, 초기의 열세에도 불구하고 인권과 도덕을 앞세운 카터가 유력 주자로 떠올라 결국 민주당 후보로 결정되었다. 현직 프리미엄을 누리던 공화당의 포드 대통령이 워터게이트 사건으로 불명예 퇴진한 리처드 닉슨 전 대통령을 사면한 이후, 대부분의 정치 전문가들이 민주당 후보가 당선될 것이라고 예측했다. 결국 카터가 미국의 39대 대통령으로 당선되었다.

카터가 대통령으로 있던 4년은 많은 미국인이 애정을 품고 뒤돌아볼 만한 시간은 아닐지도 모른다. 닉슨과 포드 시대의 '스태그플레이션'은 15퍼센트가 훨씬 넘는 금리와 함께 두 자릿수 인플레이션으로 이어졌다. 사람들의 생활수준은 떨어졌고 곳곳에서 에너지가 부족해졌다.

전기 작가 케네스 모리스가 『지미 카터: 미국의 도덕주의자』에서 말했듯이, 카터의 대응은 모든 문제에서 완벽한 중도를 찾으려고 노력하는 것이었다. 카터는 각각의 주제에 대해 250개 이상의 서로 다른 입장으로 적은 문서를 가졌다고 추정되었다. 이제 카터를 지지하던 사람들도 분노하기 시작했고, 사람은 좋은데 정책은 마음에 안 든다는 비판이 널리 퍼졌다.

이런 비판은 지나친 부분이 없지 않다. 사실 스태그플레이션이나 에너지 부족이 오롯이 카터의 잘못은 아니기 때문이다. 한편 외교 정책에서는 몇 가지 주목할 만한 성공을 거두었다. 자신의 정치적 자본을 꽤 많이 소모했지만, 파나마운하를 파나마로 반환하는 데 성공했다(이 작업은 이전의 많은 행정부가 회피했었다). 그리고 1978년 중동의 공공연한 두 적, 메나헴 베긴 이스라엘 총리와 안와르 사다트 이집트 대통령을 설득해 미국의 '캠프 데이비드'에서 평화 조약에 서명하도록 함으로써 역사상 커다란 업적을 남겼다.

그러나 1970년대 말에 중동 지역은 다른 이유로 대중의 관심을 끌었다. 1970년대 초반에 대부분 중동 국가로 구성된 오펙OPEC 카르

텔이 석유 생산량을 줄였고, 1970년대 후반에 한번 더 줄였다. 전 세계적인 수요 증가와 함께 이 조치는 1979년 첫 6개월 동안 휘발유 가격이 크게 치솟는 에너지 위기를 초래했다.

휘발유 가격이 치솟자 유권자들은 분노했다. 6월 25일 《뉴욕 타임스》는 필라델피아 브리스틀에서 주 비상사태가 선포되었으며, 트럭 운전사들이 항의에 가담해 모닥불을 피우고 경찰에 돌을 던졌고, 주민 2000명이 이틀 밤 동안 폭동을 일으켰다고 보도했다. 카터의 지지율은 30퍼센트까지 급락했다. 이에 카터는 소련의 브레즈네프와 핵무기 감축 회담을 하던 중 빈에서 급히 돌아올 수밖에 없었다.

카터 대통령은 워싱턴에 잠시 머물다가 10일 동안 캠프 데이비드로 피신했다. 이곳에서 행정부가 직면한 현안들을 고민하며 여러 책에서 지침을 얻으려 했다. 독서 목록에는 성경(당연하다), 역사학자이자 사회비평가 크리스토퍼 래시의 『나르시시즘의 문화The Culture of Narcissism』, 그리고 실천적 경제학자이자 환경운동가 E.F. 슈마허의 『작은 것이 아름답다』 등이 포함되었다. 『작은 것이 아름답다』는 지역사회의 가치와 과소비 문제에 대한 묵상이라 할 수 있다.

카터는 또한 니부어의 『도덕적 인간과 비도덕적 사회』에 담긴 사상을 계속해서 심사숙고했다. 당시로서는 전례 없이 긴 칩거에 들어갔던 대통령은 1979년 7월 15일 캠프 데이비드에서 나와 자신의 결론을 발표했다. 6500만 미국인이 시청한, 전국적으로 방송된 연설에서 '미국 정신의 위기'에 대해 거의 복음주의에 가까운 경고를 인상적으로 설파했다.

카터는 근면, 튼튼한 가족, 짜임새 있는 공동체, 하느님에 대한 믿음을 자랑스럽게 여기던 나라에서 "지금 우리 중 너무 많은 사람이 방종과 소비를 숭배한다"고 말했다. 그리고 개인과 국가의 정체성에 대해 구체적으로 언급했다.

"인간의 정체성은 더이상 무엇을 하느냐에 의해 정의되지 않고 무엇을 소유하느냐로 정의됩니다. 하지만 우리는 물건의 소유와 소비가 목적을 이루려는 우리의 갈망을 충족시키지 못한다는 것을 발견했습니다. 물질적 재화를 쌓는다고 삶의 공허함을 채울 수 없다는 것을 배웠습니다. 그런 삶에는 확신도 없고 목적도 없습니다."

종종 미국 대중에게 한 이 설교는 심지어 '불쾌한 연설'로 불리지만, 당시에는 호평을 받았으며 카터의 지지율은 무려 11퍼센트나 치솟았다. 한 지지자는 카터에게 이렇게 편지를 써 보냈다.

"당신은 내가 몇 년 동안 생각해온 말을 한 최초의 정치인입니다. 지난달에 나는 직장에 출근하기 위해 모터 달린 자전거를 구입했습니다. 가능한 한 자주 탈 계획입니다. 그렇게 하면 기름 소비량을 75퍼센트 줄일 수 있습니다."

카터는 정치적으로 다시 태어난 것 같았다. 하지만 1979년 11월 4일, 이슬람 무장 단체가 테헤란에 있는 미국 대사관을 급습해 미국인 52명을 인질로 잡았다. 이 사건은 폐위된 샤(이란의 왕)가 치료를 받기 위해 미국에 오는 것을 허용한 카터의 조치에 대한 항의 표시였는데, 샤가 사망한 후에도 위기는 계속되었다. 카터는 백악관에서 칩거했고 인질들이 귀환하리란 희망은 거의 없는 듯했다. 이란 정부가 불안정한 상황에서 분명한 권한을 가진 인물을 찾기가 어려웠기에, 석방 방안을 마련하기가 쉽지 않았다. 또한 이 사건을 통해 수십 년간의 반미적 태도가 표출되고 있었다.

결국 카터는 특공대를 보내 인질 구조를 명령했지만, 미국 헬리콥터 두 대가 사막에 추락해 실패하는 바람에 사이러스 밴스 국무장관이 사임하는 등 상황은 악화일로로 치달았다.

1980년 대통령 선거에서 카터는 로널드 레이건이라는 미국 정치의 탁월한 운동가 중 한 명과 대결해야 했다. 진지하고 도덕적인 남부의 농부 카터는 언변이 좋은 레이건에게 정치적으로 압도되었다. 레이건은 사람들에게 4년 전보다 살림살이가 나아졌는지 끊임없이 물었는데, 그 대답은 거의 언제나 '아니오'였다. 결국 로널드 레이건은 선거인단에서 440표라는 압도적인 표차로 승리했다.

참혹한 패배를 계기로 지미 카터는 자신의 새로운 모습을 다시 보여주었다. 이제 카터는 인도주의자로서 우리 앞에 우뚝 섰다. 아이티와 니카라과 같은 국가에서 선거 참관인으로 봉사하며 민주주의를 전파했다. 기니벌레(메디나충)처럼 크게 유행하지는 않아도 치명적인 건강 문제를 일으키는 병충해로 인한 사망자 수를 극적으로 줄이는 데 도움이 되는 건강 기금을 마련하고자 노력했다. 역사적인 평화협정을 이끌어내기 위해 이스라엘과 팔레스타인을 하나로 모으려 예루살렘으로 갔다(카터는 국제 분쟁 조정과 인권 신장에 앞장선 공로를 인정받아 2002년 노벨 평화상을 받았다). 보수주의자들을 공포에 떨게 만든 세계적인 인물들(피델 카스트로, 다니엘 오르테가, 하페즈 알 아사드, 김일성, 야세르 아라파트)과 미국 사이에 다리를 놓는 데 헌신했다. 지금까지 살펴본 것처럼 수많은 변신을 거친 후, 세계적으로 선행을 펼친 이 마지막 역할은 마침내 카터에게 진정으로 적합해 보였다.

그렇다면 니부어의 사상에서 많은 정치인에게 매력적으로 다가온 요소는 무엇일까? 바로 이상주의에서 현실주의로의 전환이다.

1948년 《타임》의 커버스토리는 니부어의 영향력을 이렇게 기술했다. "비신학적 기독교인들에게 신은 기껏해야 다소 부당하고 은밀한 존재, 숨어 있는 광채, 안온한 생각이 되었다. 라인홀드 니부어는 지적 혼란을 겪으며 옛 종교에 새로운 정통성을 부여했다. 합리주의, 자유주의, 마르크스주의, 파시즘, 이상주의, 진보 사상 등의 경향이 지배하는 시대에서 종교의 정통성을 재검토했다고 할 수 있다."

좀 별난 서브텍스트.[6] 이 기사를 쓴 사람은 휘태커 체임버스다. 미국의 작가이자 편집자 체임버스는 러시아 스파이로 활동하다 나중에 러시아의 스파이 네트워크를 폭로했다. 이를 계기로 전후 '공산주의에 대한 맹목적인 두려움'을 일으키는 데 중요한 역할을 했다. 체임버스는 이상주의에서 현실주의로의 전환을 상당한 근거로 이야기했다(그 자신도 한때 러시아인들에게 성공적으로 포섭되었다). 하느님을 '숨어 있는 광채'로 재배치하는 것은 이러한 변화의 일부이며, 지미 카터가 "죄 많은 세상에서 정의를 확립하는 것은 정치의 슬픈 의무다"라고 요약한 것도 같은 맥락이다.

니부어의 아이디어가 자신에게 큰 영향을 미쳤다는 사실을 인정한 미국 정치인으로는 마틴 루서 킹 주니어, 힐러리 클린턴 및 버락 오바마가 있다. 예를 들어 '버밍엄 감옥에서 온 편지'에서 마틴 루서 킹 주니어는 이렇게 썼다. "개인은 도덕적 빛을 보고 자발적으로 부당한 마음가짐을 포기할 수 있습니다. 하지만 라인홀드 니부어가

6 서브텍스트subtext란 대사로 표현되지 않은 생각, 느낌, 판단 등을 뜻한다. 발화자가 자신의 견해나 감정 상태를 직접 말하지 않거나 말한 내용이 사전적 의미와 상이할 때, 이면에 담긴 무언의 생각이나 감정이 당시 상황을 통해 파악되거나 나중에 밝혀진 경우 그 내용을 서브텍스트라 칭한다. [옮긴이]

우리에게 상기시켰듯이, 집단은 개인보다 더 비도덕적인 경향이 있습니다."

마틴 루서 킹 주니어는 심지어 1965년에 니부어를 행진에 초대한 적이 있다. 이때 니부어는 전보를 보내 이렇게 말했다. "심각한 뇌졸중 때문에 초대를 받아들일 수 없어 유감입니다. 투표권과 집회의 자유라는 기본적 인권에 찬성하는 시민들이 참석하는 대규모 시위가 되길 바랍니다." 2년 뒤, 이 흑인 인권 지도자가 베트남전쟁에 반대하는 발언을 했다는 비판을 받자, 니부어는 킹 목사를 변호하며 이렇게 말했다. "킹 박사는 종교 지도자이자 시민권 지도자로서 자신의 관심사를 표현할 권리와 의무가 있습니다." 그러면서 베트남전쟁 때문에 자신이 미국인인 게 처음으로 부끄러워졌다는 견해를 덧붙였다.

버락 오바마는 철학책을 읽을 시간이 없었다고 자서전에서 밝혔다. 철학책을 읽는 건 시리얼 상자 뒷면을 읽는 것과 같다면서 말이다. 그런데 《뉴욕 타임스》 기자 데이비드 브룩스가 니부어의 책을 읽어본 적이 있냐고 질문하자 전혀 다른 반응을 보였다. "나는 그 사람을 무척 좋아합니다. 그는 내가 좋아하는 철학자 중 한 명이지요."

커뮤니티 조직가로서 오바마는 특히 『빛의 자녀들과 어둠의 자녀들』(1944)에서의 다음과 같은 구절에 끌렸을 것이다. 여기서 니부어는 이렇게 말했다. "사회적 개선은 집단의 합리성에서 생겨나지 않는다. 집단은 개인과 달리 이기주의를 바탕으로 행동하기 때문이다. 따라서 사회적 개선은 권력을 둘러싼 갈등에서 나온다."

니부어의 말에 따르면, 개인은 결함이 있지만 때때로 이기심을 극복하고 자신의 이익이 아닌 다른 사람들의 이익을 고려할 수 있다. 하지만 집단은 그렇지 않으며, 이들 사이의 관계는 거대하고 이상주의적인 개념이 아니라 각 집단이 소유한 권력의 비율에 의해 결정된다.

오바마가 주장하는 핵심은 니부어의 저술에서 상당히 많이 도출된다. 오바마는 《뉴 리퍼블릭New Republic》에서 라이언 리자에게 이렇게 말했다. "성공적인 조직을 만드는 열쇠는 사람들의 이익이 충족되도록 하는 것이었습니다. 그림의 떡과 같은 이상주의에 기반을 두는 게 아니에요. 그래서 당시에 강력하게 남은 몇 가지 기본 원칙이 있었고, 지금도 여전히 그것을 믿습니다."

존 매케인과 힐러리 클린턴 또한 자신의 책에서 니부어를 언급했다. 존 매케인은 『하드 콜Hard Call』에서 "조국을 지키기 위해 죽어야 하는 군인이 피할 수 없는 도덕적 모호성"에 대한 니부어의 표현에 감탄을 드러냈고, 힐러리 클린턴은 『살아있는 역사』에서 니부어가 "인간 본성을 인식하는 분명한 현실주의와, 정의와 사회개혁을 향한 지칠 줄 모르는 열정 사이에서 설득력 있는 균형을 이루었다.고 기술했다.

그리고 마지막으로, 《슬레이트Slate》지의 칼럼니스트 프레드 카플란은 오바마의 2009년 노벨 평화상 수락 연설을 니부어의 '충실한 성찰'이라고 표현했다. 이처럼 미국 대통령으로서 노벨 평화상을 수상한 카터와 오바마의 배후에는 책 한 권이 자리 잡고 있다!

7장
자유롭게 생각을 펼치자

토머스 에디슨과 해리 크로토

토머스 페인, 『상식』

플라톤, 『티마이오스』

IIIVII

과학자들은 어디에서 영감을 얻을까? 자연을 관찰하거나 현미경을 들여다보면서? 아니면 철학책에서? 글쎄, 때때로 철학책에서 영감을 얻는다는 사실을 알면 여러분은 놀랄지도 모르겠다.

두 사람의 예를 들어보자. 한 사람은 가장 위대한 발명가로 자주 언급되는 미국의 아이콘 토머스 에디슨이다. 다른 한 사람은 새로운 종류의 탄소화합물 발견에 핵심적인 역할을 한 영국 과학자 해리 크로토다. 이 두 명의 과학자는 모두 '상상력의 불꽃'과 '발명의 힘'을 멋지고 근사하게 결합시켰다. 에디슨은 혁명 철학자 토머스 페인의 책을 읽고 나서 일종의 인본주의적 열정을 품었다. 토머스 페인은 이렇게 썼다.

"세상은 나의 조국이다. 모든 인류는 나의 형제다. 선을 베푸는 것이 나의 종교다."

크로토는 플라톤의 사색에서부터 존 로널드 로얼 톨킨이 만들어낸 판타지 세상, 그리고 몇몇 과학책들, 특히 양자물리학에 대한 리처드 파인만의 대중적인 설명에 이르기까지 다양한 책에서 접한 아이디어를 통해 영감을 얻은 왕성한 독서가였다.

새로운 아이디어와 놀라운 발명품으로 유명한 토머스 에디슨부터 살펴보자. 에디슨은 발전發電, 매스커뮤니케이션, 녹음, 심지어 동영상에 이르기까지 다양한 분야에서 중요한 공헌을 했는데, 나중에 이렇게 말하기도 했다.

"발명가는 시인이 되어야 한다. 그래야 상상력을 품을 수 있다."

미시간에서 자랄 때, 학교 선생님들은 에디슨이 믿을 수 없을 정도로 어리석고 고집불통이며 말을 안 듣는 아이라고 생각했다. 아마도 어린 시절 앓은 심각한 청력 장애 때문일 것이다. 하지만 어머니 생각은 달랐다. 어머니는 학교 선생님들의 의견을 무시하고 집에서 어린 아들을 교육하려 했다. 그 나이 또래의 권장 도서보다 훨씬 더 높은 수준의 책도 포함해 아들에게 책을 많이 읽혔다. 이런 접근법 덕분에 에디슨의 독서는 과학뿐만 아니라 영어, 역사 및 철학과 더불어 인간이 성취해놓은 풍부한 태피스트리로 지평이 확장되었다. 이런 책들은 에디슨에게 엄청난 과학적 호기심을 불러일으켰고, 결국 열한 살이 되었을 때 집 지하에 자신의 실험실을 만들어 새로운 발견에 매진하며 기술을 개발하게 되었다.

열두 살 때는 공부 대신 일을 시작해야 했다. 포트휴런과 디트로이트 사이를 매일 오기는 기차에서 승객들에게 음식, 과자, 신문을 팔았다. 이후, 기차역 전보를 통해 들어오는 뉴스를 적극 활용해 《그랜드 트렁크 헤럴드》라는 신문을 만들어 팔기도 했으며, 디트로이트에 있는 무료 도서관을 찾아가 직접 서가를 뒤져 체계적으로 연구에 몰두하기도 했다.

몇 년 뒤, 평소 즐겨 읽던 『토머스 페인의 철학The Philosophy of Thomas Paine』이라는 제목으로 책에 관한 특별 에세이를 쓰기까지 했다. 이 에세이에는 페인에 대한 숨겨진 이야기 말고도 에디슨의 유머 감각과 재치가 잘 드러난다. 에디슨은 토머스 페인이 미국의 일반 시민들에게 잘 알려지지 않았고 따라서 미국의 현대적 사고에 거의 영향을 미치지 못했다는 사실을 안타깝게 여기며 글을 시작한다. 그러면서 이것을 미국의 '국가적 손실'이라고 했다. 더욱이 사람들이 토머스 페인을 잘못 평가하고 있다고 통탄했다. 일례로 시어도어 루스벨트는 페인을 선술집에서 술을 진탕 마시며 말년을 보낸 역겨운 무신론자라고 냉정하게 일축했다. 하지만 에디슨의 생각은 전혀 달랐다. 에디슨은 이렇게 주장했다.

"미국에서 페인보다 더 건강한 지성인이 있었던 적은 한 번도 없다. 페인이야말로 우리의 가장 위대한 정치 사상가다."

에디슨은 토머스 페인의 혁명적인 팸플릿 『상식』에 초점을 맞추었다. 이 팸플릿은 자유를 쟁취하려는 불길이 타오르게 만든 소책자로, 독자들에게 식민지라는 부차적인 지위에 안주할 것인지 아니면 영국에 대항해 전면적인 반란을 일으켜 자유를 획득할 것인지 즉시 선택하도록 영감을 주었다.

"그 팸플릿은 식민지 전역에서 사람들 손에서 손으로 전해졌다. 팸플릿 한 부가 올버니에서 회기 중이던 뉴욕 의회에 도착했다. 자유를 향한 이 분명한 외침에 답하기 위해 야간 회의를 열기로 했다."

에디슨은 과장하지 않았다. 이 팸플릿은 불과 몇 달 만에 50만 부 이상 날개 돋친 듯 팔려나갔다. 당시 식민지 인구(250만 명)와 비교해볼 때, 미국에서 출판된 책 중에서 역사상 가장 많이 팔리고 유통되었다. 에디슨은 정통 정치 평론가들의 의견을 반영해, 페인이 너무나도 강력한 내용을 담은 문서를 내놓음으로써 이제 혁명은 불가피하게 되었다고 평가했다.

영국 노퍽에서 태어난 젊은 토머스 페인은 코르셋을 만드는 재단사(대단해 보이지 않을지 모르지만, 코르셋을 만들려면 실제로 인체공학 지식이 필요하다!), 공무원, 저널리스트, 교사 등 다양한 직업을 전전했다. 본격적으로 정치에 관심을 갖게 된 계기는 영국 잉글랜드 남동부 서식스주 루이스 세무서에서 일할 때 얻었다. 당시 페인은 시의회에서 유명한 영국 철학자 존 로크의 아이디어에 대한 정치적 토론을 이끌었다. 사실 페인은 정치적 선배라 할 수 있는 로크에게 진 빚을 조금 가볍게 여겼다. 그래서 자신이 로크의 책을 읽어본 적도, 손에 들어본 적도 없다고 다소 야비하게 말하기까지 했다. 하지만 페인이 그처럼 정치적 논쟁을 주도한 데에는 자유와 인간 존엄성에 대한 로크의 생각이 영향을 미쳤던 것만큼은 분명하다.

한편 벤저민 프랭클린의 추천으로 조용한 루이스를 떠나 새로운 세상에 나서면서(벤저민 프랭클린은 외교관으로 런던에 있을 때 페인을 알게 되었다), 페인은 진지하게 정치 활동에 임했다. 필라델피아에 정착하고 나서 자신의 아이디어를 글로 풀어놓았는데, 남성과 여성 및 서로 다른 인종에게 평등한 권리가 주어져야 한다고 주장했다. 완전한 권리는 아닐지라도 최소한의 공정한 대우를 주장했다. 미국에서 노예제 폐지를 가장 먼저 주장한 사람이 바로 페인이다. 페인의 『인권』은 자연권에 입각한 인권의 관점에서 국가의 바람직한 모습과 역할을 제시하여 정치적 고전으로 평가받는다.

세무서에서 근무한 경험을 바탕으로 정부의 구체적인 운영 비용을 복식 부기 형식으로 깔끔하게 정리했을 뿐만 아니라 자신이 제안한 민주주의 정부의 비용이 정확히 얼마인지까지 적어놓았다(그리 많이 들지는 않았다). 사실 페인의 방식대로 재정이 실현되었다면, 미국의 가난한 사람들 모두에게 실제로 나눠줄 돈이 충분했다! 정말이지 시대를 앞서는 획기적인 아이디어였다. 실제로 2020년 대선을 앞두고 민주당 후보이자 컴퓨터 전문가인 앤드루 양이 이와 비슷한 제안을 했는데, 이 또한 여전히 혁명적이었다.

그러나 토머스 페인이라는 이름이 역사적으로 중요해진 것은

'민족자결'이라는 과격한 이슈 때문이었다. 미국의 2대 대통령 존 애덤스는 한때 "무서운 도깨비… 너무나 무서워서… 그 얼굴을 보면 온순한 사람도 주먹을 쥐게 될 것이다"라고 말할 정도였다. 실제로, 페인의 팸플릿 『상식』은 전국적으로 혁명의 불길을 일으켜 결국 영국의 미국 지배를 무너뜨리게 된다. 또한 페인은 『인권』(1791)에서 이렇게 호소했다.

"공화국의 원리에 따라 행동하지 않는 국가, 다시 말해 공적 사항을 전체이자 유일한 목적으로 삼지 않는 국가는 좋은 국가가 아니다. 공화국이란 개인적으로나 집단적으로나 공공의 이익을 위해 수립되고 운영되는 국가를 말한다."

에디슨은 오랫동안 토머스 페인에게 매료되었다고 고백했다. 아버지 책장에 페인의 책이 꽂혀 있었는데, 그 책을 열세 살 때쯤에 펼쳐본 것 같다.

"페인의 책에서 뿜어져 나온 섬광 같은 깨달음을 나는 아직도 기억한다. 정치와 종교 문제에 대해 우리 주변 수많은 사람의 생각과는 너무나 다른 페인의 견해를 접한 것은 일종의 계시였다. 물론 당시 페인의 주장을 완전히 이해하지는 못했지만, 그 성실함과 열정은 내게 큰 감동을 주었다. 지금까지도 그 감동은 여전하다."

물론 어린 에디슨은 정치 활동가가 아니었다. 철학적 영웅을 찾아 나선 것도 아니다. 오히려 처음부터 이 영국인한테서 앞으로 살아갈 방법을 알려주는 롤모델과 실용적인 지침을 보았다. 이 사실은 잘 알려지지 않았는데, 그것은 페인이 엔지니어이자 실험가였기 때문인지도 모르겠다. 에디슨은 이렇게 말했다.

"나는 항상 발명가 페인에게 관심이 많았다. 페인은 현대의 중앙

『상식』

Common Sense

—

저자: 토머스 페인 | 출판 연도: 1776년

49쪽에 불과한 『상식』은 책이라기보다 팸플릿이었다. 1775~1776년 미국 독립전쟁이 시작될 무렵 당시 미국 독립의 정당성을 주장하기 위해 토머스 페인이 썼다. 명확하고 설득력 있는 산문으로, 페인은 식민지를 대표해 도덕적·정치적 주장을 힘차게 제시했다. 사람들은 선술집과 모임 장소에서 큰 소리로 이 팸플릿을 읽었으며, 그 영향력은 정말 놀라울 정도로 대단했다. 당시 나라의 인구수를 고려했을 때, 이 책은 미국 역사상 출판 도서 중 가장 많이 팔리고 유통되었다! 그리고 오늘날에도 여전히 인쇄되고 있다.

페인은 그때까지만 해도 누구도 진지하게 고려하지 않던 '독립'을 주장했다. 또한 프로테스탄트(신교도)가 종교를 추구할 자유와 영국으로부터의 독립을 연결지어, 마치 설교하듯 자신의 주장을 펼쳤다. 역사가 고든 S. 우드는 『상식』을 "혁명 시대 전체에서 가장 선동적이고 대중적인 팸플릿"이라고 평가했다.

상식을 말한다는 건 명백하고도 솔직하게 말하는 것이다. 페인은 철학 문헌과 라틴어 용어를 거의 당연하게 인용하던 문학적 권위를 무시하면서, 간단하고 단순한 스타일로 팸플릿을 썼다.[1] 말하자면, 작은 마을의 목사가 설교하는 방식으로 일반인에게 말하는 것처럼, 잘 알려진 성경

1 페인의 팸플릿은 덜 배우고 못 배운 이들도 함께 읽어야 하는 정치 선전물이 갖춰야 할 미덕 즉, 명쾌한 표현과 간결한 문장, 적절한 비유 등의 모범으로 꼽힌다. 페인은 독립의 당위성을 이렇게 비유했다. "하나의 대륙이 섬에 의해 영구히 통치돼야 한다는 가정은 너무나 불합리하다. 자연을 보라. 위성이 그의 행성보다 큰 경우는 어디에도 없다. 영국과 아메리카의 관계도 그런 자연의 질서를 뒤집을 수 없다." [옮긴이]

이야기를 적절히 첨가했다. 불과 몇 달 만에 이 팸플릿은 50만 부 이상, 즉 당시 식민지 인구 5명당 1부 꼴로 날개 돋친 듯 팔렸다(그 어떤 단일 간행물보다 더 많이 팔렸다). 『상식』은 18세기 후반에 영국 식민지였던 미국 인민들에게 자주독립 및 대의제에 입각한 공화국 수립을 촉구했다. 그로 인해 몇 년 후인 1776년 7월 4일 독립선언문을 위한 길을 닦았다고 평가받는다.

드래프트 버너의 원리인 철교와 할로 캔들을 고안하고 설계했다. 그는 대단한 천재적 자질을 갖추었으며 다양성에도 관심을 보였다. 무엇보다, 특별한 신념은 바로 '자유'였다."

바이오그래피닷컴biography.com의 편집자들은 페인의 놀라운 '다른' 삶을 기억하며, 그 아이디어와 발명 중 많은 부분이 '계획 단계'를 넘어서서 발전하지 못했다 할지라도, 몇 가지 주목할 만한 예외가 있었다고 언급했다. 그중에서도 무거운 물건을 들어올리기 위한 기중기, 연기가 나지 않는 양초, 화약을 출력出力으로 사용하는 아이디어 등이 돋보인다. 위험한 아이디어처럼 들리지만, 도처에 존재하는 내연기관의 중심에서 실제로 비슷한 아이디어로 만들어진 기기가 작동하고 있으며, 어쨌거나 페인은 몇 년 동안 이런 아이디어들을 어설프게 고치면서 살아갔다.

페인은 무엇보다도 다리(교량)에 심취했다. 미국 독립전쟁이 끝난 뒤, 영국과 미국에서 여러 차례 교량 건설을 시도했다. 당시에는 돌이나 나무로 교량을 만든다는 통념이 있었는데, 페인은 철로 교량을 건설하는 실험을 했다. 할렘강에 교량 건설을 계획했지만 자금을 조달할 수 없게 되자 영국 웨어마우스의 웨어강에 선덜랜드 다리Sunderland Bridge를 지었다.[2] 여기서 페인의 업적은 교각 없는 다리를 건설한 것으로, 1796년에 길이 72미터짜리 다리가 완공되었다. 당시 세계에서 가장 긴 철교이자 두 번째로 건설된 철교였다. 이처럼 철

2 이 다리는 1929년에 철거되었다. 미국에서 토머스 페인의 아이디어를 실제로 구현한 교량으로는 펜실베이니아의 던랩 크릭 다리 하나밖에 없다. 이 다리는 미국 최초의 주철 아치교로, 페인이 사망한 지 한참 뒤인 1836년에서 1839년 사이에 건설되었다.

과 강철을 사용한 교량 건설을 개척함으로써, 토머스 페인이 샌프란시스코의 금문교나 뉴욕의 브루클린 다리와 같은 후대의 상징적인 다리의 건설에 중요한 영감을 주었다고 해도 과언이 아니다. 왜 조지 워싱턴이 페인의 열광적인 팬으로서 그의 혁명적 산문뿐만 아니라 그가 지은 교량을 좋아했는지 잘 알 수 있다.

에디슨에게는 좀 달리 보였다. 에디슨은 이미 앞에서 언급한 "세상은 나의 조국이다. 모든 인류는 나의 형제다. 선을 베푸는 것이 나의 종교다"라는 페인의 유명한 선언과 "우리가 자유의 토대를 마련하는 데 도움을 준 사람"이라는 페인의 명성에서 가장 큰 영감을 받았다. 여기에 덧붙여 페인은 에디슨에게 '영감을 주는 모델'이자 자신과 '마음이 맞는 사람'이었다.

에디슨의 수많은 발명품 중에는 전신기, 만능 주식 시세 표시기, 축음기, 최초의 실용적인 전구, 알칼리축전지, 그리고 스스로 '키네토그래프'라고 불렀던 초기 동영상 영사기 등이 있다. 에디슨은 가죽으로 제본된 책들에서 처음 만난 진정한 영국인 혁명가의 제자가 되었다.

에디슨이 페인의 책을 읽을 당시 페인의 평판이 좋지 않았다는 점을 강조해야겠다. 페인은 1809년 6월 8일에 뉴욕에서 쓸쓸하게 생을 마감했는데, 장례식에는 6명의 애도자만 참석했다고 기록되어 있다. 그리고 이 중 3명은 예전에 부리던 노예였다. 언론이 페인을 가리킨 유일한 지위는 정치적인 대중선동가였다. 《뉴욕 시민New York Citizen》은 페인의 사망 기사에 이렇게 적었다.

"페인은 장수를 누렸다. 이따금 좋은 일도 했지만 해로운 일을 많이 했다."

이 모든 사례는 책의 또 다른 특성을 강조한다. 책은 일종의 타임캡슐이다. 내용은 기록될 때 적힌 그대로 봉인되지만 수십 년, 심지어 수백 년 뒤에 가치가 재발견되기도 한다. 에디슨도 마찬가지다. 에디슨은 처음부터 꿈이 없으면 꿈을 이룰 수 없다고 말했다. "힘든 일에서 사람들을 해방하고 가장 큰 행복과 번영을 만들기 위해 능력 범위에서 모든 것을 실천하기"를 바랐다. 이는 미국 혁명에 대한 토머스 페인의 정치적 선언을 실제로 고스란히 따른 말이다.

에디슨은 어린 시절부터 난독증에다가 청력이 좋지 않았으며, 단 3개월의 정규교육을 받았을 뿐, 행실이 나쁘다는 이유로 일곱 살 때 학교를 그만두라는 요청을 받았다. 다행스럽게도 어머니는 아들의 남다른 능력과 지성을 믿고 가정교육에 헌신했다. 에디슨은 나중에 이렇게 애정 어리게 기억했다.

"어머니는 저를 만드신 분입니다. 어머니는 정말 진실하셨고 저를 굳게 믿어주셨습니다. 그리고 저는 자신이 실망시켜서는 안 될 누군가를 위해 살아야 하는 사람이라고 느꼈습니다."

어머니의 지도 아래, 어린 소년에게는 완전히 새로운 세상이 열렸다. 에디슨은 세계사, 영문학, 시, 그리고 위대한 영국 과학자 아이작 뉴턴의 열렬한 독자가 되었다. 이런 교육을 받은 것이 얼마나 행운인지 깨닫고는 나중에 이렇게 썼다.

"문명에 가장 필요한 임무는 사람들에게 생각하는 법을 가르치는 것이다. 우리 교육 방식의 문제는 유연한 마음을 주지 않는다는 것이다. 기존의 교육은 우리의 뇌를 좁은 틀에 가둔다. 독창적인 생각이나 추론을 북돋아주지 않으며, 관찰보다 암기를 더 강조한다."

앞에서 언급했듯이 에디슨은 지하에 일종의 실험실을 만들어

집에서 배움을 이어갔다. 부모는 아들의 화학물질 실험으로 이따금 일어나는 폭발 사고를 견뎌야 했다. 이 실험실은 1876년 멘로파크에서 에디슨이 만든 세계 최초의 R&D 연구소이자 '발명 공장'의 전신이 되었다. 실험실 밖에서도 대단한 공학 발전을 이루어냈는데, 특히 세계 최초의 중앙집중형 발전소를 설계하고 건설했다. 그 결과 1882년 맨해튼의 거리에서 처음으로 밤에 불을 밝혔다. 친구이자 금융가 J.P. 모건이 합병을 주도한 이후, 에디슨조명회사는 세계에서 가장 유명한 에너지 회사 제너럴일렉트릭이 되었다.

에디슨은 발명가일 뿐만 기업가로, 사회에 필요한 혁신과 개선에 초점을 맞추었으며 이렇게 말하기도 했다.

"팔지 않을 것은 무엇이든 발명하고 싶지 않다. 판매는 효용의 증거이고, 효용은 곧 성공이다."

에디슨은 실로 신중한 투자자였으며 전기 조명 시스템, 배터리 공급, 제조, 시멘트 제품 생산, 광업 및 영화 제작을 포함한 다양한 기업 포트폴리오를 구축했다. 자신이 생각하는 성공의 요소를 설명하면서 이렇게 말했다.

"가치 있는 일을 이루기 위한 세 가지 중요한 요소는 첫째 열심히 일하는 것(근면), 둘째 꾸준히 하는 것(끈기), 셋째 상식이다."

|||\||

토머스 에디슨과 토머스 페인은 다양한 참고자료에서 영감을 얻는 마음의 힘을 보여준다. 그런데 이것은 본질적으로 20세기 화학자 해리 크로토의 비밀이기도 하다. 크로토라는 이름을 잘 모를 수도 있

지만, 우리는 이미 의학, 우주 기술 또는 나노 기술 분야에서 크로토가 만든 수많은 발명품의 혜택을 누리고 있다. 소위 풀러렌fullerene이라는 새로운 형태의 분자를 합성하는 데 기여한 크로토는 미국 과학자 로버트 컬, 리처드 스몰리와 함께 1996년에 노벨 화학상을 받았다. 풀러렌은 축구공처럼 생겨 안정된 구조를 갖추기 때문에 매우 높은 온도와 압력을 견딜 수 있다. 아주 작은 물질을 가둘 수 있는 새장과 같으며 성질이 강하면서도 미끄럽고, 튜브처럼 이어질 수도 있다. 따라서 윤활제, 공업용 촉매제, 초전도체, 축전지, 약품 전달매체 등으로 이용될 가능성이 높다.

비록 비즈니스에 관한 이야기일 뿐이지만, 크로토의 이야기는 여러 면에서 매력적이다. 크로토는 노벨상을 활용해 교육 기회를 창출한 과학자다. 또한 예술가이자 인문주의자이기도 하다. 과학자들이 연구를 이어갈 자유와 기회를 지녀야 한다는 크로토의 주장은 실제로 적용되지 못했을지는 몰라도, 인식의 지평을 넓히는 방법으로 독서를 장려하려는 나의 관심과 맞닿아 있다. 한편 크로토는 철학이야말로 세상을 이해하고 진리와 오류를 구별하는 우리의 도구라고 칭송한다. 게다가 사소하기는 하지만, 20년 동안 나는 크로토와 같은 작은 마을에서 살았다. 토머스 페인이 처음으로 정치에 관심을 갖게 된 도시, 영국 남부 해안 서식스에 위치한 루이스 말이다! 세상 참 좁다!

무엇보다도 해리 크로토가 열정적이고 다방면에 걸친 독서가였다는 사실이 중요하다. 집 서재에는 예술·디자인·사진 관련 서적들이 주제별로 정리되어 놓였지만 철학 서적과 과학 서적은 마구 뒤섞여 있었다. 도서 수천 권 사이에 적어도 10권 이상은 아인슈타인에 관한 책이었을 뿐만 아니라, 자신이 특히 관심을 갖는 사람들의 책도 무척 많았다. 그런데 크로토가 자주 인용한 구절은 톨킨의 판타지 서사 『반지의 제왕』에서 나왔다.

"방황하는 사람들이 모두 길을 잃은 것은 아니다."

이런 정신으로 크로토는 철학자 버트런드 러셀의 저서와 물리학자 리처드 파인만의 '사소하지만 흥미로운 책' 『파인만의 과학이란 무엇인가?』[3]에 대해서도 자유롭게 언급한다. 아내 마가렛 크로토는 남편이 젊은이들과 이야기할 때 그런 책들을 언급하고 과학에 대해 더 많이 찾아보도록 격려했다고 내게 말해줬다. 해리가 자주 인용한 러셀의 문구는 다음과 같다(러셀의 말을 크로토가 자기 나름대로 변형했다).

"바보와 광신도들은 늘 확신에 차 있지만, 현명한 사람들은 의심으로 가득 차 있다. 이것이야말로 세상의 문제다."

과학이든 철학이든, 크로토에게는 항상 미스터리에 대한 사랑이 깔려 있었다. 사실 과학자뿐만 아니라 우리 중 많은 사람과 마찬가지로 해리 크로토는 여러 철학자의 작품을 실제로 샅샅이 뒤져볼 시간이 없었기에 요약본을 즐겨 읽었다. 그중 하나는 폴 스트러던의 전기 『90분 만에 읽는 스피노자Spinoza in 90 Minutes』였다. 철학자 스피노자는 창조에 마음의 요소가 있다고 보았기 때문에 과학자들에게 인기가 높다. 다시 말해, 마음과 물질이 별개가 아니라 둘 다 같은 무

3 전설적인 물리학자 파인만이 1963년 워싱턴대학교에서 강연한 내용을 담았다. 유머와 기지가 넘치는 강사로도 유명했던 파인만은 세 차례 강연하며 '과학이란 무엇인지' 그리고 '과학적인 사고방식이 사회의 다른 분야에 어떤 영향을 미치는지' 설명한다. [옮긴이]

『반지의 제왕』

The Lord of the Rings

—

저자: 존 로널드 로얼 톨킨 | 출판 연도: 1937~1949년

모든 힘을 지배할 절대반지를 갖게 된 '프로도'가 악의 세력을 물리치고 절대반지를 파괴하기 위해 목숨을 걸고 기나긴 여정을 떠나는 판타지 서사 『반지의 제왕』은 확실히 대단한 책이다. 우선, 정말 내용이 방대하다. 2000페이지가 넘어 평균 소설보다 5배 이상 길다. 톨킨이 원래 세 편으로 나누어 발표하고 출판했지만, 오늘날에는 하나의 거대한 책으로 묶여 독자를 만나고 있다.

이 책은 사실 좀 기괴한 측면이 있다. 영어뿐만이 아니라 저자가 직접 만든 15개의 다른 '엘프' 방언이 나온다. 언어의 매력에 흠뻑 빠진 톨킨은 드워프족을 위한 수어手語를 만들었다. 이들이 일하는 대장간이 너무 시끄러웠기에 수어가 필요했다.

그 방대한 분량 때문이든 아니면 모호함 때문이든, 해리 크로토가 많은 사람들처럼 실제로 이 책을 전부 다 읽지는 않았을 것이다. 완독이 중요한 게 아니다. 『반지의 제왕』은 놀랍도록 불분명한 학문적 출처로 톨킨이 세심하게 만든 이국적 대안 우주에 가깝다.

톨킨은 앵글로색슨어와 고대영어를 전공한 교수였다. 1차 세계대전에 참전한 뒤, 학계에서 나와 민간에서 가진 첫 직업은 옥스퍼드 영어사전에서 W로 시작하는 게르만어의 역사와 어원을 연구하는 일이었다. 그러다 곧 대학으로 돌아가 영어를 가르치고 연구했다. 이것은 톨킨이 고대 노르웨이의 볼숭가 전설(13세기 아이슬란드의 볼숭가 일가를 중심으로 한 전설) 및 니벨룽겐의 노래(13세기 남부 독일의 대서사시) 같은 작품에 익숙했다는 뜻이다. 둘 다 마법의 황금 반지와 부러진 칼이 온전하게 되는 이야기가 특징인 고대 텍스트다. 톨킨의 책에 등장하는 인

물들의 세부 묘사 또한 이 초기 작품들에서 나왔다. 현명한 늙은 마법사 간달프는 특히 고대 문헌에서 외눈, 긴 흰 수염, 챙이 넓은 모자, 나무 지팡이를 든 노인으로 묘사되는 북유럽의 신 오딘의 영향을 받았다. 그러나 『반지의 제왕』은 오랫동안 가려져 있던 서사시를 넘어 우정·충성·희생·연민에 대한 이야기로 계속 이어졌다.

언가의 또 다른 측면이라고 생각했다. 스피노자에게 그 무언가는 바위로, 동물로, 무엇보다 신으로 존재한다는 점을 포함해 여러 측면에서 의미가 있다. 이 개념은 과학자들이 자연의 놀라운 복잡성과 정확성의 신비를 풀도록 돕는다.

완전한 형이상학이다. 하지만 크로토는 월트 휘트먼 같은 문학적 인물의 회의적인 인용문도 좋아해서 이렇게 말한 적이 있다.

"나는 과학적 정신, 보류, 확실하지만 너무 확실하지 않은 것, 증거와 전혀 일치하지 않는 개념의 포기도 좋아한다. 궁극적으로 괜찮다. 이것은 그 너머의 길을 열어주기 때문이다."

크로토는 자신이 직접 만든 웹사이트Kroto.info에서 위대한 철학자 공자와 플라톤을 언급했다. 아주 오래전에 공자는 이렇게 썼다.

"나는 답을 구하려 하지 않고 질문을 이해하려고 한다."

공자와 플라톤은 바로 이 좌우명으로 요약할 수 있다. 또한 이 말은 모든 과학자에게 훌륭한 일반 원리이기도 하다. 하지만 고대 그리스에도 신비로운 면이 있으며, 크로토는 교과서에 나오는 표준적인 설명보다 그 점에 더 흥미를 느꼈다. 대부분의 주류 철학자들이 급하게 지나치는 곳에서 크로토는 잠시 멈춰 플라톤의 입체기하 이론을 호기심 어린 눈으로 살펴보았다.

약 2500년 전에 나온 플라톤의 텍스트는 피타고라스와 같은 고대의 사상가들의 견해를 들려주며, 화학 원소의 기하학 측면에서 상당한 선견지명을 보여준다. 나이 많은 피타고라스학파 사상가 티마이오스의 이름을 따서 명명된 『티마이오스』 대화편에서는 자연스럽게 자신의 수학에 대한 관심을 드러낸다. 이 책에서의 핵심적인 직관은 원소들의 숨겨진 구조가 실제 속성을 생성한다는 것이다. 플라톤은 계속해서 3차원 구조를 기술한다.

"피라미드의 형태로 된 입체를 불의 요소 및 씨라고 하죠. 생성 순서에 따라 두 번째 것(정8면체)은 공기의 요소 및 씨라고 말하고, 세 번째 것(정20면체)은 물의 요소 및 씨라고 말합시다."

불, 흙, 공기, 물, 에테르(에테르는 나중에 아리스토텔레스가 추가한 제5원소로 천상계, 즉 별과 행성 사이의 공간을 채운다. 플라톤은 오각형으로 만들어진 정12면체가 제5원소를 이룬다고 가정했다). 이 모든 원소는 철학자들에게 우주의 빌딩 블록이 된다. 이 성분들은 수학 법칙에 따라 배열된다. 실제로 오늘날 원자 현미경으로 보면, 둔하고 부드러

기원전 360년경에 쓴 『티마이오스』 대화편에서 플라톤은 물질의 기하학을 탐구한다. 이 판화에서 플라톤의 5가지 기하학적 입체는 불·공기·흙·물·에테르라는 5원소와 상상적으로 연결되어 있다.[4]

4 Johannes Kepler, Harmonices Mundi, 1619. http://geometricism.com/c/renaissance-geometricism.

『티마이오스』

Τίμαιος, Timaeus

—

저자: 플라톤 | 출판 연도: 기원전 360년경

주인공의 이름을 따서 명명된 『티마이오스』는 고대 그리스 철학자 소크라테스와 여러 아테네 엘리트의 대화를 기록한 단편 중 하나다. '사건'보다는 '대화'에 더 중점을 두기는 하지만, 소규모 연극처럼 보이는 대화는 서구 문화의 발전과 수많은 후대 사상가에게 영향을 미쳤다.

각각의 대화편에는 고유한 주제가 있는데, 오늘날 가장 유명한 대화는 정부와 정의의 본질을 다루는 『국가론』이다. 그러나 『티마이오스』로 알려진 대화에서 플라톤은 '물질의 기하학'을 탐구하고 고대인들이 우주의 구성 요소라고 믿었던 이른바 4원소, 즉 불·공기·물·흙에 대해 이야기한다.

"우리는 우주의 생성 이전의 불·공기·물·흙의 성질 자체와 생성 당시의 상태를 고찰해야만 합니다."

이 책에서는 수적數的이고 기하학적인 정다면체 구조로 4원소를 설명한다. 정다면체는 각 면이 모두 똑같은 정다각형으로 이루어지고, 또 각 꼭짓점에 모인 면의 개수가 같다.

티마이오스는 이렇게 말한다.

"그러면 흙에는 정6면체를 부여합시다. 왜냐하면 흙은 네 가지 원소 중에서 가장 움직임이 덜하며, 모든 물체 중에서 가소성可塑性이 가장 높기 때문입니다. 필연적으로 그런 성질을 지닌 것은 가장 안정적인 밑면을 갖출 수밖에 없습니다."

다음으로 불은 피라미드 모형(정4면체)으로 된 입체라고 설명하는데, 4원소 중에서 불이 모든 방향으로 가장 예리하고 각을 이루기 때문이다. 물은 정20면체로, 유동성이 좋고 쉽게 구를 수 있다. 마지막으로 공기는 정8면체로 이루어져 있는데, 정8면체는 마주보는 꼭짓점을 잡고 불면 쉽게 돌릴 수 있기 때문이다. 공기는 아주 미미하여 거의 느낄 수 없을 정도로 부드럽다.

사실 다섯 번째 기하학적 입체인 정12면체에 관해 티마이오스는 "신이 그것을 하늘 전체에 별자리를 배열하는 데 그것을 사용했다"라고 모호하게 언급했다. 자, 알겠다. 어떤 의미에서 이는 모두 말도 안 되는 소리다. 그러나 매우 기술적技術的이고 그래서 무척 인상적이다. 플라톤은 대칭이 구조를 정의한다고 보았다. 기하학 연구에 위엄과 웅장함을 부여하고 그 발전을 크게 자극했다. 우리는 보통 유클리드가 기원전 330~320년경에 집필한 『원론The Elements』을 역사상 가장 위대한 수학책으로 평가한다. 그런데 『원론』은 유클리드가 선배 격인 피타고라스, 플라톤 등이 연구한 여러 가지 자료를 엄선해 거기에 자신의 창작을 가미해서 체계적으로 편찬한 책이다. 이런 점에서 플라톤의 대화편은 우리가 수학으로 아는 대부분의 지식을 창조했으며 원자 화학 또한 예고했다고 할 수 있다.

운 흑연은 탄소 원자가 육각형으로 배열된 반면, 단단하고 반짝이는 다이아몬드의 결정 구조는 탄소 원자가 작은 피라미드로 배열된 정8면체임을 알 수 있다.

그런데 이러한 모양을 '플라톤 입체Platonic solids'라고 부르면 지나친 단순화가 될 수도 있다. 사실 원소를 구성하는 정다면체 개념은 피타고라스가 북아프리카와 동방을 여행하면서 발견한 사실을 차례로 보고하며 창안한 것이다. 하지만 아마도 유럽 중심적인 문화적 편견 때문에 플라톤의 저술에 대한 논의에서 이 같은 지적 뿌리가 종종 무시된다. 그래서 실제로 말한 많은 부분이 문화적 맥락에서 왜곡되고 제거되었다. 예를 들어 몇몇 철학 입문서는 플라톤의 아카데미 문에 '기하학을 모른다면 누구라도 여기에 들어오지 못한다'라는 문구가 새겨져 있었다고 적지만, 여기서 플라톤이 말하는 것은 기하학자geometers가 아니라 그리스어 지오메트리코이geometrikoi였을 것 같다. 철자는 살짝 다르지만 의미에는 큰 차이가 있다. 평등과 정의를 추구하는 위대한 길(파르메니데스의 진리의 길이라고도 함)을 따르는 추종자들을 가리키는 용어이기 때문이다. 『소크라테스 코드The Socrates Code』라는 책을 저술한 현대 독일 물리학자 피터 후브랄이 말했듯이, 그게 훨씬 더 설득력이 있다.

그럼에도 불구하고, 플라톤의 저작을 펴낸 중세 및 최근의 인기 있는 판editions 모두에서 고대의 대화편에는 항상 원소를 그려낸 최근의 선화線畫가 첨가되어, 〈플라톤 입체〉라는 제목의 기하학적 입체 그림을 보여준다. 크로토는 특히 책과 기사에 수록된 삽화를 눈여겨보았는데, 이런 선화는 이론에 생명을 불어넣었다.

마찬가지로 크로토 이전에도, 플라톤의 대화편은 피사의 레오

나르도와 같은 르네상스 예술가들이 구형 고체를 정교하게 그려내는 데 영감이 되었다. 이 그림들은 나중에 크로토와 그의 동료들이 새로운 종류의 탄소 화합물을 확인하게 된 '버키볼buckyball'[5]과 매우 유사하다. 그리고 이런 장인들은 15세기 말 이탈리아 북부 베로나의 오르가노에 있는 산타마리아 교회에서처럼, 기이한 기하학의 잠재력을 받아들여 눈에 띄는 목재 상감패널(가구 표면에 나무나 금속으로 새겨넣는 무늬)을 만들어냈다.

어쨌거나 플라톤의 책에서 가장 놀라운 유산은 원소가 몇 가지 기본적인 기하학적 모양으로 구성되며, 이것이 결합해 새로운 가능성을 허용한다는 매우 강력한 아이디어다. 크로토의 새로운 탄소 화합물 버크민스터풀러렌Buckminsterfullerene 또는 풀러렌에서의 핵심은 탄소 원자가 단순하게 융합하여 생성된 공 모양이다. 그런데 이러한 융합이 어디에서 어떻게 일어날 수 있었을까? 크로토는 화합물이 적색거성赤色巨星[6]의 불에서 생성된다는 아이디어를 선호했는데, 이 직관은 플라톤을 읽음으로써 다시 한 번 촉발되었을 수 있다. 플라톤은 다음과 같이 말했다.

5 해리 크로토는 라디오 전파 망원경에서 보이는 긴 형태의 탄소 고리에 관심이 있었다. 연구 결과 그 탄소체는 탄소 원자 60개가 축구공 패턴으로 이루어져 있음을 밝혀냈다. 그리고 이 탄소체는 형태가 길쭉하지 않고 오히려 구 모양이라는 사실을 알게 되었다. 이 구체는 탄소 60개가 축구공 패턴을 가진 것으로 밝혀졌다. 이 탄소체를 버키볼 또는 풀러렌이라고 부른다. [옮긴이]

6 질량이 태양의 0.25~8배 정도인, 후기 진화 단계의 별. 크기가 매우 거대하고, 표면 온도가 낮은 탓에 붉은 색을 띤다. [옮긴이]

베로나 오르가노에 있는 산타마리아 교회, 조반니의 목조 상감 패널(1494~1499). 특히 이미지 상단에 있는 매우 인상적인 '버키볼'에 주목하자.[7]

불과는 다른 어떤 것이 불 속에 포위되어, 불의 각과 모서리의 날카로움 의해 쪼개질 때, 그것이 불의 성질로 결합하게 되면 더이상 쪼개지지 않습니다. (…) 반면에 다른 부류로 바뀌는 데다 한결 약한 것으로 더 강한 것과 싸우는 한, 계속 나눠집니다. 그리고 다시 소량의 한결 작은 입자들이 다량의 한결 큰 것들 속에 포위되어 쪼개져서 꺼지게 될 때, 작은 입자들이 제압하는 쪽의 형태로 결합하려고 들면 꺼지지 않고, 불에서 공기가, 공기에서 물이 생기게 됩니다.[8]

7 Fra Giovanni of Verona, Intarsia, wooden inlay, c. 1503-1506. http://geometricism.com/c/renaissance-geometricism.

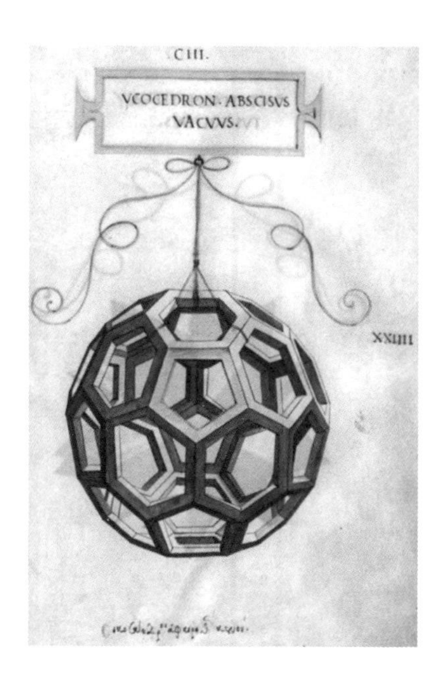

이탈리아 수학자 루카 파치올리의 책 『신성한 기하학에 관하여On Divine Geometry』, 1509년 판에 수록된 레오나르도 다빈치의 삽화.[9]

무엇 때문인지 크로토는 적색거성의 대기 조건을 시뮬레이션해보자고, 두 명의 주요 미국인 협력자 로버트 컬과 리처드 스몰리에게 제안했다. 탄소가 풍부한 적색거성의 대기에서 신비한 분자mysterious molecules가 생성되었다는 가설을 세우고, 미국 라이스대학교 화학과의 리처드 스몰리가 발명한 장비를 사용해 직접 확인해보고 싶었던 것이다. 두 사람은 의견을 교환했고, 크로토가 성간 구름

8 Section 57a, Tr. R. D. Archer-Hind, The Timaeus of Plato [1888] pp. 203-05.

9 Leonardo da Pisa, Skeletised polehyrdon, for Luca Pacioli's De Dvina Proportione woodcut, 1509. http://geometricism.com/c/renaissance-geometricism.

에서 관측한 긴 사슬의 탄소화합물 같은 분자를 스몰리 교수의 장비가 제대로 검출할 수 있는지 테스트하기로 했다. 결국 이듬해 9월 흑연을 증기로 만들 때 나오는 화합물을 분석했고, 천체관측에서 보이는 탄소 원자 7~12개 길이의 분자를 검출하는 데 성공했다. 그런데 이와 함께 탄소 원자 40~80개로 이뤄진 분자들도 나왔고, 특히 탄소 원자 60개로 이뤄진 안정된 분자가 관측치에서 피크를 보였다.

이 실험으로 그들은 새로운 종류의 이상한 분자가 존재함을 밝혀냈다. 탄소가 다이아몬드나 흑연으로, 혹은 지저분하지만 필수적인 석탄처럼 불순한 형태로 존재한다는 사실은 오래전부터 알려져 있었지만, 이번에 찾은 탄소 60개짜리 분자 구조는 그것들보다 작았다. 정말 놀라운 발견이었다.

사실 1984년 크로토가 처음 연구를 의뢰했을 때, 리처드 스몰리와 로버트 컬은 다소 꺼렸다. 장비를 사용하려면 기존에 금속과 반도체를 대상으로 수행하던 클러스터 연구를 멈춰야 했기 때문이다. 하지만 이들은 결국 양보했고, 크로토는 1985년 9월 라이스대학교에 도착했다. 그들은 대학원생들의 도움으로 연구를 수행했다. 특이한 피크가 처음 발견되었을 때 해리는 한 학생과 함께 작업하고 있었는데, 이 역사적인 첫 인쇄물에 결과를 기록했다. 형성된 클러스터의 질량 스펙트럼에서 특별한 피크를 보여준 탄소 60(또한 탄소 70) 분자였다.

이 신비한 분자는 무엇일까? 미스터리 조사에 대한 사랑은 크로토의 직업적인 유전자에 내장되어 있었다. 1964년에 캐나다 오타와에서 연구 경력을 시작한 이후로, 크로토는 자신의 직관을 따를 수 있었다고 말한다. 실제로 그는 실험실의 분위기가 "상당히 유쾌했다"고 설명했다.

크로토는 매우 저명한 학자들로 구성된 팀의 후배로 참여했다. 그러나 오타와에 상하 관계는 없었다. 오히려 모든 사람이 자유롭게 아이디어를 공유하기를 권장했다. 크로토는 나중에 이렇게 썼다.

"내 생각에, 격려해주는 분위기는 실험실의 가장 중요한 자질이었다. 환상적이고 자유로운 환경이었다."

오타와의 철학은 최첨단 장비를 제공하며 젊은 과학자들이 원하는 건 무엇이든 할 수 있게 하는 것이었다. 탐구의 자유에 중점을 두었다. 크로토는 훗날 돌이켜 생각해보면서, 자신의 뜻밖의 발견이 예측 가능한 발전보다 분명 본질적으로 더 중요함에도, 과학자들이 위험하고 실험적인 발견을 해내는 연구가 지원받기 점점 어려워지는 현실에 한탄했다. 예를 들어 탄소 분자 클러스터를 생성하기 위

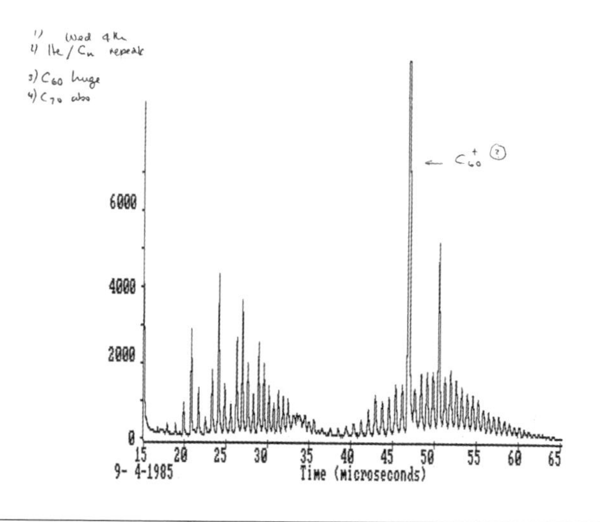

실험에서 사용한 질량 분석기의 역사적인 첫 번째 인쇄물 스캔 사본. 탄소 원자 60개로 구성된 분자를 나타내는 두 개의 특이한 피크를 보여준다. 크로토의 손 글씨가 적혀 있다.

해 헬륨 대기에서 흑연을 기화시켜 초기 우주에 존재했을 조건을 재현하려는 연구가 그렇다.

물론 뜻밖의 발견 이면에 어떤 의미가 담겼는지 이해하기 어려울 수도 있다. 그러나 크로토는 원자들이 구와 유사하고 속이 빈 대칭 구조로 결합했음을 깨달으며 돌파구를 마련했다.

아마도 여기에서, 크로토의 예술적 자질 및 그래픽 디자인에 관한 지식뿐만 아니라 고대 철학 이론을 책으로 접한 것이 큰 힘이 되었다. 크로토는 탄소 60 분자가 오각형과 육각형의 혼합으로 구성된다고 제안했다. 이러한 기하학적 패턴은 고대에도 탐구되었을 뿐만 아니라, 미국 건축가 리처드 버크민스터 풀러가 만든 철골 지오데식 돔geodesic dome[10]과 오각형과 육각형의 혼합으로 꿰어 만든 현대 축구공에도 있다. 크로토는 몬트리올 세계박람회에서 보았던 돔을 회상하면서 지오데식 돔을 더 강조했다.

결국 크로토와 리처드 스몰리, 그리고 라이스대학교의 동료 화학자 로버트 컬은 이 화합물의 구조가 축구공과 똑같이 생긴 분자라는 놀라운 결론에 이르렀다. 즉, 정육각형 조각 20개, 정오각형 조각 12개를 이어붙인 축구종의 패턴에서 꼭짓점 60개에 각각 탄소원자가 위치하는 구조였다. 이들은 학술지 《네이처》에 발표한 논문에서 이 분자에 버크민스터풀러렌이라는 다소 긴 이름을 붙였다.

어떤 식으로든 이들은 풀러렌 또는 버키볼의 독특한 구조를 발견함으로써 완전히 새로운 화학 분야를 개척했다. 크로토는 로버트

10 지오데식 돔은 볼록 다면체의 면을 분할해 꼭짓점들을 구면에 투영하여 구에 가까운 형태로 만든 다면체를 말한다. [옮긴이]

컬 그리고 리처드 스몰리와 함께 이 공로를 인정받아 1996년 노벨 화학상을 공동 수상했다. 그러나 처음에는 아무도 이 새로운 구형 분자의 존재를 증명할 수 없었기에, 회의적인 많은 사람이 공개적으로 의심을 드러냈다.

스몰리는 단념하지 않고 버키볼이 실제로 우주에서 가장 흔한 분자일 뿐만 아니라 가장 오래된 분자 중 하나일 수도 있다고 추측했다. 만약 정말로 100억 년에서 200억 년 전 적색거성의 뜨거운 열기 속에서 만들어졌다면, 그것은 최초의 고체가 뭉쳤을 때의 원핵primordial nuclei 역할을 했을 것이다. 즉, 처음에는 성간먼지 입자로 시작해, 그다음에는 암석, 소행성, 혜성, 행성, 그리고 마침내 지구에 생명체가 살 수 있는 기회로까지 이어졌을 것이다. 우리를 매우 철학적으로 만들기에 충분한 사실이다.

실제로 다음 몇 년 동안, 이 크고 불안정한 분자를 연구하던 크로토는 이어서 서식스의 동료 데이비드 월튼과 함께 탄소 사슬을 자세히 연구했다. 오랜 세월 동안 크로토와 월튼은 탄소 원자에 대해서 생각이 비슷했다. 그들의 연구는 전파 천문학 프로그램으로 이어져, 새로 발견된 분자가 성간 공간 전체와 탄소 별에서 방출된 가스에 방대한 양으로 존재한다는 사실을 밝혀냈다.

그래픽 디자인 지식을 갖추고 건축에 오랫동안 관심을 가져왔기에, 크로토가 동료들보다 제일 먼저 신비한 탄소 60 분자의 가능한 구조를 파악할 수 있었다. 하지만 그의 아이디어는 이보다 훨씬 더 정교한 정보를 입력한 덕분에 성장했다.

실제로, 질문을 받았을 때, 크로토는 말보다 사진이 더 많은 것을 말해준다고 강조했다. 어린 시절 《라디오 타임스Radio Times》(영국의 주간 텔레비전 및 라디오 프로그램 안내 잡지)와 같은 출판물에서 이미지를 잘라내어 수집했으며, 토요일 아침에는 여행사를 찾아가 브로슈어를 가져오기도 했다. 당시 브로슈어에는 사진보다 그림을 주로 사용했다. 또한 영국의 인기 SF 만화 캐릭터 댄 데어가 등장하는 삽화가 들어간 영국 만화 잡지 《이글The Eagle》을 구입해 비행기 그림과 기타 이미지를 많이 따라 그리기도 했다. 크로토의 생물학 교과서에는 아름답고 복잡한 그림, 특히 개구리 그림이 있었다.

젊은 화학자였지만, 그는 표지와 포스터 디자인을 전문으로 하는 학생잡지 《애로스Arrows》를 만드는 데 상당한 시간을 할애했다. 이처럼 크로토의 예술에 대한 열정은 여전히 책과 많은 관련이 있으며, 특히 책 표지는 마법과도 같은 독서에서 눈여겨볼 부분이다. 사실 해리 크로토의 첫 번째 주요 수상 실적은 책 표지 디자인이었다. 그리고 1967년 만국박람회를 방문해 로버트 버크민스터 풀러의 초현대적 '지오데식 돔'을 보았는데, 그것은 웅대한 아이디어와 예술가의 눈이 혼합된 작품이었다.

작가 아슈토시 조갈레카르는 독일 과학 블로그에 기고한 글에서, 크로토의 인생 이야기를 우연한 과학적 발견 중 하나로 묘사하며 이렇게 덧붙였다.

"과학의 비결은 모두가 보는 것 속에서 아무도 생각하지 않는 점을 생각해내는 것이다."

실제로 이 말은 크로토의 경우에도 해당된다. 사실 앤디 칼도르가 이끄는 미국 엑슨 석유회사 연구팀을 비롯해 여러 화학자가 2년 정도 전에 크로토와 매우 유사한 결과를 보았지만, 그 중요성을 파악하지 못했기 때문이다. 따라서 어찌하여 크로토가 풀러렌을 처음으로 이해했느냐는 질문은 매우 중요하다. 물론 크로토 자신은 핵심적으로 몬트리올 박람회 돔을 구경하여 화학에 관한 통찰력을 얻었다고 이야기하지만, 내 생각에 그의 관찰은 책을 많이 읽어서 생긴 더 크고 철학적인 사고방식과 들어맞았다.

보편적인 분자

풀러렌은 이제 교과서에 제3의 탄소 동소체(같은 원소로 되어 있으나 모양과 성질이 다른 홑원소물질) 또는 물리적 형태로 소개되고, 초전도체부터 태양전지에 이르기까지 많은 분야에 적용된다. 2016년에 크로토가 사망하자, 에드워드 에델슨은 죽음을 애도하며 크로토의 아이디어가 어떻게 화학계를 뒤바꿨는지 설명했다.

"캘리포니아에서 로버트 웨튼은 버키볼 분자를 시속 24만 킬로미터로 스테인리스스틸 벽에 쏘았다. 분자는 해를 입지 않고 되돌아왔다. 웨튼은 '그동안 세상에 알려진 그 어떤 입자보다도 탄성이 있어!'라고 소리쳤다. 그러면서 새로 발견된 물질이 엄청난 압력을 견뎌야 하는 로켓 연료로 사용하기에 충분할 정도로 탄성이 높다고 덧붙였다."

하지만 IBM의 돈 베순에게 그것은 시작에 불과했다.

"이 분자는 어떤 천재 엔지니어가 앉아서 디자인한 것 같다. (…) 분자 크리스마스트리를 만들 가능성이 있다. 우리는 온갖 종류의 작용기(유기화합물의 성질을 결정하는 원자단)로 이것을 장식할 수 있다. 풀러렌은 스위스 군용 칼 같은 분자다."

예를 들어 단일 분자 크기의 트랜지스터를 사용하면 전자 장치가 극적으로 작아질 수 있다. 분자 전자공학은 나노기술의 하위 분야로, 분자 또는 원자 규모에서 물질을 보고, 측정하고, 조작하려고 광범위하게 노력한다. 1959년 리처드 파인만이 DNA와 유전학의 메커니즘에 관심을 갖게 되었을 때 예상했던 접근 방식이다.

버키볼 이후에 나온 가장 중요한 풀러렌은 일본에서 발견된 탄소나노튜브일 것이다(종종 '버키튜브'라고도 부른다). 이것은 열과 전기의 우수한 전도체이며 매우 강하다. 전자, 구조재료 및 의학 분야 등 응용 분야가 무궁무진하다. 우리는 LED(발광 다이오드) 디스플레이라는 형태로 이미 이점을 누리고 있다. 이러한 탄성 때문에 풀러렌 분자가 우주의 형성과 물질 자체의 창조에 중요한 역할을 하게 된 것이다.

노벨상을 받고난 뒤, 크로토는 여러 학교를 찾아가 "삶의 모든 측면에 대한 기민하고 분석적인 접근"이라고 스스로 부른 캠페인에 전념했다. 일반 강의에서, 자연과 우주를 지배하는 규칙과 기본 원리를 찾는 자연철학이 "일정한 신뢰성을 품고 진리를 파악하는 인간이 고안한 유일한 철학적 구성"이며 "교육의 윤리적 목적은 젊은이들이 각자 들은 내용이나 믿는 것이 정말로 진실인지 스스로 판단하도록 돕는 것이어야 한다"고 강조했다.

이러한 초점을 염두에 두고, 크로토는 철학자 버트런드 러셀의 『인기 없는 에세이』를 인용해 다음과 같은 이야기를 젊은이들에게 자주 낭독했다.

"인간은 남의 말을 쉽사리 잘 믿는 존재다. 믿을 만한 타당한 이유 없이 스스로 나쁜 이유에 만족한다."

같은 정신으로 크로토는 케네디 대통령의 다음과 같은 격언을 회상할 것이다.

"진실의 큰 적은 고의적이고 교묘하며 부정직한 거짓말이 아니라, 끈질기고 설득력 있고 비현실적인 신화神話입니다. 신화에 대한 믿음은 사고의 불편함 없이 의견에 위안을 줍니다."

이 말의 교훈은 우리가 사실로 여기는 것이 항상 사실이라고 확신할 수 없다는 것이다. 오늘날 교과서에 실린 '대다수' 정보가 2세대(60년) 이내에 개정되리라는 말도 있다. 하버드대학교의 물리학자이자 수학자, 새뮤얼 아브스만은 과학적 지식의 절반 정도가 쓸모없게 되는 시점인 '지식의 반감기'가 도래할 거라고 말했다.[11] 어떤 개별 사실이 무너질지 예측할 수는 없지만, 한 분야에서 밝혀낸 사실의 절반이 쓸모없게 되는 데 걸리는 시간은 어느 정도 확신할 수 있다.

그럼에도 불구하고 과학이 '벽돌을 하나하나 쌓아' 건설한 거대한 건물이라는 생각 또한 여전하다. 그 결과 기후 변화에서 성 역할에 이르기까지 복잡한 문제들은, 변하지 않는 유일무이한 사실의 세계에서 해석하겠다는 사람들의 주장으로 인해 종종 오해의 소지가 있는 '단순성'으로 축소된다.

이 모든 것 때문에 크로토는 가끔 돈 마키스의 문구를 언급한다.

"'내가 지금 생각을 하고 있구나'라고 착각하게 만들면, 사람들은 당신을 사랑할 것이다. 하지만 정말로 '생각'하게 만들면, 그들은 당신을 증오할 것이다."

그런데 서사 소설 『반지의 제왕』에서 톨킨이 했던 말이 크로토가 과학을 수행하는 방식을 이것보다 더 잘 요약한다.

11 새뮤얼 아브스만은 포유류 종, 소행성, 화학 원소 등 최근 수백 년 동안 과학적 발견이 이루어진 과정을 설명하기 위해 메타 인지 과학, 인종 동력학, 미발견 공공 지식론, 지식 물리학, 행태 경제학 등 최신의 학문들을 넘나들며, 세계를 움직이는 최신 학문들을 통섭하여 우리가 아는 지식의 유효기간에 관한 법칙을 탐사한다. [옮긴이]

"방황하는 사람들이 모두 길을 잃은 것은 아니다."

이 훌륭한 문구는 크로토의 작업 방식과 직접 연결된다. 다시 말해, 그는 만약 기대한 결과가 나오지 않으면, "뭔가 재미있는 게 있는 것 같다"고 자주 말하며 그 이유를 찾았다. 그리고 이것이 바로 크로토의 독서를 지배한 정신이기도 하다.

『반지의 제왕』의 비하인드 스토리

톨킨의 아들 크리스토퍼는 '이야기 뒤에 숨겨진 이야기'를 들려주며 흥미로운 통찰을 우리에게 안긴다. 톨킨이 『호빗』과 『반지의 제왕』을 창작할 영감의 불꽃을 발견한 시기는 사실 프랑스에서 1차 세계대전에 참전해 '참호열'(이가 옮기는 열성 전염병)에 걸려 1년 동안 요크셔에서 요양하며 보내던 때였다고 한다.

당시 멀리 떨어진 나라에서 전쟁이 벌어지고 있음에도 톨킨과 아내 에디스는 요양원으로부터 멀지 않은 작은 숲 사이의 빈터에서 평화와 아름다움을 찾았다. 에디스는 톨킨을 위해 춤을 추었는데, 그 순간이 톨킨의 마음에 영원히 강렬하게 고정된 것 같다. 톨킨은 아내를 요정 공주라고 상상하며 고대 문헌에 나오는 인물인 루시엔 공주에 비유했다. 자기 자신은 구경꾼 베렌에 빗댔다. 1972년 7월 11일, 톨킨이 아들 크리스토퍼에게 보낸 편지에는 이런 대목이 나온다.

"당시 네 엄마의 머리카락은 칠흑 같았고, 피부는 맑으며 눈동자는 그 어느 때보다 밝고 초롱초롱했어. 그렇게 노래하고 춤을 추었단다."

그리고 책에서 여정을 설명하는 부분도 자신의 실제 경험을 바탕으로 썼다. 예를 들어, 『호빗』의 중심인물이자 『반지의 제왕』의 조연 캐릭터인 빌보 배긴스(절대반지를 발견한 최초의 호빗)는 미끄러운 돌길을 따라

소나무 숲속으로 활보해 내려가며 '안개 산'을 가로지른다. 이 이야기는 바로 톨킨이 스위스의 기슭과 산을 탐험하는 등산객 12명 중 한 명으로서 실제 모험했던 기억을 기반으로 한다.

『반지의 제왕』 줄거리는 암흑 군주 사우론이 벼려내 신비한 힘을 지닌 고대 반지 '원 링'이 우연히 빌보 배긴스라는 호빗의 손에 넘어가는 것을 중심으로 흘러간다. 이 반지를 끼면 몸이 투명인간처럼 눈에 보이지 않게 되는데, 이는 '기게스의 반지Ring of Gyges'[12] 이야기를 떠오르게 한다. 플라톤이 경고한 바와 같이, 이 반지를 낀 자는 마음이 비뚤어진다. 하지만 그런 것은 사우론이 걱정한 바가 아니었다. 모르도르에 위치한 다크 타워에서 사우론은 자신의 지배권을 완성하러 반지를 찾기 위해 여기저기 수색한다.

결국 111번째 생일을 맞이한 빌보 배긴스는 사라진다. 하지만 젊은 사촌 프로도가 중간계를 가로질러, 암흑 군주에게 당도하여 절대반지를 파괴한다.

12 그리스 옆 리디아의 평범한 목동으로 지내던 기게스가 어느 날 자신을 투명하게 만드는 반지를 얻고, 그 힘을 이용해 리디아의 왕위를 찬탈한다는 이야기다.

기게스가 양을 치고 있던 어느 날, 갑자기 커다란 지진이 일어난다. 지진이 난 자리에 땅이 갈라져 동굴이 생겼는데 기게스는 동굴 속으로 들어간다. 그 안에서 금반지를 낀 거인의 시체를 발견한다. 기게스는 거인의 손가락에서 반지를 빼들고 밖으로 나온다. 어느 날 우연히, 반지의 흠집 난 곳을 안으로 돌리면 투명인간이 되고 밖으로 돌리면 자신의 모습이 다시 나타난다는 사실을 알게된다. 이제 '보이지 않는 힘'이 생긴 기게스는 나쁜 마음을 먹는다. 가축의 상태를 왕에게 보고하는 전령으로서 궁전에 들어간 기게스는 마법의 반지를 이용해 왕비와 간통하고 왕을 암살한다. 심지어 왕위를 찬탈하며 왕으로 등극한다.

마법의 반지를 이용해 왕비를 유혹했고 왕을 죽이는 죄를 지었지만, 기게스는 왕위에 오르는 행복을 누린다. 사람이 나쁜 짓을 하면 벌을 받고 불행해야 하는데 이 우화는 꼭 그렇지 않다는 것을 보여준다. [옮긴이]

이것이 줄거리다. 사람들이 실제로 책을 다 읽었든 아니든, 『반지의 제왕』은 전 세계적으로 1억 5000만 부가 넘게 팔린 베스트셀러 소설이며, 시리즈 영화로도 제작되어 엄청난 인기를 누렸다.

8장
큰 이익을 거둔 다음 공유하라

워런 버핏과 존 록펠러

벤저민 그레이엄, 『현명한 투자자』

윌리엄 R. 로런스, 『아모스 로런스의 일기와 서간집』

IIII\II

지금까지는 소설책 또는 철학책 이야기를 주로 했다. 내가 살펴본 독서 애호가들은 이런 책을 꾸준히 읽다 자신의 마음을 사로잡거나 영감을 준 아이디어를 우연히 찾아내 새로운 사고방식으로 전환하는 듯하다.

그런데 자신이 원하는 것을 분명하게 아는 독서가들도 있다. 이런 사람들은 자신의 아이디어와 밀접하게 관련된 책을 도서관 서가에서 찾는다. 새로운 아이디어를 발굴하려는 게 아니다. 사실을 확인하고 구체적인 방법 및 세부 사항을 파악하려는 것이다. 소설 작품은 일요 신문, 수상작 발표문, 들뜬 미디어에서 열렬한 논평을 받는다. 반면 많은 독서 애호가는 도서관 서가에 놓인, 소설보다 훨씬 더 두터운 분량의 참고서적에서 정신적 지주를 찾아내 자신의 직관과 연결해서 운명을 개척해나간다.

미국 주식시장의 정신적 지주 워런 버핏이 바로 그런 예라 할 수 있다. 살아가면서 어떤 일을 하고 무엇을 성취하고 싶은지 늘 아이디어가 분명한 듯 보이는 한 남자가 있다(본질적으로 아버지의 발자취를 따라가는 것이다). 이 사람은 젊었을 때 이미 자신의 아이디어를 실현하기 위해 구체적인 비즈니스 수행 단계를 밟았다. 그런데 이 책을 쓰기 위해 내가 조사한 사람들 중에서 버핏이야말로 “책이 인간의 삶을 형성한다”고 가장 단호하게 선언할 만한 사람이다.

나는 이미 서문에서 이런 확신을 살짝 내비쳤다. 버핏은 사무실에 수북이 쌓인 책 더미를 가리키며 “이런 책을 매일 500페이지씩 읽으세요”라고 조언했다. 무려 500페이지를! 이런 지시를 잘 따르면, 책은 땅에서 파내는 일종의 원자재가 되어 증권 거래소에 내다 팔 수 있다(버핏의 삶은 바로 이런 증권 거래소를 중심으로 돌아간다). 이런 식으로 텍스트를 샅샅이 파고들다가는 눈이 시뻘개지고 두통만 생긴다고 생각하는가? 터무니없는 생각이다. 물론 버핏이 진정으로 촉구하는 건 그런 게 아니다. 버핏은 책이란 '두뇌 증폭기'와 같아서 독서에 투자한 시간(버핏이라는 인물은 '투자'라는 단어로 정의할 수 있다)은 낭비가 아니며, 절대 아깝지 않다고 한다. 우리가 어떤 저자를 그 분야의 배경 지식과 더불어 이해하려면 10년이 걸릴 수도 있다. 그러니 그저 그 사람의 책을 읽고 통찰력을 공유하는 게 훨씬 더 현명한 방법이다.

CEO가 선호하는 논픽션

성공한 기업가가 되려는 사람들에게 해주는 워런 버핏의 조언은 다음과 같이 간단하게 요약할 수 있다. 많이 읽어라.

이제, 버핏과 생각이 같은 세 사업가가 좋아하는 책을 소개하겠다.

먼저 나라야나 무르티. 무르티는 인도 제2의 다국적 IT 기업 인포시스의 공동 창업자로, 《포천》지가 "우리 시대의 기업가 12명" 중 한 명으로 선정한 바 있다(인포시스는 최첨단 디지털 서비스를 전문으로 제공하는 글로벌 브랜드다). 무르티는 독서에 대한 애정을 주저 없이 공유했다. 버핏과 마찬가지로 무르티가 가장 좋아하는 책은 자신의 직업과 직접 연관된 실용적인 지침서로, 존 M. 헌츠먼의 『원칙으로 승부하라』다. 이 책에는 빈손으로 시작해 120억 달러 규모의 세계 최대 화학회사를 일궈내기까지 헌츠먼의 인생 스토리가 담겨 있다. 헌츠먼은 경영이 고비에 이르렀을 때 자신이 어떻게 원칙을 지켰으며, 그것이 어찌하여 성공으로 이어졌는지 솔직하게 털어놓았다. 이 책의 핵심 메시지는, 정상에 오르기 위해 지름길을 택하고 싶은 마음이 들 때도 있겠지만 항상 정직하고 성실하게 회사를 일구는 것이 최선이며, 역경이 닥치면 이 원칙이 두 배로 더 중요해진다는 것이다.

두 번째, 마이크로소프트의 공동 창업자이자 버핏의 친구 빌 게이츠. 실제로 게이츠는 버핏과 닮은 점이 많다. 둘 다 엄청난 부자라는 점, 자신의 부를 인류의 이익에 보태려 노력하는 헌신적인 자선가라는 점, 그리고 책에 대한 진정한 애정 등이 있다. 서문에서 말했듯이 게이츠는 다양한 장르의 작가들을 많이 추천하지만, 본인이 해변에서 즐겨 읽었던 경제경영서는 존 브룩스의 『경영의 모험』이다(실제로 출판사는 이 책을 빌 게이츠가 극찬한 금세기 최고의 경영서로 널리 홍보해 판매했다). 사실 이 책은 워런 버핏이 무척 좋아해서 빌 게이츠에게 추천해주었다고 한다. 이 책에는 제록스와 제너럴일렉트릭 같은 기업이 성공한 이유, 포드자동차의 신차 중에서 가장 큰 실패작으로 남은 에드셀이 치명적인 약점이 될 수밖에 없었던 이유 등이 나온다. 총 12개의 장으로 이루어진 『경영의 모험』은 빌 게이츠의 극찬 이후 재출판되었다. 이 책은 주식시장, 세금, 신제품 개발, 기업 협력 같은 경영의 역사에 숨은 흥미진진한 이야기뿐만 아니라 기업가 정신, 기업의 내부 소통 문제 등을 깊이 파고든다. 그럼에도 불구하고 일부 평론가는 미국의 기업 생태계를 다룬 다소 진부한 이야기라고 평가절하 한다.

세 번째로, 메타(전 페이스북) 창업자 마크 저커버그. 저커버그는 책에 대한 애정을 몇 차례나 강조해서 언급했다. 그런데 내게는 저커버그의 책 사랑이 게이츠나 버핏보다는 좀 약해 보인다. 저커버그는 자신이 가장 좋아하는 책으로 아르메니아 출신 미국 경제학자 대런 애쓰모글루와 영국 정치학자 제임스 A. 로빈슨이 쓴『국가는 왜 실패하는가』를 꼽았기 때문이다. 두 저자는 이 책에서 제도경제학, 개발경제학 및 경제사를 바탕으로 각 국가가 다르게 발전하는 이유를 설명한다. 정치와 경제, 역사를 아우르며, 국가의 운명은 경제적 요인에 정치적 선택이 더해질 때 완전히 달라질 수 있는데, 일부는 권력과 번영의 축적에 성공했지만 또 다른 일부는 실패한다고 서술한다. 저커버그는 이 책이 전 세계 빈곤의 기원을 이해하는 데 큰 도움이 되었다며 살짝 으스대며 말했다.

워런 에드워드 버핏은 순자산이 900억 달러에 이르는 미국의 거물이자 세계에서 세 번째로 부유한 사람으로, 하워드 버핏 하원의원의 세 자녀 중 둘째이자 외아들로 태어났다. 아버지는 소규모 민간 기업을 운영하는 투자자이기도 했다. 버핏은 어린 나이에 사업과 시장에 관심을 보였다. 얼마나 어린 나이였냐고? 일곱 살 때 오마하 공립 도서관에서『백만장자가 되는 1,000가지 비밀』[1]이라는 책을 빌려보기도 했다.

버핏은 어린 시절부터 껌, 코카콜라 병, 골프공, 잡지를 팔러 다니는 등 기업가적 모험심을 발휘했다. 1944년에 첫 소득세 신고를 했는데, 이때 자전거와 시계 구입 명목으로 35달러 공제를 청구했다. 1945년 고등학교 2학년 때, 친구와 함께 25달러를 주고 중고 핀볼 기계를 구입해 동네 이발소에 설치했다. 몇 달 뒤에는 이발소 세 곳

1 이 책은 1936년에 처음 나오고 오랫동안 절판되었다. 워런 버핏의 자서전 작가들은 이 책이 전설적인 투자자들의 비즈니스 감각을 정리하며, 버핏에게 복리의 힘을 깨우쳐 주었다고 말한다. 워런 버핏은 이 책을 다 읽고 나서 자신이 서른다섯 살이 될 때쯤에는 백만장자가 되어 있을 거라고 단언했다. [옮긴이]

에 기계 여러 대를 배치했고, 그해 말 1200달러에 이 사업을 팔았다.

고등학생 때 아버지가 소유한 사업에 투자해서, 소작농이 운영하는 16헥타르 농장을 매입했다. 열네 살에는 저축한 1200달러로 땅을 샀다. 대학을 졸업할 무렵 이미 오늘날의 가치로 환산해 10만 달러쯤 되는 금액을 모았다. 자선사업을 하느라 돈을 쓰지 않았다면, 지금쯤 세계에서 최고의 갑부가 되었을 수도 있다.

비즈니스와 투자의 세계에 대한 버핏의 관심은 청소년기에 확고하게 자리 잡았다. 사실 버핏은 사업에 집중하기 위해 대학을 건너뛰고 싶었을지도 모른다. 하지만 아버지의 권유로 대학에 입학했다. 펜실베이니아대학교에 들어갔지만 이후 네브래스카대학교로 옮겨 열아홉 살에 졸업했다. 이 시기에 벤저민 그레이엄의 『현명한 투자자』라는 신간을 우연히 발견하게 되었다. 버핏은 그 책이 무척 마음에 들어서 여섯 번 정도 읽었다고 한다. 게다가 그레이엄이 컬럼비아대학교 경영대학원에서 가르친다는 사실을 알고 그곳에 들어가 학업을 이어갔다. 시간이 지나면서 적절한 때에, 컬럼비아대학교에서 경제학 석사 과정을 마쳤을 뿐만 아니라 그레이엄의 아이디어에 뿌리를 둔 투자 철학을 익히게 된다.

얼마 지나지 않아(뉴욕금융연구소에서 경제학을 공부하고 난 뒤), 버핏은 여러 비즈니스 투자 회사를 설립했는데, 그중에는 벤저민 그레이엄과 함께 운영한 회사도 있었다. 1956년에는 오마하에서 '버핏파트너십'이라는 투자조합을 설립해 본격적인 투자를 시작했다(핵심 '파트너'로는 화재보험 관련 회사와 풍차를 만드는 회사가 있었다). 이 투자조합이 섬유회사에 투자한 것을 계기로 세계 최대의 종합 투자 회사 버크셔해서웨이가 탄생했다.

『현명한 투자자』

The Intelligent Investor

—

저자: 벤저민 그레이엄 | 출판 연도: 1949년

버핏은 벤저민 그레이엄의 여러 책에서 투자의 기술을 배웠지만, 무엇보다도 『현명한 투자자』에서 가장 큰 영향을 받았다. 이 책은 1949년에 출판된 뒤로 곧장 '가치투자'의 핵심 참고 문헌이 되었는데, 가치투자는 1920년대 후반 컬럼비아대학교 경영대학원에서 가르치면서 그레이엄이 개발한 방법론이다.

이 책의 핵심은 '미스터 마켓'의 일화를 활용한 비유다. 미스터 마켓은 매일 주주의 집 앞에 나타나서는 주식을 각기 다른 가격에 사거나 팔겠다고 제안한다. 종종 미스터 마켓이 제안하는 가격이 그럴듯해 보이지만 때로는 우스꽝스럽다. 투자자는 미스터 마켓이 제안한 가격에 동의해서 거래하거나 아니면 완전히 무시해버릴 수도 있다. 그래도 미스터 마켓은 그 무시를 개의치 않고 다음 날 어김없이 또 나타나 다른 가격을 제시한다.

투자자는 '미스터 마켓의 변덕'을 자신이 소유한 주식 가치를 결정하는 요인으로 여기면 안 된다는 게 이 일화의 요점이다. 버핏은 그레이엄의 책이야말로 자신의 비즈니스 전략의 지침서라고 솔직하게 인정한다. 그가 배운 전략은 첫째, 현명한 투자자는 시장의 어리석음에 동참하기보다는 그 어리석은 시장에서 이익을 취해야 하며, 둘째, 미스터 마켓의 행동에 너무 신경을 쓰지 말고 회사의 실제 성과와 배당금에 집중해야 한다는 것이다.

그레이엄의 우화에서 미스터 마켓은 성격이 급하고 변덕스러운 사람이다. 실제로 미스터 마켓의 조울증이 심할수록 가격과 가치 사이의 스프레드가 더 커지고, 그에 따라서 미스터 마켓이 제공하는 투자 기회도 더 커진다. 버핏은 자신의 저서 『워런 버핏의 주주 서한』(1997)에서 미스터 마켓을 다시 소개하며, 훈련된 투자자에게 이것은 무척이나 가치 있는 비유라고 강조한다. 그레이엄의 '안전마진margin-of-safety 원칙'에 버핏은 재빨리 동의했다. 지불한 가격이 회수되는 가치보다 상당히 낮다는 믿을 만한 이유가 없는 한 투자하면 안 된다는 게 이 실용적인 지혜의 핵심이다.

『현명한 투자자』는 1949년에 처음 출판된 이후 여러 차례 수정을 거쳤다. 1970년대 초, 버핏의 서문과 여러 부록이 포함된 네 번째 개정판이 마지막으로 나왔다(그레이엄은 1976년에 사망했다. 따라서 그 이후에 나온 개정판은 변화가 없다).

버핏은 이 책을 자신의 가장 큰 영감의 원천으로 꼽으며 인터뷰에서 이렇게 말한 바 있다.

"그 책은 내 투자 철학을 바꿨을 뿐만 아니라 정말이지 내 인생을 통째로 바꾸어놓았습니다. 그 책을 발견하지 못했다면 나는 다른 곳에서 다른 사람이 되었을 것입니다. 저자의 아이디어가 나를 올바른 길로 이끌어주었습니다."

버핏은 버크셔해서웨이의 회장이 된 이래 두 가지 원칙을 확고히 지킨 것으로 유명하다. 첫 번째, 이것은 누구나 고수할 수 있는 원칙으로, 장기적 가치와 전망이 있다고 믿는 회사에만 투자하는 것이다. 두 번째 원칙은 훨씬 더 광범위하며 부자의 책임과 관련이 있다. 화려한 생활양식과 사치품은 워런 버핏의 사전에 없다. 버핏은 1957년 3만 1500달러에 구입한 오마하의 침실 5개짜리 집에서 지금도 여전히 살고 있다. 금박을 입힌 궁전이나 슈퍼리치 클럽의 화려한 건축물은 버핏에게 어울리지 않는다.

대신 그동안 모은 막대한 재산을 잘 사용하는 방법에 집중한다. 버핏은 전통적인 종교적 의무에 따라 10퍼센트를 헌금하는 게 아니라, 재산의 99퍼센트를 자선 활동에 기부하기로 약속했다! 어떻게 그 많은 돈을 낭비하지 않고 기부할 수 있을까? 버핏의 솔루션은 주로 세계 최대 민간 자선단체인 '빌앤드멀린다게이츠 재단'[2]을 통해 기부하는 것이다. 냉소주의자들은 이 재단이 정기적으로 상당한 이익을 돌려준다는 점에서 매우 특이한 자선단체라는 점을 지적하기도 한다!

버핏은 컬럼비아대학교의 100주년 기념식(2015년)에서 다음과 같이 말했다.

"리더는 자신의 재능을 활용해 자신뿐만 아니라 다른 사람을 위해 일합니다. 아이디어를 내고, 제품을 새로 만들고, 수백만 명에게

2 빌앤드멀린다게이츠 재단은 마이크로소프트 공동 창업자 빌 게이츠가 아내 멀린다와 함께 2000년 당시 1240억 달러를 들여 설립했다. 국제 보건 체제 확대와 빈곤 퇴치, 미국 내 교육 기회 및 정보기술 접근성 확대를 목표로 다양한 연구와 지원 사업을 하고 있다. 2021년 6월, 버핏은 이 재단의 신탁관리자직(이사)에서 물러났다. [옮긴이]

혜택을 줄 수 있다면 무엇이든 만드는 사람입니다."

투자에서와 마찬가지로 자선 활동에서도 버핏은 그레이엄의 원칙을 따른다. 진정한 투자는 가격과 가치 사이의 관계에 대한 평가를 기반으로 한다는 것이다. 버핏은 이렇게 말한다.

"투자의 한 형태인 대학 교육을 살펴보면, '장부가액'[3]과 '내재가치'의 차이점에 관한 통찰을 얻을 수 있습니다. 교육의 비용은 장부가액이며, 장부가액은 내재가치의 지표로서 무의미하다는 것이 분명합니다."

이것은 정치적·사회적 파급효과가 큰 '빅 아이디어'다. 버핏은 가격과 가치를 비교하지 않는 전략은 투자가 아니라 투기라고 경고한다. '능력 범위circle of competence 원칙'[4] 이라고도 부르는 버핏의 핵심 원리는 여기서 자연스럽게 이어지며, 그레이엄과 버핏을 따르는 현명한 투자학파의 세 번째 토대가 된다. 이 상식적인 규칙은 투자자들이 이해할 수 있는 사업에만 투자를 고려하라고 조언한다.

버핏은 자신의 투자회사가 《워싱턴 포스트Washington Post》 신문사의 주식을 대량으로 사들인 이유를 이렇게 말했다(당시 시장에서는 이런 조치를 대체로 기피했다).

"당시 이 주식의 가격과 가치를 비교하는 데에는 대단한 통찰력이 필요하지 않았습니다. 대부분의 증권 분석가, 미디어 중개인, 미

3 자산·부채·자본의 각 항목을 일정한 평가기준에 따라 회계장부에 기록한 금액을 말한다. [옮긴이]

4 워런 버핏은 투자자가 능력 범위를 알아야 하며, 개개인의 능력 범위 안에서 회사를 분석해야 한다고 말한다. 얼마나 많이 아는지는 중요하지 않으나, 얼마나 정확하게 아는지가 매우 중요하다. [옮긴이]

디어 임원들은 《워싱턴 포스트》를 발행하던 WPC의 내재가치를 우리와 마찬가지로 4억에서 5억 달러로 추정했습니다. 그리고 시가총액은 신문에 매일 1억 달러로 나왔으므로 누구나 알 수 있었습니다. 우리의 장점은 **'우리는 벤저민 그레이엄에게서 배웠다'**라는 자세입니다. 즉, 성공적인 투자의 열쇠는 시장 가격이 내재하는 기업 가치보다 크게 할인되었을 때 좋은 기업의 주식을 구매하는 것입니다."

마찬가지로, 1987년에 회사 투자자들에게 보내는 연례 서한(부회장 찰리 멍거를 언급하며 시작하는)에서 버핏은 그레이엄의 가르침에 따라 다음과 같이 말했다.

> 찰리와 나는 버크셔 보험회사 계좌로 보통주를 구매할 때마다(차익거래는 나중에 논함) 비상장회사를 구매하는 것처럼 거래에 임합니다. 우리는 회사의 경제적 전망, 회사를 운영하는 사람들, 그리고 매수 가격을 검토합니다. 언제 얼마에 팔 것인가는 염두에 두지 않습니다. 실제로, 그 회사의 내재가치가 만족스러운 속도로 증가하리라 예상하는 한, 주식을 무기한 보유할 용의가 있습니다. 투자할 때 우리는 자신을 시장 분석가, 거시경제 분석가, 증권 분석가가 아닌 기업 분석가로 바라봅니다.
>
> 이제 미스터 마켓이 들어올 차례다.
>
> 오래전에 내 친구이자 스승인 벤저민 그레이엄이 시장의 변동성을 바라보는 정신적 태도를 가르쳐주었습니다. 나는 그것이 투자가 성공하는 데 가장 큰 도움이 된다고 생각합니다. 그레이엄은 시장의 시

세가 마스터 마켓에 의해 정해진다는 점을 믿어야 한다고 말했습니다. 개인 회사에서 당신의 무척이나 협조적인 파트너에 의해서 말입니다. 틀림없이 미스터 마켓은 매일 나타나서 당신의 이익을 사거나 자신의 이익을 팔려고 가격을 부릅니다. 두 사람이 함께 운영하는 회사의 실적이 안정적인데도, 미스터 마켓이 제시하는 가격은 들쭉날쭉합니다. 애석하게도 인간에게는 고칠 수 없는 감정적 문제가 있기 때문입니다. 때때로 도취감에 빠져 사업에 영향을 미치는 유리한 요소만 보입니다. 그런 기분이 들 때, 미스터 마켓은 매우 높은 매수-매도 가격을 제시합니다. 당신이 자신의 지분을 낚아채 막대한 이익을 빼앗을까 두려워하기 때문입니다. 반면, 때로는 우울해져서 사업에 닥친 난관만 바라봅니다. 이런 때에는 매우 낮은 가격을 부릅니다. 당신이 지분을 자신에게 팔아버릴까 두렵기 때문입니다.

그러나 때때로 미스터 마켓은 우울해져서 사업과 세상 모두에서 앞날에 닥친 문제만 보기도 한다. 투자자들은 '시장을 휘젓는 초전염성 감정'에서 자신을 격리해야 한다. 주식시장은 단기적으로 볼 때 인기를 따라가는 비합리적인 투표기voting machine이지만, 장기적으로 볼 때는 가치를 따라간다는 그레이엄의 격언을 기억해야 한다고 버핏은 말한다. 다시 말해 시장은 단기적으로 의견에 휘둘리지만 장기적으로는 팩트에 따라 흘러간다는 것이다.

2008년에 전 세계에 불어 닥친 서브프라임 모기지 사태[5]가 대표적이다. 이 위기는 회오리바람처럼 미국을 휩쓸어, 수만 명의 주택 소유자와 기업을 벼랑 끝으로 몰아넣고 전 세계 국가경제를 산산조각 냈다. 버핏에게, 이 사태는 사람들이 제대로 이해하지 못하는 것에 희망을 품고 투자할 때 어떤 일이 일어나는지 잘 보여주는 사례다. 서브프라임 모기지 사태는 금융기관들이 주택 가격을 바탕으로 복잡한 파생상품을 대량 만들어 팔아대는 바람에 은행이 부실해져서 터진 사건이다.

"찰리와 나는 파생상품 거래에 대해 의견이 같습니다. 파생상품은 거래 당사자와 경제 시스템 모두에게 시한폭탄입니다."

이처럼 버핏은 파생상품이 위험을 키운다는 사실을 내다보았다. 파생상품은 평가하기 어렵고, 가치가 급격하게 바뀌기도 하며, 금융기관들의 상호 의존성을 높여 연쇄도산을 유발할 수 있기 때문이다. 그래서 버핏은 한 섹터에서 문제가 발생하면 다른 섹터로도 줄줄이 문제가 파급되어 금융 시스템이 파괴될 수 있다고 경고했다.

버핏에 따르면, 문제는 본질적으로 그러한 상품이 미래의 어느 날 손바뀜을 위한(소유주를 바꾸기 위한) 돈을 요구하며, 그 금액이 이자율·주가·통화가치 같은 하나 이상의 항목에 의해 결정된다는 것이다. 그러나 서브프라임 위기와 같은 사건은 주요 금융기관의 수많은 CEO(또는 전 CEO)가 거대하고 복잡한 파생상품 장부를 관리할 능력이 없음을 보여주었다.

서브프라임 모기지 사태가 터졌을 때 버핏은 유유히 살아남아

5 서브프라임 모기지 사태는 미국에서 2007년부터 2010년까지 발생한 일련의 경제위기 사건들이다. 국제 금융시장에 신용경색을 불러 2007~2008년 세계 금융위기를 일으키는 데 큰 영향을 끼쳤다. 미국에서 부동산 거품이 꺼진 후 발생한 부동산 가격의 급락으로 촉발됐으며, 이는 모기지론 부실, 대규모 차압 및 주택저당증권 가치 하락을 일으켰다. 이로 인한 부동산 투자 침체 이후 대침체가 발생했으며, 그 후 소비자지출 및 사업 투자가 감소했다. 소비자지출의 감소세는 가정 부채와 부동산 가격 감소폭이 높은 지역에서 특히 높았다. [옮긴이]

러브콜을 했던 골드만삭스의 대주주가 되었다. 반대로 이 금융위기의 신호탄을 쏘아올린 베어스턴스는 몰락 과정에서 버핏에게 투자해달라고 사정했다. 이에 버핏은 베어스턴스 경영진이 본인들의 회사에 투자한다는 조건 아래 자신도 투자하겠다고 대답했지만 경영진은 거절했다. 버핏은 베어스턴스에 끔찍한 문제가 있기 때문에 경영진도 투자하지 않는다는 사실을 인지하고 투자를 철회했다고 한다.

투자자들을 위해 버핏은 허술한 회계를 조심하고, 신뢰할 수 없는 경영진을 믿지 말며, 수익 예측과 성장 기대치를 과장하는 회사를 의심하라고 조언한다. 대신에 '회사가 실제로 어떤 일을 하고, 미래에 경쟁력을 갖출 수 있는가?'라는 직접적인 질문에 답하는 데 도움이 되는 실제 데이터를 보라고 강조한다.

버핏은 미래를 판단하려는 행위 자체가 위험한 게임이며 "수많은 투자자와 사업가에게 무모한 실험"이라는 것을 재빨리 인정한다. 예를 들어 서브프라임 위기의 가장 암울한 시기 《뉴욕 타임스》에 기고한 글에서 그는 이렇게 말한다. "1960년대에 살던 사람들에게 세상이 어떻게 보였을까 상상해봅시다. 베트남전쟁의 극악무도함(고통), 임금 및 물가 통제, 두 번의 오일 쇼크, 닉슨 대통령의 사임, 소련의 해체, 단 하루 동안의 다우 지수 508포인트 폭락, 또는 2.8~17.4퍼센트 사이에서 변동하는 국채 수익률 등을 그 누구도 예측하지 못했을 것입니다." 이 말의 요점은, 지금까지와는 완전히 다를 뿐만 아니라 예측할 수 없는 일련의 큰 충격이 앞으로 30년 동안 우리에게 확실히 발생하리라는 점이다.

"우리는 미래를 예측하거나 그로써 이익을 얻으려고 해서는 안 됩니다. 우리가 과거에 구매한 것과 유사한 비즈니스를 파악할 수 있다면, 이 놀라운 사건들은 장기적인 결과에 거의 영향을 미치지 못할 것입니다."

미래 예측은 오류가 발생하기 쉽기 때문에, 버핏과 그의 회사는 예측을 피하고 관리자에게 해오던 대로 하라고 지시한다.

버핏은 CEO들에게 아주 간결하게 지시를 내린다. 즉, 마치 당신이 비지니스의 유일한 소유주인 것처럼, 그것이 당신의 유일한 자산인 것처럼, 100년 동안 팔거나 합병할 수 없을 것처럼 비즈니스를 운영하라고 말한다. 물론 단기적인 성과도 중요하지만, 버핏의 투자 회사의 접근 방식은 장기적인 경쟁에서의 우위를 포기하면서까지 단기적인 성과를 달성해야 한다는 압력이 없다. 버핏은 고수익 고위험 채권의 특별한 포트폴리오가 더 낮은 수익률을 제공하는 안전한 채권의 소박한 포트폴리오보다 더 돈을 벌어들일 수 있다고 약속하는 친절한 영업 사원을 경계하라고 한다. 정교하고 복잡한 계획을 회의적으로 바라보며, 투자자들이 단순히 주류 주식을 추적하는 것 외에 별다른 선택이 필요 없는 인덱스펀드[6]에 돈을 투자하라고 권장한다. 이렇게 하면, 현명한 투자자는 그레이엄의 상상 속 미스터 마켓의 흥분된 몸짓을 무시할 수 있다. 버핏이 투자자들에게 전하는 조언은 (그레이엄의 조언과 마찬가지로) 내일이나 일주일이 아니라 5년, 10년, 20년 동안 전망이 좋은 사업의 작은 지분을 합리적인 가격에 구매하기를 목표로 삼으라는 것이다. 아, 그리고 10년 동안 주식을 소유할 의사가 없다면 단 10분 동안이라도 그 주식을 소유할 생각조차 하지

6 주가 지표 같은 특정 지수와 같거나 유사한 수익률 달성을 목표로 하는 펀드. [옮긴이]

말라고 덧붙인다.

사실 버핏은 자신의 조용한 방식으로, 투자 엘리트 및 CEO에 대항하는 대중 또는 소액주주들의 챔피언이 되었다. 실제로 그는 서브프라임 사태의 피해를 조사하면서 분명하게 말했다.

"나라에서 가장 큰 금융기관들의 운영을 망친 것은 주주들이 아닙니다. 그런데도 주주들이 그 부담을 떠안으며, 실패한 회사의 CEO와 이사들은 대체로 그다지 상처를 크게 입지 않았습니다. 이 CEO와 이사들의 행동이 바뀌어야 합니다. 그들의 무모함으로 인해 금융기관과 국가가 피해를 입었다면, 그에 합당한 대가를 치러야 합니다. 배상해주면 안 됩니다."

이러한 이유 때문에, 회사의 주식이 시장에서 가능한 최고가로 거래되기를 바라는 많은 CEO와 달리, 버핏은 버크셔의 주식이 내재가치에 따라 거래되는 것을 선호한다(내재가치는 기업의 현재 순자산액을 나타내는 자산가치와 장래의 수익을 평가한 수익가치를 포함한다).

미스터 마켓을 무시하라는 이 주장이 실제로 영감을 주는지 궁금하다고? 버핏은 자신의 생각이 당시의 표준적인 경제적 사고에서 크게 벗어났다고 이야기한다. 1970년대 학계에서는 '효율적 시장 이론(가설)'이 크게 유행해 '거의 거룩한 성경'으로 여겨지고 있었다. 이 이론에 따르면, 시장을 둘러싼 모든 정보가 지체 없이 금융자산 가격에 반영되는 효율적 시장에서는 시장 평균 이상의 수익을 얻는 것이 불가능하다. 가격은 상품에 관해 '얻을 수 있는 모든 정보'를 빠르게 반영하며, 따라서 그 정보들을 이용하여 장기적으로 시장 수익률을 넘을 수 없다는 것이다.

버핏은 이렇게 말했다.

"기본적으로, 그 이론에서는 주식에 관한 일반 정보가 모두 주가에 적절하게 반영되기 때문에 주식을 분석하는 일은 쓸모가 없다고 말합니다. 즉, 시장은 항상 모든 것을 알고 있다는 것입니다. 따라서 효율적 시장 이론을 가르치는 교수들은 주식 시세표에 다트를 던져서 주식 포트폴리오를 구성해도, 열심히 일하는 명석한 주식 분석가가 선택한 포트폴리오와 별 차이가 없다고 말했습니다."

이에 버핏은 "우리는 동의하지 않는다"라고 분명하게 말하고, 방대한 데이터베이스와 통계 기술을 사용해 투자 위험을 정의하기 좋아하는 학계에 재차 경고한다. 요점은 효율적 시장 이론(시장이 가장 잘 안다는 생각)과 미스터 마켓 모델(시장이 모른다는 생각) 중 무엇이 옳은지 여부다. 그와 관련해 버핏이 그레이엄의 책을 읽고 후자를 주장한 것은 아주 좋은 투자였다. 다음은 버핏이 자신의 투자회사를 다시 요약한 내용이다.

"우리의 순자산은 지난 40년 동안 4800만 달러에서 1570억 달러로 증가했습니다. 다른 어떤 기업도 이처럼 꾸준하게 재력을 구축하지 못했습니다. 덕분에, 2008년 9월에 리먼브라더스가 파산한 이후 공황 상태에 빠진 25일 동안 우리는 156억 달러를 투자할 수 있었습니다."

사회적으로 진취적인 버핏의 또 다른 면은 단순히 수익성 있는 투자보다 생산적인 투자를 선호한다는 점이다. 이것은 초기 경제학에서 애덤 스미스의 선구적인 업적이라 할 수 있는 『국부론』의 핵심 아이디어로, 스미스는 경제의 현금 흐름을 거대한 순환의 바퀴로 묘사하고 단순히 금을 사서 땅에 묻어두는 일은 경제에서 생명력을 빼앗는 것이라고 경고한다. 경제는 생명과도 같다. 버핏은 다음과 같이 말했다.

> 오늘날 세계의 금 보유고는 약 17만 톤입니다. 이 금을 모두 녹이면 한 면당 약 20미터의 입방체를 채울 것입니다(야구 내야에 딱 맞는 크기라고 상상해보십시오). 이 글을 쓰는 현재 금 1온스 당 1750달러이니, 그 가치는 총 9조 6000억 달러입니다. 이제 이와 같은 금액의 더미 B를 만들어보겠습니다. 그것으로 우리는 미국의 모든 경작지(4억 에이커, 연간 생산량 약 2000억 달러)와 엑손모빌(세계에서 가장 수익성이 높은 회사, 연간 400억 달러 이상의 수입) 같은 회사를 16개 살 수 있습니다. 이렇게 구매하고 나서 약 1조 달러가 남을 것입니다. 9조 6000억 달러를 지닌 투자자가 더미 B보다 더미 A를 선택하는 모습을 상상할 수 있습니까? 나는 기업이든 농장이든 부동산이든, 생산적인 자산에 투자하는 것을 선호합니다.

"생산적인 자산"이 무엇인지 버핏은 꽤 관대하게 판단한다. 그는 ABC 같은 미디어 기업과 코카콜라에 오랫동안 투자해왔다. 애덤 스미스라면 멀리 도망쳤을 것이다. 그러나 탄산음료 회사는 버핏의 가장 수익성 높은 투자처 중 하나로 밝혀졌다(적어도 1998년까지는 그랬다). 하지만 호시절이 언제 끝날지 알아내는 것은 항상 투자자의 과제다. 버핏은 회사의 2004년 연례 보고서에서 매도 시점의 파악이 어려운 이유를 다음과 같이 말했다.

"깨끗한 백미러를 통해 볼 때는 항상 쉽게 보이죠. 불행히도 투자자가 들여다봐야 하는 것은 앞 유리이며, 그 유리는 항상 김이 서려 있습니다."

마찬가지로 2010년 6월 버핏은 미국 금융위기에서 신용평가기관이 해야 할 역할에 관해 이렇게 주장했다.

"거품을 평가할 수 있는 사람은 거의 없습니다. 그것이 거품의 본질입니다. 거품을 평가한다는 생각은 대중의 집단 망상입니다. 모든 거품은 터지게 되어 있습니다."[7]

서브프라임 위기를 겪는 동안 버핏은 경기침체를 '인과응보'라고 표현했다.

"지금 미국 금융업계에서 일어나고 있는 재앙은 복잡한 파생상품을 설계해 판매한 사람들에게는 '인과응보'입니다."

그런데 그 말은 스스로를 완전히 꾸짖는 의도였다. 버핏의 회사 또한 2008년 3분기에 77퍼센트의 수입 감소를 겪었고, 거래 중 일부는 큰 손실을 입었기 때문이다.

2013년 9월 말, 워싱턴의 조지타운대학교 학생들을 앞에 두고 한 연설에서, 버핏은 미국 연방준비제도를 헤지펀드에 비유하며 이 은행이 미국 정부에 연간 800억에서 900억 달러의 수익을 창출하고 있다고 말했다. 또한 사회에서의 부의 평등 문제에 관해 다음과 같이 주장했다.

"우리는 많은 상품과 서비스를 제공하는 방법을 배웠지만, 수익금을 공유하는 방법은 누구도 배우지 못했습니다. 우리처럼 번영하는 사회에서의 의무는, 어떻게 하면 뒤에 남는 이가 없는지 알아내

7 워런 버핏은 금과 비트코인에 대해 모두 부정적이고 회의적인 의견을 늘 일관성 있게 밝혀왔다. 비트코인은 투자자에게 쥐약 같은 것이라고 말하기도 하고, 비트코인 투자는 근본적인 망상일 뿐이라고 언급했다. [옮긴이]

는 것입니다."

2006년 12월, 버핏은 휴대전화도 없고 책상에 컴퓨터도 없으며 자신의 자동차 캐딜락 DTS를 직접 운전한다고 언론에 보도된 바 있다. 2013년에는 오래된 노키아 플립 폰을 가지고 있었고 평생에 한 번 이메일을 보냈다. 이와는 대조적으로, 2018년 그는 버크셔해서웨이 주주총회에서 자신은 구글을 사용한다면서, 구글을 선호하는 검색엔진으로 꼽기도 했다. 그러나 버핏이 그렇게나 검소하기만 한 것은 아니다. 1950년대에 구입한 오마하의 소박한 주택과 함께 캘리포니아 러구나비치에 400만 달러짜리 주택도 소유하고 있다. 아, 그리고 버크셔의 자금 중 거의 670만 달러를 개인 전용기 구입에 썼다.

버핏은 시장경제에서 부자는 재능에 비해 지나치게 많은 보상을 받는다고 여러 번 밝혔다. 버핏의 자녀들은 아버지의 재산을 상당 부분 상속받지 못할 것이다. 버핏은 이렇게 말했다.

"아이들이 무엇이든 할 수 있다고 생각할 만큼만 돈을 주고 싶다. 하지만 아무것도 하고 싶지 않을 만큼 많이 주지는 않을 것이다."

버핏은 2006년에 벌어들인 수입의 19퍼센트(4810만 달러)를 연방 세금으로 냈는데 비해, 자신보다 수입이 적은 직원들은 33퍼센트를 냈다며 이렇게 말했다.

"어떻게 이것이 공정할 수 있습니까?"

버핏은 직원들보다 세금을 적게 내는 것에 회의적이었다.

"계급투쟁이 있다는 걸 잘 알겠습니다. 하지만 우리 계급, 그러니까 부자 계급이 전쟁을 일으키며, 우리가 이기고 있습니다."

버핏은 상속세 폐지는 "2000년 올림픽 금메달리스트의 장남을 2020년 올림픽 대표팀 선수로 뽑는 것과 같다"며 상속세를 옹호했다. 2007년 상원에서 증언하며 금권정치(부호정치plutocracy)를 피하기 위해 상속세 유지를 촉구했다. 또한 같은 자리에서 그는 윤리적 신념에 따라 자신이 '무지에 붙는 세금taxes on ignorance'이라고 부르는 도박에 관한 사업이나 카지노 합법화에 정부가 발을 들여서는 안 된다고 확실히 주장했다.

지금까지 살펴본 이 모든 것은 너무도 희귀한 인물, 즉 원칙을 무시하고픈 유혹에 빠질 만큼 엄청난 부자가 되었지만 여전히 원칙을 고수하는 사람의 초상화다. 그런데 버핏의 이런 투자 철학에 대해 이런저런 비판이 있어왔다. 예를 들어 자유주의 성향의 《하퍼스 매거진Harper's Magazine》이 2010년에 발표한 「워런 버핏의 교회: 오마하의 신앙과 근본」이라는 기사에서 마티아스 슈와르츠는 버핏을 "회색 건물 14층 방에 홀로 앉은" 사람이라고 묘사했다. 슈와르츠는 이렇게 말을 이어갔다.

"그 남자는 세계에서 가장 부유하다. 몇 번 2위를 차지했던 때를 빼고 말이다."

원한다면 1만 명을 고용해 평생 동안 매일 자신의 그림을 그리는 일만 시킬 돈이 버핏에게 있다고 슈와르츠는 설명한다(이는 과거 버핏이 자신이 원하는 것에 돈을 쓰고자 한다면 얼마나 쓸 수 있는지 이야기하면서 들었던 예시다). 물론 버핏은 그런 일을 하지 않는다. 슈와르츠는 이렇게 말했다(나는 이 말이 불친절하고 부정확하다고 생각한다).

"차라리 자기 방에 앉아서 돈이 불어나는 것을 지켜보고 싶어 하는 사람이기 때문이다."

그러므로 버핏은 평범하게 항상 같은 식당에 가서 같은 스테이크를 주문하고, 같은 집으로 퇴근한다. 인터넷으로 브리지 게임을 한다. 격주로 엘리베이터를 타고 회색 건물 지하로 내려가는데, 그곳의 작은 이발소에서 같은 스타일로 머리를 자른다.

그럼에도 불구하고 버핏은 의심쩍은 수단을 사용하거나 돈을 빌리지 않고도 부자가 될 수 있다는 '살아 있는 증거'라고 슈와르츠는 말한다. 그러면서 그저 방에 앉아서 생각하는 게 그가 돈을 버는 방법이었다며 자신의 글을 마무리한다. 하지만 나는 여기서도 슈와르츠가 완전히 틀렸다고 생각한다. 특히 버핏이 분명히 밝혔듯이, 방에 앉아 생각하는 게 아니라 **책을 읽는** 게 버핏의 방법이었기 때문이다.

||||\||

투자 전문가이자 스승으로서 워런 버핏은 독특한 사례다. 위대한 자선가라는 점에서 버핏에 필적할 만한 사람은 없다. 비교 불가능하다. 어쨌든 자선이라는 범주에서는 유감스럽게도 경쟁자가 없다고 해도 틀린 말은 아니다. 하지만 인생 스토리가 버핏과 비슷하고, 자신의 부를 잘 활용해야 한다고 확고하게 믿었던 엄청나게 부유한 사업가가 한 명 더 있다. 바로 석유왕 존 D. 록펠러다. 전성기였던 20세기 초에 록펠러의 순자산은 미국 전체 경제 생산량의 약 1.5퍼센트에 달했다! 오늘날의 가치로 환산하면 약 3000억 달러 정도라고 할 수 있다. 록펠러는 평생에 걸쳐 다양한 자선 활동에 5억 달러(현재 가치로 수백억 달러) 이상을 기부했다. 수막염과 황열병 백신 개발에도 자금을 지원했다. 하버드대학교와 존스홉킨스대학교에 공중보건 학교를 설립해 공중위생에 사람들이 관심을 갖도록 이끌었고, 구충과 말라리

아 같은 재앙을 퇴치하려는 국제적 노력에 동참했다. 또한 성·인종·종교에 차별을 두지 않고 전국적인 공교육을 실시하자는 주장에 힘을 보탰다.

록펠러는 자신의 돈으로 훌륭한 연구 대학 두 곳을 설립해 미국 남부 지역이 만성적인 빈곤에서 벗어나도록 도왔으며, 수많은 아프리카계 미국인 교육을 지원하고, 전 세계의 위생과 건강을 크게 개선하는 데 이바지했다. 따라서 전기 작가 론 처노가 "록펠러는 미국 역사상 가장 위대한 자선가로 평가받아야 한다"고 결론을 내린 것은 전혀 놀랍지 않다.

사실 선한 일을 한다는 게 그리 간단하진 않다. 1909년 회고록에서 언급했듯이, 처음에 록펠러는 돈을 지원해달라는 요구가 들어오면 여기저기에 무턱대고 돈을 나눠줬다. 그러다 보니 1880년대 초에는 한 달에 편지 수천 통을 받았는데, 편지를 쓴 사람 대부분이 돈을 지원받으면 무척 기쁘겠다는 내용 말고는 별다른 걸 적지 않았다. 즉, 혼자서 만족하기 위한 금전적인 요구였다고 한다.

그래서 록펠러는 좀더 조직적이고 능률적으로 자선 활동을 펼쳐야겠다고 생각하게 되었다. 이 시점에서 책 한 권이 록펠러가 생각을 바로하고 방향을 잡는 데 큰 도움이 되었다. 바로 윌리엄 로런스가 쓴 『아모스 로런스의 일기와 서간집』이다. 이 책은 19세기 초 뉴잉글랜드에서 큰돈을 벌고 말년에 그 돈을 모두 나누어준 아모스 로런스의 삶을 그린 작품이다. 1852년에 보스턴에서 로런스가 사망했을 때 그의 재산은 800만 달러(오늘날 가치로 환산하면 약 2억 5000만 달러)로 추산되었다.

워런 버핏이 하루에 두 권 꼴로 책을 읽었다면, 존 록펠러는 그 정도의 책을 10년에 걸쳐 간신히 읽은 듯하다. 성경을 제외하고는 아르테무스 워드, 마크 트웨인, 엘라 휠러 윌콕스의 책을 비롯해 몇몇 도서만 록펠러의 관심을 끌었다(록펠러는 교회 공동체에서 성경 공부를 이끌었다). 윌리엄 로런스가 백만장자 아버지의 생애를 요약한 책보다 더 강력한 영향을 미친 책은 없었다.

록펠러는 침례교의 독실한 신자였지만, 로런스는 기독교 깃발 안에 수많은 갈래를 품었기에 교파에 상관없이 자선 활동을 펼쳤다.

그 결과 '관대함'으로 동시대 사람들에게 이름을 날렸다. 로런스는 사람들의 고통을 덜어주고자 하는 열망이 넘쳐나는 사람이었다. 자비심은 비종파적이었고, 모든 종파에서 자선 활동을 펼칠 준비가 되어 있었다. 널리 베풀었을 뿐만 아니라 현명하게 베풀었다. 자선 활동 내역을 꼼꼼하게 기록했는데, 과시하거나 허영심을 채우기 위해서가 아니라 가진 돈을 최대한 활용하기 위해서였다. 로런스에게 기부는 사업과도 같았다. 로런스는 선을 행하는 일에 근면했고, 음식 값을 벌기 위해 하루하루 수고하며 땀을 흘리는 사람들처럼 항상 열심히 움직였다.

대체로 종교적인 텍스트였지만, 책은 로런스가 대학 및 개인에게 기부한 핵심 물품 중 하나였다. 로런스의 아들(윌리엄 로런스)은 아버지가 노인과 젊은이, 부자와 빈자 모두에게 골고루 혜택이 돌아가도록 늘 배려했다고 책에 적어두었다. 또한 "적절한 선물로 영향력을 행사할 수 있을 때" 상황이 개선되지 않고 대충 넘어가지 못하게 했다.

존 토머스 플린은 록펠러 전기에서 『아모스 로런스의 일기와 서간집』이 록펠러에게 미친 영향을 적어놓았다. 어린 시절 록펠러는 특히 로런스가 비서에게 1달러, 5달러, 10달러 지폐로 수백 달러를 가져오라고 지시한 내용에 매료되었다. 로런스는 외출할 만큼 몸이 좋지는 않았지만, 친구들이 자신을 찾아오리라 예상했다. 수수한 얼굴의 소년(록펠러)은 이것이 정말 멋진 행동이라고 생각했고, 나중에 부자가 되어 자신도 그렇게 하겠다고 마음먹었다. 플린은 록펠러가 소년 시절이든 나이가 들어서든 적극적인 독서가는 아니었지만, 이 책을 기억하고 자주 이야기했다고 썼다. 『아모스 로런스의 일기와 서간집』에는 로런스가 기부 절차를 마련하기 위해 저택의 방을 개조한 내용, 그리고 무엇보다도 먼저 보스턴에 있는 도서관과 학술기관과 어린이 병원을 확인한 내용, 그리고 벙커힐 기념탑(로런스의 아버지가 미국 독립전쟁에서 싸웠던 곳)의 완공을 우선순위로 둔 내용 등이 잘 나와 있다. 또한 소규모로 수많은 좋은 일에 기부하고 마차에 실어둔 책을 사람들에게 나누어주며 기뻐했던 일화도 나온다!

록펠러가 1897년에 스탠더드오일에서 은퇴했을 때의 이야기가 바로 그 예다. 록펠러는 자신이 가장 큰 관심을 두던 교육·종교·과학 분야에 중점적으로 지원함으로써 자선 활동을 더 열심히 하기로 마음먹었다. 1913년, 그는 미국 최초로 억만장자에 등극해 '록펠러재단'을 설립했다. 이 록펠러재단은 기아 근절, 인구문제 해결, 대학의 발전, 개발도상국 원조를 통한 인류의 복지 증진이 목적이다. 황열(모기가 옮기는 아르보 바이러스에 의해 발생하는 출혈열) 백신 개발과 미국에서 십이지장충병 퇴치에 큰 기여를 했다.

이런 노력에도 불구하고, 오늘날 몇몇은 록펠러를 의심의 눈초리로 본다. 즉, 록펠러는 "대기업의 성장은 적자생존에 불과하다"는 신념을 지닌 사회진화론자일지도 모른다는 것이다. 경영 서적은 록펠러의 박애주의를 건너뛰고서, 시장의 요구를 예측하고 시기적절하게 신제품을 개발하는 그의 신중한 전략을 주로 다룬다. 이 부분에서 버핏과 마찬가지로, 록펠러는 "성공의 비결은 흔한 일을 비범하게 잘 해내는 것"이라는 평범한 조언을 바탕으로 현실적인 접근 방식을 취했다. 특히 사업과 관련해서는 피도 눈물도 없는 무자비한 경영자였던 것 같다.

록펠러는 여전히 현 시대의 거부이자 월스트리트의 위대한 인물 중 한 명이다. 그러나 놀랍게도 거의 맨주먹으로 삶을 시작했다. 아버지는 물건을 팔기 위해 전국을 돌아다녀야 했고, 어머니는 집에서 아이들을 돌봤다. 적어도 록펠러는 당시로서 적절하고 참으로 훌륭한 좋은 교육을 받았기에, 학교를 졸업하자마자 열여섯의 나이에 일자리를 곧바로 구했다(록펠러의 첫 직무는 농산물 중계회사의 경리일이었다). 그로부터 몇 년 뒤, 석유 시추업자 모리스 클라크와 함께 사업을 시작했다. 이 사업은 '록펠러-앤드루스-플래글러Rockefeller, Andrews & Flagler'로 성장했다.[8] 이 회사는 석유 시추보다는 정유 공장에서의 신제품 생산에 중점을 두었다.

록펠러가 경쟁자들과 구별되는 점은 '위험'에 대한 이해였다(이것은 워런 버핏의 성공에서 핵심 요소이기도 하다). 록펠러는 석유 회사가 시추에 성공하면 막대한 이익을 낼 잠재력이 있지만, 그러지 못하면

8 1863년 록펠러는 동업자 클라크의 형제들과 석유 정제 기술자 새뮤얼 앤드루스와 함께 '앤드루스-클라크사'라는 정유회사를 차렸다. 1866년에 그의 동생 윌리엄 록펠러도 클리블랜드에서 정유회사를 차려 운영했는데, 곧 형의 회사와 합병했다. 1867년엔 헨리 모리슨 플래글러를 파트너로 영입해 회사를 '록펠러-앤드루스-플래글러'로 바꾸고, 이듬해에 뉴욕에 영업 대리점을 냈다. 이때 이미 록펠러의 회사는 세계 최대 정유회사로 부상했다. [옮긴이]

『아모스 로런스의 일기와 서간집』

Extracts from the Diary and Correspondence of the Late Amos Lawrence: With a Brief Account of Some Incidents of His Life

—

저자: 윌리엄 R. 로런스 | 출판 연도: 1856년

록펠러가 '돈을 버는 일'이 아니라 '돈을 효과적이고 윤리적으로 나누는 일'에 자신의 에너지를 바치기로 결심한 데에는 이 책에 나온 세 가지 전략이 영향을 미쳤다. 이 책은 다음과 같은 설명으로 시작한다. 첫 번째, 자신의 남은 돈을 좋은 일에 쓰라고 유언장을 남기는 것만으로는 충분하지 않다. 살아 있을 때 돈을 나눠줘야 한다. 책에서는 로런스의 행동을 다음과 같이 경건하게 말한다.

"자신의 방식대로, 로런스는 '부의 축적 원리'에 따라 돈이 무언가를 할 수 있기 훨씬 이전에 자신의 돈을 진정한 일에 쏟아부었다. 게다가 다른 방식으로는 절대 넣을 수 없는 일에 돈을 쏟아부었다. 또한 그 일이 반드시 이루어지도록 했으며; 그 결과를 보는 즐거움을 누렸고, 이렇게 활동하면 자신이 감사와 애정을 받게 된다는 것을 깨달았다. 대부분의 성공한 사업가들이 중요한 목적으로 삼는 '축적의 성향'을 완전히 극복했다. 돈을 모으려는 성향을 제대로 통제하지 못하면 결국 탐욕으로 좁혀지는 게 자연의 이치다."

로런스의 자선 활동을 두드러지게 만든 두 번째 전략은 '개인적인 관심과 연민'이었다.

"집에는 사람들에게 나눠줄 유용한 물품을 보관하는 방이 따로 있었다. 로런스는 꾸러미를 만들고 포장하는 일을 감독했다. 세세한 부분도 놓치지 않았다. 아이들을 기억하고, 아이들 각자에게 맞는 장난감, 책, 선물을 나눠주었다. 사람들에게 무엇이 필요한지 기발하게 생각했을 뿐만 아니라 그 일을 하며 무척 행복해했다. 이런 세심한 관심을 통해 수천 명에게 왕자처럼 나눠줄 수 있었다."

인간은 빵만으로는 살 수 없으며 연민과 호혜적인 애정이 필요하다. 때로는 구호물품이나 물질적인 도움보다 친절한 행동에 더 감동을 받기도 한다. 따라서 시간을 들여 기부를 하는 것도 중요하다. 타인에 대한 관심과 배려만이 부자와 가난한 사람 사이에 올바른 관계를 형성한다. 물론, 로런스는 이렇게 말하기도 했다.

"부자가 자선하려는 흐름을 일으키고, 대리인을 고용해 수표를 보내고, 보호시설을 짓게 하고, 교수직에 기부하고, 수 세기 동안 흐를 분수를 만드는 것은 위대하고 좋은 일이다."

인류애를 보이는 것과 개인적인 배려는 같지 않다. 그래서 아들은 아버지가 이 두 가지를 모두 해냈다고 썼다.

록펠러가 분명히 이해한 세 번째로 중요한 것은 옳고 그름에 대한 고귀한 자각, 정의에 대한 엄격한 인식을 바탕으로 매일매일 살아가는 것이다. 아모스 로런스는 도덕적 의무를 최대한 실천하면서도 성공할 수 있음을 증명해냈다.

계속해서 돈을 까먹는다는 사실을 깨달았다. 그래서 시추 대신 정유 사업에서 얻는 확실한 수입에 초점을 맞췄다. 이익은 적을지 몰라도 훨씬 안정적이었기 때문이다.

그 당시에 정유업자들은 등유만 뽑아내고 나머지는 강이나 들판에 버렸다. 이처럼 정제 과정에서 나오는 부산물을 버리는 게 아까웠던 록펠러는 그 과정을 더욱 효율적으로 만들고 부산물을 윤활유, 그리스, 바셀린, 페인트 등 유용한 제품으로 사용할 방법을 찾는 연구에 막대한 투자를 했다(록펠러는 등유를 뽑고 남은 타르를 활용해 석유젤리, 파라핀 왁스, 아스팔트 등을 만들어 팔았다).

1890년, 록펠러가 오하이오에 세운 스탠더드오일은 정유업계에서 한발 앞서며 높은 이윤을 누렸다. 그리고 여기에서 번 돈을 경쟁 회사를 사들이는 데 사용했다. 경쟁자가 매도를 원하지 않을 때는 석유 배럴이나 교체 부품 같은 필수 자재를 매점해버려 소규모 회사의 운영을 마비시키는 등 무자비한 설득 수단을 사용했다. 또한 가격 전쟁을 벌이거나, 철도 회사와의 긴밀한 관계를 이용해 필수 교통수단을 독점하기도 했다.

결국 많은 경쟁 회사가 거대한 스탠더드오일에 맞서 싸우기를 포기하고 록펠러의 제안을 받아들여야만 했다.

그렇다면 록펠러는 자선이라는 가치를 언제, 어디에서 발견했을까? 록펠러를 이상주의적이거나 숭고하게 묘사하는 언급은 그를 어설프게 설명하거나 대체로 신뢰할 수 없다. 예를 들어 독실한 기독교인으로 살았던 어머니의 영향으로 록펠러가 수입의 10분의 1을 항상 지역 침례교회에 십일조로 바쳤다고 말하는 사람들이 있다. 하지만 1897년에 록펠러가 직접 밝힌 기증품의 장부를 보면 그렇지도

않다.[9]

수입이 생긴 첫해에는 매주 일요일 교회학교 접시에 1페니(1센트)를 냈는데, 자선 기부금은 연간 수입 50달러의 10퍼센트에 훨씬 못 미치는 것으로 기록되어 있다. 이듬해(1856) 장부에 따르면 록펠러는 급여가 올라 300달러를 벌었다. 이에 따라 교회학교에 헌금도 더 내서, 일주일마다 1페니 대신 1다임(10센트)을 냈다.

1897년, 록펠러는 5번가 침례교회 '청년 성경 공부모임'에서 처음 몇 년 동안 벌어들인 수입이 얼마인지 이야기한 적이 있다. 자신이 교회에 십일조를 냈었다고 말하지도 않았고, 청년들에게 교회에 십일조를 바칠 수 있다고도 말하지 않았다.

여기 또 하나, 그가 자선 활동을 하게 된 계기를 설명하려는 대중적인 신화가 있다. 록펠러가 인도의 카리스마 넘치는 영적 지도자이자 몽상가인 스와미 비베카난다를 만난 이야기로 시작한다. 1893년 비베카난다는 시카고에서 열린 세계종교의회에서 기조연설을 했다.

이 신화의 핵심은 비베카난다가 자선 활동에 대한 록펠러의 인식을 향상했고, 그래서 록펠러가 스스로를 세상과 자신의 부를 공유하는 통로로 여기도록 영감을 주었다는 것이다. 우리 각각의 영혼은 잠재적으로 신성하며, 삶의 목표는 외적 자연과 내적 자연을 통제함으로써 내부의 신성함을 밖으로 드러내는 일이라는 게 그 스승의 메시지였다. 그러한 목표는 일, 기도, 정신 훈련 또는 철학 공부로 달성할 수 있다. 즉, 이들 중 하나 이상 또는 모두를 실천하여 영혼이 다

9 이 장부는 컬럼비아대학교 도서관에 보존되어 있으며, 다음 웹사이트에서 볼 수 있다. https://archive.org/stream/mrrockefellersle00rock/mrrockefellers lerock djvu.txt.

시 자유로워질 수 있다. 이것이 바로 종교다. 교리·신조·의식·책·사원·형식은 부차적인 세부 사항에 불과하다.

록펠러가 많은 돈을 기부한 데니슨대학교의 새 총장 선출과 관련해 비베카난다가 록펠러한테 훈계한 유명한 일화가 있다. 엠마 칼브 부인이 드리네트 베르디에 부인에게 이렇게 말했다고 한다. 어느 날 록펠러는 친구 집을 방문한 '인도의 수도승'을 만나고 싶다는 충동을 강하게 느꼈다. 설명은 이렇게 이어진다.

> 집사가 록펠러를 거실로 안내했다. 도착했다는 사실을 알리는 걸 기다리지도 않고, 록펠러는 스와미지Swamiji(비베카난다를 지칭한다)가 있던 서재에 불쑥 들어갔다. 책상에 앉아 있던 스와미지는 누가 들어왔는지 쳐다보지도 않았다. 그 모습에 록펠러는 매우 놀랐다. 잠시 뒤, (칼브 부인 옆에서) 스와미지는 록펠러 본인 이외에는 아무도 모르는 과거에 대해 이야기하고, 당신이 이미 축적한 돈은 당신의 것이 아니며 당신은 하나의 통로일 뿐이므로 세상에 선을 행하는 것이 의무라고 록펠러에게 말했다. 하나님이 당신에게 모든 재물을 주셨는데, 이는 당신이 사람들을 돕고 선을 행할 기회를 얻게 하려 하심이라는 것이었다.

칼브 부인에 따르면, 록펠러는 그 사람이 감히 자신에게 그런 식으로 말하고 무엇을 시키는 게 짜증났다. 그래서 인사도 하지 않은 채 퉁명스럽게 방을 빠져나갔다! 하지만 약 일주일 뒤, 록펠러는 이번에도 도착했다는 사실을 알리지 않은 채 무턱대고 스와미지의 서재로 들어가서는 책상 위에 계획서를 툭 내던졌다. 공공기관에 막대한 금액을 어떻게 기부할지 정리한 내용이었다.

록펠러가 말했다.

"자, 당신 말대로 했습니다. 이제 만족하시나요? 당신은 내게 고마워해야 할 겁니다."

하지만 스와미지는 미동도 하지 않은 채, 계획서를 조용히 읽어 보고는 이렇게 한마디 툭 던졌다고 한다.

"고마워해야 할 사람은 내가 아니라 당신인 것 같군요."

엄청난 자아를 지닌 남자를 깔아뭉개는 말이었을까? 그로부터 약 20여 년 뒤, 미국 최초의 억만장자가 '전 세계 인류의 복지 증진'이라는 야심 찬 목표를 지닌 록펠러재단에 기부한 진짜 계기가 정말 이것이었을까?

칼브 부인이 전해준 재미있는 일화는 인간의 본성에 대한 우리의 타고난 의심에 호소한다. 그런데 이 이야기의 출처는, 정확히 입증되지 않았다는 경고와 함께 《뉴 디스커버리New Discoveries》라는 잡지에 실린 기사였다. 당연히 이 같은 경고는 오랫동안 잊힌 반면, 이야기 자체는 너무 많이 반복되어 마침내 스와미 비베카난다 역사의 일부가 되었다.

이 이야기의 핵심은 록펠러를 자선가가 되도록 설득한 인도 구루의 위대함이다. 하지만 록펠러에 관한 다른 많은 이야기와 마찬가지로 이 또한 분명하지가 않다. 흥미롭게도 록펠러의 전기 작가들이 아니라 비베카난다 연구에 특별한 관심을 가진 '캔자스시티 베단타 협회' 회원들이 록펠러의 명성을 되찾고 사실을 바로잡으려 했다.

우선 록펠러는 1894년보다 훨씬 이전에 이미 위대한 자선가로 기록되었다(예를 들면 록펠러가 시카고대학교에 기부한 내용이 1892년 12

월 28일 《시카고 데일리 트리뷴Chicago Daily Tribune》에 자세하게 나온다). 둘째, 비베카난다가 록펠러에게 "하나님이 당신에게 모든 재물을 주셨는데, 이는 당신이 사람들을 돕고 선을 행할 기회를 얻게 하려 하심"이라는 생각을 록펠러에게 심었다는 가정은 잘못되었다. 록펠러는 이미 오랫동안 그렇게 확신했기 때문이다. 셋째, 앞에서 언급한 사건은 1894년 시카고에서 벌어진 일이 아니다. 왜냐하면 록펠러가 그곳 대학을 처음 방문한 때는 하스켈동양박물관 개관식에 참석한 1896년 7월이었기 때문이다. 단순히 날짜의 착오라고? 록펠러가 실제로 시카고에 있었을 때 비베카난다는 멀리 유럽에 있었다. 마지막으로 '심리적' 측면도 있다. 칼브 부인의 이야기는 자만심이 강하고 우쭐대기 좋아하며 성급한 록펠러의 모습을 보여준다. 비베카난다 또한 예의 바른 모습이 아니다. 두 사람에 대한 묘사는 그 어느 쪽도 정확하지 않다.

그렇다면 이런 이야기가 널리 퍼진 이유를 어떻게 설명할까? 이 이야기의 출처라고 할 수 있는 칼브 부인은 사람들의 관심을 갈망하는 유명인이었다. 부인의 이야기는 허구로서 잘 짜였지만, 우리가 보았듯이 세부 사항은 역사적 기록과 일치하지 않으며 아마도 그러한 기록의 일부가 될 의도도 전혀 없었을 것이다.

대신 록펠러가 자선 활동을 하도록 이끈 진정한 도덕적 자극은 이보다 훨씬 단순하다. 오늘날의 돈으로 수천억 달러를 선한 일에 기부하도록 영감을 준 것은 바로 성경이다. 성경을 과소평가하지 마라. 그리고 우리가 보았듯이, 록펠러가 자선사업의 구체적인 형태를 정립하는 데 도움을 준 실천적 텍스트는 『아모스 로런스의 일기와 서간집』이다.

록펠러는 역사상 보기 드문 인물이다. 록펠러가 쌓아올린 뿐만 아니라 석유 산업과 자선사업 모두에서 세계에 미친 영향력은 지금까지 이어진다. 석유 산업에 기여한 일이 자동차 산업에 본질적으로 기여한 헨리 포드와 대조를 이루며 이따금 제시되기도 한다. 록펠러가 사람들의 눈살을 찌푸리게 하고 논란의 여지가 있는 인물로 취급된 반면, 포드는 열렬한 박수갈채를 받았다.

록펠러는 사업 문제에서만큼은 매우 강경한 태도를 보여주었지만, 그럼에도 자선 활동에는 아낌이 없었다. 사업과 자선 활동 모두에서 똑같은 열정으로 자신을 내던졌다. 게다가 재산을 모아 기부하는 록펠러의 길은 빌 게이츠와 그의 이름을 딴 재단처럼 부유한 사람들의 본보기가 되었다.

록펠러는 자신의 재단을 통해, 평생 동안 개인적으로 번 것보다 더 많은 부를 나눠줬다. 다른 기부자들을 고무하여 자기처럼 더욱 많이 내어주도록 했다. 누군가는 록펠러가 부를 축적한 방식에 비난을 퍼부을 수도 있다. 하지만 사업 관행과 자선 활동은 궁극적으로 수백만 명에게 이익이 되었다.

우리 중 많은 이가 생명을 구하는 의사가 되는 꿈, 다른 사람을 돕는 방향으로 변화를 이끌기 위해 정치에 입문하는 꿈, 또는 녹색 활동가로서 환경을 구하는 꿈을 꾸며 이상주의적으로 삶을 시작한다. 실제로 그 꿈을 실천하는 사람은 많지 않을지도 모른다. 하지만 록펠러는 세상에 선을 행하는 방법은 무한하며 때로는 직접 돕는 것이 가장 효과적인 방법이 아님을 우리에게 무척 인상적으로 보여주었다. 그리고 윌리엄 로런스의 책에서 이런 영감을 얻었다.

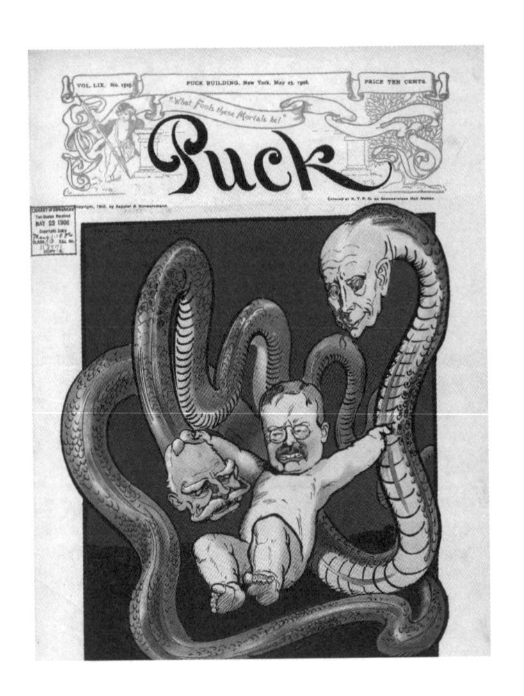

매우 세심하고 신중했을 뿐만 아니라 자선 활동의 한계를 새롭게 다시 정의했음에도 불구하고, 록펠러는 항상 적대적인 언론의 먹잇감이었다. 1906년 《퍽》 매거진에 실린 이 만화는 록펠러를 시어도어 루스벨트 미국 대통령을 위협하는 위험한 뱀으로 묘사한다(이 잡지는 루스벨트 대통령을 지지했다). 5년 뒤, 대법원이 록펠러의 회사가 불법 독점 기업이라는 판결을 내린 후, 스탠더드오일은 강제로 해체되었다.[10]

10 Frank A. Nankivell, Prints and Photographs Online Catalog, Library of Congress, n.d. https://www.loc.gov/pictures/item/2011645893/.

9장
상징의 힘을 깨닫자

맬컴 X와 클래런스 토머스

알렉스 헤일리, 『맬컴 X 자서전』

윌 듀랜트, 『문명 이야기』

클래런스 토머스, 『내 할아버지의 아들: 회고록』

IIII\III

미국 대법원 판사는 대부분 일 처리를 서면으로 공개한다. 그렇다면 대법원 판사들이 즐겨 읽는 도서 목록 또한 공개되어야 하지 않을까? 예를 들어 스티븐 브라이어 대법관은 소설가 프루스트부터 철학자 몽테스키외에 이르기까지 가치 있는 고전 목록을 자신에게 영감을 주었던 책이라고 밝혔고, 앤서니 케네디 대법관은 셰익스피어, 솔제니친, 트롤로프를 좋아한다고 했다. 글쎄, 이런 고전 작품을 선택했다는 건 매우 인상적이지만 실제로 우리에게 많은 것을 말해주기에는 너무 고리타분하다.

적어도 루스 베이더 긴즈버그 대법관은 자신이 가장 좋아하는 작가가 블라디미르 나보코프라고 밝힘으로써 사람들의 독서를 한 걸음 촉진했다. 잘 알고 있듯이, 나보코프는 찬사와 더불어 엄청난 논쟁을 불러일으킨 소설 『롤리타』를 발표해 문학계를 뒤흔든 문학 교수다. 열두 살 소녀를 향한 중년 남자의 사랑과 욕망을 담은 이 소설은 소녀의 섹슈얼리티라는 위험한 주제를 다루었는데, 1958년 《타임》지에서 '충격적'이라고 표현할 정도였다(물론 《타임》에서는 이 소설을 강렬하게 아름답고 열정적이며 걷잡을 수 없이 재미있다고도 평가했다). 긴즈버그는 글을 바라보는 자신의 시각을 나보코프가 바꿔줬다고 말했다. 그런데 긴즈버그보다 더 흥미로운 사람은 흑인으로서 사상 두 번째로 대법관이 된, 이른바 '침묵의 판사' 클래런스 토머스다. 클래런스 대법관이 자신에게 영감을 주었다고 밝힌 책이 바로 『맬컴 X 자서전』이기 때문이다.

맬컴 X(엑스)가 '범법자'였다는 사실을 고려하면, 『맬컴 X 자서전』은 판사가 읽기에 적합하지 않은 책일지도 모른다. 하지만 오해하지는 마라. 내가 말한 '범법자'는 사전적으로 '법을 어기는 사람'이라는 뜻이 아니다. 젊었을 때 그가 법을 어긴 건 사실이다. 하지만 맬컴 X는 기존의 규칙과는 다른 규칙에 따라 대안 사회를 만들고자 노력했던 사람이다. 맬컴 X라는 이름은 기존 사회 질서에 대한 거부, 자신의 가족과 사회적 뿌리에 대한 거부를 상징한다. 즉, 맬컴 X는 '백인 강간범' 그리고 수 세기에 걸친 불의 때문에 기존 사회가 회복 불가능할 정도로 오염되었다고 판단했다. "내 안의 백인 강간범의 피"를 드러내는 밝은 피부를 싫어했고, 오래전 빼앗긴 진정한 아프리카인으로서의 정체성을 드러내기 위해 X를 채택했다. 맬컴 X를 민권운동 지도자라고 말할 수는 없다. 반대로 그는 권리와 법이 '흑인'을 계속 억압하는 속박이며 수 세기에 걸쳐 노예 생활을 강제한 도구라고 신랄하게 비판한다.

맬컴 X의 자서전을 쓰지 않은 남자

알렉스 헤일리는 맬컴 X와 매우 다른 배경에서 태어났다. 아버지는 아이비리그를 졸업했다. 어린 시절 헤일리는 이야기, 특히 성경에 나오는 모험과 도덕 이야기를 좋아하는 소년이었다. 어렸을 때 살았던 조부모의 집은 동네에서 서재가 있는 유일한 곳이었고 책도 꽤 많았다. 특히 목화 수확으로 돈이 좀 생기는 가을이 되면, 책을 파는 사람들이 찾아왔다. 책은 보통 한 권에 1달러 정도였다고 한다.

대공황을 겪던 어느 날 저녁, 헤일리가 부모님과 함께 살던 때, 백인 남자 하나가 부모님의 집 문을 두드리고 어머니에게 일자리가 있는지 물었다. 무척 이례적인 일이었다. 당시에는 남부연합의 대학살, 린치,

그리고 공식적인 시민권(참정권) 박탈의 그림자가 대부분의 흑인 가정에 짙게 드리웠기 때문이다. 그 당시 헤일리의 부모는 수입이 없어 식권을 지급받아 생활하고 있었다. 엄마는 일자리가 '없다'고 대답했지만, 그 사람에게 음식 한 접시를 내줄 수는 있었다. 얼마 뒤, 헤일리가 테네시로 가기 위해 자동차를 몰고 오클라호마를 지나던 중에 어머니가 급격히 아픔을 호소했다. 아버지는 어둠 속에서 필사적으로 낯선 집의 문을 두드리고 잠시 쉬어가게 해달라고 부탁했다. 그런데 그 집의 주인은 다름 아닌 몇 년 전에 부모 집에 찾아와 함께 식사를 한 사람이었다. 헤일리에게 이 같은 우연의 일치는 자신이 어렸을 때 그토록 열심히 읽었던 성경 이야기를 떠올리게 했을 뿐만 아니라, 픽션이 현실이 된 일화였다.

증오로 가득 찬 급진주의(맬컴 X는 여전히 많은 사람에게 급진주의자라는 비난을 받는다)의 이면에는 언젠가 변호사가 되기를 열망한 청년 맬컴 X가 있었다. 선생님들은 변호사가 되는 건 '검둥이에게는 현실적인 목표'가 아니라고 조소를 지으며 비아냥거렸다. 그러면서 목공과 같은 좀 '실용적인' 직업을 생각해보라고 조언했다. 물론 목수는 예수의 겸허한 직업이었지만, 맬컴은 그런 조언을 매우 기분 나쁘게 받아들였다.

하지만 당시 기독교, 즉 '백인의 종교'가 지닌 겸손의 미덕이 맬컴 X에게는 결코 풍부하지 않았다. 구두닦이에서부터 '네 번째' 요리사(다시 말해 영광스러운 접시닦이)에 이르기까지 다양한 직업을 전전하며 겸손한 척해야 했지만 말이다. 어쨌든 웨이터로 일하면서, 중요한 인물이라도 되는 듯 받들어주면 백인들이 팁을 후하게 준다는 사실을 깨달은 뒤에는 팁을 더 두둑이 받기 위해 듣기 좋은 소리를 해가며 과장되게 겸손한 척도 했다. 이처럼 짐짓 가장하는 태도는 상징의 힘을 일찍 깨우쳤다는 뜻이다. 그래서 수입의 상당액을 밝고 단정한 녹색 옷을 사는 데 투자하기로 했다. “무언가를 얻으려면 이미 무언가를 가진 것처럼 보여야 했기 때문에” 이 같은 투자를 선택한 것이다.

양복은 주변의 가난한 흑인 하층계급 사람들 사이에서 눈에 띄기 위함이자 이들보다 조금 더 자신을 드높이려는 노력이었다. 시간이 흘러 맬컴 X는 존경받는 인물이 되고 교회 목사로서 특정 지역사회의 지도자가 되어, 깨달음을 얻지 못한 사람에게 높은 곳에 서서 설교를 했다.

맨해튼의 할렘에는 정치와 종교가 늘 뒤섞여 있는데, 때로는 그 조합이 상당히 해롭다. 이 책을 쓰는 동안 나는 맬컴의 이름을 따서 지은 주요 도로인 ‘맬컴 X 대로’에 가봤다. 그곳에서 알파벳 대문자로 쓰인 ‘아틀라 세계선교교회’의 입간판이 한 눈에 들어왔다.

> 오바마 대신 나를 팔로우 했습니까?
> 당신은 백만 달러짜리 집의 소유자가 될 것입니다.
> 오바마가 당신을 동성애자와 노숙자로 만들었습니다.

미국 최초의 아프리카계 대통령 오바마가 96퍼센트라는 엄청난 흑인 유권자의 지지를 받았다는 사실을 떠올릴 때, 이것은 지나치게 공격적인 메시지다. 제임스 데이비드 매닝 담임 목사는 **투표권이 없는** 유권자를 겨냥해 이런 메시지를 내놓았을 것이다. 그러니 귀를 막고 있는 게 나았을지도 모른다.

조명이 켜진 표지판의 뒷면에, 아틀라 교회의 메시지는 다음과 같이 계속된다.

> 백인 LGBTQ 부적응자들은 흑인 아틀라가 증오의 교회라고 말합니다.
> 백인을 도와주는 행동은 형제애를 무너뜨리는 겁니다.
> 모든 아틀라 남성은 주택 소유주, 사업 오너, 가정의 지도자입니다.
> 교회의 지도자이고 지역 사회의 지도자입니다.

이곳 주민 재키는 모든 사람이 목사가 살짝 미쳤다고 생각하지만, 그가 지역사회에서 좋은 일을 많이 했다고 덧붙였다. 이것이 할렘의 모순이다.

맬컴 X는 겉으로는 꽤 공정한 척하며 실상 증오를 전파했다는 비난을 받았다. 실제로 말년에는 자신의 초기 견해와 가르침의 상당 부분을 부정했다. 어쩌면 맬컴 X의 설교를 사람들이 지나치게 문자 그대로 읽은 것일지도 모른다. 할렘 공동체의 사람들은 다른 상황과 다른 커뮤니티에서는 증오심의 분출에 불과한 연설에 상당히 익숙해 보인다. 레토릭과 행동은 별개다. 때때로 공동체 바깥의 사람들에게는 그러한 연설이 실용적인 접근법이다.

어쨌든, 맬컴 X는 '네이션오브이슬람'이라고 부르는 교회[1]에서 (시카고 본부 다음으로) 가장 크고 권위 있는 성전인 '할렘 7번 성전'의

1 네이션오브이슬람은 1930년에 월러스 파드 무하마드가 창설했다. 원래는 흑인만을 회원으로 받아들이고 흑인과 백인의 분리를 주장했다. 흑인을 탄압한 기독교를 서구 백인들의 나쁜 종교로 보고 이슬람교를 흑인들을 위한 종교로 선전했다.

목사로서, 미국은 "생명, 자유, 행복 추구"가 아닌, "노예, 고통, 그리고 죽음"을 상징한다고 설교했다. 이 같은 비타협적인 말은 성전의 게시판에도 나타나는데, 새 교회의 세 가지 특성인 자유·정의·평등이 뒷면에 적혀 있다.

그러나 동시에 (이 책에서 분명하게 밝히는 것처럼) 맬컴 X는 철학자의 사고방식을 유지했다. 공개적으로는 견해의 차이를 받아들일 준비가 거의 되어 있지 않았지만, 개인적으로는 자신의 이론과 그 기초가 명확하지 않다는 사실을 인정했다.

맬컴 X는 일생에 걸친 사상의 변화를 반영하는 전기를 쓰면서, 적으로 상정한 백인의 모습이 신화적 구조로 만들어졌으며 진실은 훨씬 더 복잡하다는 것을 받아들이기 시작한다. 그럼에도 '사악한 백인'을 통합 반대의 상징으로 사용한다. 단순히 인정받기 위한 싸움이 아니라 '우생학 위계에서의 패권'을 쥐기 위한 싸움의 무대를 마련했다. 1960년대 초에 나온 『맬컴 X 자서전』은 격변과 격동의 사회를 이야기한다. 맬컴 X의 말을 듣겠다는 것만으로도 정치적이고 급진적인 발언이 아닐 수 없다. 실제로 흑인 대법관에게는 두 배로 그렇다.

하지만 아마도 맬컴 X의 아들 아탈라 샤바즈('샤바즈'라는 이름은 오래전 위대한 아프리카 지도자의 이름으로 추정된다. 맬컴은 자신의 출생 이름인 '리틀'보다 이 이름을 더 좋아했다고 한다)는 대법원 판사와 급진적인 교회 설교자를, 또 다른 유명한 개인의 역사라 할 수 있는 『안네 프랑크의 일기』와 연결 지었다. 샤바즈는 아버지가 네덜란드 다락방에서 나치로부터 숨어 지낸 어린 유대인 소녀의 믿음을 지지했다고 설명한다. 둘 모두 "인생에 영향을 미치고 삶을 변화시키는 말의 힘"을 믿었다. 그런데 이 믿음은 클래런스 토머스가 미국 대법원의

『맬컴 X 자서전』

The Autobiography of Malcolm X

—

저자: 알렉스 헤일리 | 출판 연도: 1965년

이론과 반이론, 명제와 반명제를 결합한 자서전을 관통하는 핵심 맥락은 정체성 또는 사회적 지위에 관한 것이다. 맬컴 X의 설명은 스스로 '게토'라고 부르는 할렘의 비열하고, 가난하고, 범죄가 들끓는 거리에서 벌어지는 다양한 '우열순서pecking order'[2]의 친밀한 여러 사례에서 시작해, 인종적 편견을 전면적으로 담아낸 이론, 배신적이고 사악한 백인이 어떻게 '원주민'에게 열등감을 강요했는지 밝히는 충격적인 서사로 확장된다.

맬컴 X는 빈민가에 매료되었다. 그에게 빈민가는 두 가지 측면이 공존하는 곳이다. 또 다른 전기 작가 E. 빅터 울펜슈타인이 말한 대로, 뒷골목과 대로는 낮에는 지저분하지만 밤에는 화려하다. 대조와 모순을 보이는 장소로서, 이 세상의 더 넓은 현실을 반영한다. 헤일리의 책은 빈민가에서 시작해 국제무대로 이어지는 맬컴 X의 진기하고 범상치 않은 여정뿐만 아니라, 인종적으로 틀에 박힌 단순함을 바탕으로 분노를 내지르는 설교자부터 사려 깊은 정치가로의 개인적인 여정까지 꼼꼼하게 기록한다. 하지만 개인적·심리적으로 중요한 그 모든 여정은 할렘의 거리에서 시작되었다고 해도 과언이 아니다.

이 책은 출간 2년 만에 100만 부 이상 팔릴 정도로 큰 인기를 끌었다. 이 책을 읽은 주목할 만한 독자로는 영화감독·프로듀서·작가·배우로 활동한 스파이크 리, 소설가·극작가·활동가·제임스 볼드윈, 그리고 오프라 윈프리가 있다.

2 집단에서의 위계적 관계를 말한다. 최상위 동물이 전체를 지배하고, 그다음이 첫째를 제외한 나머지를 지배한다. 이 용어는 닭들 사이의 관계에서 나왔는데, 닭은 힘센 놈이 상대의 주둥이를 쪼지만(pecking) 약한 놈은 상대를 쪼지 못한다. [옮긴이]

웅장한 대리석 홀에서 일할 때 일관되게 고수하는 원칙이기도 하다.

마찬가지로 『맬컴 X 자서전』의 핵심은 말의 힘을 이해하려면 다층적으로 작동하는 말을 재해석해야 한다는 확신이다. 그중 하나는 상징의 힘을 이용하는 더 근본적인 종류의 의사소통이다.

사실 『맬컴 X 자서전』은 상징적 표현으로 가득 차 있다. 1장에서, 시 공무원들의 복지 방문은 어머니에게 중요한 자원과 조언을 가져왔지만 동시에 '가족은 의존적이고 열등하다'는 메시지도 가져왔다고 이야기한다. 맬컴 X는 가족을 찾아온 복지 직원이 "마치 자신들이 우리의 주인인 것처럼, 마치 우리가 자신들의 사유재산이기라도 한 것처럼 굴었다"고 당시를 회상한다.

마찬가지로 맬컴 X는 청소년기에 백인 남성처럼 보이기 위해 머리를 일부러 곧게 편 적이 있다. 그는 자신의 이 '콩크conk'[3] 헤어스타일이 스스로를 다른 흑인 청년들보다 낫게 보이려는 의도였으며, 성인 세계로 가는 일종의 통과 의례였지만, 실제로는 "자기비하를 향한 첫 번째 정말 큰 발걸음"이었다고 고백했다.

그리고 예쁜 백인 여자친구를 사귀어 지위를 높이려고도 했다. 그 당시 맬컴 X는 록스버리의 흑인 다운타운에서 가장 예쁜 백인 소

3 콩크는 백인처럼 부드러운 머리카락으로 바꾼 흑인의 머리를 일컫는 속어다. 백인의 외모를 닮기 원했던 많은 흑인은 안으로 말려 들어가는 머리카락을 펴기 위해 독한 약품을 썼고, 뜨거운 양잿물과 바셀린과 생달걀이 섞인 그 약품을 바르며 "머리 가죽이 벗겨지는 듯한 아픔"을 견뎠다. 백인을 혐오하면서도 유사 백인이 되기를 소망했던 젊은 맬컴 X 역시 그런 아픔을 견디며 콩크 머리를 했다. 그 순간 맬컴 X는 깊은 자기모멸에 빠진다. "내 자연스러운 머리가 백인 머리처럼 보이도록 흐느적거릴 때까지 양잿물로 내 살갗을, 말 그대로 태우며 모든 고통을 견뎠다. 그럴 때 나는, 흑인이 백인보다 열등하다고 믿도록 세뇌되었고, 그래서 백인이 만든 미적 기준으로 예뻐 보이기 위해 신이 주신 육체를 훼손하는 멍청한 미국 흑인 무리에 들어간 것이다." [옮긴이]

녀와 데이트하는 게 무척이나 자랑스러웠다. 심지어 스스로가 정말로 "진정한 지위를 차지한 어른으로 성숙하기 시작한 것"처럼 보였다고 말했다. 하지만 나중에는 이런 행동을 경멸하고 자신의 위선과 불성실한 짓을 후회했다.

물론 그가 생각하는 지위는 총에서 나온다는 사실을 잊지 말아야 한다. 맬컴 X는 이제 스스로를 '공산당원'이라고 부르며 총을 갖고 다녔다.

"커다란 검은 총구를 응시할 때 사람들 얼굴이 축 쳐지고 입이 벌어지는 모습을 보았다."

맬컴 X는 다양한 총 세 자루를 동시에 휴대하기도 했다. 당연하게도 결국 감옥에 갇힌다. 그런데 많은 사람의 이야기가 감옥에서 끝난다면, 맬컴 X의 진정한 시작점은 바로 감옥이었다. 노퍽 교도소의 놀랄 만한 특징 하나는 바로 수백 권의 장서를 갖춘 도서관이 있었다는 점이다. 이 도서관에 희귀 고서를 수집하는 백만장자 파크허스트가 책을 기증했는데, 상당수가 역사와 종교에 관한 것이었다.[4]

맬컴 X는 그림 사전에서 단어를 찾으며 하루를 보내면서 빠르게 문맹에서 벗어났다. '땅돼지aardvark'라는 단어에 특히 마음에 꽂혔다(영어 사전에서 제일 처음으로 나오는 동물이다). 땅돼지는 꼬리가 길고 귀가 긴 아프리카 포유동물로 흰개미 등 곤충을 잡아먹는다.

"내 단어의 기반이 넓어짐에 따라, 나는 처음으로 책을 집어 들

4 물론 뉴욕시에는 거대한 돌사자 두 마리가 지키고 있는 5번가의 웅장한 도서관처럼 훌륭하고 완전 무료인 공공도서관이 많다. 그러나 맬컴 X의 젊은 시절, 주 및 지방의 인종분리법은 미국 남부 전역의 공공시설에 접근하지 못하도록 아프리카계 미국인을 단호하게 거부했을 뿐만 아니라 비공식적인 장벽이 다른 곳도 마음대로 다닐 수 없게 했다.

고 읽을 수 있었으며, 이제 그 책이 말하는 것을 이해하기 시작했다. 책을 많이 읽은 사람은 누구나 새로운 열린 세상을 상상할 수 있다."

맬컴 X에게는 책이 있었기에 감옥의 철장은 아무 문제가 되지 않았다.

그가 처음 읽고 큰 감명을 받은 책은 과학적인 사실과 역사적인 사실을 다룬 모음집이었다. 세계의 불가사의를 다룬 책들, 그리고 윌 듀랜트와 아리엘 듀랜트의 『문명 이야기』, 허버트 조지 웰스의 『세계사 대계Outline of History』가 특히 인상적이었다. 윌리엄 듀 보이스의 『흑인의 영혼The Souls of Black Folk』과 카터 G. 우드슨의 『흑인의 역사Negro History』를 읽으며 잃어버린 흑인 문화유산에 대해 깨닫게 되었다. 또한 노예무역으로 팔려온 아프리카 흑인들이 미국 땅에서 겪는 참상을 그린 해리엣 비처 스토의 베스트셀러 소설 『톰 아저씨의 오두막』도 읽었다. 사실 이 소설은 맬컴 X가 읽은 거의 유일한 소설이다.

맬컴 X는 영국인을 인도에서 몰아내기 위한 간디의 비폭력 저항운동, 중국의 역사와 아편전쟁, 그리고 '사악하고 오만한 백인'이 '중국인과 개는 들어오지 못함'이라는 표지판을 내건 이야기도 읽었다. 이런 책은 맬컴 X에게 "백인 집단이 세계의 비백인 집단들과의 거의 모든 접촉에서 악마처럼 행동했다는 명백한 증거"를 제공했다. 그런데 인생의 이 단계에서, '비백인'에 대한 가혹한 대우가 종교·사회·민족 등 무수한 다른 분열로 인해 백인 인종 간에도 나타나는 인간관계의 특징이라는 것은 인식하지 못했다. 이것을 알지 못했기에 특히 유럽계 유대인을 취급한 히틀러의 방식에 관해 냉담하게 발언한 것이다.

역사책에서 맬컴 X는 세계뿐만 아니라 자기 자신도 이해하게 해주는 이야기 및 비슷한 예를 찾았다. 『문명 이야기』가 깊은 인상을 남긴 것도 이 때문이다.

윌 듀랜트는 이렇게 말했다.

"문명은 강둑을 흐르는 시냇물이다. 때때로 시냇물은 살인, 도둑질, 고함 등 역사가들이 흔히 기록하는 행동을 하는 사람들의 피로 가득 차 있다. 반면에 강둑 위에서는 눈에 띄지 않게 사람들이 집을 짓고, 사랑을 나누고, 자식을 키우고, 노래를 부르고, 시를 쓰고, 조각상을 깎는다. 문명은 강둑에서 일어난 일에 관한 이야기다. 역사가들은 강을 보기 위해 강둑을 무시하므로 비관론자다."

듀랜트 부부의 접근 방식을 전통적 역사가들은 무시했는데, 이들은 특히 듀랜트 부부가 과정과 사건을 의인화했다고 비난했다(부부는 그 지적을 인정했다). 윌 듀랜트는 이렇게 말한 적이 있다.

"우리는 지난 100년 동안 역사가 너무 비인간적이 되었다고 믿습니다. 그리고 인류의 이야기에서 통계가 사람을 대체했다고 믿습니다. 역사는 사건으로 이루어지지만 사람을 통해 흘러갑니다. 인간의 반응과 감정 또한 사건에서 발생하는 소리이자, 사건을 일으키는 '피와 살'이며, 역사입니다."

그리고 듀랜트 부부는 자신들의 프로젝트에 열심히 매달렸다. 시리즈의 책을 쓰기 위한 연구는 시간이 엄청 많이 걸렸고, 1930년대 중반부터 듀랜트 부부가 엄격하게 준수한 작업과 연구 방식을 따라야 했다. 아침 8시부터 밤 10시까지 일주일에 7일을 연구에 매진했고, 한 권을 쓰기 위해 500권이 넘는 참고서적에서 정보를 찾아 꼼꼼하게 기록했다.

이렇게 수년간 일할 수 있었던 경제적 자유는, 플라톤에서 존 듀이에 이르기까지 세계 최고의 사상가들의 생각을 다룬 윌 듀랜트의 첫 번째 저서 『철학 이야기』가 성공한 덕분에 얻었다. 1926년에 초판이 나온 『철학 이야기』는 300만 부가 팔렸다(수십 년 전에 내가 쓴 초라한 철학 입문서 『철학의 101가지 딜레마』가 지금 어떻게 팔리는지 살펴보니, 아마존에서 내 책을 구입한 사람들이 『철학 이야기』도 샀다는 사실을 알 수 있었다). 『철학 이야기』는 일반 독자를 대상으로 일화와 개인적인 논평을 가미해 보통 철학서보다 훨씬 가독성이 좋다. 그리고 이 책은 나중에 나온 『문명 이야기』의 본보기이기도 하다.

윌 듀랜트와 아리엘 듀랜트는 이렇게 말했다.

"인간의 어리석음과 범죄를 경고할 뿐만 아니라 영혼들을 기억해내는 수단으로서 역사를 연구하는 우리에게, 과거는 무시무시하고 암울한 공포의 방이 아니다. 과거는 천상의 도시, 마음의 광활한 나라가 된다. 그곳에는 성인, 정치가, 발명가, 과학자, 시인, 예술가, 음악가, 철학자 및 연인들 수천 명이 여전히 살아서 말하고 가르치고 갈망하고 노래한다."

어찌하여 결국 맬컴 X는 감옥에 있는 동안 철학을 탐구하게 되었다. 자서전에서 독일 철학자 쇼펜하우어, 칸트, 니체를 무작위로 회상하는데, 그 철학자들은 쓸모없는 것들로 논쟁하느라 시간을 보냈을 뿐만 아니라 히틀러가 정치적으로 급부상할 토대를 마련했다고 지적하며 부정적으로 평가하기도 했다. 하지만 네덜란드의 유대인 철학자 스피노자에게 큰 감명을 받았다. 궁극적으로 서양철학 전체가 흑인의 위대함을 숨기기로 결심한 "막다른 골목에 처했다"고 말한다. 서양철학과 동양철학을 비교하며, 서양철학이 동양철학에

빚졌다는 사실을 인정하지 않는다는 이유로 후자를 선호했다. 심지어 소크라테스가 이집트로 여행한 사실을 지적하면서, 이집트가 그리스에 의해 정복되어 헬레니즘 제국의 일부가 되었을 때 방문했다는 사실을 철학자들이 아이러니하게도 놓친다는 예를 들었다. 이것은 비서구적 영향의 빈약한 예라고 할 수 있다.

맬컴 X는 철학의 위대한 우상 파괴자 프리드리히 니체에게 마음이 움직였다. 설교를 할 때면 니체의 사상에 입각해 기독교를 노예에게만 적합한 종교, 노예 이념이라고 비난했다. 그 대신 맬컴 X에게 이슬람은 오히려 해방신학이었다.

의심할 여지 없이, 감옥에서 읽은 책은 맬컴 X의 삶을 완전히 바꿔놓았다. 독서는 정신적으로 살아 있고자 하는 갈망을 일깨워주었다. 편지에서 자신의 모교는 책이라고 말하기도 했다.

"이곳에 없었다면, 매일 백인과 싸웠을 겁니다. 이제 평생 책을 읽으며 보낼 수 있습니다. 호기심을 만족시키면서요. 저는 거의 모든 것에 호기심이 생깁니다."

『맬컴 X 자서전』을 쓰는 동안 인터뷰를 하고 편집자로서 큰 역할을 한 알렉스 헤일리가 에필로그에서 밝히기를, 맬컴 X가 읽은 흥미로운 책들은 그의 독서에 대한 사랑을 키웠다. 맬컴 X는 헤일리에게 "사람들은 책 한 권으로 한 사람의 인생 전체가 어떻게 바뀔 수 있는지 모릅니다"라고 말했다. 그러면서 감옥에서 처음 접한 책을 몇 번이고 다시 언급했다.

하지만 맬컴 X가 아무리 책읽기를 좋아했더라도 진정한 작가가 되지는 못했다. 오히려 불같은 말을 샘물처럼 쏟아내며 천둥같은 설교와 격렬한 토론을 즐겼다. 맬컴 X의 본성은 이슬람 설교자로서의

『문명 이야기』

The Story of Civilization

—

저자: 윌 듀랜트, 아리엘 듀랜트 | 출판 연도: 1927~1975년

맬컴 X는 소설이 아니라 사실 또는 사실처럼 꾸민 일화에 끌려 독서의 세계로 빠져든 최초의 사람도 아니고 마지막 사람도 아닐 것이다. 사실 백과사전 세일즈맨이 교외의 가정을 방문해 책이 거의 없을지도 모르는 가족에게 책을 파는 것은 일상생활에서 흔했다. 23권짜리 『브리태니커』를 다 읽을 수 있는 사람은 아무도 없다. 수많은 탐험이 그곳에서 시작될지라도 말이다. 하지만 『문명 이야기』는 단순한 사실의 집합체에 그치지 않는다. 제목이 주장하는 바와 같이 매우 많은 이야기가 나오며, 그 이야기는 모두 웅장하고 인상적이다. 윌 듀랜트는 책을 쓰는 데 평생을 바쳤으며(1927년에 집필을 시작해 1975년에 아내 아리엘의 도움으로 완성했다), 그 결과 11권 분량의 책이 세상에 나왔다.

듀랜트는 19세기 영국 역사가 헨리 토머스 버클이 쓰기 시작했지만 완성하지 못한 책 『문명사 개론An Introduction to the History of Civilization』에 매료되어 작업을 시작했다. 듀랜트는 영국의 민족주의를 폐기했다. 책의 서문에서 이렇게 말한다.

"인류의 문화유산에 천재적 사상과 고된 노동이 기여한 바를 가능한 한 적은 지면을 통해 가급적 많이 이야기하는 게 내 바람이다. 이 책이 사물을 전체적으로 바라보고 관점·통일성·시간의 역사를 통해 이해를 추구하는 동시에 공간의 과학도 접목시키려고 애쓰는, 철학에 열정을 품은 이들에게 얼마간은 유용하기를 바란다."

듀랜트는 역사를 분야별로 구분해 서술하는 방식으로는 인류의 삶을 통일성 있게 드러내지 못한다며, 자신의 목표가 "역사를 통시적이면서 공시적으로, 분석적이면서 종합적으로 서술하는 것"이라고 말했다.

제1권 『동양 문명』에서는 문명의 시작을 동양에서 추적한 반면, 제10권 『루소와 혁명』에서는 프랑스 철학자의 보편적 권리 개념에서 일종의 논리적인 폐쇄성을 발견했다.

『루소와 혁명』은 1968년에 일반 논픽션 부문 퓰리처상을 수상했으며, 다른 10권의 시리즈와 마찬가지로 베스트셀러였다. 《뉴욕 타임스》가 윌 듀랜트의 사망 기사에서 언급했듯이, 이 시리즈는 9개 언어로 총 200만 부 이상 판매되어 탄탄한 독자층을 확보했다(그리고 소수의 역사가들이 즐겨 읽었다). 《타임》지는 『문명 이야기』가 성공한 이유를 "산문의 명료성과 위트"에서 찾았다(누구도 《브리태니커》를 이렇게 평하지 않았다). 그리고 또 다른 핵심 요소는 인간의 어리석음과 범죄 또는 군사적·정치적·경제적 사건보다는 예술·문학·과학·철학에서 이룬 인간의 성취를 강조했다는 점이라고 밝혔다. 즉, 통계가 아니라 아이디어에 초점을 맞추었기 때문이라고 말할 수 있다.

두 번째 삶에서 분명하게 드러났다. 집회에서 연설할 때면 대부분의 흑인 지도자들보다 10~12배 많은 군중을 끌어모았다. 또한 게토에 사는 주민들은 맬컴 X를 지도자로 선택했다. 거기에 더해 알렉스 헤일리가 언급한 것처럼, "뉴욕의 흑인들을 위해 최선을 다하는" 사람이 자신이 아니라 마틴 루서 킹 목사라는 한 여론조사를 보도한 신문 기사를 무척 불편해했다.

월러스 파드 무하마드의 '네이션오브이슬람'은 맬컴 X에게 연단을 마련해주었다. 맬컴 X는 인종 정체성 이론과 갈등에 기반을 둔 급진 정치를 개발하고 홍보하는 플랫폼으로 그곳을 활용했다. 하지만 나중에는 월러스 파드와 의견 충돌을 겪었다. 이미 둘 사이가 벌어지고 있을 때였다.

메카 순례길에서 전환점이 찾아왔다. 당시 맬컴 X는 순례자들이 모두 하나같이 똑같은 옷을 입고 있다는 사실에 크게 놀랐다.

"당신이 왕인지 농부인지 아무도 모를 것이다."

더욱 중요하게도, 맬컴 X는 사람들의 피부색 또한 중요하지 않다는 사실을 깨닫기 시작했다.

"비행기에는 백인, 흑인, 갈색 피부, 빨간 피부, 누런 피부의 사람들, 파란 눈과 금발 머리, 그리고 나처럼 곱슬곱슬한 빨간 머리의 사람들이 빼곡히 타고 있었다. 모두 함께, 형제들이여! 모두가 같은 신, 알라를 경배한다."

평생에서 처음으로, 이제 맬컴 X는 백인이 이기적인 동기 없이 자신에게 잘할 수 있다고 생각했다. "나는 살아가면서 늘 백인의 이기적인 동기를 볼 수 있었다"고 불쾌하게 과거를 회상한다.

성지순례 후 소감을 묻자, 형제애가 가장 감격스러웠다고 기자들에게 말했다.

“전 세계 모든 인종과, 피부색이 다양한 사람들이 하나가 되어 뭉쳤습니다!”

무엇보다도 이제 지구상에서 화약고와도 같은 가장 치명적인 악을 ‘인종차별’이라고 보게 되었다.

이처럼 과거와 확연히 달라진 맬컴 X는 이슬람교가 인종의 구별을 지워준다고 말한다. 하지만 이것은 엘리트 인종으로 규정된 소수가 외국인 노동자들을 억압하고 착취하는 사우디아라비아와 같은 실제 사회에서는 절대로 가능하지 않은, 지나치게 낙관적인 주장이었다. 미국으로 돌아온 뒤 맬컴 X는 모든 공개 성명에서 자신이 백인을 그 자체로 비난하지 않으며 백인 인종차별주의자들을 비난한다는 점을 강조하려고 했다. 그러나 다른 측면에서 맬컴 X의 입장은 여전히 급진적이었다. 즉, 흑인이 기존 시스템에서 한 자리 차지하기 위해 싸울 것이 아니라 시스템 자체를 전복하기 위해 싸우기를 원했다. 마찬가지로 책의 말미에서 미국의 기원과 관련해 토착 아메리칸 원주민이 대량학살당한 사건을 이야기하면서, 미국을 “국가 정책의 문제로 토착 인구를 말살하려고” 시도한 유일한 국가라며 비난했다. 그런데 부끄럽게도 오늘날까지 “우리의 문학·영화·드라마·민속이 모두 그 사실을 찬양한다”며 이렇게 덧붙였다.

“우리 아이들은 붉은 피부의 사람들을 빈곤한 보호구역에 처넣고 조각조각 소수의 그룹으로 쪼개어 축소시킨 폭력을 여전히 답습한다.”

여기 인종이라는 단순한 관념을 뛰어넘어 천부적 인권과 보편적 가치라는 개념을 향해 훨씬 더 발전해나간 맬컴 X가 있다. 그런데 천부적 인권과 보편적 가치라는 개념은 바로 미국 대법원이 지지하고 옹호해야 하는 가치다. 이 때문에 전기 말미에서 맬컴 X는 뉴욕에서 선동적인 무슬림 설교자로서 보낸 시절을 '나쁜 장면'이었다며 '질병과 광기'가 넘쳐나던 과거를 안타깝게 여긴다. 그러면서 "좋은 변호사가 될 수도 있었을 텐데"라며 애처롭게 후회한다.

|||\||

사실 그다지 확신이 서지 않지만, 확실히 10년 뒤 미국의 만연한 인종차별주의로 인해 어려움을 겪으며 좌절감과 분노에 휩싸여 있던 젊은 흑인 클래런스 토머스는 맬컴 X의 이야기에 영향을 받아 변하게 된다. 클래런스 토머스는 일종의 대안적인 맬컴 X가 되려 몰두했고, 실제로 변호사가 되었다.

토머스는 맬컴 X와 마찬가지로 인종적 편견에 뿌리를 둔 충격적인 어린 시절 경험을 명확하게 언급하며 자서전을 시작한다. 『내 할아버지의 아들: 회고록』은 여러 면에서 설득력 있는 읽을거리로, 극심하게 분열된 미국 남부 조지아 시골의 빈곤에서 벗어나 치열하게 투쟁하여 미국 최고 법원에 오르기까지 토머스의 비범한 성장을 자세히 설명해준다. 맬컴 X의 전기와 마찬가지로, 자서전 내내 인종적 편견의 그림자가 짙게 드리운다. 토머스의 경력, 삶, 가족의 안녕은 국가의 표면 바로 아래에 도사린 인종차별주의를 먹여 살리는 악의적인 비난 때문에 계속해서 위험에 노출되었다.

그러나 개인적인 투쟁에 대한 언급은 간결하고 심지어 무뚝뚝하며, 정교함이나 그 이상의 설명이 없다. 토머스 판사에게는 사실

『내 할아버지의 아들: 회고록』

My Grandfather's Son : A Memoir

—

저자: 클래런스 토머스 | 출판 연도: 2007년

클래런스 토머스는 『맬컴 X 자서전』을 꼼꼼하게 읽어서 책이 다 헤지고 닳을 정도였다고 말했다. 이 책은 미래의 대법원 판사가 자신의 자서전을 집필할 때 영향을 미쳤다. 맬컴 X는 아버지의 자살 그리고 뒤이은 어머니의 정신병원 입원으로 갑작스럽게 끝난 어린 시절을 솔직하게 설명하며 이야기를 시작한다. 반면 토머스는 미국의 최남동부 지역에서 어린 시절을 보낸 솔직한 이야기로 시작해서, 혼자 힘으로 아이들을 돌볼 수 없다고 판단한 어머니가 토머스와 남동생을 조부모에게 보내기로 결정한 이야기로 끝을 낸다. 실제로 맬컴 X와 클래런스 토머스 두 사람은 인격 형성기에 비슷한 경험을 하고 불안감을 느꼈다.

그러나 맬컴 X가 결국 격정적인 웅변가로서의 자질을 발견한 것과 달리, 클래런스 토머스는 항상 최고의 성적을 받은 것 외에는 별다른 특징이 없는 지식인이었다. 사실 토머스의 자서전은 겉보기에 학문적 우수성만 이야기하므로, 더 설득력 있고 개인적인 서사를 찾으려면 이면을 봐야 한다. 그 이면에서 첫 번째 아내와의 이혼에 따른 정서적 고통, 보수적인 정치('흑인에 대한 반대')에 대한 어색한 수용, 무엇보다 대법관으로 임명되기까지 거친 청문회 기록을 확인할 수 있다.

바로 「사적 제재로의 초대」라는, 제목만 봐서는 매우 고상한 장에 그 이야기가 담겨 있다. 여기 매우 공개적인 드라마에서, 백인 남성 세계에서 아프리카계 미국인에게 강요된 역할로 인한 토머스의 괴로움이 드러난다. 참고로 토머스의 책은 《뉴욕 타임스》 논픽션 베스트셀러 목록에서 1위를 차지했다. 폭넓은 독자층을 확보했으며, 선인세로 150만 달러를 받았다(다른 사람들보다 훨씬 더 나은 대우를 받았다).

과 의견 사이에 분명한 경계선이 있었는데, 후자에 관해서는 언급을 회피했기 때문이다.

토머스 판사를 심층 인터뷰한 ABC 뉴스의 얀 크로포드 그린버그 기자는, 토머스가 1991년 대법원에 합류한 뒤 대체로 침묵을 지켰고 이런 침묵은 신화의 일부가 되었다고 했다.

"그는 판사석에서 과묵했다. 수많은 비평가에게 반응하지 않았다. 판사의 사법적 견해는 목소리가 강했지만, 나머지 이야기는 모두 타인이 쓴 것이다."

하지만 이 말은 옳지 않다. 엄연히 자서전이 있기 때문이다.

자신의 책에서 토머스는 변호사의 디테일 파악 능력과 능숙한 이야기꾼의 재능을 결합했다. "그 당시에는 내 어린 시절을 하나도 이상하게 여기지 않았다"고 말한다. 그러고 나서 자신이 1948년 조지아주 남동부의 핀포인트 해안 지역 사회에서 태어났다고 설명한다. 아버지는 3년 후에 가족을 버렸지만 그럼에도 어린 시절에 대한 좋은 추억을 품었기에, 당시를 소박하고 아름다웠다고 회상했다.

"때때로 나는 어른들이 백인에 대해 이야기하는 것을 들었지만, 백인이 모두 부자라는 사실을 당연하게 여겼다. 신문과 잡지에 실린 사진들을 통해 집에서 멀리 떨어진 비현실적인 존재를 흘끗 보기는 했지만, 핀포인트(미국 조지아주 남동부 서배너강 하구에 있는 항구도시)가 나의 세상이었다. 학교에 가기 전까지, 나에게 우리 동네 말고 다른 곳이 존재할 수 있다는 유일한 징후는 가끔씩 머리 위로 날아가는 비행선뿐이었다."

사실 책은 두 세계를 넘나들 수 있는 몇 안 되는 물건 중 하나였다. 그리고 책은 클래런스 토머스의 이야기에서 핵심이다. 토머스는 대부분의 사람들이 존 베런트의 『선악의 정원』[5]을 통해 서배너를 알게 되었다는 점에 주목한다. 이 책에서 서배너는 건축적인 경이로움으로 가득한 곳으로 묘사되었고, 책은 나중에 영화로도 제작되었다. 그런데 그런 세계가 정말 존재한다면, 확실히 자신이 아는 박탈당하고 엉망진창인 서배너는 아니었다고 토머스는 말한다.

토머스는 '낡아빠진' 친척 집에서 일곱 살 때까지(일곱 살에 집이 불타버렸다) 어머니와 형제들과 함께 살았다. 그 후 어머니는 토머스와 남동생을 데리고 실내 배관도 아이들 침대도 없는 서배너의 한 집으로 이사했다. 토머스는 의자에서 자야 했다. 그는 당시를 이렇게 회상했다.

"별안간 나는 가난한 시골의 비교적 안전하고 깨끗한 곳에서 나와 도시의 가장 더러운 곳으로 이사했다. 먹을 것을 기약할 수 없는 굶주림, 따뜻할 것을 기약할 수 없는 추위를 견뎌야 했다."

그리고 어느 토요일, 어머니는 토머스와 남동생한테 조부모 집에 가서 살게 될 거라고 했다. 소년들은 식료품 가방에 소지품을 급히 담아 현관문 밖으로 쫓겨나다시피 했다.

조부모는 비교적 부유했다. 할아버지가 엄한 사람이었다고 말하는데, 이는 굉장히 절제된 표현일 것이다. "빌어먹을 휴가가 끝났

5 미국 남부 조지아주의 서배너를 무대로 한다. 서배너는 풍요롭지만 변화에 저항하는 고립의 도시이자, '파티의 도시'라 불리는 향락의 도시다. 북미에서는 가장 아름다운 도시로 꼽힌다. 이야기는 이렇다.

항구 도시 서배너에서 도시 전체를 충격에 빠뜨리는 살인 사건이 벌어진다. 살해인가 정당방위인가를 둘러싼 공방 속에서, 다양한 인간 군상의 모습과 사건의 진실이 드러난다. 인간의 위선·탐욕·질투·명예욕·아집·독선·사랑이 생생하고도 극적이게 그려지는 가운데, 선과 악의 경계는 모호해진다. [옮긴이]

어.” 토머스가 언제나 ‘아버지’, ‘아빠’라고 회상하는 할아버지는 두 소년이 도착하자 이렇게 말했다. 그러고는 새집에서의 규칙을 정해 주었다. 가장 중요한 규칙은 조부모의 말이 늘 옳다는 것이었다. 한 번은 토머스가 할아버지에게 말대꾸를 하자마자 곧장 얼굴을 두들겨 맞았다. 어찌나 세게 맞았는지 그대로 바닥에 쓰러지고 말았다. 할아버지가 엄격하고 완고했지만, 집은 편안했다(물론 규율이 잘 잡혀 있었다). 토머스는 곧 새로운 일상을 받아들였다.

고등학교 2학년 때까지 흑인들만 다니는 교회 학교에 다녔지만, 그 당시에도 계급과 피부색에 따른 차별을 알고 있었다. 토머스는 ‘흑인 학생들을 위해 특별히 지은 서배너에서 가장 훌륭한 공립학교’인 ‘플로렌스 스트리트’에 입학했다. 역설적이게도 자서전 전체에 걸쳐 토머스는 궁극적인 지향은 아니더라도, 수많은 요소가 둘로 나뉜 세상에서 수용 가능한 특징으로 ‘분리’를 옹호한다. 예를 들어 흑인 아이들한테는 좋은 학교가 필요한데, 반드시 백인 동네로 버스를 타고 다니며 황폐한 도시 학교에서 백인 아이들과 나란히 앉을 필요는 없다고 주장한다.

분리된 흑인 학교에서조차 “내 피부가 까맣다는 이유로” 반 친구들한테 모욕을 당했던 일을 회상하며 자신이 ‘미국에서 가장 시커먼 아이’로 불렸다고 했다. 백인은 평행세계에 살았다. 실제로 만난 유일한 백인은 수녀와 사제뿐이었다.

토머스는 이렇게 말한다.

“우리는 그 사람들을 백인으로 생각하지 않았다. 그들은 수녀였다. 백인 사제와 백인 수녀가 있었지만, 그저 수녀와 사제로 간주되었다. 마치 천사를 생각하는 것과 같다. 당신은 천사를 백인이나 흑인으로 생각하지 않는다. 그저 천사다."

수녀와 사제의 모범적인 행실은 토머스에게 영감을 주었고, 급우 중에는 교사·의사·사업가와 같은 전문직 부모의 자녀가 있다는 사실 또한 더 미묘하게 영향을 미쳤다.

"수녀님들은 하느님이 모든 사람을 평등하게 만드셨고, 흑인은 본질적으로 백인과 평등하며, 인종차별을 도덕적으로 잘못된 것이라고 가르쳤다."

오늘날 세속의 수많은 교육가 눈에는 수녀들이 운영하는 학교가 시대착오적으로 보일지도 모른다. 하지만 당시에는 국가 교육 시스템의 중요한 대안이 되어주었다.

오래지 않아 토머스는 사제가 되기로 결심했다. 가톨릭 기숙학교는 소년들을 신학교에 보낼 준비를 시켰기 때문에, 토머스는 열여섯 살에 "안락하게 분리된 장소를 과감하게 떠났다." 신학교로 전학해 고등학교 2학년으로 등록하고 그 학교의 첫 번째 흑인 학생이 되었다.

토머스는 자신의 세대가 그 분리의 벽 뒤에서 벗어나기 위해 지불한 대가라고 할 수 있는 '공포'와 '불안'의 감정을 회상한다. 자존심에 많은 타격을 입었지만, 성적이 우수했고 부지런한 학생으로 빠르게 성장했다. 이미 자신뿐만 아니라 자신의 인종을 위해서 성공하기로 결심했다. 주말에 집에 돌아왔을 때, 자랑스러운 할아버지가 그 지역의 '미국 흑인지위 향상 협회' 모임에 자신을 데리고 가서 성적을 자랑할 수 있도록 했다. 학교의 최고 우등생이 되었고 할아버지의 모임에서 박수갈채를 받았다. 자신이 그 사람들에게 희망과 자부심의 상징이 되었다는 것을 깨달았다.

그러나 동시에 가톨릭교회가 미국에서 여전히 흑인 차별을 용인하는 데 점점 환멸을 느꼈다. 그 침묵에 괴로워하기 시작했다. 교회의 언어 사용 때문에, 토머스는 자신의 소명을 잃었다. 어느 날 학교 기숙사에 들어가는데 누군가 마틴 루서 킹 주니어가 총에 맞았다고 외쳤다. 뒤이어 동료 학생 하나가 이렇게 무례하게 말했다.

"잘됐네, 그 개자식이 죽었으면 좋겠어."

토머스는 이렇게 설명한다.

"그 잔인한 말 한마디로 인해 하느님의 부르심, 나의 소명, 인종을 순수하게 생각하던 어린 시절의 무지함이 끝났다."

토머스는 자신의 관점에서 성숙해지며, 특히 교회를 당시의 인종차별과 밀접하게 연관된 기관으로 보기 시작했다.

"60년대에 내가 교회에 갔을 때, 엄격한 수녀들을 제외하고는 첫날부터 누구도 인종차별 종식에 관심이 없었다."

토머스는 나중에 텔레비전 인터뷰에서 이렇게 말했다.

"교회는 관심이 없었습니다. 다시 말해, 적어도 제가 서 있는 곳에서는 교회가 더 수동적이며 세태를 그대로 받아들였던 것 같습니다. 만약 교회가 수녀님들처럼 원칙을 지켰거나 오늘날 낙태 문제에서처럼 강경했다면, 어쩌면 나는 사제가 되었을지도 모릅니다."

이러한 정치적 각성에서 특히 『맬컴 X 자서전』이 토머스를 인도하고 인식을 형성하는 데 중요한 역할을 했다. 토머스는 그 책을 너무 많이 읽어서 페이지가 닳았다고 말한다. 무엇보다 흑인 활동가(맬컴 X)의 '자립' 철학을 존경했고, 또한 흑백 분리가 확실했던 남부에서 자랐으며 정부와 백인 사회를 불신한 맬컴 X에게 공감했다. 이처럼 맬컴 X의 말을 귀담아 들은 어린 학생이었지만, 백인들과의 우정을 발전시키고 소중하게 여기기도 했다.

몇 년 뒤 1990년대 초반, 조지 부시 대통령이 대법원의 첫 흑인 대법관 서굿 마셜의 후임자를 물색하던 당시, 공화당은 클래런스 토머스의 보수적 견해에 더 초점을 맞췄다. 백악관이 토머스를 더 철저하게 조사했다면, 그 보수적인 견해를 분석하는 건 고사하고 그를 지명하는 일 자체를 꺼렸을 것이다. 그들은 토머스가 '고용기회평등위원회' 의장으로서 법과 헌법에 대한 자신의 의견뿐만 아니라, 루이스 파라칸(네이션오브이슬람의 종교 지도자)과 흑인 무슬림의 자립 이론에 대한 존경심을 여러 차례 표명했다는 사실을 거의 알아차리지 못했다. 결국 이 두 가지 주제는 인준 청문회에서 주요 사안으로 제기되었다.

클래런스 토머스는 대법원 판사가 되기 위해 통과해야 할 필수 관문인 이 청문회에서 자신이 "감정을 버리고 스스로를 부정해야 했다"고 씁쓸하게 썼다. 자신은 대부분의 흑인과 이념이 다르며 "백인들 사이에 자신들이 흑인들보다 우월하다는 견해가 널리 퍼졌다"는 생각에 동의하지 않았기 때문이다.

토머스는 자신이 똑똑한지, 법정에 설 자격이 충분한지 의문을 제기하거나, 또는 백인 대법원 동료의 제안을 그대로 따를 인물이라고 비판하는 사람들이야말로 어린 시절 남부 고향 마을에서 보여준 백인들의 태도만큼이나 편협하다고 응수했다.

"어렸을 때, 사람들은 우리 흑인들이 특정한 분수대에서는 물을 마실 수 없다며 야비하게 굴었다. 다 똑같은 물인데도 말이다. 할아버지는 늘 이렇게 말씀하셨다. '물은 다 똑같은 거야.' 지금 내가 이 지식의 샘물을 마실 수 없다고 말한다면 그 사람들과 다를 게 하나도 없다. 물론 사람들은 자신이 옛 남부의 편협한 사람이라고 여기지 않을 것이다. 글쎄, 나는 두 가지 경험을 다 겪었다. 그리고 나는 정말로 이 사람들이 그들과 다르지 않다고 본다."

토머스는 거의 백인들만 다니던 매사추세츠주의 가톨릭예수회 대학교, 홀리크로스칼리지(성십자가대학교)에서 맬컴 X를 공개적으로 지지하던 노골적인 활동가였다(1971년에 졸업했다). 당시는 미국 남부가 도시에서의 인종 폭동과 정치적 시위로 분열되어 몸살을 앓던 시기였다. 토머스에게 "인종차별주의는 나의 모든 질문에 대한 답이자, 모든 논쟁을 승리로 이끈 트럼프 카드가 되었다." 토머스는 분노에 가득 찬 흑인 남자가 되었다.

흑인은 특정한 장소에만 머물러야 한다는 시스템을 당시 백인이 만들어냈다고 토머스는 주장했다. 그런데 이번에는 그 경계가 지리적인 영역이 아니라 아이디어와 관련이 있다고 보았다. 백인 자유주의 개혁가들의 목소리에 대해서는 매우 회의적이었다.

"자신이 진보적이라고 주장하는 이 사람들은 나에게 훨씬 더 악의를 품었는데, 순전히 이데올로기적이었다."

다시 한 번 토머스를 구출해준 것은 책이었다. 홀리크로스칼리지에 다니는 동안, 토머스는 개별 학습 수업에 등록해서 "진정한 지적 성장이 가져다주는 전율을 느낄 수 있었다." 토머스가 심취해 파고든 책은 에인 랜드의 『아틀라스』와 『파운틴 헤드』였다. 이 책들은 미국 객관주의 철학의 창시자로 불리는 작가 에인 랜드의 인생관이 고스란히 담긴 철학 소설로, 저자는 이 시대를 이끌어가는 진짜 주역이 누구인지 되물으며 전통을 거부하고 혁신과 독자성을 추구하는 이상적인 인간의 모습을 그려냈다. 그러면서 사회적 가치를 경멸하고 더불어 개인적 성취를 추구하는 데 미덕이 있다고 주장했다. 토머스는 에인 랜드의 책에서 자신이 원하는 것만 취했으며 나머지는 동의하지 않았다고 말한다.

"내가 하나의 개인이라는 것은 딱히 말할 필요도 없다. 우리는 모두 개인이다. 내 개성을 표현하기 위해 내가 얼마나 용기를 낼 수 있느냐가 중요한 문제였다."

에인 랜드로부터 받아들였든 아니면 자신의 기본원칙이든, 정부가 시민들의 삶에서 "(위협은 아닐지라도) 무능에 간섭하는" 경향이 있다는 생각은 토머스의 미래 정치 활동에서 핵심으로 자리 잡았다.

클래런스 토머스 대법관이 가장 좋아하는 책

클래런스 토머스는 자서전에서 처칠에 대한 애정이 독서에 대한 사랑에 불을 붙였다고 말했다.

"그 뒤로 얼마 지나지 않아 나는 폴 존슨의 『모던 타임스』[6]와 『기독교의 역사』 같은 두툼한 책을 탐독하다가 에이브러햄 링컨의 전기에 관심을 갖게 되었다."

좀더 가벼운 책으로 루이스 라무르의 서부 소설과 에인 랜드의 정치 소설을 읽었다. 특히 중앙집중화 된 정부가 가져오는 위험에 대한 에인 랜드의 신랄한 비판은 워싱턴에서 일을 시작한 뒤로도 토머스에게 깊은 인상을 남겼다.

6 정치·군사·경제·과학·종교·철학 분야 인물들을 묘사하며 현대사를 흥미진진한 드라마로 재현한 책. [옮긴이]

"대학생 때 리처드 라이트의 『미국의 아들』[7]을 읽은 게 가장 인상적이었다. 우발적으로 살인을 저지르게 된 비거 토머스의 사례는 나를 포함해 모든 흑인에게 언제든 일어날 수 있다는 것을 깨달았다."

자신이 대법원 판사로서 적합한지 평가하기 위해 마련된(사실은 협소한 정당정치의 맥락에서 진행된) 암울한 상원 청문회에서, 토머스는 흑인 남성에게 가해진 불의에 관한 또 다른 유명한 일화를 회상한다. 즉, 하퍼 리의 『앵무새 죽이기』가 바로 그것이다. 이 책에서 남부의 작은 마을 변호사 애티커스 핀치는 백인 여성을 강간한 혐의를 받는 흑인 남성 톰 로빈슨을 변호해야 한다.

"그 사람은 재판을 받을 수 있으니 운이 좋은 거예요. 애티커스는 린치를 가하려는 폭도들의 올가미에서 그 사람이 탈출하도록 도운 것이나 다름없어요."

토머스는 자신이 좋아하는 또 다른 책으로 미국 남북전쟁의 역사를 다룬 제임스 맥퍼슨의 『자유의 함성Battle Cry of Freedom』을 언급했다. 회고록에서는 한 청년에게 "계속 읽고 꿈꾸라"고 촉구했다.

하지만 개성에 대해 말하자면, 여기서 또 다시 책이 토머스에게 큰 도움이 되었다. 대학교에서 토머스는 『미국의 아들』을 쓴 리처드 라이트를 포함해 흑인 소설가들에 대한 독립 연구 과정을 수강했다.

7 이 작품은 한 흑인 청년이 우발적으로 상류층 백인 여성을 살해하고 백인 경찰과 자경단에게 쫓기게 되면서 백인 세계와의 관계를 통찰하는 과정을 철저히 흑인의 시각에서 묘사한다. 미국 사회의 구조적 모순이 집약된 도시 하층민 흑인들의 삶을 여실하게 그려냄으로써 흑인들이 처한 전형적 상황을 재현할 뿐 아니라, 미국 사회가 지닌 모순의 핵심을 파헤친 것으로 평가받는다. [옮긴이]

『미국의 아들』은 일련의 사건에 휘말리게 된 무고한 흑인 남자의 악몽과도 같은 세계를 묘사하는데, 주인공은 결국 폭력을 저질러 죽음에 이른다. 토머스는 또한 랠프 엘리슨의 『보이지 않는 인간』[8]도 읽었다. 이 책에 토머스가 가장 좋아하는 인용문이 나오는데, 토머스의 자서전에도 길게 적혀 있다.

> 나는 나 자신을 정확히 보려고 노력했지만 거기에 위험이 도사리고 있었다. 정직하려고 할 때마다 오히려 미움을 받았던 것이다. 혹은 지금처럼 내가 진실이라고 느끼는 것을 정확하게 표현하려고 노력할 때도 마찬가지다. … 나는 기억할 수 없을 정도로 오래전부터 이리저리 끌려다녔다. 그리고 늘 내가 아닌 다른 사람들의 방식을 따르려고 했다는 게 문제다. 사람들은 언제나 나를 이런저런 이름으로 불렀지만, 정작 내가 나 자신을 부르는 이름에는 아무 관심도 없었다. 그래서 나는 다른 사람들의 의견을 받아들이려고 몇 년 동안 노력한 끝에 결국 저항하게 된 것이다. 나는 **보이지 않는** 인간이다.

여기서 특히 눈에 띄는 부분은 "사람들은 언제나 나를 이런저런 이름으로 불렀지만, 정작 내가 나 자신을 부르는 이름에는 아무 관심도 없었다"라는 문장이다. 이는 클래런스 토머스 자신의 경험을 진정으로 구체화한 문장이었다.

8 남북전쟁으로 노예제도가 폐지되었으나 여전히 흑인이 차별받던 시기, 미국 남부에서 태어난 주인공 '나'는 평범한 흑인 청년이다. 우월주의에 빠진 백인 사회에서 모멸감을 당연하게 여기며 그들의 비위를 거스르지 않고 순응하며 살아가는 '나'는 끊임없이 타인들에 의해 자신의 사회적인 역할을 부여받는다. [옮긴이]

어쨌든 결국 토머스는 법을 공부해 변호사 시험에 합격한다. 이제 흑인 정의에 대한 토머스의 인식은 성숙해졌다. 그는 흑인 살인 피해자의 90퍼센트 이상이 흑인의 손에 사망했다는 사실을 언급한다. 토머스는 『인종과 경제Race and Economics』를 구하려고 일주일 동안 노력해서 마침내 그 책을 찾았다. 빌려주거나 나눠주려면 여분이 필요하다는 것을 알고 여섯 권을 구입했다.

맬컴 X는 젊은 시절에 흑인이 고통받는 원인을 '백인 악마'에 돌렸는데, 현실은 그렇게 간단하지 않았다. 토머스는 나중에 이를 깨달았다. 토머스가 자서전에서 말했듯이 "나는 입증되지 않은 일반화와 음모 이론을 더욱 경계하게 되었다. 이 둘은 급진적 논증에서 필수불가결한 특징이 되었다."

미국에서 흑인의 지위에 관한 문제는 토머스의 핵심적인 정치적 명분으로 남아 있었다.

"젊은 시절 급진주의자였을 때, 나는 맬컴 X와 블랙 무슬림Black Muslim의 견해처럼 흑인의 자립black self-reliance이 필요하다는 생각에 나의 신명을 쉽게 숨길 수 있음을 발견했다."[9]

토머스는 자신이 급진적이었던 시절을 이렇게 직접적으로 언급했다. 대학에서 급진적인 이념에 굴복한 자신이 혐오스러웠다고도 썼다.

"급진적이었던 대학 시절 이후로 나는 자립을 강조한 흑인 이슬람 철학에 매료되었다."

9 타 인종에 의지하거나 통합하지 않고 흑인들만의 독자적인 가치관을 바탕으로 권리를 쟁취해야 한다는 '블랙 파워운동'에서 주로 흑인의 자립을 선전한다. [옮긴이]

또한 젊은 시절, 미국 흑인 무슬림 단체 네이션오브이슬람에서 주도적인 역할을 한 루이스 파라칸(루이스 X로 개명함)을 칭송했다고도 밝혔다. 그렇게 맬컴 X는 전도사가 되었다.

결국 자연법의 핵심 원칙은 미국 독립선언문에 정교하게 표현된 내용에 있다. 모든 사람은 평등하게 태어났고, 조물주는 절대 양도할 수 없는 권리 몇 가지를 부여했는데, 그 권리는 바로 생명과 자유와 행복의 추구다.

10장
각자 자신의 전설을 따르자

말랄라 유사프자이와 오프라 윈프리

파울로 코엘료, 『알레프』

게리 주커브, 『영혼의 자리』

론다 번, 『시크릿』

III\II

브라질이 낳은 세계적인 작가 파울로 코엘료의 말 중에 가장 기억에 남는 문구는 “인생은 기차역이 아니라 기차다”이다. 코엘료는 인생은 종착지가 아니라 여정이라고 강조한다. 마찬가지로, 우리는 그저 옛 추억의 장소로 가기 위해 기차를 타진 않는다. 또한 그저 하루하루 살아가는 것만으로도 충분하지 않다. 우리에게는 목적의식이 필요하다.

이것은 오프라 윈프리와 말랄라 유사프자이가 공유하는 메시지다. 그리고 두 사람이 겉으로는 매우 다르게 보일지 몰라도 몇 가지 중요한 공통점이 있다. 즉, 둘 다 순탄치 않은 어린 시절을 보냈지만, 자신의 열정을 꾸준히 좇아 결국 세계적인 아이콘이 되었다. 그리고 무엇보다 두 사람 모두 책의 힘을 믿었을 뿐만 아니라 책에서 영감을 받았다.

오프라는 미시시피의 가난한 시골 집안에서 태어나 홀어머니의 보살핌을 받았다. 미국에서 인종차별이 가장 심한 곳으로 악명이 높은 도시 밀워키에서 자랐다. 10대 초반에 성추행을 당했고, 열네 살에 임신했으며, 아이는 유아기에 사망했다. 그러나 윈프리는 미국 토크쇼 진행자, 배우, 프로듀서, 자선사업가로 우뚝 섰다. 물론 역사상 가장 높은 시청률을 기록한 TV 프로그램 〈오프라 윈프리 쇼〉로 가장 잘 알려져 있다. 또한 아프리카계 미국인으로서 최초로 억만장자가 되었다!

오프라라는 이름을 들어보지 못한 사람은 지구상에 거의 없겠지만, 2014년에 최연소 노벨 평화상 수상자가 된 파키스탄 여성 말랄라 유사프자이는 알지 못할 수도 있겠다. 말랄라는 오프라처럼 책에 대한 열정으로 가득 찼는데, 여성 문맹 퇴치를 위한 꾸준한 노력을 인정받아 노벨 평화상을 받았다. 그런데 두 사람의 배경은 큰 차이가 있다. 유사프자이는 강과 산이 아름다운 파키스탄의 스와트 계곡에서 태어나고 자랐다. 그런데 2006년에 이슬람 무장세력 탈레반이 이 지역을 장악해 2000명의 목숨을 앗아가면서 그곳의 평온함은 영원히 파괴되고 말았다. 탈레반은 여자아이들이 학교에 다니지 못하게 했다. 교육권은 스와트 계곡에 살던 여성들이 빼앗긴 수많은 자유 중 하나였다. 어린 소녀였을 때 이러한 비극을 직접 경험한 말랄라는 자신은 물론이고 또래 소녀들이 교육받을 기본적인 권리를 주장하는 캠페인을 벌이기로 결심했다.

말랄라는 열한 살의 어린 나이에 영국 BBC 방송국 우르두어(파키스탄의 공용어) 사이트 블로그에 익명으로 글을 쓰면서 첫 번째 성공을 맛보았다. 탈레반 통치하에서 달라진 삶과, 학교에 다니지 못하게 된 사연을 썼다. 2009년 1월 3일 BBC 블로그 포스트에 「나는 두렵다」라는 제목으로 이렇게 적었다.

"어제 군용 헬리콥터와 탈레반이 나오는 끔찍한 꿈을 꿨다. 스와트에서 군사작전이 시작된 이후로 그런 꿈을 자주 꾼다. 엄마가 아침밥을 차려주고 나는 학교에 갔다. 탈레반이 모든 여학생의 등교를 금지하는 칙령을 내렸기 때문에 학교에 가기가 두려웠다. 탈레반의 칙령으로 인해 학교에 오는 인원이 줄어들었고, 우리 반 아이들 27명 중에서 11명만이 수업에 참석했다. 칙령이 발표된 이후 내 친구 셋은 가족과 함께 페샤와르, 라호르, 라왈핀디로 이사 갔다."

어쩔 수 없이 말랄라는 이 블로그 게시물에 가명을 썼다. 하지만 그 뒤로 3년 동안 유사프자이와 아버지는 파키스탄 소녀들에게 교육 기회를 제공하기 위한 캠페인으로 파키스탄 전역에 알려지게 되었다. 그래서 2011년에는 '국제 아동인권 평화상' 후보로 추천되었고 '파키스탄 전국 청소년 평화상'을 수상하기도 했다.

이런 명성과 함께 적들이 찾아왔다. 말랄라를 죽여버릴 거라는 위협이 신문에 버젓이 실리고, 가만 놔두지 않겠다는 협박 편지가 집에 날아들기도 했다. 2012년 10월 9일 아침, 이런 위협이 현실이 되고 말았다. 말랄라는 학교가 끝나고 친구들과 함께 집으로 가는 스쿨버스에 타고 있었다. 그런데 버스가 갑자기 멈추더니 탈레반 군인 두 명이 불쑥 나타났다. 턱수염을 기른 한 청년이 유사프자이가 누구냐고 묻더니 이내 말랄라의 머리와 어깨에 총 세 발을 쏘았다.

같은 날 말랄라는 사이두 샤리프에 있는 병원에서 응급 치료를 받은 뒤, 헬리콥터에 실려 페샤와르에 있는 파키스탄 군 병원으로 이송되어 뇌수술을 받았다. 하지만 상황이 안 좋았다. 4일 뒤, 응급 수술을 받기 위해 영국 버밍엄의 중환자실로 다시 이송되었다. 교육받을 권리를 위해 싸우던 말랄라는 죽음의 문턱에서 헤맸다.

끔찍한 총격과 말랄라의 놀랍고 기적적인 회복은 전 세계적인 지지와 지원으로 이어졌다. 2013년 7월 12일, 열여섯 번째 생일에 말랄라는 뉴욕을 방문해 유엔에서 세계 지도자들을 앞에 두고 연설했다. 그해 10월 유럽의회는 말랄라의 공로를 인정해 권위 있는 사하로프상을 수여했다(사하로프상은 유럽의회가 인권과 자유 수호에 커다란 공헌을 한 개인이나 단체에 주는 상이다). 마침내 2014년 10월, 인도 아동권리 운동가 카일라시 사티아르티와 함께 노벨 평화상을 수상했다. 말랄라는 노벨 평화상 수락 연설에서 이렇게 힘주어 말했다.

"이 상은 저를 위한 게 아닙니다. 우리가 잊고 있던, 교육 받기를 원하는 아이들을 위한 상입니다. 두려움에 떨며 평화가 찾아오기를 바라는 아이들을 위한 상입니다. 말없이 변화를 꿈꾸는 아이들을 위한 상입니다."

말랄라 유사프자이의 삶은 오프라 윈프리가 세상에 알려진 과정과는 완전히 달라 보이는, 놀랍고도 참으로 특별한 이야기다. 하지만 두 여성은 몇 가지 공통적인 특징이 있다. 특히 두 여성은 (물론 매우 다른 방식으로) 외딴 곳의 이름 없는 존재에서 우뚝 일어나 세계적인 돌풍을 일으켰다. 또한 자신만의 원칙이 확고할 뿐만 아니라 책의 열정적인 옹호자이기도 하다. 그러나 그 유사점 뒤에는 중요한 심리적·정치적 차이점이 있다. 이 장의 뒷부분에서 살펴보겠지만 윈프리에게 책은 자기 자신을 이해하는 방법을 보여주었으나, 유사프자이에게 책은 사회를 변화시키는 도구였다. 탈레반의 총격을 받고 생사를 헤맨 지 불과 몇 달 지나지 않은 2013년, 영국 버밍엄에 크고 흠잡을 데 없이 현대적인 도서관 개관식에서 유사프자이는 이렇게 촉구했다.

"지식보다 더 큰 무기는 없습니다. 글보다 더 위대한 지식의 근원은 없습니다."

그로부터 6개월 뒤, 아직 열여섯 살이 되지 않은 유사프자이는 유엔에서 연설을 했다. 연설에서 그는 책을 바라보는 자신의 관점을 더욱 분명하게 말했다. 책이란 도서관 서가에 꽂아놓은 먼지투성이 물건 또는 핫 초콜릿과 함께 취침 시간에 편안하게 읽는 물건이 아닌 사회변화를 일으킬 혁명적 도구라는 것이다.

"문맹·빈곤·테러리즘에 맞서 영광스러운 투쟁을 벌입시다. 책과 펜을 듭시다. 책과 펜은 가장 강력한 무기입니다. 한 명의 어린이가, 한 사람의 교사가, 한 권의 책이, 한 자루의 펜이 세상을 바꿀 수 있습니다."

버락 오바마 대통령을 만났을 때, 말랄라 유사프자이는 수천 명의 목숨을 앗아간 파키스탄에서의 드론 공격에 대해 따져 물으며 이렇게 강력히 요구했다.

"그 군사행동으로 무고한 희생자들이 목숨을 잃었고, 파키스탄 국민들이 분노하고 있습니다. 우리가 교육에 다시 초점을 맞춘다면 큰 영향을 미칠 것입니다."

한편 말랄라 유사프자이의 독서와 교육에 대한 사랑과 믿음은 고국에 역효과를 불러일으켰다. 전통을 고수하려는 파키스탄 사회의 많은 구성원이 유사프자이의 견해를 못마땅하게 여겼던 것이다. 그래서 유사프자이는 자신의 진지한 윤리적 신념을 정치적인 성공으로 이끌어내지는 못했다. 어쨌든 그가 이러한 확고한 신념을 갖출 수 있었던 데에는 아버지의 영향이 무척 컸다.

아버지 덕분에 말랄라는 어릴 때부터 책과 가까이 지냈다. 또한 남동생 둘이 잠자리에 든 뒤에도 밤늦게까지 아버지와 정치에 대해 이야기를 나눌 수 있었다! 사실 말랄라의 아버지 지아우딘 유사프자이의 인생 스토리는 말랄라의 이야기보다는 덜 다채로울지 몰라도 그 자체로서 꽤 놀랍다. 그는 오랫동안 시련을 겪어온 이 아름다운 나라에서, 교육받을 권리와 자유를 추구하는 목소리를 무력화하려는 고정관념에 맞서 묵묵히 행동한 사람이었다.

지아우딘 유사프자이는 교사로, 남학생뿐만 아니라 여학생도 입학할 수 있는 학교를 운영했다. 그 학교에는 학생이 1000명 넘게 다녔는데 반은 여학생, 반은 남학생이었다. 2013년 PBS 방송국과의 인터뷰에서, 말랄라는 위대한 사회운동가이며 '그 어려운 상황'에서도 여성의 권리를 보장하기 위해 목소리를 낸 아버지한테서 영감을 받았다고 밝혔다. 자신의 신념과 믿음을 말하고 표현하려는 결의는 말랄라가 아버지한테서 배운 가장 중요한 교훈이었다. 아버지의 이야기 또한 책의 중요성에 관한 것이다. 지아우딘은 인터뷰에서 다음과 같이 설명했다.

"직접 학교를 운영하면 내 비전을 실천할 자유를 더 많이 갖게 되리라 믿었습니다. 저는 1만 5000루피(약 16만 원)로 학교 운영을 시작했어요. 얼마 안 되는 돈이었지요. 하지만 저의 열정과 신념, 지역사회와의 연결이 정말 큰 자본과 힘이었습니다. 3명으로 시작한 학교에 지금 2012년에는 총 1100명, 그러니까 여학생 500명과 남학생 600명이 다닌다는 게 무척 기쁘고 자랑스럽습니다."

자, 다시 말랄라 이야기로 돌아오자. "탈레반의 총격을 받은 어린 소녀"(이것은 《타임》지가 붙여준 이름이다)에 세계 언론은 열광했다. 이제 세계에서 엄청난 영향력을 지닌 인물로 우뚝 선 말랄라는 수많은 상을 받고, 유엔 평화 사절로 임명되고, 새로 발견된 소행성에 자신의 이름이 붙기도 했다!

하지만 부정적인 반응 또한 나왔다. 15만 개의 학교를 대표한다고 주장하는 '파키스탄 사립학교 전국 연합'은 유사프자이가 노벨 평화상을 수상한 지 한 달 뒤에 '나는 말랄라가 아니다'의 날을 발표했다. 이 날 학교에서는 말랄라 유사프자이와 그의 사상을 비난하는 내용을 아이들에게 가르쳤다. 그러나 그런 반감과 적개심은 관심이 잘못된 방향으로 흘러간 결과다. 말랄라는 이제 한 명이 아니었다.

그는 이렇게 말했다.

"내가 내 이야기를 하는 이유는 내가 독특해서가 아니다. 오히려 그 반대다. 이것은 수많은 소녀들의 이야기다."

이런 메시지는 어린 말랄라가 쓴 『말랄라의 마법 연필』이라는 책에 반영되어 있다. 말랄라의 첫 그림책으로 엄청난 베스트셀러가 된 이 책의 줄거리는 간단하다. 텔레비전 방송을 보고 마법 연필을 갖는 상상을 즐겨 하던 주인공은 마법 연필로 다른 사람들을 행복하게 해주는 꿈을 꾼다. "더 나은 세상을 그리는" 마법 연필을 갈망하던 소녀는 주변의 평범한 도구로 그 꿈을 실현할 수 있다는 사실을 깨닫는다. 그런데 이것은 소설가 파울로 코엘료의 연금술사 이야기와 실제로 매우 유사한 도덕률이다. 결국 해결책은 언제나 자기 자신 안에 있으니 말이다!

말랄라는 '책과 펜'이야말로 세계 정의를 실현하기 위한 투쟁에서 우리의 가장 강력한 무기라고 말한다. 그렇다면 어떤 책이 말랄라에게 영감을 주었을까? 이 점과 관련해 말랄라는 파울로 코엘료의 『연금술사』를 자주 언급한다. 『연금술사』는 보물을 찾아 세상을 여행하는 양치기의 이야기로, 물론 이 양치기가 찾는 보물은 처음 상상했던 장소가 아니라 집 가까운 곳에 있었다. 코엘료는 우리가 무언가를 간절히 바라면 반드시 그 소망이 이루어진다고 확신에 찬 어조로 말한다. 코엘료의 다른 작품들과 마찬가지로, 우리 각자는 우주 이야기의 일부라는 게 이 책에서 보여주는 불변의 주제다.

그런데 유사프자이가 특히 코엘료의 『연금술사』를 자신에게 영감을 주었던 책이라고 밝혔지만, 오늘날의 유사프자이가 있기까지 교훈을 가장 명확하게 제공한 책은 사실 코엘료의 『알레프』다. 자신의 이 14번째 책에서, 코엘료는 인생을 단순한 '기차'가 아니라 목적지가 필요한 여행으로 묘사한다. 이 책은 시베리아 횡단열차에 올라탄 한 중년 남성의 여정을 보여주는데, 여기에는 흔들리는 객차 안에서 덜컹거리는 기차 바퀴 소리를 들으며 보낸 수많은 밤이 기록되어 있다. 그 남자는 성공했지만 불만에 가득 찬 작가다. 그동안 수없이 여행을 했고, 발표한 책은 전 세계적으로 찬사를 받았지만, 길을 잃고 불만족스러웠다. 이때 '제이'라는 현자가 도처에서 흔하게 볼 수 있는 대나무에 관한 이야기를 하며 그 남자에게 영감을 준다. 알다시피 대나무는 처음에 작은 녹색 싹으로만 존재하며 뿌리는 맨눈으로 볼 수 없는 땅속에서 자란다. 몇 년 동안 눈에 띄는 별다른 활동이 없다가, 어느 날 갑자기 집 높이까지 빠르게 솟아오른다.

『알레프』 또는 저자에 관한 흥미로운 이야기가 있다. 예를 들어 코엘료는 번역 과정에서 다른 사람들이 자신의 원래 이야기를 수정하는 것을 늘 꺼려했다. 웹사이트 굿리즈와의 인터뷰에서 책에는 "그 자체로서 생명"이 있으며 이를 존중해주어야 한다고 주장하며, '판권'이라는 용어에 새로운 의미를 부여했다. 2003년에 일어난 한 사건은 이런 코엘료의 생각을 잘 보여준다. 당시 코엘료는 영화사 워너브라더스에 자기 책의 영화 판권을 허락했지만, 책에 대한 자신의 생각과 영화 제작자들의 비전 사이에 커다란 차이가 있었고, 결국 프로젝트가 중단되어 영화는 무산되었다(이를테면 대본에는 1만 명의 군인이 할리우드 스타일로 전투를 벌이는 장면이 나왔던 것 같다. 저자에게 이런 장면은 분명히 '책의 내용이 아닌 것'이었다). 《가디언》에 따를 것 같으면, 코엘료는 영화 판권을 다시 사들이기 위해 워너브라더스에 200만 달러를 제안했다!

『알레프』

Aleph

—

저자: 파울로 코엘료 | 출판 연도: 2011년

이 책은 소설이자 자서전이자 철학 작품이다. 작가가 시베리아 횡단열차를 타고 여행하던 중 깨달은 '영적인 각성'에 대한 이야기가 담겨 있다. '알레프'는 히브리어 알파벳의 첫 글자로, 이 책에서는 "시간과 공간이 한데 존재하는 지점" 등 깊고 신비로우며 다양한 의미를 지닌 단어로 나온다. 코엘료는 『알레프』에서 다음과 같이 썼다.

"개인적이건 직업적이건 삶의 많은 부분이 대나무와 같다. 일하고, 시간과 에너지를 투자하고, 성장을 위해 가능한 모든 일을 하지만 때로는 몇 주 또는 몇 달, 심지어 몇 년 동안 아무것도 보지 못한다. 하지만 인내심을 갖고 계속 일하고, 끈기 있게 키운다면, 5년 차가 되면서 당신이 꿈도 꾸지 못한 변화가 찾아올 것이다.

코엘료는 실제 여행에서 만난 사람들을 이야기한다. 여기에는 자신에게 할 이야기가 무척 많다고 주장하는 스물한 살 독자도 있다. 코엘료는 인터뷰에서 이렇게 말했다.

"우리는 기차에서 만났는데, 그 여성 독자와 나와 내 책 사이에는 연결고리가 있었습니다. 나는 그 독자한테 할아버지 나이뻘이었지만, 우리 삶의 촉매 역할을 하는 데 나이 제한 따위는 없습니다. 물론 나는 시베리아 횡단열차를 매일 타지는 않지만, 매일 이런 경험을 할 기회를 주려고 노력합니다. 출근길에 사람들에게 열려 있으면, 이런 일이 일어날 수 있습니다. 또는 완전히 내면에 빠져들어 자신만을 생각하기로 선택할 수도 있습니다. 우리는 순간을 살아야 합니다."

그런데 이 책에 평론가들은 냉담하게 반응했다. 줄리 보스만은《뉴욕타임스》에서 그를 "트위터의 신비주의자"라고 불렀다.

||||\||

돈보다 예술을 우선시했던 코엘료의 결심을 이야기하다 보니, 오프라 윈프리의 놀라운 이야기로 다시 돌아가게 된다. 인생의 수많은 불리한 카드를 눈앞에 두고 시작했다는 사실을 감안할 때, 윈프리의 성공은 훨씬 더 주목할 만하다.

1998년, 겨우 마흔네 살의 나이로 《타임》지에서 '20세기의 가장 영향력 있는 100인 중 한 명'으로 윈프리가 선정되었다는 사실은 거의 믿을 수 없을 지경이다. 하지만 윈프리는 매우 결단력 있는 인물이다. 나중에 미디어계의 거물이 된 그는 유치원에 입학한 지 이틀 만에 선생님에게 이렇게 털어놓았다고 한다. "나는 어려운 단어를 많이 알고 있어요. 그래서 여기에 맞지 않는 것 같아요." 선생님은 그 말에 동의하고 윈프리를 1학년 반으로 옮겨주었다.

기회를 포착하는 이 여인의 재주는 이발사로 일하던 아버지 버논 윈프리와 함께 살기 위해 테네시로 이사하고 나서 빛을 발했다. 당시 고등학생이었던 윈프리는 내슈빌 라디오 방송국에서 리포터로 일을 시작했으며, 열아홉 살이 되어서는 아프리카계 미국인으로서는 최초로 지역방송국 저녁 뉴스쇼를 진행하게 되었다. 예리한 질문과 답변을 멋들어지게 전달하는 능력은 곧 주간 토크쇼를 진행하는 기회로 이어졌다. 이 토크쇼는 순식간에 전국적인 인기를 얻었고, 윈프리는 34개 이상의 에미상을 수상했다(그중 7개는 최고의 쇼 호스트에게 주는 상이었다). 따라서 그가 적절한 시기에 자신의 제작사를 설립해 미디어 사업가로 변신한 것은 놀라운 일이 아니다. 어쨌든 처음부터 끝까지 〈오프라 윈프리 쇼〉는 특징적으로 자기 치유와 개인적인 변화에 초점을 맞추었다.

정말 대단한 이야기다. 그래서 수많은 책이 윈프리의 업적을 다루었고, 앞으로도 그런 책은 수없이 쏟아져 나올 것이다. 그런데 책은 또한 윈프리가 살아오는 과정에서 큰 도움이 되었을 뿐만 아니라, 표면적으로는 윈프리와 아무 관련이 없어 보이는 수익성 높은 비즈니스 전략을 짤 수 있도록 영감을 주기도 했다.

미국 비즈니스 네트워크 인맥 사이트 링크드인의 CEO 제프 와이너와의 인터뷰에서, 윈프리는 특히 한 권의 책이 중요한 위기의 순간에 눈앞에 나타나 미래의 그 모든 노력을 이끌어내는 데 큰 도움이 되었다고 밝혔다. 1988년, 윈프리는 백인 우월주의자들의 증오가 어디에서 비롯되는지 통찰력을 얻기 위해 자신의 토크쇼에 백인 우월주의자들을 초대했다. 하지만 결과적으로 그 사람들이 증오심을 확산하도록 플랫폼을 제공한 것처럼 보였기에 이 결정을 즉시 후회했다(20년 뒤, 이제는 마음을 바꾼 게스트 두 명이 이런 의구심을 확인시켜주었다). 이 실수를 어떻게 만회하고 극복할 수 있을지 고민하던 윈프리는 철학자 게리 주커브의 『영혼의 자리』라는 책에 눈을 돌렸다. 1989년에 출판된 이 책은 돌풍을 일으켜 31주 동안 《뉴욕 타임스》 베스트셀러 1위에 올랐다.

개인 심리학과 양자물리학에 대한 뉴에이지 탐구로 이미 유명했던 주커브는(내가 무척 좋아하는 책 중 하나인 『춤추는 물리』에서도 당연히 이를 탐구했다) 『영혼의 자리』에서 거대한 우주론을 제시한다. "각각의 영혼은 특정한 목표를 달성하거나 특수한 임무를 수행하기 위해 '우주'와 신성한 계약을 맺는다. 당신 삶의 모든 경험은 당신의 내면에서 그 계약의 기억을 일깨우고, 그것을 이행하도록 당신을 준비시키는 역할을 한다."

개인에게 이것은 한 가지를 의미한다. 행동·생각·느낌은 모두 '의도'에 의해 동기부여 되며, 그 의도는 결과와 함께 존재하는 명분이다. 우리가 명분에 참여하면 결과에 동참하지 않을 수 없다. 이처럼 가장 심오한 방식으로 우리는 우리가 하는 모든 일, 즉 우리의 모든 의도에 책임을 진다.

임상 심리학자이자 텔레비전 프로그램 〈싱킹 얼라우드Thinking Allowed〉의 작가 제프리 미시러브와의 인터뷰에서 주커브는 자신의 책에 담긴 아이디어를 다음과 같이 요약했다.

> 내 목표는 과학의 관점에서 영혼을 정당화하는 것이 아니었습니다. 영혼은 이미 정당합니다. 검증이 필요하지 않습니다. 적어도 그것이 내 인식이었고 그래서 내게 가장 중요한 것들을 공유하기 위해 『영혼의 자리』를 썼습니다. 『춤추는 물리』는 정신mind을 열도록 의도되었으며, 『영혼의 자리』는 마음heart을 열도록 의도된 책입니다. 먼저 정신을 열고 이어서 마음을 여는 것은 많은 사람이 자신이 누구이며 왜 여기에 있는지에 관한 인식을 확장하면서 마주치는 순서입니다.

이 의도의 원칙은 윈프리에게 '등대'가 되었다. 윈프리는 제프 와이너에게 이렇게 말했다. "내 삶을 지배하는 첫 번째 원칙은 바로 의도였습니다. 그리고 그것이 실제로 내가 쇼를 그만둔 이유 중 하나입니다." 이렇게 윈프리는 2011년에 자신의 토크쇼를 포기하고 '오프라 윈프리 네트워크'를 운영하기 시작했다.

주커브는 선행을 하는 사람들을 두 부류로 구분했다. 하나는 자

『영혼의 자리』

The Seat of the Soul

—

저자: 게리 주커브 | 출판 연도: 1989년

인류는 오감(시각·청각·후각·미각·촉각)에 기초해 권력(외적인 힘)을 추구하는 데에서 시작하며, 영적인 가치에 기초해 기존과 다른 종류의 힘을 추구하는 종으로 진화한다는 게 이 책의 중심 사상이다. 주커브는 이것을 '진정한 힘'이라고 불렀다. 그는 이런 두 가지 활동을 대조하면서 외적인 힘의 추구가 공동체 내의 개인과 연인 사이에, 그리고 국가 간에 갈등을 일으키고 우리를 파멸의 수렁으로 이끌었다고 주장한다. 즉, 외적인 힘에 대한 추구는 모든 영역에서 경쟁을 낳았고 경쟁심은 국가 간에, 친구 사이에 자연스러운 조화를 방해한다는 것이다.

반면 진정한 힘은 인간의 가장 깊은 근원에 뿌리를 둔다. 그것은 돈을 주고 살 수 없으며, 누군가를 희생물로 삼지 않는다. 진정한 힘은 삶에 경건함, 연민과 동정, 신뢰를 '불어넣고' 의미와 목적을 지니며 살아가게 해준다. 영혼의 가치를 수용하면 결혼 생활이 영적 동반자 관계로 전환되고 일상의 모든 측면이 새로운 방향으로 향하게 된다.

"당신의 영혼을 향해 손을 뻗어라. 더 멀리 뻗어라. 창조와 진정한 힘이 에너지와 물질 사이에 위치한 모래시계의 접점에 놓여 있다. 거기가 영혼의 자리다. 영혼의 자리에 이른다는 것은 무엇을 의미할까? 영적으로 나이가 든다는 것은 흥분되는 일이다."

MIT 철학과 교수이자 『인간의 종교The Religions of Man』의 저자 휴스턴 스미스는 이 책을 "놀랍다"고 평가하면서, "미개척 분야 과학의 뛰어난 해설자"인 주커브가 인간의 정신 또한 훌륭하게 이해하고 설명할 수 있다는 것을 보여주었다고 칭찬했다. 하지만 이 말에 동의하는 사람이 많지 않을지도 모르겠다.

신의 행동에 반응하는 세계에 긍정적인 영향을 미치는 것에 동기를 부여받는 사람들이고, 다른 하나는 자기 스스로를 기분 좋게 해주는 일을 하는 데 정말로 관심이 있는 사람들이다.

주커브의 책을 읽고 나서, 윈프리는 수년 동안 자신의 개인 생활과 경력을 주도해 온 의도가 세상에 선을 행하기 위한 진정한 전략보다는 사람들의 호감을 얻고자 하는 열망에서 비롯되었다는 것을 깨달았다. 그리고 나중에 『영혼의 자리』 25주년 기념판의 서문을 써 달라는 요청을 받았을 때, 주커브의 책을 읽고 난 뒤 TV 쇼의 제작자들을 모두 모아놓고 새로운 전략을 소개한 일화를 상세하게 설명했다.

“우리는 선을 실천하는 세력이 될 것이며, 그것이 우리의 의도가 될 것입니다.”

구체적으로 윈프리는 자기가 먹고 싶지 않은 음식을 만드는 조리법은 더이상 없을 것이라고, 예를 들어 청중이 백인 우월주의자와 논쟁하는 경우는 더이상 없을 것이라고 다짐했다.

또한 그동안 아무런 ‘긍정적인 의도’가 없는 수많은 아이디어를 들으며 너무나 많은 시간을 허비했다며, 이제부터는 이런 것들은 확실하게 거절하겠다고도 했다. 마지막으로 프로듀서들이 스스로도 믿지 않는 의도를 무심코 대규모로 만들어낸다고 느껴질 때가 있는데, 앞으로는 이런 거짓은 더이상 용납하지 않을 거라고도 했다.

결국 진정성이 핵심이 되었다. 사실 윈프리는 2017년 스키드모어 칼리지에서 바로 이 철학이 여전히 자신이 하는 모든 일을 주도하고 있다며 청중에게 이렇게 말했다.

“내가 그 안에서 진리의 실마리를 찾을 수 없는 아이디어는 꺼

내지도 마십시오."

윈프리는 자신이 할 수 있는 것을 모두 했다고 느꼈기에, 그렇게도 잘나가던 TV 쇼를 끝내기로 결정했다. 일에 대한 자신의 열정을 위장하면서까지 수익성 높은 사업을 이어가기는 싫었던 것이다.

한편 주커브를 극찬한 윈프리는 자신의 토크쇼에 그를 36번이나 초청했다. 또한 『영혼의 자리』는 자신이 오프라 윈프리 네트워크에서 하는 작업에 지속적으로 영감을 준다고 말했다. 최근에 선을 보인 쇼 〈믿음Belief〉은 '영적 경험의 힘'을 탐구하는 데 전념하며 전 세계에 선한 영향력을 미치고 있다. 『영혼의 자리』 최신판에는 윈프리의 서문이 포함되어 있다.

"솔직히 말해 내가 『영혼의 자리』를 읽지 않았다면, 그런 네트워크를 만들 꿈도 꾸지 못했을 것이다."

정말 대단한 추천사다. 그런데 실제로 『영혼의 자리』는 어떤 책일까? 의견이 분분하다. 찬반 의견이 크게 갈린다. 주커브는 근거 없는 사이비 과학자로 비난받았고, 윈프리는 현명한 사람이라면 좀더 신중했어야 할 영역에 아무 비판 없이 돌진했다는 비판을 받았다. 또한 주커브의 철학은 다른 학파에서 파생된 것처럼 보인다. 주커브는 집착을 버리는 것이 수용의 열쇠라고 제시하지만, 이것은 불교에서 수 세기 동안 강조해온 교리다. 주커브는 어떤 진리는 '이해'보다 '헌신'을 통해 받아들여야 한다고 제안하지만, 이것은 존경받는 덴마크 철학자 쇠렌 키르케고르(쇼펜하우어, 니체 등과 함께 실존주의의 선구자로 불린다)가 제안한 생각이다.

또 하나 중요한 비판점으로, 주커브의 책에는 지구상의 생명체에 대규모로 항의하는 표시로 해변에 몸을 던지는 돌고래의 이야기가 나온다. “지구에서 계속 살기를 거부하는 돌고래의 방식이다.” 주커브는 진지하게 설명한다. “그들은 자신이 태어난 목적을 달성할 수 없다고 느낀다.” 이것은 확실히 주커브의 독창적인 아이디어다. 하지만 비평가들의 신랄한 표현을 빌린다면, 주커브 책의 일부가 훌륭하고 일부가 독창적이라 할지라도, 안타깝지만 독창적인 부분은 훌륭하지 않다.

주커브의 글이 가치 있는 목적을 수행할 수 없다는 뜻은 아니니 절대 오해하지 말기를 바란다. 작가들은 비록 혁신가로서는 형편없을지라도 커뮤니케이터로서는 훌륭한 역할을 할 수 있다. 예를 들어 주커브는 『춤추는 물리』에서 한자어 ‘물리物理’의 영어식 표현 ‘WuLi’가 지닌 다양한 뜻을 보여준다. 즉, 물리라는 단어에는 ‘유기적 에너지의 패턴’(이것이 우리가 생각하는 물리다), ‘나 또는 자아’, ‘무의미(난센스)’, ‘내 이치를 거머쥠’, ‘이치를 깨달음’이라는 뜻이 있다는 것이다. 주커브는 바로 이런 다양한 의미를 바탕으로 책의 목차를 구성했다. 이를 테면 4장에서는 ‘무의미’라는 개념을 사용해 아인슈타인의 상대성이론이 지닌 통찰력을 조명하고, 고대 동양철학 전통에서 보여주는 아이디어에 대한 토론을 이끌어낸다.

자, 이제 윈프리의 뉴에이지 철학 탐구로 돌아가보자. 2007년 윈프리는 ‘시크릿’이라는 자조 프로그램에 지지를 보내기 시작했다. ‘시크릿’은 호주의 텔레비전 프로그램 작가이자 프로듀서 론다 번의 책과 영화를 바탕으로 한다. 긍정적인 생각을 통해 삶을 바꿀 수 있으며, 긍정적인 생각이 모여 긍정의 진동을 일으키면 결과적으로 인생이 좋아진다는 게 중심 메시지다(주커브가 했던 말처럼 들리지만 사실 별 관련은 없다). 어떤 의미에서는 윈프리가 생각하는 좋은 의도의 기업가 모델에 적합해 보이지만, 이 계획은 곧 논란의 수렁에 빠졌다. 《살롱Salon》 잡지의 피터 버컨헤드는 이런 접근 방식이 심리적으로 해롭다고 주장했으며, 중요한 결정을 하찮게 여기고 조급한 임시변통의 마인드만 조장한다고 비난했다. 또한 비과학적이고 허황된 이야기라는 비판도 여기저기서 쏟아졌다. 자신의 문제를 철저하게 불성실한 개인의 책임으로 돌림으로써, 불평등과 같은 사회구조의 문제에 눈을 감게 만든다고도 했다.

그런데 윈프리가 깨달았고 유사프자이 또한 시간이 지나면 분명히 깨닫게 되겠지만, 특정 경로를 따라 인생을 '시작하는' 것만으로는 충분하지 않다는 게 문제다. 책에서 영감을 받았든 또는 사람에게서 영감을 받았든 또는 완전히 다른 것에서 영감을 받았든, 우리는 함정을 피하면서 경로를 따라가며 스스로 '탐색해야' 한다. 영감을 주는 책은 그저 하나의 출발점이 될 뿐이다. 책이 내면의 안내 시스템을 대체할 수는 없다. 그러니까 좀더 관대하게 말해, 우리 모두는 올바른 방향으로 나아갈 수 있도록 **영감을 주는 새로운 책**을 끊임없이 읽으며 삶을 탐색해야 한다.

『시크릿』

The Secret

—

저자: 론다 번 | 출판 연도: 2006년

『시크릿』은 론다 번의 가장 잘 알려진 책으로, 인간관계·건강·부에 이르기까지 삶의 모든 측면에서 성공을 추구하는 데 도움이 될 만한, 세계 철학과 종교에서 추려낸 지혜를 독자들에게 알려준다. 그러니까 이 책에서 요약해놓은 '시크릿' 정보, 즉 그 안에 감춰져 있고 지금껏 예상하지 못했던 '숨겨진 힘'을 독자들이 제대로 활용하도록 해주겠다는 아이디어다. 따라서 독자들은 '인생을 변화시키는' 일종의 계시를 경험하게 된다.

이 책은 핵심적으로 세상에는 일종의 '끌어당김의 법칙'이 존재하므로 생각이 사람의 삶을 직접 바꿀 수 있다고 주장한다. 즉, 인생은 생각하는 대로 이루어지니 좋고 긍정적인 생각만 하라는 것이다. 론다 번은 플라톤, 에이브러햄 링컨, 루트비히 베토벤, 윈스턴 처칠, 심지어 예수 같은 역사상의 위대한 사람들은 모두 이런 법칙을 알고 적용했다고 말한다.

"'시크릿'은 바로 끌어당김의 법칙이다! 당신의 인생으로 들어오는 것은 모두 당신이 끌어당긴 것이다. 당신이 마음속에 품은 이미지로 인해 끌려왔다는 뜻이다. 생각하는 대로 이루어진다. 마음속에 어떤 생각이 일어나든, 바로 그것이 당신에게 끌려오게 된다."

이 책은 전 세계에 3000만 부가 팔렸고 50개 언어로 번역되었다. 그러나 일부 독자들은 여기서 제시하는 통찰력이 그리 대단한 비밀도 아니라고 불평했다. 사소한 걸 반복해서 말한다고, 또는 쓸데없는 말에 불과하다고 평가절하했다. 《뉴욕 타임스》는 이 책이 '창의성 없는 복제' 또는 '지적 바이러스'에 불과하다며 신랄하게 비판했다. "이런 구조는 인간의 마음속 약점을 최대한 활용하려고 역사를 통해 진화해왔다."

후기

비트겐슈타인이 트리스트럼 샌디를 만났을 때 일어난 일

로런스 스턴,
『신사 트리스트럼 샌디의 인생과 생각 이야기』

루트비히 비트겐슈타인, 『논리-철학 논고』

|||\||

철학자와 그의 업적은 우리에게 큰 영향을 미치는 텍스트로 자주 등장한다. 어쨌거나 철학자는 '대단한 아이디어'를 지닌 사람으로 여겨진다. 그렇다면 그들은 어디에서 그런 아이디어를 얻을까? 위대한 사상가들은 아무것도 없는 상태에서 시작한다고 생각할지도 모르지만, 그렇지 않다. 사실 철학자들은 평범한 우리와 마찬가지로, 종종 자신이 직접 듣거나 책에서 읽은 내용을 따른다.

플라톤 이후의 모든 철학은 결국 플라톤 저술의 주석에 불과하다는 말이 있을 만큼, 철학에서 플라톤의 영향력은 말로 표현할 수 없을 정도로 막강하다. 그런데 그런 플라톤도 피타고라스 같은 신비로운 인물들의 텍스트를 읽고 영향을 받았다. 책이 또 다른 책에 어떤 영향을 미치는지 알아보기 위해, 20세기의 가장 창의력이 풍부하고 유명하며 현명한 철학자로 평가받는 오스트리아의 괴짜 루트비히 비트겐슈타인을 예로 들어보겠다. 비트겐슈타인이 생전에 세상에 내놓은 책은 딱 한 권밖에 없는데, 그 제목이 『논리-철학 논고』다. 이 책에는 영국 케임브리지대학교 교수 버트런드 러셀의 견해와 오토 바이닝거의 『성과 성격』이라는 다소 추잡한 소책자의 견해가 뒤섞여 있다. 비트겐슈타인은 현대 문명의 타락을 논한 바이닝거를 '위대한 천재'라고 회상했다. 그런데 아돌프 히틀러 또한 바이닝거의 책을 좋아했다고 한다.

정치적인 논쟁은 여기서 하지 않겠다. 비트겐슈타인과 철학이라는 주제로 돌아와보면, 그의 두 번째 책 『철학적 탐구』가 훨씬 흥미롭다. 그리고 의심할 여지 없이 이 책은 다른 텍스트에서 결정적으로 영감을 받았다. 그런데 그건 비트겐슈타인 같은 열정적이고 편집광적인 철학자에게 영향을 미칠 것이라고 예상할 만한 종류의 책이 아니다. 사실 아일랜드 성직자 로런스 스턴이 1759년에 처음 세상에 선보인 이래 9권으로 엮여 나온 『신사 트리스트럼 섄디의 인생과 생각 이야기』는 진지하거나 철학적인 책과는 거리가 멀어 보인다. 대신 이 책은 영국 북부에 사는 겸손한 목사의 삶을 자전적으로 이야기하는 형식을 취하는데, 사실상 파격적인 실험성과 유희 정신, 기존의 가치 체계에 대한 전복, 이성 중심의 근대 시대정신에 대한 비판 등 패러디로 가득 차 있다.

이 책은 표면적으로 트리스트럼이 자신의 삶에서 일어난 중요 일화를 비참한 어조로 내레이션처럼 풀어 내려간다. 아직 걸음마도 제대로 떼지 못할 때 창틀이 '성기'에 우연히 떨어져 어쩔 수 없이 포경수술을 한 일부터 시작해("별일 아니었다. 그 사고로 피 두 방울도 흘리지 않았으며 외과 의사를 부를 필요도 없었다. 아무리 의사가 옆집에 산다고 할지라도 말이다. 사람들 수천 명이 선택 때문에 고통을 겪는다. 나는 우연한 사고로 고통을 겪었다"), 아버지는 '트리스트럼-백과사전'(트리스트럼이 교육받을 시스템을 설명하는 책)을 먼저 쓰기로 결심했기 때문에 아들에 대한 교육을 게을리 했다는 것에 이르기까지. 그리고 트리스트럼은 언제나 그 어떤 것도 간단하게 설명하지 못한다는 게 이 소설에서 나타나는 핵심적인 농담이다. 트리스트럼은 자신의 이야기에 맥락과 색채를 더하기 위해 설명을 엉뚱한 곳으로 자주 돌린다. 그러다 보니 줄거리는 종잡을 수 없이 사방팔방으로 뻗어나가고, 작가는 수시로 등장해 독자에게 말을 걸고, 등장인물의 운명은 우발적 사건으로 좌지우지 결정된다. 통상 작품의 첫머리에 등장하는 서문이 이

야기 중간에 튀어나오기도 하고, 3권에 이르러서야 자신의 출생에 대해 언급할 정도다.[1]

그런데 비트겐슈타인은 이 책을 무척 좋아해서 자주 언급했다. 동료들이 증언하기를, 비트겐슈타인은 이 책을 수십 번 읽고 또 읽었다고 주장했다! 예를 들어, 정신과 의사이자 충성스러운 추종자인 모리스 오코너 드루리는 자신의 책 『비트겐슈타인과의 대화 Conversations with Wittgenstein』에서 저명한 철학자가 자신에게 이렇게 말했다고 전한다.

"내가 정말 좋아하는 책은 스턴의 『신사 트리스트럼 섄디의 인생과 생각 이야기』입니다. 내가 제일 아끼는 작품이지요."

비트겐슈타인(따라서 많은 현대 철학)이 로런스 스턴의 유머러스한 소설에 진 빚은 예상 밖으로 놀랍다. 첫 번째 영향은 문체다. 문체는 내용이기도 하지만 문제를 보는 새로운 방법을 제공한다. 철학의 세계에서 비트겐슈타인은 '언어유희'로 유명하지만, 언어유희의 뿌리는 스턴이 분명하다.

비트겐슈타인은 트리스트럼이 순서대로 이야기를 전달하지 못하게 방해하는 '주제에서 벗어난 끊임없는 탈선', 그리고 트리스트럼이 단어를 가지고 노는 방식(다양한 방식으로 독자를 놀리기까지 한다)에서 큰 영감을 받았다. 때로는 단순한 기록 또는 대화에 불과하지만, '텍스트 너머를 가리키며' 독자로 하여금 이전에 있었던 모든 일

1 이 작품은 명목상으로는 주인공 트리스트럼 섄디의 자서전으로, 멀리 그가 잉태되던 순간으로까지 거슬러 올라가 시작한다. 그러나 트리스트럼의 생애에 대해 독자가 알 수 있는 것은 겨우 다섯 살 때까지의 이야기일 뿐이다. 나머지는 트리스트럼의 주변 인물들과 관련한 갖가지 일화와, 인생에 대한 트리스트럼의 생각으로 채워져 있다. [옮긴이]

을 갑자기 재평가하게 할 때도 있다. 그리고 이러한 관점의 변화에는 유머가 짙게 깔린다.

스턴과 비트겐슈타인 모두 '독자의 참여와 반응'을 요구한다. 비트겐슈타인은 『철학적 탐구』 서문에서 이렇게 말했다.

"사람들이 생각하는 수고를 덜어주기 위해 글을 써서는 안 된다. 가능하다면 누군가가 스스로 생각하도록 자극하기 위해 글을 써야 한다."

스턴이 점, 줄표, 빈 페이지, 심지어 '검게 칠한 페이지' 등 활자와 판면으로 온갖 기교와 기술을 펼쳐 보인 장난기는 비트겐슈타인의 책에서 흥미로운 그래픽으로 다시 나타난다. 거기에는 그 유명한 '오리' 그림도 있는데, 보는 사람의 관점에 따라 토끼로도 보인다.

비트겐슈타인 저술의 '주요 주석가' 중 한 명으로 손꼽히는 영국의 피터 해커 교수는 『20세기 분석철학에서 차지하는 비트겐슈타인의 위상Wittgenstein's Place in Twentieth-Century Analytic Philosophy』(1996)이라는 책에서 이렇게 썼다.

"『철학적 탐구』는 종종 일관성 없는 간략한 의견으로 들리고, 갑작스러운 전환의 이유를 밝히지 않은 채 한 주제에서 다른 주제로 자주 이동하는 듯하며, 많은 독자에게 체계성이 부족한 철학책처럼 보일지도 모른다. 하지만 사실 이 책은 고도로 체계적이고 통합적인 작품이다. 두서없는 모음집 또는 요약본이 절대 아니다."

스턴의 『신사 트리스트럼 섄디의 인생과 생각 이야기』도 마찬가지라고 말할 수 있다.

또한 베스 새비키는 『비트겐슈타인 철학탐구의 기술Wittgenstein's Art of Investigation』이라는 책에서, 비트겐슈타인의 저술에서 보이는 핵심 요소는 '논리적'이라든가 '철학적'이기보다는 '문학적'이라면서 다음과 같이 말한다.

"비트겐슈타인의 후기 저작은 아마도 20세기 유일한 철학 작품일 것이다. 참여의 비결, 공동체 의식의 함양, 현재 순간에 대한 전념, 문법적인 기법의 반복이 그 특징이다."

이 모든 것은 트리스트럼 깊숙이에 자리 잡고 있다. 하지만 새비키는 비트겐슈타인과 스턴 사이의 피상적 연결만 본다. 실제로 새비키는 비트겐슈타인에게 영향을 미친 사람으로 헤겔과 쇼펜하우어, 마르크스와 니체에 이르기까지 여러 독일 철학자를 언급할 뿐이다.[2] 비트겐슈타인은 아일랜드 유머 작가에게서 직접 영향을 받았다. 확대해석처럼 보인다고? 두 가지 중요한 점을 지적해야겠다. 첫째, 모든 책은 의도한 독자를 넘어서 널리 영향을 미칠 수 있다. 둘째, 그 영향은 때때로 완전히 잊힐 수 있다! 이런 점들을 널리 알리는 데 이 책이 자그마한 힘이라도 보탤 수 있으면 좋겠다.

2 스턴은 아일랜드 사람이고, 『신사 트리스트럼 섄디의 인생과 생각 이야기』는 원래 영어로 쓰였지만 1769년에 빠르게 독일어로 번역되었다. 독일의 저명한 철학자 쇼펜하우어는 이 책을 무척 좋아했다. 니체는 로런스 스턴을 어느 시대를 막론하고 가장 자유로운 작가라고 평했다.

감사의 말

이 책의 여러 주제 중 하나는, 책은 이전의 책들과 이어졌기에 "어떤 책도 섬이 아니다"라는 것이다. 다시 말해 책은 한 명의 개인 '저자'가 만들어낸 산물이 아니다. 열정적으로 기여한 많은 사람들과의 멋진 네트워크 덕분에 책이 세상에 나온다. 그러므로 나는 여기에서, 두루뭉술한 아이디어에서 시작한 원고가 이렇게 짜임새를 잘 갖춘 멋진 최종본이 되도록 도움을 준 사람들에게 명시적으로 감사를 표하고자 한다!

우선 자료 조사자이자 쌍둥이 남매 파울라에게 감사의 말을 전하고 싶다! 우리는 여러 가지 면에서 서로 다르지만, 이 프로젝트를 진행하며 매우 소중한 공감과 공유의 가치로 함께 작업할 수 있었다. 각 장의 흥미로운 캐릭터를 식별하고, 내러티브의 세부 사항을 허심탄회하게 논의했다. 한편 출판사를 찾는 단계에 이르렀을 즈음, 뉴욕의 마크 고틀리프라는 열정에 넘치는 훌륭한 문학 에이전트를 만나게 된 것은 내게 대단한 행운이었다. 또한 이 책을 쓰면서 경험한 즐거움 중 하나는 내가 뉴욕으로 날아가 그곳의 상징적인 고층 건물에서 마크를 만나 함께 커피를 마신 것이다.

책이 진행되는 과정에서 로먼앤드리틀필드Rowman and Littlefield

출판사의 편집자들, 특히 수잰 스타작-실바와 나탈리 맨주크는 조잡한 원고에서 대리석 속 우아한 조각상을 찾아내어 깎아주었다. 또한 프로덕션 편집자 일레인 맥개로는 다소 껄끄러웠던 2020년에 몇 가지 위기를 잘 헤쳐 나가는 데 큰 도움을 주었다.

일러스트레이터 주디스 졸루미오는 이 프로젝트를 위해 그림을 그려주며 열정을 다했다. 다시 한 번 감사의 말을 전하고 싶다.

물론, 그 밖에도 도움을 준 소중한 분들이 무척 많다. 빡빡한 제작 일정으로 여기에 이름을 일일이 다 적지 못하지만, 도와주신 분들께 진심 어린 감사의 뜻을 전하고 싶다.

마틴 코언

영국 루이스에서

주요 도서 목록

- 『괴물들이 사는 나라』, 모리스 샌닥(시공주니어 2002)
- 『닐스의 신기한 여행』, 셀마 라겔뢰프(한국슈바이처 · Paran · 킨더랜드 등 여러 출판사에서 나왔으나 현재 대부분 절판)
- 『다이스맨』, 루크 라인하트(비채 2018, 현재 절판)
- 『도덕적 인간과 비도덕적 사회』, 라인홀드 니부어(문예출판사 2017)
- 『두리틀 박사 이야기』, 휴 로프팅(『둘리틀 박사 이야기』, 궁리 2017)
- 『맬컴 X 자서전』, 알렉스 헤일리(기원전·미주어학사 등 여러 출판사에서 나왔으나 현재 대부분 절판)
- 『모비 딕』, 허먼 멜빌(현대지성 2022, 자화상 2020 등)
- 『문명 이야기』, 윌 듀랜트(민음사 2011~2014)
- 『반지의 제왕』, 존 로널드 로얼 톨킨(아르테 2020~2021, 2023)
- 『사슴 사냥꾼』(또는 『첫 번째 출정의 길』), 제임스 페니모어 쿠퍼
- 『상식』, 토머스 페인(『토머스 페인 상식』, 효형출판 2012, 『상식, 인권』, 필맥 2004)
- 『손자병법』, 손자(홍익 2022, 휴머니스트 2020 등)
- 『신사 트리스트럼 섄디의 인생과 생각 이야기』, 로런스 스턴(을유문화사 2012,『신사 트리스트럼 섄디의 생애와 견해』, 지만지 2020)
- 『아모스 로런스의 일기와 서간집』, 윌리엄 R. 로런스

- 『알레프』, 파울로 코엘료(문학동네 2011)
- 『영혼의 자리』, 게리 주커브(나라원 2019)
- 『이방인』, 알베르 카뮈(을유문화사 2020, 민음사 2019, 열린책들 2011 등)
- 『종의 기원』, 찰스 다윈(사이언스북스 2019, 동서문화동판 2013, 한길사 2014 등)
- 『지금 여기에 살라』, 람 다스
- 『침묵의 봄』, 레이첼 카슨(에코리브르 2011, 동화문화사 2009 등)
- 『티마이오스』, 플라톤(아카넷 2019, 도서출판숲 2016, 서광사 2000 등)
- 『파리와 런던 거리의 성자들』, 조지 오웰(세시 2012)
- 『현명한 투자자』, 벤저민 그레이엄(국일증권경제연구소, 2020)
- 『훌륭한 질문에 대한 간략한 견해』, 올랜도 제이 스미스

참고 문헌

Acemoglu, Daron. *Why Nations Fail: The Origins of Power, Prosperity, and Poverty*. New York: Crown, 2012.(『국가는 왜 실패하는가』, 시공사 2012.)

Alland, Alexander. *Jacob A. Riis: Photographer & Citizen*. New York: Aperture, 1974.

Arnold, Glen. *The Great Investors: Lessons on Investing from Master Traders*. Upper Saddle River, NJ: Pearson, 2011.(『위대한 투자가들』, 시드페이퍼 2011.)

Auletta, Ken. *Googled: The End of the World as We Know It*. New York: Penguin, 2009. (『구글드 Googled』, 타임비즈 2010.)

Rhinehart, Luke. *Dice Man*. New York: HarperCollins, 1999.

Bak, Richard. *Henry and Edsel: The Creation of the Ford Empire*. Boston: Wiley, 2003.

Baldwin, Neil. *Edison: Inventing the Century*. Chicago: University of Chicago Press, 1995.

Basler, Roy, and Carl Sandburg, eds. *Abraham Lincoln: His Speeches and Writings*. Boston: Da Capo Press, 2001.

Branson, Richard. *The Virgin Way: Everything I Know about Leadership*. New York: Portfolio, 2014.

Brooks, John. *Business Adventures: Twelve Classic Tales from the World of Wall Street*. New York: Open Road Media, 2014.(『경영의 모험』, 쌤앤파커스 2015.)

Bruccoli, Matthew, and Judith Baughman. *The Sons of Maxwell Perkins: Letters of F. Scott Fitzgerald, Ernest Hemingway, Thomas Wolfe, and Their Editor*. Columbia: University of South Carolina Press, 2004.

Buffett, Warren. *The Essays of Warren Buffett: Lessons for Corporate America*, edited by Lawrence A. Cunningham. Boston: Wiley, 2013.(『워런 버핏의 주주 서한』, 서울문화사 2015.)

Burrow, Jack. *Buffett, Munger Marathon Investing: Passion Investing*. Victoria: Friesen Press, 2017.

Byrne, Rhonda. *The Secret*. New York: Atria (Simon & Schuster), 2006.

Camus, Albert. *The Stranger*. New York: Vintage, 1989.

Carson, Rachel. *Silent Spring*. Boston: Houghton Mifflin, 1962.

Coelho, Paulo. *Aleph*. New York: HarperCollins, 2010.

Cohen, Martin. *Cracking Philosophy*. London: Cassell Illustrated, 2016.

Cohen, Martin. *Philosophical Tales*. Oxford: Wiley-Blackwell, 2008.

Confucius. *The Analects (Penguin Classics)*. New York: Penguin, 1979.

Corley, Tom. *Rich Habits: The Daily Success Habits of Wealthy Individuals*. Minneapolis: Langdon Street Press, 2011.(『부자습관』, 봄봄스토리 2017.)

Cuban, Mark. *How to Win at the Sport of Business*. New York: First Diversion Books, 2011.(『괴짜 천재 CEO 마크 큐반의 성공 다이어리』, 팝프레스 2014.)

Darwin, Charles. *Origin of Species: 150th Anniversary Edition*. New York: Signet, 2003.

Dass, Ram. *Be Here Now*. San Cristobal, NM: Lama Foundation, 1971.

Dickens, Charles. *A Tale of Two Cities*. London: Chapman and Hall, 1859.(『두 도시 이야기』, 허밍버드, 2020, 더클래식 2020 등.)

Durant, Will, and Ariel Durant. *The Story of Civilization*. New York: Simon & Schuster, 1935–1975.

Durant, Will. *The Story of Philosophy*. New York: Simon & Schuster, 1926.(『철학 이야기』, 동서문화사 2016, 봄날의책 2013 등)

Ellison, Ralph. *Invisible Man*. New York: Random House, 1952.(『보이지 않는 인간』, 문예출판사 2012, 민음사 2008 등.)

Fehribach, Ronald. *Going Below the Water's Edge*. Bloomington: Author House, 2014.

Fenimore-Cooper, James. *The Deerslayer, or The First War-Path*. New York: D. Appleton-Century Company, 1841.

Flynn, John Thomas. *God's Gold: The Story of Rockefeller and His Times*. Auburn, AL: Ludwig von Mises Institute, 2012.

Gandhi, Mahatma. *An Autobiography: The Story of My Experiments with Truth*. New York: Dover, 1983.(『간디 자서전』, 문예출판사 2020, 파주북스 2017 등.)

Goodall, Jane. *In the Shadow of Man*. Boston: Houghton Mifflin, 1971.(『인간의 그늘에서』, 사이언스북스 2001.)

Goodall, Jane. *My Life with the Chimpanzees*. New York: Aladdin, 1991.(『제인구달: 침팬지와 함께한 나의 인생』, 사이언스북스 2005.)

Graham, Benjamin. *The Intelligent Investor*. New York: Harper and Brothers, 1949.

Hacker, Peter. *Wittgenstein's Place in Twentieth-Century Analytic Philosophy*. Boston: Wiley, 1996.

Hakim, Joy. *Reconstruction and Reform: History of U.S., Book 7*. Oxford: Oxford University Press, 1994.

Haley, Alex. *The Autobiography of Malcolm X*. New York: Grove Press, 1965.

Hemingway, Ernest. *For Whom the Bell Tolls*. New York: Scribner, 1995.(『누구를 위하여 종은 울리나』, 홍신문화사 2014, 열린책들 2012 등.)

Hughes, Robert. *American Visions: The Epic History of Art in America*. New York: Knopf, 1997.

Huntsman, Jon M. *Winners Never Cheat: Even in Difficult Times*. Upper Saddle River, NJ: Pearson FT Press, 2008.(『원칙으로 승부하라』, 럭스미디어 2011.)

Huxley, Aldous. *Brave New World*. New York: Vintage, 2008.(『멋진 신세계』, 서문당 2019, (주)태일소담출판사 2019 등.)

Huynh, Thomas. *The Art of War—Spirituality for Conflict*. Nashville: Skylight Paths, 2008.

Isaacson, Walter. *Steve Jobs*. New York: Simon & Schuster, 2011.(『스티브 잡스』, 민음사 2015.)

King, Martin Luther Jr. *Stride toward Freedom: The Montgomery Story*. New York: Harper & Brothers, 1958.(『자유를 향한 대행진』, 예찬사 1990.)

Lagerlöf, Selma. *The Wonderful Adventures of Nils*. Wellington, NZ: SMK Books, 2009.

Lanting, Frans. *Eye to Eye*. Hollywood: Taschen, 1997.

Lawrence, William R., ed. *Extracts from the Diary and Correspondence of the Late Amos Lawrence; With a Brief Account of Some Incidents of His Life*. Salt Lake City: Project Gutenberg, 2013.

Lear, Linda. *Rachel Carson: Witness for Nature*. New York: Mariner, 2009.(『레이첼 카슨 평전』, 샨티 2004.)

Levitina, Marina. *"Russian Americans" in Soviet Film: Cinematic Dialogues between the US and the USSR*. London: Bloomsbury, 2015.

Lofting, Hugh. *The Story of Dr. Dolittle*. New York: Penguin, 1968.

Lowe, Janet. *Google Speaks: Secrets of the World's Greatest Billionaire Entrepreneurs*. Boston: Wiley, 2009.(『구글 파워』, 애플트리태일즈 2009.)

Lytle, Mark Hamilton. *The Gentle Subversive: Rachel Carson, Silent Spring, and the Rise of the Environmental Movement* (New Narratives in American History). Oxford: Oxford University Press, 2007.

Mace, Michael. *Map the Future*. South Carolina: Amazon CreateSpace, 2013.

Mandela, Nelson. *Long Walk to Freedom: The Autobiography of Nelson Mandela*. London: Macdonald Purnell, 1994.(『자유를 향한 머나먼 길』, 두레 2020.)

Martin, Paul. *Making Happy People*. New York: HarperCollins, 2005.(『행복한 아이 만들기』, 민음사 2006.)

Means, Howard. *Money and Power: The History of Business*. Boston: Wiley, 2002.(『머니&파워』, 경영정신 2002.)

Melville, Herman. *Moby-Dick*. New York: Random House (Modern Library), 2000.

Miller, Marie-Therese. *Rachel Carson*. New York: Chelsea House, 2011.

Moody, Michael, and Beth Breeze. *The Philanthropy Reader*. Abingdon, UK: Taylor and Francis, 2016.

Morris, Kenneth. *Jimmy Carter, American Moralist*. Athens: University of Georgia Press, 1997.

Niebuhr, Reinhold. *The Children of Light and the Children of Darkness*. Chicago: University of Chicago Press, 1944.(『빛의 자녀들과 어둠의 자녀들』, 종문화사 2017.)

Niebuhr, Reinhold. *The Irony of American History*. New York: Charles Scribner's Sons, 1952.

Niebuhr, Reinhold. *Moral Man and Immoral Society. Study in Ethics and Politics (Library of Theological Ethics)*. Westminster: John Knox Press, 2002.

Nietzsche, Friedrich. *The Gay Science*, translated by Walter Kaufmann. New York: Penguin, 1974.(『즐거운 학문』, 책세상 2005.)

Nietzsche, Friedrich. *Thus Spoke Zarathustra*, translated by Walter Kaufmann. New York: Penguin, 1995.(『차라투스트라는 이렇게 말했다』, 미래지식 2022, 사색의숲 2022 등.)

Obama, Barack. *The Audacity of Hope: Thoughts on Reclaiming the American Dream*. New York: Crown/Three Rivers Press, 2006.(『담대한 희망』, 알에이치코리아 2021.)

Obama, Barack. *Dreams from My Father: A Story of Race and Inheritance*. New York: Times Books, 1995.(『내 아버지로부터의 꿈』, 알에이치코리아 2021.)

Orwell, George. *Down and Out in Paris and London*. London: Gollancz, 1933.

Paine, Thomas. *Common Sense*. Cambridge: Cambridge University Press, 2011.

Paine, Thomas. *The Rights of Man*. Cambridge: Cambridge University Press, 2012.

Plato. *The Timaeus of Plato*, translated by R. D. Archer-Hind. London: Macmillan, 1888.

Price, David. *The Pixar Touch: The Making of a Company*. New York: Penguin Random House, 2009.(『픽사 이야기』, 흐름출판 2010.)

Russell, Bertrand. *Mortals and Others (1931–35)*. London: Routledge, 2009.(『런던통신 1931-1935』, 사회평론 2011.)

Sartre, Jean Paul. *Being and Nothingness*. London: Routledge, 1956.(『존재와 무』, 동서문화사 2016, 살림 2005 등.)

Sartre, Jean Paul. *Critique of Dialectical Reason*. Paris: Gallimard, 1960.(『변증법적 이성비판』, 나남출판 2009.)

Savickey, Beth. *Wittgenstein's Art of Investigation*. London: Routledge, 1999.

Sendak, Maurice. *Where the Wild Things Are*. New York: HarperCollins, 1984.

Smith, Adam. *Wealth of Nations*. New York: Penguin, 1982.(『국부론』, 동서문화사 2017, 비봉출판사 2007 등.)

Smith, Orlando J. *A Short View of Great Questions*. New York: Andesite Press, 2015.

Sterne, Laurence. *The Life and Opinions of Tristram Shandy*. New York: Penguin, 1991.

Sun Tzu. *The Art of War*, translated by Lionel Giles. El Paso, TX: Digital Pulse, 2009.

Sward, Keith. *The Legend of Henry Ford*. New York: Rinehart, 1948.

Thomas, Clarence. *My Grandfather's Son*. New York: Harper, 2007.

Tolkien, J. R. R. *The Lord of the Rings*. New York: Mariner, 2012.

Vivekananda, Swami. *The Complete Works of Swami Vivekananda, Volume 9*. Kolkata (Calcutta): Advaita Ashrama, 1947.(『당신은 그것이다』, 책달구지 2020.)

Weininger, Otto. *Sex and Character*. Bloomington: Indiana University Press, 2005.(『성과 성격』, 지만지 2012.)

Wittgenstein, Ludwig. *Philosophical Investigations*, 3rd ed. London: Pearson, 1973.(『철학적 탐구』, 책세상 2019, 아카넷 2016 등.)

Wittgenstein, Ludwig. *Tractatus Logicus Philosophicus*. Salt Lake City: Project Gutenberg, 2010.(『논리-철학 논고』, 책세상 2020, 서광사 2012 등.)

Womack, James, Daniel Jones, and Daniel Roos. *The Machine that Changed the World*. New York: Simon & Schuster, 1990.(『린 생산』, 한국린경영연구원 2007.)

Yousafzai, Ziauddin. *Let Her Fly*. London: Ebury, 2018.

Zukav, Gary. *The Seat of the Soul*. New York: Simon & Schuster, 2014.

지은이 마틴 코언Martin Cohen

철학자이자 서평가. 영국 서식스대학교에서 철학과 사회과학을 전공했고, 엑서터 대학교에서 교육철학으로 박사 학위를 받았다. 어려운 전문용어를 피하고 논지를 쉽게 이해할 수 있도록 일화를 활용하여, 심리학과 사회과학을 철학 이론에 접목하는 글쓰기에 집중하고 있다. 『음식에 대한 거의 모든 생각』, 『데카르트처럼 생각하기』, 『철학의 101가지 딜레마』, 『비트겐슈타인의 딱정벌레』 등을 썼다.

옮긴이 김선희

한국외국어대학교를 졸업하고 동 대학원에서 '외국어로서의 한국어교육'을 전공했다. 단편소설 「십자수」로 근로자문화예술제 대상을 수상했으며, 뮌헨국제청소년 도서관에서 펠로십으로 아동 및 청소년 문학을 연구했다. 현재 '김선희's 언택트 번역교실'을 운영하고 있으며, 『윔피 키드』, 『드래곤 길들이기』, 『구스범스』 시리즈와 『마지막 이야기 전달자』, 『경제는 어렵지만 부자가 되고 싶어』, 『킨포크 트래블』, 『팍스』, 『베서니와 괴물의 묘약』 등 200여 권을 우리말로 옮기고, 『월든』, 『우리 음식에 담긴 12가지 역사 이야기』 등 10여 권의 책을 썼다.

레버리지 독서

세상을 바꾼 타이탄들의 책읽기

펴낸날 초판 1쇄 2023년 2월 28일
지은이 마틴 코언
옮긴이 김선희
펴낸이 이주애, 홍영완
편집장 최혜리
편집3팀 강민우, 박주희, 이소연
편집 양혜영, 박효주, 김하영, 장종철, 문주영, 홍은비, 김혜원, 이정미
디자인 윤신혜, 박아형, 김주연, 기조숙, 윤소정
마케팅 김미소, 정혜인, 김태윤, 김지윤, 최혜빈
해외기획 정미현
경영지원 박소현
펴낸곳 (주)윌북 **출판등록** 제 2006-000017호
주소 10881 경기도 파주시 광인사길 217
전화 031-955-3777 **팩스** 031-955-3778
홈페이지 willbookspub.com **전자우편** willbooks@naver.com
블로그 blog.naver.com/willbooks **포스트** post.naver.com/willbooks
페이스북 @willbooks **트위터** @onwillbooks **인스타그램** @willbooks_pub
ISBN 979-11-5581-583-0 03800

- 책값은 뒤표지에 있습니다.
- 잘못 만들어진 책은 구입하신 서점에서 바꿔드립니다.